QUE LES OMBRES PASSENT AUX AVEUX

Cedric Lalaury

QUE LES OMBRES PASSENT AUX AVEUX

ROMAN

PRÉLUDES

Préludes est un département de la Librairie Générale Française.

ISBN : 978-2-253-04570-0 – 1re publication LGF

Pour les enfants.
Tous les enfants.

La Douleur – a comme un Blanc –
Impossible de se rappeler
Quand ça a commencé – ni s'il y avait
Un temps où ce n'était pas là –

Emily DICKINSON,
Lieu-dit l'éternité (trad. Patrick Reumaux).

Ce fut tout. Ou plutôt pas tout,
puisqu'il n'y a pas de tout, pas de fin ;
ce n'est pas du coup lui-même que nous souffrons, mais
de sa fastidieuse répercussion, du contrecoup, des sales
conséquences qu'il nous faut balayer
du seuil même du désespoir.

William FAULKNER,
Absalon, Absalon ! (trad. R.-N. Raimbault,
Ch.-P. Vorce et F. Pitavy).

Il est grand temps
que les ombres passent aux aveux.

Franck BOUYSSE, *Né d'aucune femme*.

Je n'ai pas eu la curiosité de mettre les pieds à Keowe avant l'âge de trente-cinq ans.

Keowe, Caroline du Sud. Loin de l'océan, dans les terres.

Pourtant, cet endroit a toujours résonné à mes oreilles d'une façon magique, quoiqu'un peu effrayante : Grand-pa disait que les racines de notre famille, les Hickman, se trouvaient là-bas, dans les bois du Piedmont, au nord-ouest de l'État, tout près de la frontière – Grand-pa qui n'avait jamais voulu aller à Keowe. Seules les mauvaises graines pouvaient y pousser en toute liberté, disait-il, et son aïeul, Jeremiah Hickman, qui ne se sentait pas l'âme d'un vaurien ni d'un exploiteur, avait décidé de larguer les amarres pour s'établir au Kentucky, à Whitford, où vivait la majeure partie de la famille de Louisa, sa femme.

Dès lors, on n'avait plus bougé de là, et les générations s'étaient tranquillement perpétuées jusqu'à nous.

Aurais-je eu l'idée de me rendre à Keowe si j'avais été une meilleure épouse et une mère normale ? Si je n'avais pas été obligée, la trentaine passée, de revenir vivre chez Grand-pa ?

À présent que quelques années se sont écoulées, je ne saurais dire si j'avais vraiment le choix. Cette bourgade et sa poignée d'habitants un peu frustes et pittoresques comme des personnages de romans noirs ; ses forêts humides et étouffantes où résonnent les murmures de fantômes incapables d'abandonner cette vie qu'ils ont si peu aimée ; ses légendes et ses mensonges – sa force d'attraction à la fois irrésistible et sombre… Là-bas, comme un sortilège ancestral dans une langue oubliée m'appelait, et moi qui ne crois en aucune divinité créatrice ni quelque transcendance que ce soit, je suis presque convaincue que mon destin était lié à celui de Keowe et de son histoire.

Hormis ce que Grand-pa m'en avait dit, Keowe existait à peine, pour moi – et tout a commencé avec sa mort.

J'avais beau savoir qu'il était vieux, que la fatigue commençait à se faire sentir, je me persuadais qu'il pouvait vivre encore quelques années, puis quelques mois. À la fin, je me disais : « S'il est là aujourd'hui, pourquoi pas demain ? »

Il y avait eu cette semaine, la dernière, au cours de laquelle j'avais compris, sans vouloir l'accepter, que Grand-pa me quittait peu à peu. Chaque geste lui demandait des efforts supplémentaires, et il me semblait que ses yeux devenaient plus petits.

Un soir, il s'était couché plus tôt que d'habitude – la journée avait été difficile, interminable. Ses traits étaient tirés mais il tâchait de sourire. Il avait tout de suite vu l'inquiétude dans mon regard – et il avait voulu être le plus rassurant possible. Ça n'avait pas marché. Encore aujourd'hui, je suis certaine qu'il savait.

Il est parti dans la nuit, sans bruit. Je ne sais pas s'il s'est jamais rendu compte que j'étais à ses côtés, que je lui ai tenu la main pendant son sommeil qui est devenu de plus en plus profond, et que j'ai senti la chaleur quitter ses doigts dont la peau diaphane s'est figée doucement.

J'ai pleuré longtemps, à côté de lui – en silence, ou avec fracas. Ce n'est qu'au petit matin, lorsque l'aube est passée d'un gris pulvérulent à un bleu mordillé par le liseré doré du soleil levant que j'ai appelé le médecin.

Il m'a demandé ce qui s'était passé, a trouvé que j'avais bien fait de laisser les choses aller comme ça, dans le cadre qui lui était familier, avec la personne qu'il aimait le plus au monde.

J'avais trente-quatre ans à l'époque, presque trente-cinq, et j'étais revenue à Whitford, Kentucky, depuis plusieurs années quand Grand-pa est mort. Stewart, mon ex-mari, était resté vivre à Indianapolis dans ce qui n'était plus désormais que sa maison, avec sa nouvelle compagne. Je n'avais fait aucune difficulté pour disparaître complètement de son existence et lui permettre de prendre un nouveau départ.

Stewart était procureur du comté de Marion, dans l'Indiana, et avait une réputation d'homme probe ; moi, je n'étais rien – juste une alcoolique sans emploi. Après quelques années infructueuses à la fac, j'avais pris le temps d'écrire un roman. Il s'intitulait *L'Enfant du miroir*. C'était une sorte de thriller psychologique et fantastique racontant l'histoire d'une fillette qui entretenait une amitié passionnée avec un petit garçon vivant de l'autre côté du miroir qui se trouvait dans sa chambre. Il s'appelait Josh, et avait sauvé l'héroïne des griffes d'une sorcière, mais quand ce fut le tour de la fillette de venir en aide à Josh, elle en fut incapable et il disparut. Bien des années plus tard, devenue une adulte, elle devait le retrouver afin de le sauver des monstres en habits de nuit qui le persécutaient.

C'était un cauchemar récurrent de mon enfance qui m'avait donné l'idée de ce roman : une sorcière me pourchassait alors que j'étais perdue dans un labyrinthe. Elle voulait me tuer. Chaque fois qu'elle était proche de m'attraper, Josh arrivait et me sauvait. Et Josh, je peux l'avouer, était l'ami imaginaire que j'eus des années durant. Pour me faire rire, Grand-pa feignait parfois d'en être jaloux ou bien il me proposait de lui faire une chambre rien que pour lui, à côté de la mienne. C'était hors de question : Josh devait dormir dans la même chambre que moi – tout près de moi.

C'est ainsi qu'était née ma première œuvre d'écrivaine. J'étais fière de cette intrigue touffue et teintée de merveilleux, rédigée dans une fièvre créatrice que je ne devais jamais retrouver par la suite. J'eus le bonheur d'être acceptée par un éditeur. Malgré un échec commercial total, je fus rarement aussi heureuse qu'à cette époque. Ce fut d'ailleurs à l'occasion d'une séance de dédicaces que je rencontrai Stewart, lorsqu'il vivait aussi dans le Kentucky : j'étais folle de joie de voir venir à moi la première personne qui n'était pas de ma famille, ni l'ami d'un ami – il devait m'avouer plus tard qu'il allait à toutes les séances de dédicaces organisées dans la région parce qu'il collectionnait les autographes. Grosse déception que cet aveu tardif.

Tout est allé très vite entre nous : le mariage, la naissance de Jennifer, notre unique enfant… et le lent effilochage de l'amour né avec la violence du feu de paille. D'amants, nous étions devenus bons amis, même si nous restions scrupuleusement fidèles l'un à l'autre.

Stewart m'avait aimée plus qu'aucun autre homme auparavant, et c'est sans doute pour cette raison qu'il a si longtemps nié mon problème d'alcool. Il a ouvert les yeux à mesure que ses sentiments pour moi s'érodaient. Le point de non-retour, ce fut le soir où, en rentrant du travail, il m'a trouvée dans le salon, un verre à portée de main, en train de surfer sur Internet pendant que Jennifer était seule dans son bain. J'avais oublié ma fille d'un an et demi dans la baignoire.

Plus d'une fois, Stewart m'avait surprise en flagrant délit d'ébriété, et je n'ai pas compté les moments où je m'étais attendue à le voir me traîner chez Grand-pa pour lui balancer : « Monsieur Hickman, votre petite-fille est une pochetronne. Elle boit le matin au petit déjeuner dès que je suis sous la douche parce qu'elle n'a même pas la patience d'attendre que je sois parti au travail, et ensuite, toute la sainte journée, elle picole encore au lieu de s'occuper de notre fille comme une maman normale. Parfois, la nuit, elle se lève pour descendre une bière. Je le sais parce que je me suis mis à compter les cannettes, récemment. J'en ai eu honte, mais pas autant que quand j'ai pris conscience que j'aurais dû le faire depuis longtemps. Maintenant ça suffit, je vous la laisse. En ce qui me concerne, je me casse parce que je ne peux plus voir cette épave en peinture. »

Stewart appela les urgences, tenta d'administrer les premiers soins à Jennifer. Je restais là, à le regarder, à moitié perdue dans les brumes du whisky soda. Le petit corps demeurait inerte sous les efforts désespérés de Stewart qui lui parlait tout en essayant de la ranimer, la voix étranglée par les sanglots.

« Reviens, mon bébé... Reviens... Je t'en supplie... »

L'ambulance est arrivée. Je n'ai conservé aucun souvenir de ce qui s'est passé ensuite. Je sais qu'on m'a hospitalisée en état de choc. Personne ne s'est occupé de Stewart ; on n'a eu d'yeux que pour moi – « la mère coupable ».

Après mon retour à la maison, Stewart et moi avons passé une semaine sans nous adresser la parole. Son mutisme me rendait folle, et je réclamais sans cesse une discussion, un réquisitoire, voire une bordée d'injures de sa part, oui, tout sauf le silence, je l'en suppliais – jusqu'au harcèlement. Une dispute terrible éclata.

Stewart hurla comme ça ne lui était jamais arrivé.

Lors d'une accalmie, j'en profitai pour lui demander de divorcer, et il se figea. Je le connaissais : il n'aurait pas eu le cœur de mettre le sujet sur le tapis alors que c'était la meilleure chose à faire pour nous. Il devait croire que je ne supporterais pas la séparation, sans se douter que, tout au fond de moi, je n'attendais que ça. De plus, je savais que Stewart voyait une autre femme depuis des mois. Il avait laissé traîner une note de motel dans l'une de ses poches. Pour me faire réagir ? Je n'en suis devenue que plus soiffarde, et plus pathétique.

Stewart ignorait que je détestais la vie de couple – plus encore celle de mère de famille. J'en avais pris conscience à la fin de ma grossesse, et il était trop tard. Le divorce fut une bénédiction en même temps qu'un enfer, à cause de cette lueur de reproche perplexe que je lisais dans le regard des autres : « Cette alcoolique laisse son bébé se noyer et abandonne son mari pour partir vivre à des centaines de kilomètres. Qui peut faire une chose pareille ? »

*

À mon arrivée chez Grand-pa, il ne me jugea pas. Je lui expliquai tout et il me prit dans ses bras. Il ne dit rien de plus que : « Tout va bien se passer, ma petite chérie » – les paroles les plus tendres qu'il fut jamais capable de m'adresser. Je sais que c'est un peu cliché, mais c'était un homme de la campagne, des terres intérieures où l'on économise les mots comme s'ils étaient plus précieux que l'or.

Il m'a élevée, seul, comme il avait élevé son fils, après la mort de grand-mère. Elle avait eu un enfant à vingt-cinq ans et un cancer à trente. Grand-pa s'était occupé de mon père à l'ancienne, comme on le faisait avec les garçons, surtout quand ils avaient mauvaise tête – et Dieu sait que ça pouvait être le cas de papa. Lorsque ce dernier a été assez grand pour se rebiffer, Grand-pa et lui se sont affrontés dans des combats homériques. Puis un jour, papa a atteint sa majorité, et il est parti. Grand-pa a appris quelques mois plus tard que son rejeton traînait du côté de Keowe – là où les racines de la famille Hickman se plongeaient. Il avait haussé les épaules, consterné et fataliste. Papa était peut-être stupide, mais il était majeur, et en état de gagner sa vie tout seul – de se perdre, aussi.

Pendant de longues années, Grand-pa crut qu'il ne reverrait plus son fils. Celui-ci arriva par une belle journée de printemps, dans un vieux pick-up sans âge. Sur le siège passager, une petite de cinq ans, avec une moue boudeuse et un regard vert émeraude.

Papa m'avait amenée à Whitford parce que c'était le seul endroit où j'avais une chance de m'en sortir, auprès de mon grand-père qui n'avait aucune idée de mon existence jusqu'ici. Il raconta que ma mère était morte d'un cancer. Elle s'appelait Clare Montgomery, avait vingt-neuf ans et était enterrée au cimetière de Keowe. Arrivée à l'âge adulte, Grand-pa m'avoua que cette histoire de cancer était un mensonge : ma mère avait succombé à une overdose. Qu'une petite fille eût survécu cinq années auprès de cette bande de camés relevait du miracle. On m'avait tellement délaissée que je ne conservais quasiment rien de cette période sombre et instable, et j'étais à peine capable d'aligner trois mots, ne m'exprimais que comme un grand bébé. C'est auprès de Grand-pa que j'ai commencé à grandir vraiment.

« La seule bonne idée qu'ait jamais eue ton crétin de père, ça a été de t'amener ici. »

Après que papa lui eut dressé le tableau de la situation, Grand-pa se contenta d'acquiescer et de me regarder dans les yeux. À ce moment, il m'a raconté que j'avais moi aussi hoché la tête en le fixant, par mimétisme. Cela fit beaucoup rire papa, il paraît, et Grand-pa aussi. J'étais son unique petite-fille, et au fond de lui, il en était heureux.

Papa vint me voir de temps en temps, quand il se rappelait mon existence, jusqu'aux environs de mon neuvième anniversaire. Ce jour-là, je me souviens de ne l'avoir vu que de la fenêtre de ma chambre.

Jusqu'alors, il avait été d'un naturel plutôt négligé – « un vrai clodo », *dixit* Grand-pa. Celui-ci savait que son fils était toujours à Keowe. Il vivait là-bas sans emploi fixe, quelque part dans les bois, traînait avec des types louches sans feu ni lieu. « Tous des drogués. »

Pourtant, ce jour où je le vis pour la dernière fois, il était habillé avec plus de soin, était rasé et coiffé. Ce qui le rendait méconnaissable, c'était son délabrement physique.

Il était dans la cour, très maigre, avec sur la joue gauche une longue et large tache dont la couleur se situait entre le pourpre et le marron foncé, et une autre, plus petite, à la base du cou.

Plus tard dans ma vie, je verrais des morts qui auraient l'air d'être en meilleure forme.

Il tenait une petite boîte à la main, jetait à Grand-pa des regards suppliants auxquels ce dernier demeurait insensible : il ne voulait pas laisser entrer son fils dans la maison. Je devais apprendre bien plus tard qu'il avait attrapé cette maladie dont on ne prononçait pas le nom à l'époque. D'ailleurs, on ne le connaissait peut-être pas, dans le fin fond du Kentucky – ce virus effrayant envoyé comme une punition divine sur les pécheurs, et qu'on craignait d'attraper par simple contact, ou en respirant le même air que les malades. Grand-pa ne voulait pas le voir m'approcher dans cet état.

Papa a protesté, pleuré, hurlé que Grand-pa ne pouvait pas se mettre sur son chemin de cette façon, que j'avais le droit de savoir que mon père et ma mère m'aimaient de tout leur cœur et qu'ils auraient tout donné pour moi s'ils avaient pu – ce fut en vain.

Il abandonna, secoua la tête comme si Grand-pa était le dernier des monstres. Il prit soin de poser la boîte par terre, sur le sol poussiéreux, juste devant le portillon de l'entrée, puis rejoignit sa voiture – ce n'était plus le vieux pick-up déglingué désormais, rien qu'une voiture normale dont je me souviens seulement qu'elle était petite et grise. Le véhicule démarra, s'éloigna sur la route en terre.

Grand-pa attendit que la voiture fût hors de vue. Il se dirigea vers le garage d'où il revint avec un jerrican d'essence. Il en versa une bonne dose sur la petite boîte, gratta une allumette dont il porta la flamme à une de ses éternelles cigarettes sans filtre, jeta la tige de bois encore incandescente sur la boîte tout en reculant d'un pas. De ma chambre, j'ai entendu une sorte de *pop*, un peu comme une bouteille de champagne qu'on débouche, et j'ai regardé le feu réduire en cendres la petite boîte et son contenu.

Je ne devais plus revoir mon père. Quelques mois plus tard, Grand-pa reçut un coup de téléphone de la part d'un ami de papa. Il était mort à l'hôpital de Keowe. Il avait réussi à mettre de côté assez d'argent pour être inhumé aux côtés de ma mère. Pas d'héritage, ni aucune dette à éponger : il avait quitté ce monde comme il y était entré, nu et dépossédé de tout.

Grand-pa se mura dans un silence minéral. Il ne m'expliqua que des jours plus tard ce qui venait de se passer. La douleur qui sourdait en lui avait quelque chose d'intolérable, de déchirant. La nuit qui suivit le coup de fil, seul dans la cuisine, il prit l'une des rares cuites de son existence.

Des raisons obscures qui avaient contraint papa à m'amener dans le Kentucky, il ne fut jamais clairement question entre nous. Grand-pa disait, laconique : « Ton père a fait de grosses conneries, pour changer. Ç'aurait été trop dangereux pour toi de rester avec lui. » Et c'était tout.

Hormis ce moment pénible, je ne conserve de mes années d'enfance qu'une impression de doux et long printemps ensoleillé ; je n'ai pas jugé utile de me souvenir des jours de pluie. Au centre de mon univers se trouve l'image de Grand-pa, un homme solide, les pieds sur terre, et sur lequel j'ai toujours pu compter. Il approchait la cinquantaine quand je suis entrée dans sa vie pour la première fois, et il avait dépassé les quatre-vingts ans lors de mon retour auprès de lui.

Nous avions convenu dès le départ de deux choses capitales.

Naturellement, il me faudrait trouver un emploi le plus vite possible : jusqu'ici je n'avais fait qu'enchaîner les petits boulots – le seul travail dont je pouvais me targuer était l'écriture de ce gros roman de huit cents pages qui n'avait rencontré aucun succès.

Mais avant cela, restait un problème à régler – le point le plus difficile, celui qui lui tenait le plus à cœur. La boisson. Il me laissait la liberté pleine et entière de faire ou non une cure de désintoxication. De son côté, il viderait la maison de la moindre trace d'alcool – et Dieu sait qu'il aimait une goutte de bourbon de temps en temps.

J'ai donc arrêté de boire et vécu un véritable enfer. J'ai même envisagé de laisser Grand-pa en plan dans la maison qu'il m'avait ouverte avec tant de générosité pour devenir une clocharde alcoolique faisant la manche dans le seul but de me procurer ma dose quotidienne. Ce fut long – douloureux. Il y eut la tentation, souvent – « Rien qu'un verre, et puis c'est tout, j'ai arrêté une fois, pourquoi pas deux ? » – et de la haine, rare, et pourtant vive, contre Grand-pa et son amour exigeant, et pur. Cet amour pour lequel j'ai tenu bon, malgré tout, parce que si je ne venais pas à bout de ça, alors la seule personne qui lui restait au monde aurait échoué à ses yeux. L'alcool devint une sorte d'ex toxique dont on finit par refuser de prononcer le nom en se demandant ce qu'on a pu lui trouver – après tout le mal qu'il m'avait fait. Un démon qu'on ne voudrait plus revoir – jamais.

Une fois remise sur pied et m'étant assurée la fierté de Grand-pa, je me mis en quête d'un travail.

Il y avait à Whitford un homme d'une soixantaine d'années, Hunter Laroche, dont la famille était originaire de Louisiane : il dirigeait la principale chaîne de radio du comté. Il était grand et gros, fort comme un Turc, arborait de belles moustaches noires qui, l'âge venant, tiraient sur le gris. Lui aussi avait eu des soucis avec la bouteille, et ce problème commun devait nous rapprocher comme deux vieux compagnons de route des AA. Grand-pa s'était trouvé sur la route de M. Laroche père, six décennies plus tôt, en pleine nuit, quand la femme de ce dernier était sur le point d'accoucher du petit Hunter. L'arrivée de l'enfant n'était pas prévue avant un mois mais Mme Laroche manifestait toutes les douleurs de l'enfantement. Seul problème : les Laroche n'avaient pas de voiture ni de téléphone. Grand-pa avait pris les choses en main et s'était rendu en quatrième vitesse chez le médecin qu'il avait ramené chez les Laroche dans l'heure qui suivait.

« Je l'aurais traîné là-bas par la peau des fesses, s'il avait fallu ! »

Pour cela – sa présence sur terre et la survie de sa mère – Hunter Laroche conservait une reconnaissance éternelle à Grand-pa.

Hunter avait le bras long, et son réseau était impressionnant. C'est pourquoi je me tournai vers lui dans l'espoir de trouver du travail. J'étais prête à tout : ménage, cuisine, conduite de bus, etc.

Il me proposa d'intégrer sa radio pour tenir une chronique hebdomadaire consacrée aux faits divers sordides et autres crimes saisissants qui avaient eu lieu dans le comté dont Whitford était le siège.

Quand Hunter me proposa le job, j'éclatai tout de suite de rire.

— Enfin, Hunt, en trois mois je pourrais faire le tour de ce qu'ont pu faire tous les péquenauds du coin et des trois comtés alentour, alors donne-moi un vrai boulot, s'il te plaît.

Il ne répondit rien. Un large sourire rehaussa ses grosses moustaches sous ses joues couperosées, et ses yeux se mirent à briller au-dessus de ses lunettes demi-lune.

— Je suis sérieuse, Hunt.

— Jessie, si dans trois mois tu manques de munitions, reviens et je remédie à tout ça.

Je n'étais jamais revenue le voir.

Dans le comté de Hayder, les gens s'ennuyaient tellement qu'ils n'en finissaient plus d'imaginer de quelles façons ils pouvaient trucider leurs voisins, escroquer les veuves ou violer les orphelins. Tout ça pour mettre un peu de piment dans leur existence.

J'étais ravie de pouvoir me changer les idées en me plongeant dans cet océan d'ignominie : cela m'évitait de penser à ma pauvre condition d'alcoolique divorcée.

Ma nouvelle vie à Whitford avait donc porté ses fruits, au début : je m'étais sentie redevenir celle que j'avais été. Il m'arrivait même de penser à Stewart, d'envisager de prendre de ses nouvelles – ces brusques bouffées de tendresse à son égard retombaient aussi vite qu'elles apparaissaient. Je me disais qu'il avait refait sa vie, sans moi, avec cette avocate qu'il fréquentait aux derniers temps de notre mariage – entendre parler de moi était la dernière chose dont il avait besoin. Il y avait Jennifer, surtout, indissociable de Stewart, et son souvenir me précipitait dans des abîmes de désespoir.

Je regrettais ma fille et mon mari tout en étant consciente que c'était la vie de famille qui avait contribué à me faire sombrer dans l'alcool : les rôles d'épouse et de mère n'étaient pas pour moi, et je refusais de m'enliser de nouveau dans cette existence-là. Il me manquait quelque chose pour être ce genre de femme.

Ce fut au moment de la mort de Grand-pa que la solitude se fit sentir avec le plus de violence.

Les funérailles s'étaient achevées quelques heures plus tôt. Je me retrouvai seule dans la maison pour la première fois de ma vie. À mon grand étonnement, les murs et le toit, désormais privés de leur principal pilier, ne s'écroulèrent pas.

Grand-pa avait enfin retrouvé sa femme après cinquante longues années de veuvage, et il me laissait riche de tout un tas de souvenirs heureux ou douloureux – sans plus personne avec qui les partager.

J'étais plongée dans mes pensées lorsqu'on frappa à la porte.

Je n'eus pas le temps de répondre ni même de me lever pour aller ouvrir que la silhouette replète de Hunter était déjà là, devant moi, les yeux humides. Hunt était un vieux sentimental – ce pourquoi il avait côtoyé le goulot un peu trop souvent au cours de son existence. Il haussa les sourcils et balaya du regard la pièce qui semblait encore plus silencieuse et immobile que d'habitude. À croire que les meubles et les objets aussi tenaient à porter le deuil.

Je n'eus la force de rien dire ; ses paroles, à lui, furent presque inaudibles.

— Pas facile d'être ici sans lui, hein ?

Je hochai la tête, abasourdie par le chagrin.

— Non, pas facile.

Hunt désigna un fauteuil en face de moi.

— Je peux ?

D'un geste de la main, je l'invitai à s'asseoir.

Nous restâmes l'un et l'autre, le regard dans le vide, lèvres scellées dans cette pièce qui, sans le lent et presque imperceptible déclin de la lumière du jour, aurait semblé figée comme une photographie à taille humaine.

Hunter et moi étions capables d'animer tout un banquet à nous seuls des heures durant sans lasser l'auditoire comme de partager de longues heures de silence expectatif sans que la moindre gêne s'immisçât entre nous. Je compris vite qu'il n'en serait rien ce jour-là : il n'était pas venu jusqu'ici pour partager mon deuil – ou pas seulement.

J'allumai une cigarette, regardai par la fenêtre.

— Je sens que quelque chose te tracasse, Hunt.

— Je m'inquiète pour toi.

— Pourquoi ? Je suis une grande fille, maintenant. Je savais que Grand-pa ne serait pas éternel. Ça va être dur à encaisser au départ, mais je survivrai...

Il m'adressa le sourire doux et paternel que je lui avais toujours connu. Celui-là même qui sous-entendait qu'il n'était pas dupe.

— Tu vas rester vivre ici ?

— Pour le moment, je n'ai pas d'autre choix.

— Et tu n'as pas l'intention de te trouver un gentil mec pour faire un bout de chemin avec ?

— Hunt, pitié ! J'ai déjà tenté l'expérience et tu sais ce que ça a donné !

— On dit qu'on a fait une expérience quand on a répété une chose. C'est pour ça que la mort n'est pas une expérience. Tu n'as eu qu'un essai foireux.

Le problème, avec Hunter, c'est qu'on ne pouvait jamais vraiment discuter avec lui, parce qu'il avait la fâcheuse tendance à être dans le vrai à tous les coups – on parle rarement avec un ami pour l'entendre avoir raison ; on veut qu'il bénisse par son silence notre obsession à ne pas suivre les bons conseils.

Je ne répondis rien. Il insista.

— Tu sais que Grand-pa…

Il s'interrompit, sa couperose s'empourpra un peu plus qu'elle n'était. Cela me fit sourire, et il se corrigea.

— Tu sais que *Milton* s'inquiétait beaucoup de te savoir toute seule, et sans occupation une fois qu'il serait parti.

Je soufflai un nuage de fumée.

— Je sais que ça le tracassait, même s'il n'a jamais abordé le sujet de front avec moi.

— Ça ne m'étonne pas. En tout cas, il m'en a parlé, à moi. Et si tu veux, je peux revoir ton contrat, te donner plus d'antenne…

J'agitai la main vivement.

— Non, Hunt, c'est hors de question. C'est très généreux de ta part, mais stupide.

— J'insiste ! En plus, Ray veut arrêter son émission. Il en a marre. Ça va libérer du temps d'antenne et…

— Si tu fais ça, Hunt, si tu me donnes plus de temps d'antenne, *à moi*, Miles Oakland va te chier une pendule devant chez toi, ou envoyer un colis piégé à la radio. Et tu sais que j'ai raison.

Hunter lâcha un rire exaspéré. Bien sûr que j'étais dans le vrai. Miles Oakland était un ancien de la radio. Mon arrivée avait coïncidé avec son départ, et pour cause : à la base, créer une chronique sur les crimes et faits divers était son idée. Il l'avait soumise à Hunter depuis quelques années déjà parce qu'il s'ennuyait à son poste de chroniqueur de polars. Il voulait du sensationnel et, surtout, du réel. Son sang n'avait fait qu'un tour lorsqu'il avait appris que son projet venait juste d'être approuvé pour être confié à quelqu'un d'autre. Après avoir débarqué dans le bureau de Hunt comme une furie pour lui demander s'il s'agissait d'une blague, il avait remis sa démission en jurant sur la tombe de ses parents qu'il ferait tout ce qui était en son pouvoir pour « enterrer Hunt sous des tonnes de chiasse fumante. » Depuis, il tenait un blog censé faire concurrence à mes chroniques, même si, de l'avis général, il s'apparentait plus à une entreprise de démolition systématique du professionnalisme et de la personne de Hunt. Ce dernier me fit jurer d'ignorer ce que Oakland écrivait sur lui. « Je suis un vieux loup de mer et j'ai le cuir tanné, Jessie, mais ce mec ne sait écrire qu'avec du fiel : si tu lis ce qu'il raconte sur moi, tu n'auras qu'une idée : le flinguer. Fais comme si de rien n'était. »

Il ne m'attaquait pas de front, d'après Hunt qui m'avoua cependant que Oakland avait affirmé que je devais mon poste à ma bouche pulpeuse et experte. Dire que je n'avais même jamais croisé ce fils de pute !

Miles Oakland était devenu un sujet tabou entre nous.

Hunt tripota nerveusement sa moustache et me considéra avec une grande candeur.

— C'est vrai, ça. Je l'avais oublié, lui. Tu penses vraiment qu'il n'est pas passé à autre chose, depuis ?

En guise de réponse, je lui lançai un regard désabusé. Il leva les mains.

— OK, j'admets que tu as raison, mais je veux que tu saches que je suis là pour toi. Au moindre problème, au plus petit coup de mou, tu m'appelles. Je dois bien ça à Milton.

J'acquiesçai sans rien ajouter et fixai Hunter, perçus en lui la douleur qui faisait écho à la mienne : nous commencions à comprendre que Grand-pa était parti pour de bon, que ses silences bourrus et bienveillants s'étaient figés pour l'éternité.

— Tu sais ce qui est drôle, Hunt ?

— Dis-moi…

— La nuit dernière, j'ai rêvé que Grand-pa était assis au pied de mon lit. J'avais l'impression d'avoir une fièvre terrible et lui, il me chantait la berceuse qu'il avait l'habitude de me fredonner quand j'étais toute petite et malade. *Fais dodo, bébé, fais dodo, les Anges sont là, qui veillent sur toi…* Il me l'a chantée jusque très tard : j'avais au moins huit ans, tu te rends compte ? Mais j'aimais ça… Il m'avait dit que cette chanson me protégeait du mal, et que tant que je m'en souviendrais, il serait avec moi…

Hunt se contenta de sourire – moi aussi.

— Je suis sûre qu'il était là, cette nuit, et qu'il le sera toujours.

— J'en suis certain…

Hunt resta quelques minutes à parler de tout et de rien avec moi. Et il partit.

Le soleil couchant brillait de ses derniers feux, plongeait le salon dans une étrange obscurité rougeoyante :

la lumière déclinante du crépuscule s'immisçait partout et on n'y voyait plus rien.

D'ultimes rayons flamboyèrent, puis moururent ; le jour et la nuit s'étreignirent et la pénombre naquit de leur union.

Je voyais mieux le vide qui se dessinait devant moi. Je commençais déjà à regretter d'avoir repoussé si vite l'offre de Hunter. Plus que jamais, j'aurais tout donné pour un verre de vodka. Cela ne dura qu'un instant, et je faillis succomber – cette envie éphémère et violente, obsédante, me rappela que mon combat ne serait jamais complètement gagné.

L'idée quitta mon esprit aussi vite qu'elle y était entrée – à moins qu'elle ne s'y fût assoupie. Oui, je crois qu'il est plus juste de le dire comme ça. Il est des démons avec lesquels il vaut mieux faire preuve de modestie afin de ne pas les laisser reprendre possession de nous trop vite.

*

Les jours s'étaient succédé avec une grande irrégularité émotionnelle : j'oscillais entre le désespoir existentiel auquel me renvoyait la mort de Grand-pa et une amertume douceâtre et résignée face au temps qui passe sans se soucier de nous.

Avec Hunt, j'avais assez de ressources pour afficher une mine souriante que traversait parfois un voile de tristesse bien compréhensible. Entre lui et moi, il ne fut plus question de modifier ma présence à l'antenne, bien qu'il eût suffi d'un mot de ma part pour le relancer favorablement et en obtenir – c'était hors de question. Deuil ou pas, je refusais un traitement de faveur.

Tout ce que j'avais à faire, c'était m'occuper l'esprit au maximum. Travailler enfin au deuxième livre qui me tenait à cœur. J'avais eu nombre de projets pendant tout le temps qu'avait duré mon mariage avec Stewart – sans succès. Les livres qui naissaient dans mon esprit embrumé de brandy ou de whisky soda ne dépassaient pas le stade du fantasme. Il m'était arrivé de ne pas avoir la force ni la lucidité d'en écrire le titre sur un brouillon. J'étais pourtant diserte à propos de mon travail quand Stewart me demandait comment avançaient les choses. Après s'être heurté pour la énième fois à mon refus de lui lire ce que j'étais censée avoir écrit dans la journée, il comprit, et ne se soucia plus de mon travail d'écrivaine imaginaire – moi, je ne m'inquiétai plus de faire semblant.

Plus je cherchais, et moins je trouvais de sujet à traiter.

J'avais rédigé mon premier roman dans un état de transe miraculeuse. Il m'avait demandé beaucoup de travail, de longues semaines de réécriture, c'est vrai, mais pas une fois je n'avais ressenti l'angoisse de la page blanche. J'étais vierge en littérature et j'avais la possibilité de coucher sur le papier tout ce que je voulais. Même si le roman avait été un échec sur le plan commercial, je savais que pas mal de personnes l'avaient sincèrement apprécié, et je tenais à écrire un autre livre à la hauteur de leurs attentes. Peut-être était-ce là le piège dans lequel je m'étais embourbée : trop penser à cette poignée de lecteurs en m'oubliant dans l'équation compliquée qu'est toute écriture de fiction. Désormais, je n'écrirais plus pour Stewart, Grand-pa, ou qui que ce soit d'autre : j'écrirais pour moi, et ce serait ma planche de salut.

Je me fixai des horaires stricts : chaque jour se déroulait selon un emploi du temps qui me permettait de travailler à ma chronique – ce qui était vite expédié – et d'élaborer mon prochain livre – ce qui manqua de me rendre folle. Persuadée d'avoir un projet en or, je vibrionnais, euphorique, avant de sombrer dans le dépit : je demeurais impuissante à concrétiser mes idées sur le papier. Même Hunter s'en rendit compte. Il réitéra l'offre qu'il avait formulée le soir des funérailles de Grand-pa. Je la rejetai à nouveau.

Le remords me tarauda, cette fois-ci avec plus d'insistance, et, deux jours après, j'envisageai de demander un entretien avec Hunt. C'en était assez de plus d'un mois de temps perdu à faire du surplace.

Ma décision était ferme et définitive quand, un matin, je trouvai dans la boîte aux lettres une épaisse enveloppe marron adressée à Grand-pa.

Pendant deux semaines après sa mort, j'avais reçu pas mal de courrier pour lui – factures ou paperasse administrative. Rien de capital ni de personnel. Puis, au fil des jours, l'afflux s'était tari. Cette grosse enveloppe format A4 était la première à arriver ici avec une mention manuscrite du nom de Grand-pa : Milton II Hickman.

Il n'y avait rien d'autre et je rentrai à la maison pour examiner le contenu de ce pli inattendu.

Après m'être installée à la table de la cuisine, j'ouvris la lettre et mon étonnement fut grand : il s'agissait de coupures de journaux accompagnées d'un mot très bref inscrit sur une fiche bristol.

Cher Milton, voici les dernières nouvelles du domaine – enfin ! Votre aide et vos conseils toujours les bienvenus – et la plus grande discrétion requise, naturellement. Amitiés.
P.S. : Quid de la femme en gris ?

Pas de signature.

Je jetai un œil à l'enveloppe : aucune mention de l'expéditeur non plus.

Je me concentrai sur les pages du journal qu'on avait envoyées à Grand-pa : elles provenaient du *Keowe Chronicles*.

Keowe.

Cela me rendit perplexe. Toute sa vie, Grand-pa avait prétendu se soucier comme d'une guigne de ce qui pouvait se passer à Keowe et j'apprenais qu'un mystérieux interlocuteur le tenait au courant des dernières nouvelles du coin. Et de quel domaine parlait-on ici ?

Je feuilletai cette liasse, découvrant ici et là des photographies en noir et blanc des divers lieux d'une ville que je ne connaissais que de nom, quand je tombai sur un article entouré au feutre rouge. Il était intitulé : « L'ancienne gouvernante des Webson victime d'une agression ». Le portrait d'une vieille dame accompagnait les quelques lignes du texte relatant les faits. Elle avait un visage fin et ovale, une bouche minuscule qui offrait au photographe un sourire de petite fille. Derrière de grosses lunettes aux verres épais, ses yeux riaient.

Étrange d'avoir choisi une photo si débordante de gaieté pour illustrer un fait aussi sordide.

Mercredi soir, vers 21 h 30, Esther Lamar, ancienne gouvernante de la famille Webson et bien connue des habitants d'Eden Woods pour ses activités philanthropiques, a été agressée dans sa propriété par un inconnu. Âgée de quatre-vingt-cinq ans, Mme Lamar profitait de l'air frais sur sa terrasse quand un individu est arrivé et l'a assaillie de questions incohérentes avant de la molester brutalement. Mme Lamar a perdu connaissance après que l'inconnu l'a bousculée et fait tomber. Mme Lamar a été hospitalisée en raison de son grand âge et souffre seulement de légères contusions au bras droit. Quand elle a repris connaissance, Mme Lamar a affirmé avoir été agressée par l'Enfant perdu d'Eden Woods. Sa nièce, la shérif Martha Grindell, a demandé aux journalistes de bien vouloir respecter la convalescence de sa tante et de ne pas accorder foi à des déclarations faites sous le coup de l'émotion ou de la confusion.

L'expression « l'Enfant perdu d'Eden Woods » était soulignée trois fois. Je n'avais jamais entendu Grand-pa évoquer cette histoire. Quant à Eden Woods, c'était l'épaisse forêt qui bordait Keowe et dévorait une partie des montagnes qui s'élevaient au nord-ouest du comté.

Je survolai en vitesse le reste des feuillets qui appartenaient à d'autres numéros du *Keowe Chronicles* : ils faisaient tous écho à l'agression dont Esther Lamar avait été victime quelques semaines plus tôt et revenaient sur la présence supposée de ce mystérieux gamin.

Finalement, le dernier article concluait, avec la police, que l'agresseur de Mme Lamar n'avait rien à voir avec l'Enfant perdu d'Eden Woods, qu'il fallait mettre la certitude de la vieille dame d'avoir été malmenée par ce dernier sur le compte de la violence du choc, de son âge et, naturellement, de sa proximité avec le drame qui avait frappé la famille Webson une trentaine d'années auparavant.

C'était à peu près tout : des éléments qui appelaient une multitude de questions.

Je ne connaissais rien de cette histoire, jusqu'alors. Une curiosité frémissante naquit en moi, et une forme de perplexité, aussi – on avait envoyé ces documents à Grand-pa.

Je réfléchis quelques instants avant de mettre mon ordinateur en route. Le temps de lancer le moteur de recherche, je pris conscience de ce qui m'arrivait : cette fébrilité mêlée d'excitation qui me faisait tourner la tête, me donnait l'impression d'être en proie à la plus délectable des ivresses – je venais de trouver le sujet de mon prochain livre.

*

Très vite, les premières pièces du puzzle s'assemblèrent et je découvris sur quoi reposait le mystère évoqué par les coupures de presse.

Eden Woods était la forêt qui encerclait Keowe et aussi le nom qu'on donnait à une partie de la ville située dans les bois, tout autour d'un manoir. Au fil du temps, cette zone un peu particulière semblait avoir acquis son autonomie vis-à-vis de Keowe et n'existait qu'à travers le prisme de la famille Webson.

Franklin Webson était un riche héritier et se trouvait à la tête de l'entreprise de tissu familiale qui faisait vivre toute la région. Il était marié avec Linda et le couple avait eu deux enfants : Rose, huit ans, et Tobias – que tout le monde surnommait Toby – qui aurait dû fêter son sixième anniversaire en novembre. La famille Webson se confondait avec le domaine qu'elle occupait depuis des générations, notamment le manoir immense, intemporel, typique d'un certain Sud disparu : il émergeait, sur les photos d'époque, au cœur d'une végétation dense. Il était massif, immaculé, doté de solides colonnes blanches et d'innombrables fenêtres, surchargé comme une pâtisserie appétissante au premier regard qui se révèle écœurante dès la seconde bouchée. C'était l'une de ces constructions qui vous observent de haut pour mieux vous écraser de leur importance désuète et du poids de leur passé enténébré.

Savoir qu'un drame sanglant s'y était déroulé était sans doute pour beaucoup dans ma réaction, mais le simple fait de voir ces clichés me donna la chair de poule.

Le soir du 9 mai 1982, l'ensemble de la famille Webson a péri au manoir. Les corps des parents et de leur petite fille ont été retrouvés par la gouvernante, Mme Lamar, qui s'était absentée pour la journée afin de rendre visite à sa vieille mère, malade, dans le sud du comté.

Ç'avait été une journée caniculaire pour un début de mai, et depuis le matin, l'orage avait menacé pour éclater dans la soirée.

Il était à peu près 20 heures lorsque Esther Lamar fut de retour au manoir des Webson et qu'elle découvrit l'étendue du désastre. Malgré l'averse qui sévissait, des flammes papillotaient encore faiblement au deuxième étage de l'aile ouest, là où se trouvait le bureau de Franklin Webson. L'incendie avait atteint la pièce située au-dessus et attaqué le grenier. Le toit s'était en partie affaissé sous l'effet de la chaleur mais, freiné par l'averse, le feu s'éteignait désormais doucement.

Esther se précipita pour aller vérifier que tout le monde était sain et sauf quand, après avoir hurlé dans toutes les pièces du manoir à la recherche de ses patrons et, surtout, des deux jeunes enfants dont elle avait la charge, elle se résolut, la peur au ventre, à se rendre dans l'aile du bâtiment que le feu avait sinistrée. Elle ne put entrer dans ce qui avait été le bureau de M. Webson : jusque sur le seuil, le sol semblait avoir été fragilisé par l'incendie. La porte était ouverte et, de là où elle se tenait, Esther aperçut les restes d'un petit corps calciné.

Choquée, elle se rua dans l'aile opposée du manoir où, par chance, le téléphone fonctionnait.

Très vite, les pompiers et les autorités locales furent sur les lieux et il fallut plusieurs heures avant de pouvoir sécuriser la zone qui menaçait de s'effondrer.

On retira des décombres les corps de M. et Mme Webson, et celui de leur fille, Rose. On apprit à Esther que seulement trois membres de la famille avaient été retrouvés, et sa raison vacilla : il manquait le petit dernier, Toby. Elle hurlait aux enquêteurs et aux pompiers de persévérer, qu'il devait être terré quelque part, tout seul, terrorisé.

Elle était dans un tel état qu'il fallut lui administrer un sédatif pendant que les recherches battaient leur plein.

La forêt, les abords de la rivière Keowe, une partie des montagnes et les différentes grottes connues des environs furent passés au peigne fin – en vain. Jamais on ne revit le petit garçon en vie, pas plus qu'on ne retrouva son corps : il s'était volatilisé.

Esther fut inconsolable. Elle n'avait pas d'enfant et son mari était mort : les Webson étaient devenus une seconde famille pour elle, surtout Rose et Toby. Elle leur avait consacré sa vie entière.

Après la tragédie, Esther s'était réinstallée définitivement dans la petite maison qu'elle possédait à Eden Woods.

Concernant les événements du manoir, l'enquête établit rapidement que les membres de la famille Webson n'étaient pas morts à cause de l'incendie.

Les corps de Mme Webson et de Rose avaient été aspergés d'essence après qu'on les avait abattues au fusil de chasse. Tout laissait croire que c'était M. Webson, dans une crise de folie meurtrière, qui avait tué sa femme et sa fille avant de mettre le feu à leurs dépouilles, s'imbiber d'essence et se loger lui-même une balle dans la tête. Bien des années après les événements, de nombreuses questions demeuraient sans réponses.

On ignorait tout des motivations de M. Webson, cet homme énigmatique et secret : sa fortune était grande et la santé économique du comté reposait en partie sur l'entreprise familiale qui portait son nom. Si des rumeurs circulaient sur son compte depuis toujours, la tragédie les avait amplifiées au point de leur donner une dimension légendaire : on prêta tous les vices à M. Webson, y compris celui d'organiser des messes noires ou de s'adonner au hoodoo.

Le point qui restait le plus débattu concernait Toby : sa disparition avait soulevé une vive inquiétude avant d'engendrer des interrogations bientôt toutes plus folles les unes que les autres. Le petit garçon n'était pour ainsi dire jamais sorti du manoir familial et personne ne le connaissait. Cela avait suffi à remettre en cause jusqu'à la réalité de son existence – et c'était un moyen satisfaisant d'élucider le mystère de son évanouissement dans la nature.

Le plus étrange, c'est que cette légende cohabitait sans problème avec la multiplication des témoignages affirmant que, dès le printemps suivant, quelques promeneurs nocturnes avaient aperçu, dans le manoir abandonné et promis à tomber en ruine, une ombre de femme qui laissait échapper un long sanglot. On murmurait que le spectre de Mme Webson, mère éplorée pour l'éternité, recherchait son enfant.

C'était à peu près tout ce que je pus trouver à propos de l'Enfant perdu d'Eden Woods, avec quelques notes de blog – un site lui avait même été consacré, bien qu'il fût désormais abandonné. L'ensemble était assez farfelu et faisait écho aux habituelles légendes urbaines que réactivaient à coup sûr ce genre d'affaires. Si on ajoutait à cela que le manoir était resté dans l'état où l'avait laissé l'incendie, tous les ingrédients étaient réunis pour susciter une histoire de maison hantée : quelques années après le drame, personne n'espérait plus retrouver Toby, le dernier membre de la famille Webson supposé être encore de ce monde. Une fois réglés tous les problèmes administratifs, le comté devint propriétaire légal du domaine. Une entreprise fut mandatée pour raser le manoir. Le premier jour des travaux, un des ouvriers du chantier perdit la vie, écrasé par une pelleteuse. La réputation sulfureuse des lieux aidant, les hommes, superstitieux, refusèrent de retourner travailler sur ce site maudit.

J'avais passé ma journée sur l'ordinateur, et les heures avaient filé à toute vitesse.

Immédiatement, cette histoire me posséda. Tous ces éléments constituaient un point de départ formidable pour l'écriture d'un livre, et je ne perdais pas de vue la question qui demeurait la plus ténébreuse pour moi, bien qu'elle fût à la marge de la tragédie d'Eden Woods : que venait faire Grand-pa dans tout ça ?

Je sentais en moi un bouillonnement intérieur proche de celui qui me taraudait lorsque j'étais en manque d'alcool – cette fois-ci, c'était ma curiosité qui réclamait sa dose de recherches et la résolution de cette énigme. C'était viscéral : je *devais* fouiller dans le passé des Webson et d'Eden Woods, répondre à l'appel à l'aide de l'auteur de ce courrier – je ne ferais peut-être que reprendre le flambeau des mains de Grand-pa, et il ne m'aurait pas quittée complètement tant que je plancherais sur cette affaire.

★

Une bonne partie de la soirée qui suivit cette découverte, et très avant dans la nuit, je cherchai dans toute la maison d'autres lettres ou coupures de journaux que Grand-pa aurait pu recevoir. Depuis le grenier jusqu'au garage, en passant par sa chambre, je ne trouvai rien. Pas étonnant : il jetait tout, hormis les factures et les relevés bancaires. Je me rappelle que même les lettres de sa sœur passaient à la poubelle aussitôt qu'elles étaient lues. Idem pour ses cartes de vœux. Il l'aimait pourtant tendrement, et fut accablé de chagrin quand elle mourut, mais il ne gardait rien. C'était son caractère – mes dessins de petite fille finissaient à la corbeille après une période de quelques mois aimantés sur le frigo.

Grand-pa avait assez de mémoire pour se passer de souvenirs de papier. Ce trait de sa personnalité qui m'avait si souvent plongée dans l'admiration devenait un caillou dans ma chaussure.

Dès le lendemain, je me rendis à la bibliothèque pour y effectuer quelques recherches, même si mes chances de trouver des informations concernant une affaire vieille de trente ans et étrangère au Kentucky étaient maigres.

Il n'y avait presque rien, hormis une mention de la tuerie dans un entrefilet : « Un industriel de Caroline du Sud périt avec le reste de sa famille dans un incendie. »

C'était peu dire. Et aucune mention de la disparition de Toby.

Je commençais à ressentir une certaine frustration : si je voulais vraiment en savoir plus, il me faudrait aller sur place. Le seul problème était que je n'en avais ni le temps, ni les moyens. J'eus une idée.

Dès le début de l'après-midi, je me retrouvai face à Hunter. Dans le capharnaüm chaleureux de son bureau, bien calé dans un fauteuil, il m'avait écoutée patiemment, avec son habituelle bienveillance, et il sortit de son silence uniquement lorsqu'il fut certain que j'avais terminé.

— Tu es motivée pour cette enquête, Jessie ? Vraiment ?

— Plus que jamais.

Il me regarda de longues secondes. J'étais sûre que ce projet avait tout pour lui plaire – sauf qu'il ne sauterait pas de joie à l'idée de me savoir seule, loin de lui, même si Grand-pa était mort depuis plus d'un mois. Finalement, il acquiesça.

— Ça pourrait se faire, alors. Tu serais là-bas en qualité d'envoyée spéciale de la radio. Ta petite enquête pourrait faire l'objet d'une série de chroniques qu'on diffuserait à partir de la rentrée. Ce serait une bonne publicité pour ton bouquin à venir et les gens adorent ce genre d'histoire vraie pleine de mystère et de secrets… Seulement, tu dois me promettre de faire attention à toi quand tu seras à Eden Woods…

— Je te le promets, Hunt, mais comment est-ce qu'on va vendre au public une série de chroniques sur une affaire qui s'est passée en Caroline du Sud ?

Ses yeux s'arrondirent et il réfléchit. Son regard s'éclaira.

— Tu es originaire de Keowe, et c'est de là que vient ta famille, après tout. Ce sera donc l'enquête d'une enfant du pays sur ses racines dans une région marquée par une histoire sordide… Bon, c'est un peu tiré par les cheveux mais si ton bouquin marche, la gloire rejaillira ici et personne ne se souciera des raisons qui t'ont conduite là-bas…

Il me demanda une nouvelle fois si j'étais sûre de moi, et je hochai la tête, avec bonheur et détermination. Il exulta.

— Bien, alors voilà ce qu'on va faire : tu vas prendre le poste qui est vacant depuis le départ de Ray, comme ça, tu auras un salaire complet…

— Hunt, ce serait malhonnête puisque je ne remplacerai pas Ray. Je pensais négocier avec toi le maintien de mon salaire actuel, pas demander une augmentation…

Il eut un geste exaspéré de la main.

— Ne t'inquiète pas de ça. C'est moi qui prendrai l'antenne à la place de Ray. Depuis le temps que je voulais retourner au charbon. Crois-moi, ça me manque et je pourrai largement cumuler avec le poste de directeur.

Il m'offrit de nouveau son plus beau sourire : l'affaire était conclue. Je n'avais plus rien à dire.

⋆

Deux jours après, dans la matinée, j'arrivai à Keowe avec mes bagages et un épais cahier vierge dans lequel finiraient toutes mes notes, chaque réflexion concernant la tragédie des Webson et le mystérieux enfant perdu.

Hunter s'était chargé de tout : il m'avait réservé une chambre dans une auberge située sur la route principale qui traversait Keowe, et cela pour une durée indéterminée. Le Walhalla Inn était tenu par une petite vieille dame de soixante-dix ans d'origine coréenne, Mme Park. Elle était dodue, et les joues de son gros visage flasque pendaient comme les bajoues d'un vieux bouledogue. Elle fut ravie de constater que mon séjour était déjà payé et serait renouvelé avec une avance d'une semaine si besoin était. Elle me conduisit dans ma chambre. C'était on ne peut plus rudimentaire : un coin toilettes-salle de bains et la pièce principale, aux murs d'une blancheur presque aveuglante, dont le sol était recouvert d'une moquette à bon marché bleu ardoise. La taille du téléviseur m'impressionna : cela faisait des années que je n'avais pas vu un aussi vieux modèle – moi qui étais habituée aux écrans plats, j'avais oublié qu'on pouvait, jadis, disposer des bibelots sur une télévision ; Mme Park, elle, s'en souvenait.

Elle m'indiqua les heures des repas puis m'offrit un sourire pincé avant de me laisser seule.

Je me rendis sur le balcon, contemplai le paysage : Keowe était une petite ville plate, au tracé géométrique. On avait l'impression que presque rien ne s'interposait entre le ciel et la terre, hormis une église blanche et, vers l'est, le bâtiment où se trouvait le siège du comté – un drôle d'édifice en brique dont l'étrange couleur rouge framboise jurait dans le paysage.

Au loin, les reliefs des Appalaches, bordés de forêts de pins. Là-bas, au beau milieu de cette végétation qui, depuis mon point d'observation, avait quelque chose d'effrayant, se trouvait Eden Woods, enlisée dans une enclave traversée par une rivière. C'était la forêt qui donnait en partie son nom au bourg, et derrière ce rideau d'arbres dont le vert, sous le soleil, virait au noir, se cachait le manoir des Webson, toujours plongé dans la stupeur d'une nuit macabre de printemps orageux.

Mon téléphone sonna. C'était Hunter.

Il semblait juste vouloir prendre de mes nouvelles, savoir si j'étais bien installée. Je pus le rassurer mais il fit traîner la conversation et je devinai qu'il ne s'agissait pas d'un simple appel de courtoisie.

— Qu'est-ce qu'il y a, Hunt ? Je sens que quelque chose ne va pas...

— Eh bien, je ne sais pas trop comment te le dire... Enfin... Tu ne vas pas être seule sur ton enquête à Eden Woods...

Je ne répondis rien. J'attendais l'annonce de la catastrophe imminente. Au bout du fil, Hunt se perdait en borborygmes gênés et en circonlocutions improbables jusqu'au moment où il en vint au fait.

— Tu te souviens qu'on avait parlé de Miles Oakland, quand tu as réintégré l'antenne ?

Je me contentai de soupirer.

Hunt s'éclaircit la voix.

— Bon... Comme on pouvait le craindre, il a fini par apprendre que tu devais te rendre à Keowe pour enquêter sur la tuerie du manoir Webson. Tu imagines s'il l'a mal pris... Il m'a noyé sous des mails dans lesquels il m'a traité de tous les noms. Il a promis de faire fermer ma « boîte de merde » en foutant en l'air mon image publique. Bref, il m'a fait la totale. Au bout du compte, je ne sais pas comment c'est arrivé, mais je l'ai autorisé à plancher sur cette affaire à tes côtés...

— Hunt ! Bon Dieu !

— Je suis navré, Jessie ! Vraiment ! Il me harcelait ! C'était son quarante-deuxième mail de la journée ! J'en avais marre !

Je lâchai un autre juron puis tentai de me calmer.

— C'est bon, je te comprends. Et qu'est-ce qui se cache précisément derrière l'expression « plancher sur cette affaire à mes côtés » ?

— Oh, trois fois rien : il veut t'observer en train de parler avec des habitants d'Eden Woods et filmer les environs pour illustrer tes chroniques radio. Et il veut réaliser un documentaire sur cette histoire…

— Hunt ! Et mon bouquin ? Il va passer à l'as s'il fait un film sur Eden Woods.

Il ne put retenir un éclat de rire gras et condescendant.

— Ma pauvre chérie ! On voit que tu n'as jamais jeté un œil aux documentaires de Miles Oakland ! À ton avis, pourquoi je l'ai cantonné à la chronique des polars pendant toutes ces années ?

Cela me rassura un peu et Hunter raccrocha en me souhaitant beaucoup de plaisir pour ma première rencontre avec mon nouveau collègue.

Après avoir rangé mes affaires, je descendis faire un tour en ville afin de tâter le terrain.

Keowe était une de ces petites villes de Caroline du Sud tournées vers l'intérieur des terres et qui s'opposait en bien des domaines à toutes ses sœurs de la côte. Ici les Blancs devaient représenter près de 95 % des habitants, peut-être plus. Une population vieillissante, comme si tout dans les environs était destiné à s'éteindre comme une vieille chandelle. La région ne s'était pas remise de la tragédie qui avait frappé les Webson : tant que Monsieur était à la barre et pouvait injecter régulièrement de l'argent frais dans son usine de textile grâce à la fortune familiale, l'économie du coin se maintenait à un niveau correct. Ce n'était qu'un trompe-l'œil. Tout le monde s'en contentait.

Une fois les Webson morts, ce fut une autre paire de manches : l'administrateur nommé pour gérer la continuité des affaires a découvert que l'entreprise ne fonctionnait plus que sous perfusion et que, le maître des lieux disparu, personne ne serait assez fou pour investir dans ce tonneau des Danaïdes.

C'en était fini d'une belle aventure familiale qui avait commencé moins d'un siècle plus tôt et rejoignait tant de structures du même type qui avaient déjà sombré depuis dix ou vingt ans.

Vous ne restiez pas à Keowe si vous aviez des projets d'avenir ; vous y végétiez si la vie se désintéressait de vous. Et je ne parle pas d'Eden Woods qui se transformait en village fantôme un peu plus chaque année.

Avant de quitter l'auberge, je demandai à Mme Park si elle savait quelque chose à propos de l'agression récente d'Esther Lamar. Elle me répondit que tout le monde en avait été très étonné, que ce n'était pas le genre d'événement qui survenait habituellement à Keowe et ses environs. Les vrais problèmes qu'on rencontrait dans le coin, c'étaient la drogue, la prostitution, et les armes, aussi. Tous les indices d'une jeunesse dépravée, paresseuse. Comme cette bande de hippies indécrottables qui vivaient dans les montagnes.

La vieille aubergiste était encore sous le choc. Esther Lamar était une bonne chrétienne : elle avait reçu un petit héritage de la part des Webson. Elle n'en avait conservé qu'une infime partie pour ses besoins personnels et avait investi le reste dans une œuvre de charité qu'elle avait fondée, un an après le drame. Désormais âgée et fatiguée, c'était l'une de ses protégées qui avait pris le relais à la tête de cet organisme qu'elle avait baptisé « Association Tobias Webson », en hommage au petit garçon disparu.

Cette œuvre venait en aide aux plus démunis : elle avait pour but de les aider à se former, à trouver du travail, à se resocialiser. Tout cela sous la protection bienveillante de Notre-Seigneur Jésus-Christ. Avec le temps, les fonds s'étaient épuisés et l'association vivotait difficilement.

Lorsque je lui demandai si elle avait connu les Webson, Mme Park grimaça en haussant les épaules et secoua la tête, catégorique.

— Personne ne connaissait les Webson. Sauf Esther Lamar. Une sainte égarée dans l'un des pires cercles de l'enfer…

Elle laissa sa phrase en suspens, arbora un air entendu qui me laissa perplexe.

— Les cercles de l'enfer ? Rien que ça ?

Elle jeta un coup d'œil rapide autour de nous comme pour être certaine que personne ne pouvait nous écouter, puis elle prit un ton de conspiratrice.

— Les Webson, ils ont fait un pacte avec le démon.

J'eus un mouvement de recul étonné qui arracha un sourire sardonique à l'aubergiste.

— Je vois que vous êtes une femme trop jeune et moderne pour croire à ce genre de choses... Cela dit, les faits sont têtus.

Elle se pencha au-dessus du comptoir de l'accueil et poursuivit ses révélations à voix basse.

— Quand Mme Webson a eu sa fille, Rose, l'accouchement a été très difficile, et la pauvre femme a failli y rester. Le médecin de l'époque, le Dr Keene, il les avait prévenus : pas d'autre bébé. Trop dangereux pour la mère comme pour l'enfant. Ça a fichu un sacré coup à M. Webson, parce qu'il rêvait d'avoir un garçon. Pourtant, trois ans après, Mme Webson a insisté pour tenter d'avoir un bébé. Ils ont eu un garçon, et à la surprise générale, l'accouchement s'est bien passé. Hélas, quelques semaines plus tard, M. Webson a appelé le Dr Keene en pleine nuit : le petit Toby allait très mal. Il toussait au point de ne plus pouvoir respirer. Le Dr Keene voulait le faire hospitaliser mais Mme Webson était comme folle et elle refusait qu'on touche à son fils.

— Le petit s'en est pourtant sorti, non ?

Mme Park acquiesça gravement.

— C'est tout le problème... Le Dr Keene a dû rentrer chez lui sans pouvoir faire entendre raison aux Webson. Il était persuadé que le petit Toby mourrait dans la nuit, et il pensait qu'on l'appellerait dès le lendemain. Or, il n'a pas eu de nouvelles du tout, et comme il y avait une épidémie de grippe dans la région, il a été littéralement surmené et il n'a plus pensé au bébé. Trois semaines après, le pic de la maladie est passé, et il s'est souvenu du petit Toby. Il a trouvé ça bizarre, de ne pas en avoir entendu parler, et il a pris sur lui de retourner au manoir, et là, stupeur... Le petit Toby se portait comme un charme. Plus une quinte de toux, plus rien.

— Un vrai miracle...

Elle secoua l'index devant moi.

— Non, ma jolie, pas un miracle. Parmi les gens qui travaillaient au manoir, il y avait un vieil homme, Barry Delerth... Un être à vous faire froid dans le dos !

Elle ferma les yeux et reprit sa respiration.

— Barry Delerth descendait d'une famille originaire de la Nouvelle-Angleterre. On murmurait qu'il y avait des sorcières parmi ses aïeules et que leurs savoirs sataniques avaient été transmis de génération en génération...

— Jusqu'à Barry Delerth lui-même.

— Absolument. Delerth adorait les plantes et les fleurs, et c'est de cela qu'il s'occupait au manoir. Quand on a appris que Mme Webson attendait un autre enfant en dépit des avertissements du docteur, tout le monde a bien compris que Delerth était derrière tout ça : il avait mis ses connaissances occultes au service de ses patrons.

— Vous voulez dire qu'il a aidé Mme Webson à tomber enceinte sans crainte de perdre la vie ?

— Oui. Et ça a presque marché... C'était compter sans le Seigneur : Il n'aime pas qu'on passe outre à sa Volonté et Il a voulu leur reprendre l'enfant. Malgré ça, Mme Webson a encore réclamé de l'aide à Delerth pour arracher son bébé à la mort...

Et grâce à son commerce avec le Malin, Delerth a réussi. Même si l'enfant qui a survécu n'était plus vraiment Toby, soyez-en sûre.

Elle s'arrêta net. J'avais beau être une mécréante et matérialiste de premier choix, l'histoire de Mme Park avait réussi à me couper le souffle et faire naître en moi un profond malaise.

L'aubergiste, qui avait terminé son histoire, se redressa pour retrouver son sourire et sa pose toute professionnelle. Combien de fois avait-elle raconté la légende noire du manoir Webson ? Aucune idée. En tout cas, elle était passée maître dans l'art de cette narration.

Un pensionnaire entra dans l'auberge et salua Mme Park. Ils échangèrent deux mots puis il monta dans sa chambre. J'avais eu le temps de retrouver le monde des vivants et de la raison et, déjà, mon esprit sceptique remettait en cause toute cette fable.

Mme Park, douée d'une forme troublante de vision, le devina, afficha un sourire sarcastique.

— Si vous ne me croyez pas, vous pouvez demander au Dr Keene ce qu'il pense de cette histoire. Il vit toujours en ville, pas loin du siège du comté.

— J'y penserai, merci. Et Delerth ? Il est devenu quoi ?

Elle poussa un soupir de soulagement.

— Ce monstre s'est évaporé dans la nature et plus personne ne l'a jamais revu dans les alentours, grâce au ciel. Et les Webson ont été punis pour leurs turpitudes… Puisse le Seigneur leur avoir pardonné.

Je la remerciai pour tous ces renseignements puis quittai l'auberge afin de faire mieux connaissance avec Keowe.

Il n'y avait pas grand monde dans les rues, comme si les habitants se cachaient. Quelques voitures traversaient la ville sans s'y arrêter.

J'observais les maisons modestes aux couleurs passées tout en me disant qu'un jour, il y avait de cela bien longtemps, mes ancêtres avaient sans doute vécu ici, dans des habitations qu'on avait détruites depuis des lustres pour les remplacer par celles que j'avais sous les yeux et qui seraient dans le futur, elles aussi, appelées à laisser la place à d'autres, plus en phase avec un goût du jour éphémère – et plus vite encore passées de mode.

J'avais préféré la marche à la voiture. Le temps était chaud, des parfums lourds et bruts provenant des bois chargeaient le courant d'air d'une force presque spirituelle qui me donnait l'impression qu'une main spectrale caressait mon visage et tout mon buste à travers ma chemise en coton.

Les feux de circulation balançaient tristement sur leur fil, las de fonctionner dans le vide. Un duo de petites vieilles caquetantes, de l'autre côté de la rue, s'arrêta pourtant au passage clouté, attendit d'avoir l'autorisation de traverser. Elles restèrent silencieuses jusqu'au moment où elles purent s'engager sur la chaussée ; dès cet instant, leur babillage reprit.

— Mademoiselle Belcher ?

Je sursautai et me retournai, vis un homme de taille moyenne et bien bâti, âgé d'une cinquantaine d'années, qui arborait un sourire commercial immaculé tel celui d'un agent immobilier s'apprêtant à vous proposer la maison de vos rêves. Il était brun, légèrement dégarni, et portait une barbe taillée avec soin. Pantalon de toile beige, polo de marque bleu pétrole, chaussures légères et chics : un des notables de Keowe.

Il avançait vers moi d'un bon pas, mais il trébucha à cause d'une légère dénivellation dans le trottoir. Il atterrit juste dans mes bras et, malgré mon petit gabarit, je parvins à résister à la chute qui menaçait de nous emporter tous les deux.

Rouge de honte, il se confondit en excuses tout en riant bêtement. C'était si ridicule que je gloussai à mon tour. Il lui fallut quelques secondes avant de retrouver une contenance et de reprendre là où nous en étions, comme si rien d'embarrassant ne s'était produit. Il me tendit la main, je la saisis.

— Bonjour, mademoiselle Belcher, je me présente : Clyde Schulberg, je suis le maire de Keowe.

— En réalité, c'est *madame* Belcher.

— Toutes mes excuses ! J'ai appris que vous entamiez chez nous un séjour à durée indéterminée.

— On ne peut rien vous cacher : je m'intéresse aux événements qui ont touché la famille Webson il y a bien longtemps…

Je n'en rajoutai pas afin de jauger sa réaction : à sa mine sombre on aurait pu croire que la tuerie avait eu lieu la veille. Il acquiesça lentement.

— Les Webson… Oui, c'est affreux ce qui s'est passé cette nuit-là. Vous êtes la première personne à vous pencher sur cette histoire, savez-vous ?

— Vraiment ?

— Oui. Étrangement, aucun journaliste, aucun écrivain, aucun cinéaste n'a jamais vu là matière à un travail approfondi. Artistique ou journalistique. C'est dommage : une telle publicité aurait pu rejaillir sur tout le comté.

Je le regardai, étonnée.

— C'est drôle, ce que vous dites. Habituellement, les gens n'aiment pas trop qu'on fouine dans les histoires anciennes des petites villes comme Keowe ou Eden Woods… Quand je vous ai vu approcher j'aurais mis ma main au feu que votre hospitalité n'était que de façade…

Il éclata de rire.

— Vous plaisantez, madame Belcher ! C'est le genre de truc qui arrive dans les films : le maire et deux ou trois malfrats de son entourage terrifiés par l'enquête que le preux journaliste venu de loin va s'acharner à résoudre pendant deux heures. Ici, c'est plutôt l'absence de journalistes et une vieille histoire scandaleuse inexploitée qui nous plombent… Notre ville est comme assoupie.

Son sourire devint triste. Il scruta d'un œil mélancolique la rue vide. Comme pour le contredire, une camionnette passa et un coup de klaxon retentit. Le gros homme au volant salua le maire d'une voix tonitruante ; celui-ci répondit d'un signe de la main. Éteint, il observa le véhicule qui s'éloignait, et le silence s'installa de nouveau.

— On s'emmerde tellement, ici. Je suis toujours étonné qu'il n'y ait pas plus de suicides...

Je me souvins alors de ce que m'avait dit Mme Park à propos de Keowe.

— Vous n'avez pas de problèmes de prostitution ? Des histoires de trafic de drogue ? Ou d'armes ? Et cette communauté de toxicos qui vit dans les montagnes ?

Une étincelle rieuse brilla dans les yeux du maire.

— On voit que vous logez chez Mme Park. C'est d'ailleurs grâce à elle que j'ai appris votre arrivée chez nous.

Je répondis par un sourire entendu et il poursuivit.

— Mme Park est quelqu'un de... sensible, et très attachant. Le souci, c'est qu'elle a tendance à voir un gang là où deux ados se mettent sur la gueule pour une histoire de filles... Non, vous pouvez me croire, c'est un endroit calme, ici. Avec sa petite part de vices, comme partout. Il y a quelques putes en bord de ville, c'est vrai, et des camés, mais on n'a même pas un travelo pour l'originalité. En plus, les rares descentes de flics qui ont lieu sont pour les villes alentour, rarement pour nous... Quant aux illuminés... Ils ne font jamais parler d'eux... Bref, rien d'extraordinaire qui mettrait la ville au bord du chaos...

Il laissa sa phrase en suspens – pendant quelques secondes, je crus qu'il allait ajouter : « hélas ».

Il retrouva soudain sa bonne humeur et fouilla dans sa poche de pantalon.

— Voici ma carte ! Vous pouvez me joindre quand vous le désirez ou me trouver directement à ma concession automobile.

— Je n'y manquerai pas. Et puis, qui sait ? je pourrais avoir besoin d'un homme comme vous pour en apprendre un peu plus sur les secrets de la ville…

Le maire rougit sous sa barbe sans se départir de son sourire.

— Ce sera avec plaisir. Vous pourriez même me faire l'honneur de venir dîner à la maison un de ces soirs.

C'était mon tour de rougir légèrement, de me sentir bien – et de rester sans voix.

Ce fut alors qu'un homme apparemment jeune, court sur pattes et obèse, le teint érubescent et les cheveux blonds impeccablement coiffés, nous frôla. Ses vêtements me firent penser qu'il venait de se glisser dans une faille temporelle qui l'avait directement fait passer des années soixante au XXIe siècle. Il nous toisa avec un regard halluciné, ne répondit pas à la salutation chaleureuse que lui adressa le maire.

Ce dernier ne parut pas étonné de la froideur du gros garçon qui poursuivit son chemin en haussant le menton. Ce ne fut qu'à ce moment-là que je remarquai qu'il était affecté d'une légère claudication et que son bras gauche était amputé jusqu'au coude. Le maire perçut mon trouble.

— Lui, c'est Clinton Holland, l'homme qui succédera à notre pasteur quand ce dernier voudra prendre sa retraite. Holland est un ancien combattant d'Irak. Il en est revenu mutilé, et avec tout un arsenal de guerre planqué chez lui, dit-on, mais j'en doute. Il paraît qu'il a été touché par la grâce pendant des combats de rue, à Bagdad.

— Et c'est ce qui le rend si hautain ? La grâce trouvée à Bagdad ?

— Oh, non. Il ne nous a probablement même pas vus.

Je ne trouvai rien à répondre tant cela me paraissait absurde : l'homme nous avait clairement dévisagés. Clyde Schulberg s'expliqua.

— C'est un homme assez étrange, en vérité. Il peut surgir auprès de vous partout dans la ville, et n'importe quand, pour vous prendre la main et vous tenir un discours illuminé selon lequel vous êtes épatante ou la pire des ordures, ou il va vous bousculer sans voir que vous vous trouvez sur son chemin… L'autre jour, il m'a regardé d'un air navré en me disant que j'aurais bien du mérite à être le maire de Keowe dans les semaines à venir, et que lui ne serait plus là pour nous aider. Il en avait les larmes aux yeux… Le révérend Morrow affirme qu'il a un don de clairvoyance et qu'il lui a annoncé un mois à l'avance la grossesse de sa nièce. Si vous voulez le consulter, il vit à la sortie de Keowe, dans une maison en bordure de la nationale. Je suis sûr qu'il se fera un plaisir de vous recevoir.

— Sans façon. Je parie que j'aurai assez à faire avec les mystères de cette ville pour ne pas ajouter des errements mystiques et divinatoires à l'affaire !

— C'est à vous de voir.

Nous ne trouvions rien à ajouter et il jeta un œil à sa montre.

— Je dois vous laisser, et soyez sûre que c'est à regret. J'espère vous voir bientôt à ma table.

Je crus qu'il allait me faire un clin d'œil. Si ç'avait été le cas, j'aurais souri niaisement – d'ailleurs, c'est peut-être ce que j'ai fait.

— Merci pour votre accueil, monsieur le maire.

— Je vous en prie, appelez-moi Clyde.

— Alors, appelez-moi Jessie.

Nous restâmes quelques secondes l'un en face de l'autre, sans rougir cette fois-ci, puis il tourna les talons.

J'allais faire de même lorsqu'une idée me traversa l'esprit.

— Monsieur... Clyde !

Il se retourna promptement.

— Oui ?

— J'ai oublié : comment va Mme Lamar, la dame qui a été agressée ?

Il ne put dissimuler une grimace d'impuissance.

— Elle va comme on peut aller à son âge... Elle a été très choquée par tout ça. Physiquement, ça va, mais pour le reste...

— Je vois. Et où habite-t-elle ?

Il m'indiqua un point de l'horizon vers lequel mes pas me portaient d'instinct.

— Droit devant vous ! C'est une petite maison, la première d'Eden Woods. Il vous faudra traverser la forêt avant d'y arriver.

Je lui adressai un petit signe de tête en guise de remerciement et le quittai pour de bon.

Je regardai quelques instants le paysage qui s'offrait à moi : une longue et large rue sur les bords de laquelle le nombre d'habitations allait se réduisant et qui semblait être avalée par un bosquet touffu qui ne faisait que préfigurer la dense forêt qui encerclait Eden Woods.

J'avais le sentiment d'être l'héroïne d'un conte de fées qui s'apprête à pénétrer dans un territoire inconnu, doué de sa propre vie. Une héroïne consciente qu'elle ne pourra plus faire demi-tour, ou du moins, qu'elle ne sera plus la même personne le jour où elle sortira de la forêt obscure – si jamais ce jour arrive.

★

Il me fallut une bonne demi-heure à pied pour arriver chez Esther Lamar – Keowe n'était pas une ville très peuplée, mais elle occupait une surface importante.

La route semblait en pente douce, à première vue ; pourtant, son ascension me fut pénible : pour la première fois depuis des années, j'envisageai presque d'arrêter la cigarette.

Il n'y avait aucune fraîcheur sous les arbres. La touffeur, au contraire, semblait y être contenue, et je fus très vite en sueur.

Ce n'était pas la première fois que je traversais une forêt. Quand j'étais petite, Grand-pa et moi nous étions promenés dans la forêt Daniel Boone. Je n'y avais pas éprouvé un tel sentiment d'oppression.

Tout était alors verdoyant et lumineux, plein d'une vie en ébullition, tandis qu'à Eden Woods, j'avais la sensation de me trouver dans un tunnel d'arbres noirs si dense qu'il ne laissait presque plus voir la moindre parcelle de ciel bleu.

Pas de route digne de ce nom pour gagner le bourg ; seul un long et large chemin poussiéreux sur lequel je ne croisai aucune voiture.

Il n'y avait rien que moi, le silence, et la pénombre dans laquelle je croyais parfois entendre un murmure ou le bruit d'un pas sur une branche morte et sèche. Je me surpris à frissonner, à ausculter l'obscurité muette à la recherche de celui qui me suivait dans les ténèbres comme mon ombre perdue – une ombre qui, dans ce paysage privé de lumière, aurait acquis son autonomie et me considérerait désormais comme une étrangère hostile.

Lorsque je vis enfin les habitations d'Eden Woods, j'eus l'impression d'avoir parcouru des centaines de kilomètres, et plusieurs décennies. Keowe et sa civilisation semblaient si loin. Le maire m'avait dit que la maison d'Esther Lamar était la première du village. Le problème, c'est que nombre d'entre elles me semblaient être la première. Je m'approchai de chacune ; celle de l'ancienne gouvernante demeura introuvable.

Ce fut alors qu'un bruit de roue grinçante attira mon attention. C'était une dame à bicyclette, d'un certain âge, et qui venait de Keowe. Elle me jeta un regard soupçonneux puis obliqua dans ma direction. J'en profitai.

— Bonjour. Je m'appelle Jessie Belcher et je suis à la recherche de Mme Esther Lamar.

Elle s'arrêta à une dizaine de mètres de moi et posa pied à terre, me scruta avant de répondre.

— Vous lui voulez quoi, à Esther ?

— Seulement prendre de ses nouvelles. J'ai appris qu'elle a été agressée récemment et...

— Elle va bien, et elle a pas besoin de visite.

— Sauf votre respect, ça ne vous regarde pas.

Elle descendit de son vélo et me rejoignit sans se presser. Je constatai qu'elle faisait une bonne tête de plus que moi, qu'elle avait les épaules carrées et une musculature impressionnante sous son chemisier à fleurs. Sous sa robe courte, des jambes sculptées par la pratique quotidienne du vélo. Elle avait tout d'une athlète habillée en femme du Sud d'un autre temps. Sa coiffure était d'un blond anachronique et lui conférait l'allure d'une Jean Harlow ressuscitée. Son visage pâle et anguleux, vigoureusement maquillé, rappelait ceux des actrices des années vingt auxquelles on ne confiait que des rôles de femmes fatales et criminelles.

Elle se tenait face à moi et m'observait de toute sa hauteur, la poitrine fièrement bombée sous mon nez. Je luttai contre l'appréhension qui grandissait en moi à l'idée de défier cette montagne ; elle, conservait un calme souverain.

— Qu'est-ce que vous lui voulez, à Esther ?

— Je vous ai déjà dit que ça ne vous regarde pas.

Elle leva soudain le bras pour m'indiquer une direction ; elle n'avait pas été particulièrement brusque, mais je pris ce geste pour une agression et sursautai bêtement en esquissant un mouvement de recul. Je me sentis stupide. Une ébauche de sourire naquit au coin de ses lèvres.

— C'est celle-ci, sa maison. Ne l'embêtez pas trop : elle est vieille et fatiguée…

Je la remerciai, et elle remonta sur son vélo avant de s'éloigner sans rien ajouter.

J'avais l'impression que tout autour de moi se payait ma tête : les arbres, le vent, la touffe d'herbe qui poussait vaillamment en bordure de route. Pourtant, il n'y avait pas l'ombre d'une présence dans les alentours. Rouge de honte, je me dirigeai donc vers la maison d'Esther Lamar, et j'oubliai très vite ma déconvenue.

Au plus près, c'était comme une demeure abandonnée : les vitres étaient opaques de saleté et la peinture n'était plus qu'un souvenir écaillé depuis longtemps sur le bois sec et abîmé des murs. Concernant le parterre qui entourait la maison, il était à l'état de forêt vierge. Seuls quelques vêtements étendus sur le fil à linge témoignaient que les lieux n'étaient pas inhabités.

Malgré la porte entrouverte, je pris soin de frapper pour annoncer mon arrivée.

— Madame Lamar, vous êtes là ?

Un bruit venait d'une pièce lointaine, à l'autre bout de la maison. C'était une sorte de craquement régulier.

Je ne dis rien et attendis, retenant ma respiration, et je vis bientôt un vieux bouledogue approcher. L'animal ne m'accorda pas un regard. Il sortit, fit quelques mètres dans le jardin et, après avoir reniflé plusieurs endroits, il effectua une petite danse avant de poser une crotte, après quoi il s'en retourna vers la maison et se coucha devant la porte d'entrée.

Pendant ce temps, pas le moindre signe de vie à l'intérieur.

Je lançai un nouvel appel, plus fort.

— Madame Lamar ?

Une petite voix venue d'un territoire lointain plongé dans l'ombre s'éleva alors.

— C'est vous, Martha ?

— Non, je... Je suis Jessie Belcher, et je viens d'arriver à Keowe. Je suis...

— Parlez plus fort, Martha ! Je ne vous entends pas !

Je pénétrai dans l'étrange demeure, et le chien somnolent n'y vit aucun inconvénient.

Il n'y avait pas de vestibule ni de couloir dans cette maison : on se trouvait dans le séjour dès que l'on entrait.

Cette pièce offrait un spectacle étonnant : tous les meubles qui s'y trouvaient étaient trop grands pour une si petite surface. Canapé, fauteuils, table basse et étagères semblaient s'être disputé le peu d'espace qu'on leur offrait et avoir fait la course pour s'installer. Il en résultait l'impression de se trouver en présence d'un vide-greniers. Partout la poussière, témoin impitoyable du passage des années. Dans un coin, la présence d'une plante verte morte depuis longtemps.

La pièce attenante semblait être la salle à manger et n'était pas mieux agencée : la table, taillée dans un bois lourd et luxueux, dévorait tout l'espace et, de toutes les chaises qui l'entouraient, seules deux ou trois étaient accessibles. Les autres étaient coincées contre un mur ou un meuble.

J'allais pousser plus avant mon exploration quand je sentis une présence derrière moi. Je me retournai et reconnus immédiatement Esther Lamar. Elle était identique à la photo du journal – en plus âgée. Et moins souriante. Elle était outrée et stupéfaite.

— Vous n'êtes pas Martha.

— Non, madame Lamar, je suis Jessie Belcher et je…

Sa poigne d'acier emprisonna mon bras.

— Venez voir.

Martha ou pas, elle avait besoin de moi et n'était pas prête à me lâcher.

Elle me conduisit dans sa chambre où deux gros ventilateurs tournaient à plein régime. Ici régnait une certaine idée de l'ordre et de la géométrie, contrairement au reste de la maison. Tout était bleu : depuis le papier peint mural à la moquette, en passant par la parure du lit et les abat-jour.

Elle me libéra de son emprise et se dirigea vers un petit secrétaire en bois – bleu, lui aussi – sur lequel étaient disposées une série de photographies. Elle en saisit une, l'approcha de son visage en plissant les paupières, et me la tendit avec autorité.

— Là. Dites-moi ce que vous voyez. Et sans réfléchir.

Je pris la photo et l'observai, étonnée : il s'agissait du manoir des Webson tel que j'avais pu le voir sur quelques rares photos dénichées sur le Net, à la seule différence que ces clichés étaient plus récents.

On voyait bien l'usure du temps passé sur la bâtisse abandonnée, et la prolifération inexorable de la végétation.

Je levai les yeux de la photo et fixai Mme Lamar.

— C'est le manoir des Webson. Et il s'agit d'une photo récente.

Satisfaite, elle acquiesça.

— Le manoir Webson, tout à fait ! Et ?

J'inspectai de nouveau la photo à la recherche de l'élément qui paraissait justifier l'excitation de Mme Lamar. J'allais abandonner lorsqu'un détail attira mon attention. Je lui montrai une ombre du bout du doigt.

— On dirait qu'il y a comme une silhouette, là.

Elle exulta.

— Ah, ah !

Je scrutai encore le cliché pour vérifier : s'il était indéniable qu'il s'agissait d'une forme humaine, je ne parvenais pas à voir de qui il pouvait s'agir. Sans doute Esther croyait-elle que c'était une manifestation du revenant de feu sa patronne, Mme Webson. Je lui jetai un regard empreint de mystère.

— Vous pensez que c'est elle ?

Elle fronça les sourcils et me dévisagea.

— Qui ça, « elle » ?

La pointe d'agacement dans sa voix me fit rougir. Je bredouillai.

— C'est-à-dire… J'ai cru… Le fantôme de Mme Webson, quoi…

— Vous vous foutez de moi ?

Je fus incapable de répondre, et elle s'en irrita.

— Alors c'est pire, ma petite : ça veut dire que vous êtes une idiote qui croit aux fantômes. Et puis, qu'est-ce que vous faites chez moi, de toute façon ?

— Je suis venue vous voir pour vous parler de Toby et d'Eden Woods…

Elle abandonna la photo et darda sur moi un œil soupçonneux.

— Vous voulez parler de Toby Webson ? Pourquoi ?

— Eh bien, j'ai eu connaissance de cette affaire il y a très peu de temps, à l'occasion de votre agression, et tout ça a éveillé en moi une grande curiosité. J'ai donc…

— D'où venez-vous, mon petit ?

Sa voix s'adoucit sans se départir d'une fermeté naturelle, à la façon des anciennes institutrices.

— Je viens de Whitford, Kentucky, madame.

— Ce n'est pas la porte à côté… Et pourquoi une belle jeune femme comme vous fait une si longue route pour une histoire vieille de trente ans ?

— Pour ne rien vous cacher, j'ai l'intention d'écrire un livre et…

Son regard s'illumina.

— Un livre ? Sur la tragédie d'Eden Woods ? Pour quelles raisons ?

Quelque chose en moi m'empêcha de lui parler de mon grand-père et du fait que mes lointains aïeux avaient vécu ici. Inutile d'en dire trop pour l'instant, d'autant plus que je ne savais pas exactement avec qui Grand-pa était en correspondance et pour quelles raisons il s'intéressait à l'enfant perdu des Webson – et je n'oubliais pas ces mots adressés à lui comme un avertissement : *la plus grande discrétion requise, naturellement.*

— C'est un travail de commande : mon employeur s'est intéressé à cette affaire et m'a envoyée ici pour enquêter. Parallèlement à mon bouquin, il y aura une série de chroniques radiophoniques sur l'Enfant perdu d'Eden Woods…

Elle hocha la tête.

— Bien, bien… Et comment s'appelle votre employeur ?

— Hunter Laroche.

Elle réfléchit un instant, arbora une moue déçue.

— Ça ne me dit rien. En tout cas, c'est une bonne chose que vous vous intéressiez à cela avec l'œil froid du professionnel : vous verrez peut-être des choses qui m'ont échappé à cause de mon…

Elle s'interrompit et ses yeux s'embuèrent légèrement.

— … à cause de mon trop grand engagement affectif vis-à-vis du petit.

— Je comprends.

Mme Lamar se remit de ce bref intermède sentimental.

— Puis-je vous offrir du thé, du café, ou quoi que ce soit d'autre ? J'ai un très bon whisky, si vous voulez.

— Un café, ce serait parfait, merci.

Elle sortit de la chambre et me conduisit dans la cuisine où elle m'invita à m'asseoir.

— Je n'utilise pas la salle à manger ni le séjour. Après le décès de Monsieur et Madame, je n'ai pas voulu laisser tous les meubles au manoir :

des voyous les auraient volés, ou ils se seraient abîmés avec le temps. Je n'ai pas pu tout récupérer, bien sûr, et j'ai ramené ce qui me tenait le plus à cœur. Le problème, c'est qu'ils sont trop grands pour cette maison. Je m'en suis rendu compte trop tard. Ils sont là, comme ça, depuis trente ans...

Elle en parlait comme s'il s'était agi de personnes réelles à qui elle offrait un toit. Je trouvai également très révélateur qu'elle évoquât la mort de ses anciens employeurs avec une telle pudeur, comme s'ils s'étaient tués dans un accident de la route.

Elle finissait de préparer le café quand elle se retourna soudain vers moi en affichant une mine terrible.

— Mon Dieu ! Mais où est donc passée Martha ?

Elle se faufila hors de la cuisine pour gagner la porte d'entrée et revenir aussitôt, au comble de l'inquiétude.

— Avez-vous vu Martha ?

— Je ne crois pas...

— C'est ma nièce. Enfin, la femme de mon regretté neveu pour être exacte. Elle devait venir cet après-midi ! Elle m'aura encore posé un lapin, cette garce !

Elle ouvrit les mains devant elle, paumes tournées vers le ciel, et les observa avec un profond désarroi.

— Qu'est-ce que j'ai bien pu faire au Bon Dieu pour que Johnny s'entiche d'une saleté pareille ! Elle me déteste, et en plus, elle n'a jamais été capable de donner un petit garçon à Johnny avant qu'il parte ! Tu parles d'un mariage réussi !

Elle était bouleversée, et dut marquer une légère pause avant de reprendre.

— Martha est dans la police, elle est shérif du comté... Elle refuse de croire que Toby est revenu ! J'ai beau lui répéter que c'est lui qui est venu l'autre soir, elle ne veut rien entendre ! C'est pour ça que j'ai demandé de l'aide à Connor : il a passé plusieurs nuits de suite à surveiller le manoir avec l'appareil photo que je lui ai prêté. C'est lui qui a pris les clichés que vous avez vus ! Ça va lui rabattre son caquet, à cette pimbêche !

Au moment où Mme Lamar achevait sa diatribe contre sa nièce, le chien, qui était resté couché devant l'entrée, se mit à grogner méchamment. Mme Lamar eut un petit sourire cruel.

— Quand on parle du loup ! Miss Muriel déteste presque tous les humains, et tout particulièrement Martha. C'est une chienne intelligente, vous savez : elle sait repérer la vermine.

Une femme d'une quarantaine d'années arriva dans la cuisine sous le regard hostile de Miss Muriel. Elle avait une bouille ronde et joviale. Le type de personne qu'on n'hésite pas à prendre en stop sur la route. Elle nous lança un salut enthousiaste.

— Bonjour, la compagnie ! J'espère que je ne vous dérange pas !

Mme Lamar ne lui accorda pas même un coup d'œil et l'accueillit sèchement.

— Bonjour, Martha. Je suis désolée, je n'ai plus de café.

— Peu importe, Esther, mais c'est gentil de l'avoir proposé.

Martha prit une chaise pliante glissée le long du réfrigérateur et l'installa près de la table. Une fois assise, elle m'adressa un sourire radieux en me tendant la main.

— Shérif Martha Grindell.

— Enchantée. Jessie Belcher, écrivaine.

Martha parut impressionnée.

— Écrivaine ? Ça doit être la première fois que j'en vois une traîner du côté de Keowe…

Mme Lamar sauta sur l'occasion pour mettre les pieds dans le plat.

— Madame est écrivaine *et* enquêtrice ! Elle est venue retrouver Toby. Elle est comme moi : elle sait qu'il est en vie !

Elle rayonnait comme si nous venions de localiser l'enfant perdu et que nous nous apprêtions à donner une conférence de presse pour l'annoncer à la population.

Si Martha ne se départit pas de son sourire, celui-ci parut se figer et perdre en sincérité.

— Retrouver Toby Webson ? Vraiment ? Et qu'est-ce qui vous amène à enquêter sur cette affaire vieille de trente ans ?

Je n'eus pas le temps de répondre que Mme Lamar hurlait sur la shérif.

— Elle veut mettre un terme à une histoire qui piétine depuis trop longtemps par la faute d'autorités incompétentes, pardi !

Je m'empressai de servir à l'agent de police le même discours qu'à Mme Lamar quelques minutes avant et elle m'étudia, songeuse.

— C'est étrange : vous êtes la deuxième personne en vingt-quatre heures à débarquer à Keowe pour plancher sur le cas de la famille Webson.

Mme Lamar la mitrailla du regard, stupéfaite.

— Comment ça ?

— Un jeune homme est arrivé en ville hier. Un grand dadais hautain et prétentieux. Il est venu résoudre « le mystère Toby Webson »…

Dans un premier temps, je partageai la surprise de Mme Lamar puis je compris.

— Ça doit être Miles Oakland. Il travaille avec moi, en quelque sorte…

La shérif fut perplexe.

— Ah vraiment, il travaille avec vous ? J'ai pourtant eu l'impression qu'il était seul sur le coup…

Martha Grindell arborait désormais une expression étonnée et ne souriait plus.

— C'est une longue histoire, shérif…

— Ça m'en a tout l'air, oui…

Si la présence d'un second journaliste à Keowe avait éveillé la curiosité d'Esther Lamar, elle s'en désintéressa aussitôt qu'elle comprit qu'il ne faisait que fonctionner en binôme avec moi. Elle se rappela soudain la raison pour laquelle elle avait demandé à Martha de venir.

— J'ai des photos ! C'est Connor qui les a prises et on voit nettement Toby apparaître dessus ! Jessie est d'accord avec moi sur ce point !

La shérif m'accabla d'un regard lourd de reproches avant de répondre à sa tante.

— Toby Webson en photo dans le manoir ? Vraiment ? Eh bien, jetons un œil à ces merveilles…

Esther m'adressa un clin d'œil comme si nous venions de remporter une grande victoire – ce que Martha ne manqua pas de relever – et elle trottina en vitesse jusqu'à sa chambre pour en revenir avec ses précieux clichés.

Durant les quelques secondes que dura son absence, la shérif ne me quitta pas des yeux. J'avais l'impression de me retrouver à l'époque où Stewart me scrutait afin de deviner combien de verres j'avais pu ingurgiter dans la journée.

Esther Lamar fut vite de retour. Avec superbe, elle jeta les clichés sur la table.

— Voilà les photos !

Martha lui adressa un sourire mécanique, sortit des lunettes de sa poche de veste et les chaussa. Elle observa les photos avec une grande attention, les compara, regarda de près deux d'entre elles en fronçant le nez puis les reposa. Cette comédie parvint sans doute à duper Esther – moi pas. Son verdict était sans appel.

— Je suis navrée, Esther. Ça ne vaut rien…

— Comment osez…

— Ce n'est qu'une ombre, une silhouette aux contours mal définis. Je crois que Connor vous a entubée : ça pourrait être n'importe lequel de ses copains bizarres à qui il aurait demandé de rôder dans le manoir des Webson pour prendre une photo…

— J'ai confiance en Connor ! Je sais que vous ne l'aimez pas à cause de ce qu'il a fait, mais c'est du passé et il a décroché depuis longtemps ! Il ne m'a jamais menti !

La shérif leva les yeux au ciel.

— Pitié, Esther, ne soyez pas naïve. Combien lui avez-vous donné pour ces photos ? Je suis certaine que…

— Rien du tout ! Il n'a pas été question d'argent une seule seconde ! Et quand j'ai voulu lui donner un billet, il a refusé !

Elle eut un petit hochement de tête très sec en direction de sa nièce puis m'adressa un regard victorieux.

Martha leva les mains en signe de bonne volonté.

— Admettons. Je veux bien faire l'effort de croire que ces clichés sont authentiques, mais qu'est-ce qui vous prouve que c'est de Tobias Webson qu'il s'agit ? Et pas d'un clochard quelconque ? Vous savez qu'ils sont nombreux à rôder du côté de la forêt et au pied des montagnes…

Esther devint très rouge et prit un air pincé. Elle ne trouva rien à répondre à Martha. Vexée, elle se tourna vers moi, les yeux brillants de larmes contenues.

— Voulez-vous du café, Jessie ? Je vais en refaire. Pas pour Martha, naturellement, puisqu'elle doit repartir…

La shérif secoua la tête en souriant et se leva.

— Je vais vous laisser, Esther. Prenez soin de vous.

La vieille dame ne répondit pas et continua à me parler comme si sa nièce était déjà partie.

— Les forces de l'ordre à Keowe sont vraiment exécrables : jamais là quand il faut ! Et si un détraqué venait m'assassiner sous leur nez, cette bande d'idiots serait capable de vous accuser du meurtre !

Martha fit comme si elle n'avait rien entendu, m'adressa un signe de tête muet, et quitta la pièce. Miss Muriel la suivit des yeux en grondant et retomba dans l'apathie dès que la policière fut hors de son champ de vision.

Esther fixait avec un air méprisant le couloir où sa nièce venait de disparaître.

— Vous avez vu ? Vous avez vu comment elle me traite ? Comme une vieille gâteuse ! Mais j'ai toute ma tête, vous savez ! Je sais ce que j'ai vu ! C'était Toby ! Point final !

Elle tremblait un peu ; j'eus de la peine pour elle. J'étais d'autant plus mal à l'aise que je me sentais obligée d'aborder un point déplaisant.

— Je suis désolée de vous embêter avec ça, madame Lamar…

— Esther. Pas de chichi entre nous.

— Très bien, Esther. Je voulais seulement vous poser une question : comment pouvez-vous être certaine que c'est Toby qui est venu vous agresser l'autre soir ?

Elle me fusilla du regard.

— Jamais Toby ne m'a agressée !

— Les journaux ont pourtant…

— Les journaux n'ont fait que répéter ce que cette idiote de Martha leur a dit ! Et sans prendre la peine de me demander mon avis ! Celui qui a écrit ça n'est même pas un vrai journaliste, juste un crétin qui vient d'arriver au collège de Keowe.

Avec des abrutis pareils, on peut être rassuré sur l'avenir de la nation !

— Mais alors, qu'est-ce qui s'est passé ?

Elle baissa les yeux, pensive.

— Il faisait un peu plus frais que les soirs précédents, et j'en ai profité pour prendre l'air. Quand on sait jusqu'où le thermomètre peut grimper par ici, il faut saisir toutes les occasions de respirer, croyez-moi !

Elle se leva et entreprit de faire de nouveau du café : les mains occupées, les mots nous viennent plus facilement. Lorsqu'elles sont vides, devant nous, elles nous rappellent trop à quel point notre vie nous échappe.

— J'ai fait un pichet de thé glacé, et j'ai allumé la radio. Il y a une station qui diffuse encore des pièces radiophoniques, comme dans ma jeunesse. J'ai toujours adoré ça. Là, c'était une adaptation d'un roman d'Agatha Christie, *La nuit qui ne finit pas*. J'étais à l'aise. Sereine. J'ai cru que j'allais mourir, pendant quelques secondes, tellement je me sentais bien !

Elle gloussa, vint se rasseoir pendant que le café passait. On aurait pu croire qu'elle me regardait, mais non. C'était comme si je n'étais pas là.

— C'est si agréable de rester dehors sous le ciel qui vire au violet, après une journée de pluie comme celle qu'on avait connue. Un vrai déluge ! Je sais que la maison tombe en ruine et que l'endroit est un peu sauvage, et pourtant j'aime vivre ici. Le soir, quand on est entre chien et loup, j'ai l'impression que je peux voir des ombres danser dans les bois. C'est le seul moment de la journée où je m'autorise à croire aux fantômes. Pas en tant que revenants, non… plutôt comme des reflets mal dissipés de notre passé… Ce soir-là, l'ombre a pris forme et s'est approchée de moi : c'était Toby. Il n'avait que cinq ans la dernière fois que je l'ai vu et malgré tout, je n'ai pas douté une seconde : c'était lui. C'étaient ses grands yeux noirs, sans hésitation. Il m'a appelée madame Lamar, comme quand il était tout petit. Il m'a demandé de lui dire ce qui s'est passé cette nuit-là, comment tous les autres étaient morts, les Webson et Rose… Et moi j'étais là, incapable de rien dire. Je me disais : « Ça y est, je suis morte et je l'ai retrouvé. Je m'étais trompée, en fait : lui aussi est mort. Peut-être pas le même soir que les autres, mais c'est arrivé, plus tard, parce qu'un petit enfant ne peut pas survivre seul aussi longtemps. » Je n'ai pas compris tout ce qu'il a dit ensuite, c'était très confus. Il m'a demandé : « Où est-ce qu'elle est ? Je veux la retrouver, et vous savez où elle est ! Je vous ai vue avec elle en train de parler ! » Je ne comprenais rien à ce qu'il disait. Il était comme fou et ça rendait Miss Muriel nerveuse. Elle a commencé à aboyer méchamment. Moi, j'ai réussi à recouvrer mes esprits et à me rendre compte que tout ça était bien réel, que Toby et moi, on était là, vivants, alors je lui ai demandé de qui il parlait. « La femme en gris ! il hurlait, je parle de la femme en gris ! » Là, Miss Muriel a aboyé franchement, et de l'autre côté de la route, chez les Mitchell, on a allumé les lumières, puis il y a eu de l'agitation. Toby a eu peur que quelqu'un arrive, je crois, alors il a secoué la tête et il est reparti d'un seul coup vers la forêt. Dans la précipitation, il a renversé la table avec le pichet de thé et mon verre, et tout ce qu'il y avait dessus. Ça a fait un boucan du diable et Miss Muriel a voulu bondir en direction de Toby. Moi, j'ai eu peur pour lui et j'ai essayé de la retenir par son collier mais elle a beau être vieille, elle a encore de la force. Elle m'a entraînée dans son élan et c'est là que j'ai perdu l'équilibre. Je suis tombée sur le côté, en plein sur la jardinière en béton, et c'est mon bras qui a tout pris. Avec la violence du choc, j'ai perdu connaissance. Juste avant de sombrer, j'ai seulement pu voir Miss Muriel qui aboyait après les ombres de la forêt, tressautant sur ses petites pattes. Après, j'ai entendu les voix stupéfaites de M. et Mme Mitchell qui ont cru que j'étais morte, et c'est tout. Je me suis réveillée plus tard, à l'hôpital.

À nos pieds, Miss Muriel poussa un gémissement. L'évocation de ces souvenirs éprouvants ne lui plaisait pas. Quant à moi, la présence de la femme en gris dans le récit de Mme Lamar m'abasourdit. Je dus laisser passer un moment de silence avant de pouvoir prononcer un mot.

— Je ne comprends toujours pas pourquoi votre nièce a préféré faire passer un accident pour une agression.

— Parce qu'elle ne pouvait pas dire que tout ça était simplement un délire de vieille dame : les Mitchell ont entendu Miss Muriel, ils ont compris que j'avais eu une visite imprévue.

Elle s'accouda à la table, très lasse, se prit la tête entre les mains.

— Je suis tellement fatiguée, tellement fatiguée…

Elle leva vers moi des yeux pleins de détresse.

— Mon pauvre Toby. J'avais tellement de choses à lui dire après toutes ces années, vous savez…

J'étais partagée entre l'envie de la laisser se reposer un peu et le besoin de lui poser les milliers de questions qui se bousculaient dans ma tête. Une, surtout, s'imposait.

— Esther, quand Toby vous a parlé de cette femme en gris, savez-vous à qui il faisait allusion ?

Elle se redressa et me fixa avec résignation. Elle était sur le point de reconnaître qu'elle n'en avait aucune idée avant de se figer soudain, sidérée. Je crus déceler un début de mouvement sur ses lèvres, quelque chose de presque imperceptible : elle allait me répondre, spontanément, et j'ai toutes les raisons de croire qu'elle s'apprêtait à me dire la vérité – tout ce qui venait de resurgir des méandres de sa mémoire, en tout cas. Elle changea d'avis en moins de temps qu'il ne fallait pour cligner des paupières, et préféra botter en touche.

— Des femmes en gris, ma pauvre petite, ça veut tout dire et rien dire. Il était tellement jeune à l'époque : il aurait suffi qu'une femme avec un tee-shirt gris lui ait donné une glace ou ait rendu visite à ses parents pour en faire « la femme en gris »… Et encore, c'était peut-être une sorte de bleu ardoise…

Elle ne mentait pas, mais elle dissimulait une partie de la vérité, autant à moi qu'à elle-même, d'ailleurs. Je compris qu'elle n'était pas la correspondante mystérieuse de Grand-pa.

Plongée dans des abîmes de réflexion, un nuage d'inquiétude mêlée d'incrédulité passa sur son visage. Elle était concentrée comme si elle essayait de reconstituer un puzzle mental d'une folle complexité – celui d'une histoire qui l'avait frappée trente ans plus tôt et qui n'en avait jamais fini de la hanter.

Je l'observai quelques secondes, sans rien dire. Le regard posé sur sa tasse de café vide, elle secoua deux ou trois fois la tête comme pour nier ce qui venait de lui traverser l'esprit.

Ce fut alors que les paroles de Mme Park sur les pratiques occultes des Webson revinrent à ma mémoire.

— Esther…

Elle leva les yeux vers moi. Ils semblaient voilés de la mousseline vaporeuse des souvenirs.

— Vous connaissez sans doute Mme Park, Esther…

La seule mention du nom de l'aubergiste fit naître un sourire ironique et tendre sur ses traits fatigués.

— Oui, je la connais bien. Vous logez chez elle ?

— Au Walhalla Inn, oui.

— C'est un bon établissement. Bien fréquenté.

— Je n'en doute pas. Elle a été très choquée par votre accident, et elle a aussi raconté des choses étranges à propos des Webson.

Esther se mordit légèrement la lèvre inférieure et ses joues rosirent.

— Laissez-moi deviner : elle vous a parlé du diable et des rituels scandaleux qui se déroulaient au manoir pour donner à Monsieur un héritier ?

Je lui offris un sourire de connivence.

— Esther, sachez que je ne crois pas à ces choses-là, mais j'aimerais tout de même avoir votre avis sur la question. Et Mme Park a aussi mentionné un homme qui travaillait au manoir : Barry quelque chose.

— Delerth, Barry Delerth, oui. Un homme bizarre que j'ai peu connu. Il avait l'oreille de Mme Webson. Je ne l'aimais pas trop, pour être franche. C'était le genre d'individu qui menait une vie à l'écart, comme un vagabond dégoûtant. Il a eu une influence déplorable sur le père de Connor, ou sur ce pauvre Stan… Tout comme ce vaurien de Bobby Hickman.

Entendre le nom de mon père débarquer au beau milieu de la conversation en des termes aussi peu amènes me fit rougir – Esther ne s'en rendit pas compte. Elle prit une profonde inspiration, leva les yeux vers le plafond gris de sa cuisine.

— Je crois en Dieu, ma petite fille. Et par là même, je crois au Malin. Mais je ne suis pas sûre qu'il ait des sabots et une queue fourchue. Jamais Monsieur ne se serait adonné à ce genre d'abomination. Et Madame non plus : leur croix était déjà suffisamment lourde à porter, faites-moi confiance.

— Que voulez-vous dire par là ?

À peine eus-je posé la question que la vieille dame sembla regretter de s'être épanchée auprès de moi.

— Franklin Webson n'a pas eu une vie facile. Peut-être vous en parlerai-je une autre fois...

Cette plongée dans le passé l'avait épuisée, et malgré cela, elle était assez forte pour demeurer sur ses gardes avec moi. Je me dis alors que peu de choses auraient pu faire plier cette vieille femme qui avait dû faire face à l'horreur absolue.

Je lui pris la main.

— Je vais vous laisser, Esther.

Je n'avais pas anticipé ce geste – la vue de cette pauvre âme écrasée par les ans et la démence d'un passé lointain qui venait de surgir dans sa vie avec la violence d'un tremblement de terre avait ébranlé quelque chose en moi.

Au contact de ma paume, elle tressaillit légèrement. Elle reçut néanmoins ce témoignage de sympathie avec un sourire fatigué.

— Je vous remercie, je crois que ce n'est plus vraiment de mon âge, toutes ces émotions...

Elle me raccompagna jusqu'à la porte d'entrée avec Miss Muriel, qui semblait ne plus vouloir me lâcher d'une semelle. Esther me fit remarquer que sa chienne n'avait pas pour habitude de s'attacher aux gens. Elle était gentille, certes – sauf envers Martha – en général, elle préférait seulement éviter les humains. À entendre Esther, j'appartenais à une espèce très privilégiée.

Elle resta sur le pas de la porte avec Miss Muriel – elle voulait me dire quelque chose, je le ressentais physiquement, et elle en était empêchée. Par quoi ?

Je m'éloignai. L'ancienne gouvernante et sa chienne se tenaient sur le seuil de l'entrée et leurs regards me détaillaient.

Je n'avais pas fait vingt mètres que la voix cassée de la vieille dame s'éleva derrière moi.

— Jessie !

— Oui ?

À peine eus-je le temps de me retourner que l'appel qu'elle venait de me lancer, chargé de spontanéité et de courage, avait laissé place à la prudence et à la dissimulation.

Elle secoua la tête en arborant un air navré et, d'un geste de la main, chassa l'idée saugrenue qui venait de lui traverser l'esprit.

— Rien, mon petit, laissez tomber. Je peux toujours vous joindre chez Mme Park, au cas où…

— Oui. Surtout n'hésitez pas.

Je la quittai pour de bon et m'enfonçai de nouveau dans les bois sombres d'Eden Woods.

⋆

Je fus de retour à l'auberge à plus de 14 heures. J'avais chaud, faim et soif, et je me maudissais de n'avoir pas pris la voiture pour aller à Eden Woods.

D'après ce que j'avais compris, il était inutile de demander quelque chose à manger à Mme Park : l'heure du déjeuner était largement passée. Heureusement, j'avais repéré un petit restaurant grill en arrivant le matin : il ne se trouvait qu'à une centaine de mètres de l'auberge et je m'y rendis d'un pas nonchalant sous un soleil de plomb qui m'aveuglait. Il n'y avait personne dans les rues, un peu de poussière sèche me collait à la gorge, et pourtant, je préférais me trouver ici, dans une Keowe vide et caniculaire, que dans les ténèbres ombreuses, luxuriantes et vénéneuses d'Eden Woods.

J'arrivai dans le restaurant appelé sobrement *Chez Will*. Il n'y avait pas de climatisation, juste un énorme ventilateur qui faisait plus de boucan qu'il ne dispensait d'air frais. Lorsque j'entrai, le contraste avec l'extérieur était tel que j'eus l'impression d'être plongée dans l'obscurité. Il me fallut quelques secondes pour retrouver une vision normale.

Quelques clients mangeaient tout en regardant une télé posée sur une étagère. C'était une rediffusion de *The Apprentice*. Un homme debout derrière le comptoir – sans doute le propriétaire des lieux – âgé d'une soixantaine d'années, sec et ombrageux, à la peau parcheminée comme une vieille carte au trésor, observait lui aussi l'écran sans avoir l'air de s'y intéresser vraiment. Il portait une moustache de motard qui donnait l'impression étrange qu'il souriait tout le temps. Dès qu'il se tourna vers moi, il m'adressa un clin d'œil amical. Je le saluai d'un hochement de tête et vins à lui, m'installai lourdement sur un siège de bar.

— Je meurs de faim. Et j'adorerais une limonade bien fraîche.

— Tout ce que je souhaite, c'est votre bonheur. Prenez la carte. Mais attention : on n'a plus de bœuf et on ne fait plus que des patates à cette heure-ci.

— Alors du poulet avec beaucoup de frites, ce sera merveilleux.

Il déposa ma commande à son cuisinier puis vint à nouveau s'accouder en face de moi.

— Je crois pas vous avoir déjà vue auparavant.

— Je suis arrivée ce matin. J'écris un livre sur Toby Webson…

Il haussa les sourcils.

— Le petit gosse Webson ? Qu'est-ce que vous allez bien pouvoir raconter là-dessus ? Il a dû crever dans les bois et pourrir quelque part. On retrouverait même plus son squelette, tant de temps après…

— Qu'est-ce que tu peux raconter comme conneries, mon pauvre Will ! Bien sûr qu'on retrouverait son squelette, au gamin, puisqu'on retrouve les restes de types qu'ont vécu à la préhistoire !

Will rougit et fusilla du regard le type qui venait de s'exprimer.

— Et si pour changer tu fermais ta gueule, Polly ? Si le gamin est mort dans les bois, il a jamais été enterré, et les bêtes l'ont sûrement bouffé, et les os avec !

— Pas faux, j'y avais pas pensé.

Le nommé Polly se replongea dans l'émission télé qui ronronnait en fond.

Will retrouva son flegme et fut de nouveau tout à moi.

— Vous bossez toute seule ou pour un journal ?

— Moitié-moitié... Dites-moi : où se trouvent les locaux du *Keowe Chronicles* ? J'aimerais beaucoup consulter leurs archives.

Il haussa les épaules.

— C'est un tout petit local. Je crois que vous feriez mieux de demander à la bibliothèque municipale, pour les archives.

— Oh, je vois... Et vous connaissez leurs journalistes ? J'aimerais bien rencontrer celui qui couvre les faits divers. Il doit savoir des tas de choses sur l'affaire Webson.

Will n'eut pas le temps de me répondre qu'une voix retentit derrière moi.

— C'est moi qui m'en occupe !

Je me retournai et vis un homme d'une trentaine d'années, bien mis et plutôt beau garçon. Visiblement, lui aussi déjeunait à une heure tardive : il venait de finir son repas et me regardait en souriant. Ses traits étaient fins, ses cheveux châtains, et ses yeux plutôt sombres. Je notai aussi la présence de Clinton Holland, le pasteur estropié, seul dans un coin de la salle. Il semblait ailleurs, et je n'aurais su dire s'il m'avait seulement remarquée.

Le jeune homme du *Keowe Chronicles* s'essuya les mains délicatement, quitta sa table et approcha sans se départir de son sourire, main tendue vers moi.

— Michael Burke. Ça vous dérange, si je me mets là ?

— Je vous en prie. Je m'appelle Jessie Belcher.

Il s'installa et s'adressa au restaurateur.

— Deux cafés, s'il vous plaît. Un pour moi et un pour Jessie, quand elle aura fini.

— Ça marche.

Michael me sourit ; je l'observai, amusée.

— Alors comme ça, vous êtes journaliste au *Keowe Chronicles* ?

Il eut un rire d'adolescent.

— Journaliste... C'est beaucoup dire. Disons que je mets mon temps libre au service de cette vénérable institution.

— Et de quoi est fait votre temps qui n'est pas libre ?

— J'enseigne la géographie au collège de Keowe. C'est comme un des douze travaux d'Hercule, sauf que je n'ai aucun espoir de mener ma mission à bien ! Comme nous sommes en période de vacances, inutile de vous dire que je ne suis pas surmené...

— Donc, vous pouvez vous consacrer pleinement à l'agression d'Esther Lamar.

Il hocha la tête avec une certaine gravité.

— Oui, et en toute franchise, je ne connaissais rien de cette histoire avant cet incident.

— Vraiment ? J'avais cru comprendre que tout le monde la connaissait dans le coin. Même les plus jeunes...

— C'est que je ne suis pas vraiment d'ici, pour être honnête. J'ai été muté récemment... et comme je ne connais pas grand monde, j'ai eu l'idée de me consacrer au journalisme local, histoire d'en apprendre le plus possible sur la région. Pour le moment, je vis dans un petit appartement à la sortie de la ville, près de la nationale.

— Vous vivez au même endroit que le révérend Holland ?

Il m'offrit un sourire surpris.

— Oui, nos appartements sont mitoyens. Clinton est un homme que j'apprécie beaucoup. Disons qu'il faut apprendre à le connaître...

Par réflexe, je me tournai en direction du pasteur – celui-ci avait disparu. Je retournai alors à Michael.

— Et vous êtes venu seul à Keowe ?

Il se rembrunit quelque peu.

— Oui, je suis seul. J'ai divorcé et j'ai demandé ma mutation. Mon ex-femme est restée dans le Wisconsin avec son nouveau compagnon.

— Oh, je suis navrée de l'apprendre.

Il se força à sourire.

— Ne vous inquiétez pas ! C'est juste que... C'est encore un peu douloureux de penser à ça, c'est plutôt récent, après tout. Pour en revenir à Toby Webson, je peux tout à fait vous présenter à quelques-unes des plus belles plumes du *Keowe Chronicles*. Ils ne sont plus tout jeunes mais certains sont des mémoires vivantes de la région. Ça pourrait vous être utile, non ?

— Oui, merci de l'avoir proposé !

Le café arriva, suivi de mon repas. Michael me souhaita un bon appétit. Je le remerciai et commençai à manger tandis qu'il continuait à me poser des questions.

— Vous êtes arrivée à Keowe il y a longtemps ?

— Seulement ce matin.

— Alors je pourrais peut-être vous faire visiter un peu la ville, si vous n'y voyez pas d'inconvénient…

Je lui lançai un regard amusé.

— Je croyais que vous débarquiez, vous aussi.

— Oh, mais je suis un vieux de la vieille, à côté de vous ! Ça fait près d'un mois que je suis là, n'oubliez pas. Alors, c'est d'accord ?

J'acquiesçai en souriant, et Michael exulta.

— Génial ! Est-ce que vous seriez libre… vendredi, dans l'après-midi ? J'ai des rendez-vous avec mon directeur pour préparer la rentrée tous les autres jours. Comme je suis nouveau, je dois m'y prendre à l'avance.

— Eh bien, je pense être disponible à ce moment-là.

Il sourit, céleste, et quitta son siège.

— Vous avez un téléphone ? Passez-le-moi.

Je lui tendis mon iPhone après avoir déverrouillé le clavier. Il pianota dessus et me le rendit.

— Je me suis envoyé un SMS, comme ça, nous avons chacun nos numéros. N'hésitez pas à m'appeler si vous avez besoin de quoi que ce soit. Alors… À vendredi.

Je le remerciai et il quitta le restaurant.

Mon repas terminé, je décidai de rester un peu à discuter avec Will. Il avait soixante-neuf ans et toute son existence s'était déroulée dans les limites de sa bonne vieille Keowe. Il en était très fier, jurait-il, surtout à une époque où « n'importe quel trou-du-cul avec quelques économies peut aller du jour au lendemain à l'autre bout du monde ».

— Vous comprenez, les voyages, ça avait du sens quand c'était rare. Maintenant on a Google Earth, c'est aussi beau et on n'a pas l'inconvénient des étrangers ou d'apprendre la langue du pays.

J'en appris de belles sur les célébrités de Keowe et, lorsqu'il fut tout à fait en confiance, je l'interrogeai sur Barry Delerth et Esther Lamar.

— Delerth, c'était pas quelqu'un de Keowe, ma petite demoiselle, je crois pas que personne ici l'a vraiment connu en dehors du manoir des Webson. Mme Lamar, elle, c'est une personne épatante. Même si maintenant, je crois qu'elle déraille un peu...

— Vous n'y croyez pas, alors, à son histoire du retour de Toby Webson...

Il secoua la tête et afficha un air navré.

— Non. Tout ça, c'est des fadaises : il est venu au monde malade et il a failli mourir tout petit. Vous saviez que son père avait commandé un petit cercueil de bébé dès qu'il a su que sa femme était enceinte ? Après, on a appris qu'il en avait un dans sa cave pour tous les membres de sa famille, lui compris. Enfin, c'est ce qui se dit...

Stupéfaite, je ne trouvai rien à répondre.

— Ouais, ma belle, moi aussi ça m'en a bouché un coin, à l'époque. On a dit qu'il avait fait ça pour conjurer le sort. Moi, je pense qu'il était tapé depuis le début, et que ça aurait dû mettre la puce à l'oreille de tout le monde comme quoi ça finirait mal chez les Webson.

— Et vous pensez vraiment qu'un homme pareil n'aurait pas pu avoir une sorte de fascination pour l'occultisme ?

Il hésita un instant puis il retrouva une contenance.

— Si vous êtes en train de me demander si je crois à ces histoires de satanisme, je vous répondrai non. *Mais*, si vous me proposiez de passer une nuit dans ce qui reste du manoir, et même en votre compagnie, je dirais aussi non.

Et il cligna de l'œil en souriant.

Les heures avaient filé à une vitesse folle et dehors, l'obscurité tombait déjà, comme me le fit remarquer Will.

— Vous avez vu comme il fait noir ? C'est l'orage qui arrive. Comme le soir de la tuerie.

Ces mots me donnèrent des frissons : je n'étais plus en train de lire un article ou de consulter une page de blog. C'était là, dans ce périmètre réduit, à quelques minutes en voiture, que le massacre avait eu lieu. Une balle dans la poitrine de la petite Rose ; une dans l'estomac de Linda ; la dernière pour Franklin Webson, en pleine tête, qui lui avait pulvérisé le crâne en partie. Et Toby qui avait réchappé du massacre.

Un soir lointain de mai, dans la même touffeur que celle qui nous écrasait, tout cela avait été réel. Tout cela s'était produit, se produisait encore, se produirait le lendemain. Et l'écho des détonations passées présentes futures parvenait jusqu'à nous pour les siècles des siècles.

Je remerciai Will pour tout ce qu'il m'avait raconté et quittai le restaurant.

Il avait raison : l'orage approchait et, malgré l'heure peu tardive pour l'été, on avait l'impression que la ville tout entière était plongée dans la nuit.

J'allais parcourir la centaine de mètres qui me séparait de l'auberge quand j'entendis un éclat de rire dans une ruelle adjacente à l'avenue principale – un rire mutin, celui d'un petit garçon qui s'amuse à se cacher pour faire peur à quelqu'un.

Je m'arrêtai pour scruter la pénombre de la ruelle, ne distinguai que des poubelles dégueulantes dont l'odeur m'écœurait.

— Est-ce qu'il y a quelqu'un ?

J'approchai en douceur, comme si je m'étais attendue à ce qu'on me sautât à la gorge.

Un autre rire, démoniaque.

Avant d'entrer dans la ruelle, je jetai un regard en arrière, espérant voir une bonne âme arriver dans ma direction pour venir à mon secours en cas de danger ; la rue restait vide.

Je pénétrai sur la pointe des pieds dans la voie enténébrée.

— Tu es perdu, mon bonhomme ?

Ma voix était si peu assurée que c'en était comique.

Soudain, l'ombre surgit devant moi, et m'arracha un cri. L'enfant était minuscule et je n'eus pas le temps de voir son visage ; seuls deux yeux brillants comme des joyaux noirs luisirent fugacement, éclairés par les lointains lampadaires qui se trouvaient derrière moi.

Je faillis tomber, entendis l'enfant qui s'éloignait en courant à l'autre bout de la ruelle. Je le suivis. N'y voyant quasiment rien, je trébuchai de nombreuses fois, me relevai, le traquai, tout entière guidée par ce rire moqueur et lugubre qui s'éloignait et se rapprochait de moi selon mes progrès.

J'étais entraînée dans un dédale de petites artères qui tournaient à gauche et à droite et encore à gauche, débouchaient sur une rue qui me jetait à nouveau dans la civilisation. Je passai devant un groupe de personnes installées sur la terrasse d'un bar. On m'observa étrangement.

« Qui est cette femme au regard de furie qui court après un fantôme ? »

« Je ne cherche pas un fantôme, je cherche un enfant. »

Plus d'une fois je crus retrouver l'ombre qui me narguait au coin d'une énième ruelle et s'y engouffrait. Au bout d'un temps infini je crus pouvoir la rattraper ; finalement, je ne trouvai personne.

Une voix spectrale, douce et triste, s'éleva derrière moi.

— Vous êtes venue ici pour chercher l'enfant…

Je sursautai en poussant un cri aigu puis me retournai.

C'était le pasteur, Clinton Holland, qui dardait sur moi son œil halluciné.

Je demeurai pétrifiée quelques secondes avant de bégayer difficilement :

— Vous… Vous l'avez vu ? Où est-il parti ?

Il ne me répondit pas et, d'un geste vif, il me saisit la main.

— L'enfant est mort, ma très chère sœur. L'enfant est mort il y a bien longtemps quand il fut décidé de passer outre à la volonté de Notre Créateur Tout-Puissant. Ne prenez aucun risque. Ne courez pas après une illusion. C'est la Bête dont les noms sont légion qui cherche à vous tromper, et elle y parviendra d'autant mieux qu'elle est déguisée en Agneau, et que ses visages sont nombreux... Cherchez au fond de votre cœur et partez tant que vous en avez la possibilité. Et surtout, évitez Eden Woods.

Sur ces mots, il me lâcha la main comme si elle l'avait brûlé tout le temps qu'il l'avait tenue. Il détourna le regard et je devinai qu'il ne me voyait déjà plus. Lentement, il me tourna le dos puis s'éloigna de sa démarche étrange d'enfant boiteux qui imiterait un militaire en parade.

Je mis deux ou trois minutes à m'éveiller de cette scène bizarre et onirique. Lorsque j'eus recouvré mes esprits, la vie autour de moi sembla reprendre après avoir observé une pause fantasmatique. Quelques badauds arpentaient les trottoirs ; une voiture traversa la rue et laissa traîner derrière elle les restes étouffés de la chanson que son conducteur écoutait trop fort.

I could reach nirvana tonight if I was ready, willing and able to pay him his regular fee...

Il était temps pour moi de rentrer à l'auberge. J'étais perdue, et ne pouvais utiliser l'application de mon téléphone pour retrouver mon chemin : ma batterie était à plat.

Dans une ville inconnue, chaque rue ressemble à toutes les autres – sauf à elle-même.

Je déambulai dans Keowe à la recherche d'un point de repère. Le hasard me conduisit jusqu'au garage tenu par le maire – Clyde. Ce dernier était en grande conversation au beau milieu des voitures avec ce que j'imaginai être un futur client. Il m'aperçut et m'adressa un signe de la main accompagné d'un sourire éclatant. Son interlocuteur se tourna vers moi et esquissa par politesse un signe de tête, dubitatif. C'était un petit homme rond et roux avec une moustache très fournie. Il portait une chemise vert pomme et un pantalon jaune moutarde. Il posa une question à Clyde sans me lâcher du regard et, quand ce dernier lui apporta sa réponse, l'autre le fixa de nouveau sans rien ajouter. Cela ne dura que deux à trois secondes, puis ses yeux revinrent à moi, toujours souriant.

Je poursuivis ma route sans m'attarder : les nuages oscillant entre le gris profond et un blanc bleuté continuaient à s'amonceler dans le ciel et l'orage semblait tout près d'éclater.

Tout le temps qu'avait duré mon errance, j'eus l'impression d'évoluer dans un labyrinthe de ruelles en mouvement perpétuel animé par la magie d'un dieu pervers qui n'avait pas d'autre but que de m'empêcher de rentrer chez moi.

C'était ridicule, même si je n'ai jamais eu le sens de l'orientation. J'avais trop honte de passer pour une étrangère et je refusais de demander mon chemin aux rares passants. Je croisai à nouveau un duo de petites vieilles – à croire qu'aucune d'entre elles ne pouvait s'aventurer seule dans les rues – ; un groupe d'adolescents que mon air perdu amusa ; une femme d'une trentaine d'années avec sa petite fille.

Jennifer.

J'avais été une mère il n'y avait pas si longtemps – une époque qui semblait remonter à une éternité. Si les choses n'avaient pas pris un cours si tragique, Jennifer aurait pu, en cet instant, jouer dans quelque jardin d'enfants avec des bambins de son âge.

Rire, pleurer, courir ou bouder.

Vivre.

Une bouffée de mélancolie âcre me laissa un goût désagréable en bouche. Je ne voyais plus que son visage désormais – souriant, telle que je l'avais vue, juste avant de la mettre au bain.

J'en oubliai de me soucier du chemin à suivre et ce ne fut pas plus mal : mon corps se souvint de l'itinéraire dès que je cessai d'y penser et j'aperçus vite les murs en brique de l'auberge se dessiner à travers l'image évanescente du visage de ma fille.

Je pressai le pas. De grosses gouttes de pluie s'écrasèrent sur le trottoir dans un bruit mat au moment où je pénétrai dans le bâtiment. Il n'y avait personne à l'accueil. Le bruit lointain d'une télévision me laissa penser que Mme Park devait être devant un feuilleton pour vieilles dames. Sans doute était-il question d'amour, d'argent et de trahison dans cette série à l'eau de rose, et la tenancière de l'auberge trouvait là son content d'émotions fortes et de rêves préfabriqués.

Une voix s'éleva, qui me fit sursauter. En entrant, je n'avais pas remarqué le jeune homme assis dans l'immense fauteuil du salon de lecture. Il avait les cheveux noirs très courts, à la militaire. Dans la pénombre brillait un anneau d'argent à son oreille gauche. Il avait le sourcil épais et une barbe de trois jours, la mâchoire carrée. La lumière avait trop faibli pour me permettre de distinguer la couleur de ses yeux.

— Vous êtes Jessie Belcher ?

Dans cette voix, une nuance d'hostilité.

— Oui, c'est moi, et vous êtes ?

Il arbora un sourire sarcastique et s'extirpa du fauteuil. Il était plutôt grand et mince, portait un jean usé et un tee-shirt noir qui mettait en valeur sa silhouette dessinée.

Il s'avança vers moi d'une démarche nonchalante et me tendit une main chargée de bagues plus ou moins gothiques avec un sourire carnassier.

— Miles Oakland. Je crois que vous et moi sommes « collègues », comme qui dirait…

Je saisis sa longue main, répondis à son sourire.

— Je vois. Alors c'est vous qui me faites passer pour une suceuse professionnelle auprès des lecteurs de votre blog ?

C'était sorti sans agressivité et presque sur un ton badin. Cela le déstabilisa un bref instant puis il éclata de rire, leva la main droite tout en posant la gauche sur son torse.

— OK ! Je vous dois peut-être des excuses : j'y suis allé un peu fort avec Hunter quand j'ai su qu'il vous avait refilé mon job... Mais c'est surtout lui que je voulais atteindre, pas vous...

— Ce n'était le job de personne, jusqu'à preuve du contraire. Il vous est peut-être passé sous le nez parce que vous n'étiez pas assez compétent pour le poste.

Il se figea.

— Vous n'avez aucune idée de mes compétences.

— Vous n'en aviez aucune des miennes et vous avez décidé de me faire passer pour une pute.

Il eut un drôle de mouvement de mâchoire ; on aurait dit qu'il venait de trouver un caillou dans sa purée. Le silence menaçait de s'instaurer lorsqu'il décida de faire amende honorable.

— Bien, je me suis comporté comme un connard de première et à cause de ça on est partis du mauvais pied, vous et moi, alors voilà ce que je vous propose : on efface tout et on repart sur des bases saines, c'est d'accord ?

Il haussa les épaules et m'interrogea du regard. Je réfléchis une minute, et me lançai.

— Vous n'êtes qu'une petite merde insignifiante, un petit con comme il en existe des millions sur le Net : vous avez de grosses couilles derrière votre écran d'ordinateur, votre bagout flatte votre ego quand vous lui laissez libre cours, mais vous n'êtes rien. Vous n'avez que deux baudruches dans le caleçon qui se réduisent à néant si vous devez affronter de vive voix celles et ceux que vous insultez à longueur de journée, bien planqué derrière des pseudos à la mords-moi-le-nœud sur les forums et les réseaux sociaux. Vous représentez tout ce que je méprise le plus dans le monde moderne : la lâcheté arrogante et la malfaisance propre aux ratés qui n'assument pas l'échec de leur vie. Vous êtes un parasite et, comme tel, on ne se débarrassera jamais complètement des êtres tels que vous, sans compter que vous resterez toujours convaincu de votre supériorité – sur la base de quoi ? J'aimerais le savoir – cela rend donc tout mon petit discours parfaitement inutile. C'est pourtant si bon de rappeler aux individus de votre espèce qu'ils ont autant d'importance qu'une chiure de mouche.

J'avoue que ce laïus avait quelque chose de pompeux et d'artificiel – et je mentirais si je niais ne pas y avoir pensé une ou deux fois depuis que j'avais appris par Hunt les saletés que Miles Oakland déversait sur mon compte. Quelle satisfaction ç'a été de le voir pâlir à mesure que chacun de mes mots le percutait de plein fouet. Il en demeurait bouche bée ; je pus alors enterrer notre différend en arborant une expression des plus réjouies.

— Voilà ! *À présent*, nous sommes quittes.

Il se contraignit à afficher un sourire mécanique.

— C'est de bonne guerre, je vous le concède, mais c'est la dernière fois que vous me parlez sur ce ton, OK ?

Il pointait un index orné d'une bague à tête de grenouille noire dans ma direction.

— C'est bien ce que j'entends en disant que nous sommes quittes.

Une petite voix s'éleva derrière le comptoir de l'accueil.

— Est-ce que tout va bien ?

Mme Park, attirée par l'énergie hostile qui devait émaner de chacun d'entre nous, avait abandonné son émission. Je la rassurai aussitôt.

— Tout va bien. Je faisais seulement connaissance avec mon collègue.

Miles hocha la tête sans me quitter des yeux. Je l'invitai à me suivre dans ma chambre pour évoquer les informations que j'avais récoltées chez Esther Lamar et il s'en étonna.

— Vous avez déjà rencontré Lamar ?

— Suivez-moi, je vais tout vous dire.

Avant de m'emboîter le pas, il se dirigea vers Mme Park et lui prit les mains. Avec beaucoup de douceur, il lui assura que tout allait pour le mieux avec moi, même si une broutille nous avait opposés. Tout était réglé. Mme Park échangea un long regard avec lui, puis elle battit des paupières dans ma direction. Le message était passé : si elle devait choisir entre Miles Oakland et moi, elle ne tergiverserait pas longtemps.

Le temps d'arriver à ma chambre, Miles m'informa qu'il avait eu l'idée géniale de prendre lui aussi pension chez Mme Park. Sa chambre n'était qu'à quelques mètres de la mienne.

Chez moi, la touffeur me prit à la gorge. L'orage avait rendu l'atmosphère irrespirable et je me dépêchai d'ouvrir la porte-fenêtre.

Sans aucune gêne, Miles s'installa sur le lit, appuyé sur ses coudes et jambes croisées – qu'elle semblait loin, la gifle rhétorique que je venais de lui administrer.

J'ouvris le mini-frigo et en sortis une bouteille de jus de fruits que je lui montrai.

— Un petit verre ?

— J'aurais préféré une bière, mais ça fera l'affaire.

Chacun de nous prit son verre de jus de fruits. Je grimaçai : il était trop sucré. Dehors, un grondement lointain retentit, sourd et paresseux, comme si l'orage était déjà fatigué d'avoir battu son plein à plusieurs dizaines de kilomètres de là. Je m'installai au petit bureau qui se trouvait à droite de la porte-fenêtre donnant sur le balcon puis observai Miles, lui demandai quand il était arrivé.

— Hier matin. J'ai fait un petit tour en ville et je suis allé voir du côté des flics et du journal pour pêcher les dernières nouvelles. Les gens s'emmerdent à mourir, ici, ça crève les yeux. D'ailleurs, il y a eu un suicide à Eden Woods, ces derniers temps…

— Un suicide ?

— Oui. Une sorte de tordu qui vivait en reclus. Le type s'appelait Stan Quelque chose. Une cinquantaine d'années. J'ai cru comprendre que c'était une sorte de sourd-muet qui avait toujours vécu dans le coin. Ça n'a pas fait la une des journaux mais j'ai repéré deux flics qui en parlaient hier.

— Et en quoi ça nous intéresse ?

Il eut un sourire en coin.

— Ça nous intéresse parce que l'un des deux agents a dit : « Stan l'autre mois, et maintenant Esther : c'est tout le personnel des Webson qui part en couille ! »

Stan. J'étais trop épuisée pour me souvenir à quelle occasion j'avais entendu ce nom dans la journée.

— Et ce Stan, il travaillait chez les Webson ?

— Apparemment, comme homme à tout faire... Ce que le flic sous-entendait surtout, c'est que tous ceux qui avaient approché cette famille étaient... Comment dire ? Enfin, vous voyez, quoi ?

Il ne compléta pas sa phrase et se contenta de m'adresser un regard lourd de sous-entendus.

— Vous voulez dire que tout ça a un rapport avec les événements qui ont eu lieu il y a trente ans ?

— Tout juste ! Vous n'imaginez pas le nombre de crétins qui croient aux histoires de revenants, de diable et tout le toutim...

— Vous n'y croyez pas, vous ?

Il me fixa avec des yeux ronds.

— Vous rigolez ? Le gamin est mort quelque part dans la forêt, au pire dans la montagne s'il avait l'âme d'un randonneur précoce. Sinon, pour le reste, quelqu'un cherche à faire croire à son retour. Ou bien mamie Lamar est complètement gaga, ce qui est, d'un strict point de vue statistique, le plus probable.

Il se redressa d'un coup sur le lit et agita ses mains ouvertes dans ma direction, au comble de l'excitation.

— Ou non ! Imaginez ça ! Vous connaissez Clinton Holland ?

— Oui… Oui, j'ai eu l'occasion de le croiser…

Miles m'adressa un clin d'œil complice et salace.

— Il est sexy, pas vrai ?

Je ne pus m'empêcher de pouffer tandis qu'il continuait.

— Alors voilà : Holland a l'air d'être un de ces révérends un peu dérangés à qui la proximité du Christ a fini par taper un peu trop fort sur le crâne. Il a une ligne directe avec Dieu et il sait que Celui-ci veut châtier Keowe pour les péchés des Webson…

Miles poursuivit quelques minutes encore une histoire abracadabrante tissée autour d'un complot ourdi par Clinton Holland.

Je ne l'écoutais plus que d'une oreille tout en affichant une mine amusée et, de temps à autre, je jetais un œil au ciel bas et lourd qui pesait sur nous. Mon regard se perdit dans les bois et les montagnes, soudain illuminés par un éclair blanc et pur. J'interrompis Miles, pensive.

— Et si on l'avait enlevé ?

— Quoi ? Enlevé qui ?

Je me tournai vers lui.

— Toby Webson. Réfléchissez : le gosse a réussi à échapper au massacre et il s'enfuit. Il fait une rencontre inattendue dans les bois et se fait enlever, ou recueillir, peu importe…

Miles ne dit rien et, au bout de quelques secondes, il allongea sa grande carcasse sur le lit, les mains jointes derrière la tête, les sourcils froncés.

— Donc, vous pensez que le gamin est bel et bien de retour ?

— Je dis que ça ne semblerait pas si impossible que ça.

— Peut-être, après tout… Même si j'aimais bien mon histoire de pasteur dément. On aurait dit qu'on était dans *La Nuit du chasseur* et que Clinton Holland était notre Robert Mitchum…

Il sombra dans un silence méditatif. Je pris conscience d'un détail.

— C'est drôle, Esther parle toujours des Webson comme s'ils étaient morts naturellement, ou que quelqu'un d'autre les avait tués. J'ai l'impression qu'à l'époque personne n'a vu venir cette fin tragique.

— Ah bon ? Il y a pourtant des histoires qui circulent sur les violences que subissait Mme Webson.

— Des violences ? Des violences conjugales, vous voulez dire ?

Miles se releva et m'adressa un regard perplexe.

— Bien sûr, des violences conjugales. C'est de notoriété publique.

Je ne trouvai pas quoi répondre, et Miles se fit moqueur.

— Oh, alors *ça* vous ne le saviez pas !

— Ce n'est pas un concours.

Miles marqua une pause et savoura ce moment de supériorité.

— Je sais, je sais : il y a de quoi tomber des nues, ma pauvre amie…

— Je ne tombe pas des nues, mais je ne comprends pas pourquoi aucun des journaux de l'époque n'en a jamais parlé.

— C'étaient les années quatre-vingt, chérie, et en Caroline du Sud, qui plus est. Le patriarcat avait encore de beaux restes… En même temps, vu la façon dont ce petit monde a fini avec une balle dans le buffet chacun et du plomb dans la tête pour Monsieur, est-ce que c'est vraiment étonnant ?

Quelques instants s'écoulèrent. J'étais fascinée par le chant du vent tiède qui courait sur Keowe. Enfin, je répondis, absente à moi-même.

— Ça peut n'être rien de plus que des ragots…

Miles, plongé dans l'admiration de l'orage qui éclairait les montagnes au loin, avait décroché de la conversation.

— Quoi donc ?

— Ces histoires de violence contre Mme Webson. Ça ne correspond pas du tout avec l'amour que son mari semblait éprouver pour elle. Esther Lamar m'a dit que…

— Esther Lamar a été aveugle volontairement. Vous avez déjà entendu un homme violent parler à sa femme ? Ces types-là soufflent le chaud et le froid : ils jouent si bien la comédie que tout le monde est dupe de leur manège, même la femme battue qui donne à Monsieur encore et toujours une nouvelle chance.

Je ne dis rien. Si Miles pouvait avoir raison sur le fond, je ne croyais pas Esther assez naïve pour s'être laissé embobiner par un M. Webson gentiment pervers. Elle n'avait pas seulement été la gouvernante des enfants Webson, elle avait été un membre de la famille à part entière et elle était si souvent présente au manoir qu'il était impossible qu'elle n'eût jamais assisté à une scène de violence – si ce genre d'événement avait bel et bien eu lieu.

Comme pour contrer les réflexions qui se bousculaient dans ma tête, Miles revint à la charge.

— De toute façon, il y a des gens qui ont vu les marques sur le visage de Mme Webson à plusieurs reprises quand il lui arrivait de venir à Keowe.

— Vraiment ? Et qui donc les a vues, ces marques ?

— Eh bien, par exemple, celle qui est devenue l'exquise shérif de Keowe, Martha Grindell.

— Martha ? Ça devait être une gamine à l'époque !

— Elle était adolescente, oui. L'été, elle travaillait au bureau de tabac pour se faire un peu d'argent de poche. Un jour, elle a vu débarquer Mme Webson qui voulait des cigarettes, et elle est formelle : la dame avait essayé de dissimuler tant bien que mal ses coquards derrière des lunettes de soleil, mais on voyait nettement qu'elle avait été frappée. Elle a remarqué que la gamine était estomaquée par sa blessure et elle lui a servi une excuse dans le genre : « Je suis tombée de vélo en sortant de la baignoire et j'ai heurté le lavabo. »

Il eut un ricanement puéril. Je lui offris un petit sourire sec et poli et pourtant, je n'en croyais pas mes oreilles.

Miles se redressa sur le lit et claqua avec entrain la paume des mains sur ses cuisses.

— Allons ! À vous maintenant : dites-moi ce que la vieille vous a raconté !

Je lui fis un résumé de ma visite, lui indiquai que j'avais eu le plaisir de rencontrer Martha Grindell, moi aussi – et qu'il n'avait apparemment pas fait bonne impression. Cela le rendit nerveux.

— Comment ça, pas bonne impression ?

— De toute évidence, on vous a trouvé un peu imbu de vous-même…

— Quoi ? Imbu de moi-même ? Bien sûr, dès qu'on a une classe légèrement supérieure à celle des ploucs locaux, on passe pour des prétentieux…

— En tout cas, une personne ment dans cette histoire, parce que Esther m'a juré mordicus qu'elle n'avait pas été agressée.

Il darda sur moi un œil interrogateur. Je pris le temps de sortir un peu sur le balcon. L'orage n'avait fait que nous frôler, et il ne pleuvait plus. La touffeur humide née de la pluie trop brève me mit en sueur. Le ciel d'une lourde couleur pétrole pesait sur la ville, intolérablement. Miles me rejoignit avec une cigarette, et j'en allumai une à mon tour avant de lui livrer la version d'Esther.

— C'est Martha qui a décidé de faire passer cet incident pour une agression. J'ignore pourquoi elle a fait ça. Ou plutôt, non, je comprends trop bien. C'est plus facile à expliquer que le retour d'un type présumé mort depuis trente ans. Et pourtant, la version d'Esther est plus logique, plus riche en détails. En plus, pourquoi agresser une vieille dame qui vit dans une maison délabrée à la lisière de la ville ? Ça n'aurait pas de sens…

Miles inhala une grande bouffée de tabac puis souffla vers le ciel une longue colonne de fumée bleue trémulante. Avec le pouce, il frotta son menton. Sa légère barbe crissa. La fumée de sa cigarette, serpentine et gracieuse, dessinait d'étranges figures devant son visage qui s'illumina bientôt d'un sourire puéril.

— C'est cool, tous ces gens qui nous mènent en bateau, ça veut dire qu'il y a quelque chose à gratter.

Sa remarque me laissa pantoise.

— Vous en doutiez ?

— Au départ, un peu, oui…

— Qu'est-ce que vous êtes venu foutre ici, alors, si vous ne pensiez pas trouver une bonne histoire à déterrer ?

— Rien de spécial. Je voulais juste vous faire chier, vous et Hunter.

Il m'adressa un regard en coin, presque étonné par sa propre franchise.

Chacun de nous acheva de fumer sa cigarette en silence puis il rentra dans la chambre. De mon côté, j'observai quelques personnes arpentant les rues d'une soirée qui commençait en douceur. Miles, avec un clin d'œil, me proposa de l'accompagner au *Keowe Chronicles* le lendemain.

— À moins que vous ne soyez déjà allée là-bas aussi, j'aimerais bien parler avec la rédactrice en chef. Elle était absente aujourd'hui. Parce que je ne sais pas vous, mais moi j'ai pas trouvé grand-chose sur Internet.

— Vous ne voulez pas aller voir Esther Lamar ?

— Non. D'après ce que vous me dites, soit elle ment, soit elle est sénile. Donc, pour moi, elle est d'un intérêt plutôt moyen. Si ça ne vous dérange pas, on y retournera ensemble. Comme ça, je pourrai vous filmer pendant que vous discutez.

— Pourquoi pas… Je suis même surprise que vous n'essayiez pas de me doubler d'une façon ou d'une autre sur ce coup-là.

Il afficha un sourire dont je ne parvins pas à dire s'il révélait une amertume résignée ou une ironie machiavélique.

— Vous pensez que je suis un connard fini. Il faut bien que je montre que ce n'est pas le cas. Enfin, pas entièrement. Bon alors : vous venez avec moi au journal, demain, oui ou non ?

J'allais répondre oui avant de me souvenir que Michael Burke m'avait proposé une visite personnelle en fin de semaine.

— C'est gentil, mais j'ai d'autres projets.

— Comme vous voudrez…

De sa démarche nonchalante, il quitta la pièce sans ajouter un mot.

Je soupirai, soulagée – je m'attendais à pire.

Je laissai la porte-fenêtre ouverte et m'allongeai sur le lit. C'était un matelas en mousse dur comme de la pierre et tous les muscles de mon dos protestèrent. Il me fallut quelques minutes pour m'y accoutumer, et je tombai dans des abîmes de réflexion : Martha avait menti sciemment quant à la nature de l'accident d'Esther et cette dernière n'avait jamais mentionné le fait que sa patronne était une femme battue. La personne qui avait écrit à Grand-pa s'était-elle heurtée au même mur de mensonges et de secrets ?

Les minutes s'égrenèrent à toute allure, puis les heures, et l'obscurité s'insinua dans ma chambre. Quelques murmures dans la rue arrivaient jusqu'à moi, et des bruits de chaise raclant le parquet dans la chambre à l'étage supérieur.

Ce correspondant anonyme, qui était-il ? Pourquoi avait-il mentionné la femme en gris ?

À la fois amusée et mal à l'aise, je me dis que, peut-être, je l'avais déjà croisé dans la journée.

*

Le lendemain matin, je me levai tôt et gagnai la salle à manger de l'auberge. La veille, j'avais fait la bêtise de m'endormir sans manger et je mourais de faim.

Miles était là, lui aussi, plongé dans une lecture quelconque, penché sur l'écran de son iPhone posé à côté de son plateau petit déjeuner. Il portait un tee-shirt jaune canari sur lequel était imprimée une tête de mort grimée en Che Guevara. Ce crâne barbu fit sur moi une impression à la fois comique et glauque.

Dès que je m'installai à ses côtés, il m'offrit un sourire dégoulinant d'hypocrisie.

— Bien dormi, princesse ?

— Comme un bébé.

Comme Mme Park s'approchait de moi pour s'enquérir de ce que je voulais prendre, Miles précisa que c'était vraiment une auberge délicieuse. Notre hôtesse afficha un radieux sourire de satisfaction.

La journée allait être longue. Je décidai de faire le plein d'énergie et demandai à Mme Park tout ce qu'elle avait à me proposer. Cette dernière inclina la tête avec une moue polie quand j'en eus fini et se retira. Miles fut éberlué.

— Vous allez vraiment manger tout ce que vous avez commandé ? Vous devriez faire attention à votre ligne. Pour le moment, vous êtes… épanouie, mais d'ici peu, vous ressemblerez à une baleine si vous continuez sur cette lancée…

Je fis comme si je n'avais rien entendu.

— C'est vrai que vous, fin comme vous êtes, vous n'avez pas de problèmes de poids.

— Non : je me prive. C'est toujours mieux que de faire du sport. Se retrouver dans une salle de gym ou autre horreur pour suer comme un porc, très peu pour moi !

Il finit son café et glissa son téléphone dans la poche de son jean avant de se lever en s'étirant.

— Bien ! Je vais vous laisser. Je vais au *Keowe Chronicles* et après, si j'ai le temps, je me promènerai un peu en ville, pour filmer les lieux et toute cette populace tellement bizarre.

— Bonne promenade.

— Et vous, bon courage. Il vous en faudra pour avaler votre petit déjeuner pantagruélique. Pensez à marcher un peu dans la journée.

Sur cette pique assassine, il quitta la pièce de sa démarche aérienne.

Mme Park apporta mon plateau, et j'engloutis sans remords chacune de ces merveilles. Je me sentis un peu grasse quand j'eus terminé, et quittai la table avec au cœur une certaine culpabilité.

Avant de remonter dans ma chambre, je demandai à Mme Park où se trouvait le cimetière de Keowe. Elle me répondit sur un ton de connivence.

— Vous voulez voir la sépulture des Webson, n'est-ce pas ? Il est au nord-est de la ville, et il est abandonné, à présent. Maintenant, les gens se font enterrer dans un autre endroit, plus au sud.

Je la remerciai et, au moment de quitter l'auberge, quelques minutes plus tard, Mme Park hocha la tête et m'incita à être prudente.

Allez savoir pourquoi, je ne me sentais pas d'humeur à prendre son conseil à la légère.

Tout comme la veille, je décidai de ne pas prendre ma voiture. Même si j'avais manqué de me perdre et que quelque chose dans l'atmosphère de Keowe me déplaisait, j'avais le vague pressentiment que cette ville m'attendait, avait un but précis pour moi – me montrer quelque chose de capital que je n'aurais pas pu remarquer en voiture.

Je pris le temps de longer les rues en observant les divers édifices, les maisons, les boutiques. Je m'amusais à imaginer quelles histoires dissimulaient les murs et les devantures.

La ville – cet espace où je me trouvais tout en l'étudiant en ma qualité d'étrangère. Des centaines d'yeux semblaient dardées sur moi. Je ne parle pas des passants que je croisais : parmi eux, même ceux qui étaient nés à Keowe et y mourraient sans l'avoir presque jamais quittée pouvaient ne pas comprendre cette ville et y rester pour toujours étrangers – je parle des yeux de la ville. Les yeux de ceux qui étaient morts depuis longtemps ou, même, ne viendraient jamais au monde mais furent imaginés ou désirés si fort que leurs fantômes nous frôlaient parfois dans un courant d'air glacé. Ceux qui constituent l'esprit mystérieux et indicible des lieux.

Habitée par cette sensation d'irréalité, j'arrivai à l'ancien cimetière de Keowe.

Partout des herbes folles asséchées par la canicule bruissaient à la moindre caresse du vent. Le temps avait accompli son office impitoyable sur la plupart des pierres tombales. Envahies par les mousses, noircies par la crasse, détruites par les éléments – on ne venait plus ici dans le but de se souvenir ou de pleurer ses morts mais, peut-être, pour se faire peur. Des adolescents imbibés d'alcool devaient se perdre ici, les nuits de pleine lune, pour haranguer les âmes défuntes avec au cœur l'angoisse d'être entendus par ces dernières, et d'en recevoir une réponse.

Au centre du cimetière, un lourd mausolée se dressait, hautain et solitaire parmi les sépultures modestes. C'était là que reposaient les membres de la famille Webson.

J'ai toujours trouvé étrange ce genre de maison miniature pour les morts : c'est comme une résidence secondaire qu'on finit par rejoindre pour l'éternité.

Arrivée près du mausolée, je distinguai un fier « W » sculpté sur le fronton. Au-dessus, un trio d'anges qui n'avaient rien de chérubins semblait veiller sur les occupants muets des lieux avec la crainte de les voir se réveiller – à moins que leur mine grave et inquiétante ne s'adressât aux visiteurs imprudents.

J'entendis résonner dans ma mémoire les vers anciens du poète avant que celui-ci ne décide d'affronter les cercles de l'enfer : « Vous qui entrez ici, abandonnez toute espérance. »

Je poussai la porte du mausolée qui s'ouvrit dans un grincement lugubre. À ma grande surprise, il faisait frais à l'intérieur, et une odeur sèche et mélancolique de temps mort en décomposition me fit frissonner.

C'était une peur qui n'avait rien à voir avec le surnaturel ou l'idée d'affronter quelque fantôme, mais une angoisse profonde face à l'inanité de toute chose : plusieurs plaques sur les murs portaient les noms des défunts membres de la famille Webson dont certains avaient vécu au XIXe siècle. À quoi bon avoir gravé tous ces noms si personne hormis une intruse improbable ne venait jamais les lire pour les tirer de l'oubli profond dans lequel ils retombaient aussitôt ?

Je pris mon téléphone afin de le mettre en mode torche pour trouver plus vite les emplacements de Franklin, Linda et Rose Webson. Quand je les repérai enfin, j'eus presque un haut-le-cœur : après leurs trois noms figurait celui de l'Enfant perdu d'Eden Woods.

Tobias Franklin Webson
Fils chéri et frère adoré
1976-1982

Comment avait-on pu faire une chose pareille ? Je me souvins ensuite des paroles de Will, la veille au restaurant : dès la naissance du petit, Webson avait commandé un cercueil pour lui.

Un détail me perturba, qui me retint dans cet endroit que j'aurais souhaité fuir au plus vite : la dalle qui scellait l'entrée de la place de Toby était branlante alors que toutes les autres semblaient solidement fixées pour l'éternité malgré le passage du temps.

D'une main tremblante, je saisis la dalle qui pivota comme une petite porte. Avec la lumière de mon téléphone, je dissipai les ténèbres qui se cachaient derrière et constatai avec horreur qu'une forme de corps gisait là.

Une fois passé un moment de frayeur, je vis deux ronds brillants et sombres sur le visage de l'enfant.

Ce n'était qu'une poupée.

Je la saisis pour l'étudier de plus près. Elle était entièrement cousue dans une sorte de fil grossier qui oscillait entre le gris et le marron. Ses yeux étaient deux gros boutons noirs luisants et un fil de laine rougeâtre dessinait un hideux sourire sur sa face. Elle avait la taille d'une grosse peluche – une peluche qu'aucun enfant n'aurait voulu serrer contre lui.

Je la secouai et la palpai. Elle devait être remplie d'un mélange de paille et de coton et je la trouvai étrangement lourde.

Soudain, un courant d'air frais caressa ma nuque et la porte du mausolée claqua derrière moi.

Je poussai un cri en laissant tomber la poupée : on venait de m'enfermer dans la tombe des Webson ! Comme une furie, je me jetai sur la porte.

— Ouvrez-moi ! Ouvrez-moi immédiatement !

Personne ne venait dans ce cimetière abandonné situé à l'écart de la ville et je me voyais déjà obligée de téléphoner à quelqu'un pour venir me chercher. Je pensai tout de suite au maire, Clyde Schulberg, qui m'avait donné sa carte.

Après un temps infini à frapper la porte et à hurler, paniquée, j'actionnai par réflexe la poignée et recouvrai aussitôt ma liberté.

Dehors, une brise tiède s'était levée : un coup de vent avait claqué la porte dans mon dos.

Je me sentis tellement ridicule que j'en éclatai de rire – et je me calmai aussitôt, eu égard à la solennité sacrée des lieux.

Je déambulai ensuite parmi les tombes abandonnées et les morts oubliés. Il me semblait que lire quelques noms les tirait fugacement du néant pour un bref instant, rendait leur existence passée un peu moins dérisoire.

Au bout de quelques minutes, je me figeai devant une sépulture envahie d'herbes sauvages qui ne laissaient voir qu'un nom gravé dans la pierre grise et noire.

Sans en avoir conscience, j'étais venue tout droit à la tombe de mon père. J'en eus le souffle coupé, et cela fit naître en moi une vague d'émotion que je n'aurais jamais soupçonnée.

Si mes souvenirs étaient bons, Grand-pa m'avait dit que ma mère était juste à côté de mon père, mais il n'y avait là rien d'autre qu'un tas de ronces. Je me mis à genoux, entrepris de débroussailler un peu ces nœuds d'épines. Je parvins ainsi à mettre au jour ce qu'ils cachaient : une petite plaque très simple posée à même le sol avec le nom de ma mère et ses dates.

Clare Montgomery
Mère et fille chérie
1953-1982

Je ne sais pas combien de temps exactement je passai à nettoyer les sépultures de mes parents. Le travail terminé, je me relevai pour admirer la tâche accomplie et je ressentis une fierté particulière.

Les deux tombes étaient impeccables et s'élevaient désormais au-dessus de l'enchevêtrement d'oubli et de liane qui enserrait les autres morts alentour.

Je restai un moment à les contempler quand j'eus la certitude désagréable que je n'étais pas seule. Quelque chose dans l'atmosphère morbide des lieux s'était rompu et un regard pesait sur moi avec insistance.

Je jetai un œil à l'horizon, ne repérai aucune présence. Et si la porte du mausolée n'avait pas été claquée par le vent, finalement ?

Je fis quelques pas entre les tombes tout en essayant de ne rien laisser paraître de mon trouble. Je m'attendais presque à découvrir le révérend Clinton Holland dissimulé dans un coin, ou bien à entendre résonner le rire du petit garçon mystérieux dans le silence macabre du cimetière. Aussitôt que ces idées me traversaient l'esprit, je les chassai en secouant la tête et arborai pour moi seule un sourire destiné à me donner du courage.

Une voix s'éleva derrière moi.

— Jessie !

Je ne pus retenir un cri de surprise et me retournai : Michael Burke n'était qu'à quelques dizaines de mètres. Je lui souris, à moitié rassurée, j'avais toujours la sensation que quelqu'un d'autre se tenait dans les parages. Il approcha, heureux de me voir.

— Ça va ? Vous semblez soucieuse…

— Non, tout va bien. Je croyais être seule, ici, alors quand je vous ai entendu…

— Oh, je ne voulais pas vous faire peur. Je suis passé à l'auberge pour vous voir et Mme Park m'a dit où vous trouver…

Il fit une pause, observa le mausolée des Webson.

— Vous vouliez vous imprégner de l'atmosphère des lieux…

— Oui, c'est à peu près ça.

Pendant un instant, j'hésitai à lui parler de mon étrange découverte dans l'emplacement du caveau réservé à Toby – seule me retenait une répugnance indescriptible à l'idée de pénétrer à nouveau dans cet endroit – mais je n'étais plus seule.

— J'aimerais vous montrer quelque chose.

Michael eut l'air immédiatement intéressé.

— Oui, dites-moi quoi…

— Suivez-moi.

Je le guidai jusque dans le mausolée des Webson. Michael se fit goguenard.

— Ce n'est pas un plan drague un peu glauque que vous me proposez là ?

Je lui adressai un regard de reproche amusé puis entrai avec lui. Après avoir illuminé chaque recoin du mausolée avec mon téléphone, l'angoisse me saisit à la gorge : la poupée avait disparu et, plus troublant encore, la stèle de Toby Webson était de nouveau à sa place. Michael ne perçut pas mon désarroi, subjugué par la solennité des lieux.

— C'est étrange, cet endroit. Ça a l'air très paisible et en même temps, on a comme l'impression qu'il va y avoir une catastrophe… Et puis, ces anges, dehors… Brrr…

Je cherchai partout la poupée, affolée.

— Je ne comprends pas ! Elle était pourtant là tout à l'heure.

Michael s'approcha doucement de moi.

— De quoi parlez-vous ?

Sans lui répondre, je déplaçai à nouveau la stèle de Toby. Je sentis aussitôt Michael devenir très nerveux.

— Hé ! Qu'est-ce que vous foutez ?

— Tout à l'heure, j'ai trouvé quelque chose d'étrange dans cet emplacement…

Il se força à rire.

— Et ça vous arrive souvent de venir profaner les tombes des enfants de cinq ans ?

Je me tournai vers lui en braquant ma torche sur son visage. J'avais l'impression qu'il était à deux doigts de s'évanouir.

— Ce n'est pas vraiment une tombe d'enfant. Toby Webson n'est pas mort.

À cette réplique, Michael se figea.

— Ah bon ? Vous aussi vous croyez à son retour, alors ?

Je ne sus quoi répondre, hésitai, puis illuminai l'intérieur du caveau.

— Approchez.

Je tremblais, pour une raison à la fois simple et effrayante : quelqu'un avait remis la poupée à sa place. Je la saisis afin de la montrer de plus près à Michael, mais ce dernier me prit le bras soudainement.

— Ne touchez pas à cette saloperie !

D'un coup sec, il referma la stèle. Me tenant toujours fermement le bras, il m'entraîna hors du mausolée et je protestai.

— Qu'est-ce qui vous prend ?

Il fixa sur moi un regard terrorisé et désigna le mausolée d'une main tremblante.

— Cette chose, là-dedans, ça ressemble à une poupée vaudoue…

— De cette taille ?

— Ou alors un truc sataniste, je ne sais pas. Quoi que ce soit, ça fout les jetons… J'ai ce genre de conneries en horreur et je pense qu'il vaut mieux ne pas y toucher.

Il semblait bouleversé et je le taquinai pour détendre l'atmosphère.

— Oh, vous n'allez pas me dire que vous croyez à ce genre d'âneries ?

Il me jeta un regard de biais.

— Qu'on y croie ou pas, ça vous dit quelque chose, le principe de précaution ?

Nous passâmes de longues secondes l'un en face de l'autre, sans réagir, et je finis par éclater de rire. Il croisa les bras, boudeur.

— C'est ça… Foutez-vous de ma gueule.

Il grimaça, et s'esclaffa ensuite de concert avec moi. La gravité sacrée du cimetière ne tarda pas à me calmer.

— On ne devrait pas rire dans un endroit pareil, ce n'est pas respectueux…

— Vous avez raison. Rentrons en ville.

Nous quittâmes les lieux sans échanger un mot et, quelques minutes plus tard, je brisai le silence qui s'était installé entre nous.

— Vous savez, juste avant votre arrivée, j'avais l'impression que quelqu'un m'observait, caché parmi les sépultures.

— C'est un phénomène plus fréquent qu'on ne le pense. Parfois, cela peut même venir d'un animal.

Je secouai la tête.

— Il y avait forcément quelqu'un. La preuve, c'est qu'on a remis la poupée en place dans ce petit caveau…

— Alors on a cherché à vous effrayer.

— Si on avait voulu me faire peur, on aurait tout bonnement fait disparaître la poupée pour me faire passer pour folle.

Michael haussa les épaules.

— Je ne sais pas quoi vous dire. Je suis plutôt de tendance sceptique mais je crains beaucoup tout ce qui touche aux profanations ou autres stupidités qui impliquent les morts… C'est pourquoi vous devez excuser ma réaction de tout à l'heure. J'ai été un peu brutal.

— Je vous en prie.

Après avoir marché quelques pas, une question me vint à l'esprit, bien tardivement.

— Au fait, pourquoi vouliez-vous me voir ?

— Le directeur du collège n'a pas pu me recevoir ce matin, du coup, j'avais un trou dans mon emploi du temps et j'ai eu envie de vous voir, et de vous proposer un tour dans Keowe. Ça ne vous dérange pas, j'espère ?

Je lui répondis par un sourire amical.

Peu à peu, nous retrouvions la ville, ses voitures et ses passants. Je me sentais mieux et oubliai presque les événements du cimetière. Nous passions devant une maison visiblement plus ancienne que les autres, et Michael la désigna du doigt en adoptant le ton exagérément professionnel d'un guide touristique.

— Dans cette vénérable demeure, sur notre gauche, vit le Dr Keene, ancien médecin de la famille Webson. Aujourd'hui âgé de plus de quatre-vingt-quinze ans, il ne sort pratiquement plus de chez lui. Il est en fauteuil roulant et on peut l'apercevoir dans son jardin, installé à l'ombre d'un parasol, si le temps le permet. N'y comptez pas aujourd'hui. Il fait trop chaud pour l'honorable vieillard. De plus, le vieux médecin ne parle plus à personne depuis sa retraite brutale suite à la guérison miraculeuse du jeune Tobias Webson.

Alors que j'avais écouté tout le reste de son baratin le sourire aux lèvres, cette dernière précision me stupéfia.

— Il a pris sa retraite à cause de ça ?

Michael hocha gravement la tête.

— C'est ce qu'on dit, oui. Vous connaissez l'histoire ?

— Mme Park m'en a touché un mot. Le Dr Keene pensait que Toby allait mourir dans la nuit, et quand il est passé voir les Webson quelques semaines plus tard, le bébé était frais comme une rose.

— Oui. Et Keene a été tellement ébranlé dans sa foi scientifique qu'il a rendu son tablier. Il paraît qu'il a versé dans l'occultisme, après ça.

— Intéressant. Mais, dites-moi : comment est-ce que vous savez tout ça alors que vous m'avez dit que vous débarquiez seulement à Keowe ?

Il baissa les yeux, gêné, et rougit un peu.

— En fait, j'ai interrogé Selma, du *Keowe Chronicles*, toute la soirée d'hier sur les Webson et les histoires qui courent à leur sujet. Selma est intarissable, vous savez. Je crois qu'elle ne m'a pas raconté le tiers du quart de ce qu'elle sait. À propos, vous voulez peut-être avancer votre visite au journal à ce matin ?

— Non. Marchons encore un peu, vous voulez bien ?

Le reste de notre promenade dans Keowe fut surtout un prétexte au bavardage. Alors que Michael me parlait du sentiment de dépaysement qui ne le quittait plus depuis son arrivée en ville, son portable sonna. Il s'excusa puis décrocha. D'après les bribes de conversation que je pouvais saisir, c'en était fini de notre balade matinale, comme il me le confirma dès qu'il eut raccroché.

— Je suis navré, mais le directeur me propose à l'instant de le rejoindre pour déjeuner avec lui. Moi qui voulais vous inviter…

— Ce n'est pas grave, ce n'est que partie remise. Je vous remercie beaucoup de m'avoir tenu compagnie jusque maintenant.

— Ce fut un plaisir. Je vous dis donc à vendredi ?

— À vendredi, oui.

Et il s'éloigna d'un pas rapide après un échange de sourires.

Quand il fut hors de ma vue, je ralentis et réfléchis. Après avoir pesé le pour et le contre, je fis demi-tour et me dirigeai vers la maison du Dr Keene.

*

Je frappai, et une femme d'une cinquantaine d'années m'ouvrit – Olive, la petite-fille du docteur. Elle me fit entrer sans hésiter dès que je me fus présentée et que je lui eus confié l'objet de ma visite. Nous nous installâmes dans le salon, chacune sur un fauteuil en velours moutarde.

— Je crains de ne pas être d'une grande aide, Jessie. Grand-père va sur ses quatre-vingt-seize ans et il est un peu sénile, désormais. C'est classique. Il me prend parfois pour maman, voire pour grand-mère, alors que les deux ne sont plus de ce monde, hélas…

Elle m'expliqua qu'elle était veuve depuis peu, et qu'avec l'héritage laissé par son mari elle était revenue vivre à Keowe pour accompagner le vieil homme dans ses vieux jours.

— Vous comprenez, il est ma seule famille encore en vie et mes enfants vivent dispersés aux quatre coins du territoire.

Malgré le peu d'espoir qu'elle fondait sur la mémoire du vieillard, elle me conduisit dans sa chambre. La pièce était coquette, presque joyeuse – et, surtout, climatisée. Le Dr Keene était installé dans un fauteuil devant une émission télévisée. Olive m'avait avertie : il ne voyait plus très bien mais gardait l'ouïe particulièrement fine.

— Grand-père, tu as de la visite !

Le vieil homme coupa le son de la télévision à l'aide de la télécommande qu'il semblait ne pas lâcher. Il dirigea vers nous des yeux plissés, chercha à deviner qui j'étais dans le brouillard de sa mauvaise vue. Il nous sourit.

— De la visite ? Et qui donc ?

— Bonjour, docteur Keene, je suis Jessie Belcher. Ravie de vous rencontrer.

Son sourire s'élargit et il haussa les sourcils.

— Je ne suis plus médecin depuis une éternité, ma chère enfant. Approchez donc, que je vous salue. Je parie que vous êtes une somptueuse jeune femme. Votre voix est si belle qu'il ne peut pas en être autrement.

Olive sourit.

— Je vous laisse avec lui. Je vais préparer du thé. Vous avez de la chance, il semble être dans un bon jour.

Elle quitta la pièce et j'approchai du vieil homme qui me tendait la main. Lorsqu'il sentit la mienne, il la porta à ses lèvres et y déposa un baiser délicat.

— Alors, mon enfant, qu'est-ce qui peut amener une jeune femme telle que vous dans un trou à rats comme Keowe ?

— Je vais écrire un livre sur l'histoire des Webson.

Il se rembrunit aussitôt.

— Les Webson, dites-vous... Quelle drôle d'idée. Je dirais même : quelle folle idée !

Il marmonna quelque chose que je ne compris pas. Je lui demandai ce qu'il entendait par « folle idée », et il poursuivit sans répondre à ma question.

— Quand vous dites que vous voulez écrire sur les Webson, je suppose que vous faites allusion au petit Tobias, n'est-ce pas ?

— Oui. J'écris un livre sur Toby.

Le vieillard eut un rire désolé.

— Vous n'avez pas idée du bourbier dans lequel vous mettez les pieds, ma petite demoiselle. Les Webson… Rien que leur nom est maudit. Ils se sont adonnés à des choses abominables et tous ceux qui les approchent sont contaminés par la malédiction… Il paraît que ce pauvre Stan y est passé, récemment.

J'allais en demander plus sur cet homme dont le prénom était déjà revenu à maintes reprises dans les conversations que j'avais eues ici ou là, mais d'un coup, le vieux médecin sembla agité.

— Fermez la porte, vite !

Je m'exécutai puis repris ma place auprès de lui.

— Vous savez peut-être que j'ai pris ma retraite peu après ce qui est arrivé au bébé des Webson, à la fin des années soixante-dix…

— Oui. Il a été très malade et on vous a appelé trop tard, d'après vous…

— La coqueluche. Le petit avait atteint le stade ultime de la maladie quand on m'a téléphoné pour décrire la situation. Je n'ai jamais compris ce qui a pu retenir cette bande de crétins de me faire venir plus tôt. C'était un comportement d'assassins !

Il eut un geste d'impuissance agacée et il me sembla que dans ses yeux commençaient à briller des larmes.

— À mon arrivée là-bas, j'ai compris pourquoi. Il y avait cet homme diabolique dans la chambre du bébé. Il ne quittait pas Linda Webson d'une semelle.

— Barry Delerth…

Il acquiesça vivement.

— Je suis un homme de science, vous savez, et pourtant, il y avait une sorte d'aura maléfique autour de cet homme-là, comme s'il était en permanence accompagné de... de quelque chose. Tout ce qui est arrivé au petit était sa faute : il était comme Raspoutine avec la tsarine Alexandra.

— Vous êtes sûr de ne pas avoir fait une erreur de diagnostic pour Toby ?

— Non, impossible ! Je suis revenu, près de trois semaines après, pour voir comment allait Linda Webson. J'avais été surmené et je n'avais pas eu le temps de me renseigner sur la façon dont ils avaient organisé les funérailles du bébé mais...

Sa voix s'étrangla sous l'effet d'une stupeur qui demeurait intacte plus de trente ans après les faits.

— Je suis arrivé, et le bébé était là, dans les bras de sa mère, gazouillant et heureux. Il ne manifestait aucun signe de fatigue ou de nervosité. J'ai toujours été athée, vous savez, pourtant, ça...

Il tremblait de tout son corps.

— ... c'était l'œuvre de Satan, croyez-moi.

Il était bouleversé. J'eus de la peine pour lui.

— Et vous êtes certain à cent pour cent que le bébé ne pouvait pas guérir pendant les jours qui ont suivi votre visite ?

Il ne répondit pas tout de suite, et se mit à pleurer doucement.

— Je suis à la fin de ma vie, et je vais vous dire une chose que je n'ai jamais dite à personne, car on ne m'aurait pas cru...

Il saisit ma main brusquement. La sienne était glacée, comme contaminée à l'avance par le froid du tombeau qui approchait.

— Ma chère enfant… Quand je me suis rendu au manoir après l'appel d'Esther, ce soir-là, Toby Webson était déjà mort.

*

Bien sûr, j'aurais pu mettre la révélation tardive du Dr Keene sur le compte de la sénilité, mais quiconque se serait trouvé à ma place aurait compris qu'il m'avait dit la vérité.

Olive vint me chercher pour prendre le thé. Le Dr Keene me salua d'un sourire triste et demanda à sa petite-fille de l'aider à se coucher. Seule au salon avec elle, je ne pus m'empêcher de lui toucher un mot de ce que venait de me dire le vieillard. Elle afficha une expression gênée face à ces révélations tardives.

— Vous savez, Jessie, je connais cette histoire, et pour moi, elle n'a rien d'un scoop.

Je me sentis déçue – presque trompée – et m'excusai de m'être emballée pour si peu.

— Il ne faut pas vous en vouloir, c'est une réaction normale. Seulement, prenez garde à ne pas vous laisser avoir par les croyances et les légendes de Keowe. Au départ, quand je suis revenue, j'étais comme vous : je prenais tout pour argent comptant, et puis, avec le temps, j'ai appris à faire la part des choses. Si on croyait toutes les sornettes qui circulent par ici, on n'en finirait plus de regarder tout le monde de travers, croyez-moi. Tenez, par exemple, vous connaissez Georgia Barnett ?

— Non, ce nom ne me dit rien.

— C'était la femme qui s'occupait de grand-père, avant mon retour à Keowe. Une personne un peu rude au premier abord, qui s'est révélée très dévouée et qui a admirablement rempli son rôle de garde-malade. Eh bien, si j'avais dû me fier à la rumeur publique, c'était une folie de confier grand-père à une créature aussi sournoise.

— Et pour quelles raisons ?

— La rumeur dit que Georgia Barnett a tué son mari, il y a des décennies de ça.

— Vraiment ?

— Oui. La seule chose dont on est certain, c'est que son cher époux, Harvey, la battait comme plâtre. Tout le monde aurait voulu la plaindre, cette pauvre Georgia, si elle avait voulu jouer le jeu de la femme battue. Elle restait fière et refusait de baisser les yeux, de n'être rien qu'une victime. On sous-entendait qu'elle méritait son sort. Un jour, le mari a disparu comme par enchantement. Il n'a pas fallu longtemps pour en conclure qu'elle avait trucidé son homme et fait disparaître le corps quelque part. Si vous voulez mon avis, Harvey s'est juste trouvé une poule ailleurs, ou ses dettes de jeu avaient explosé et il n'a plus eu d'autre choix que de prendre la tangente.

Elle gloussa et finit sa tasse de thé d'un trait.

— Tout ça pour vous dire qu'il faut vous méfier de Keowe qui transforme une femme innocente en sorcière machiavélique ou un bébé qui recouvre la santé en ressuscité démoniaque.

Le discours d'Olive était d'une limpidité et d'une logique telles que j'aurais dû immédiatement me ranger à son avis, pourtant, quelque chose en moi refusait de s'y rallier.

Nous discutâmes encore une vingtaine de minutes, puis je pris congé.

Tout en prenant la direction de l'auberge, je réfléchissais à tout ce que j'avais appris depuis le matin. C'était beaucoup à encaisser : trop de mystères, trop d'interventions diaboliques – trop de choses auxquelles je ne croyais pas, en général.

Alors que je passais devant *Chez Will*, perdue dans mes pensées, je percutai de plein fouet Clyde Schulberg qui sortait du restaurant, un sac en papier à la main. Lui aussi semblait distrait, et après le choc qui manqua de me faire tomber s'il ne m'avait pas retenue, nous nous regardâmes avec stupéfaction comme si nous venions tous les deux de nous réveiller en sursaut.

— Oh, Jessie... Désolé de vous avoir bousculée : je ne vous avais pas vue...

— Je vous en prie, c'est ma faute. C'est moi qui ne faisais pas attention où j'allais.

Nous demeurâmes l'un en face de l'autre pendant quelques secondes sans rien trouver à nous dire jusqu'au moment où il prit la parole en même temps que moi.

— Est-ce que vous...

— Je voudrais...

Il eut un sourire gêné, et moi aussi.

— Allez-y, Jessie. Que vouliez-vous me dire ?

— Oh, trois fois rien. Je me demandais seulement si vous auriez le temps de répondre à quelques questions... J'ai rencontré plusieurs personnes ce matin et j'ai besoin d'éclaircissements. Pour mon enquête.

— Eh bien, je peux vous consacrer quelques minutes. Je voulais vous proposer de partager mon repas au garage. Je ne rentre pas à la maison ce midi car j'ai un rendez-vous très tôt juste après. Vous joindrez-vous à moi ?

— Avec plaisir. Je vais prendre quelque chose *Chez Will.*

Il ne put retenir un sourire attendri qui me désarçonna.

— J'ai dit quelque chose de drôle ?

— Rien, c'est que... vous avez dit *Chez Will* avec un tel naturel qu'on pourrait croire que vous avez passé toute votre vie à Keowe. Vous vous acclimatez à la vitesse de l'éclair, on dirait...

Dans un premier temps, sa remarque me flatta, puis, réflexion faite, elle m'effraya : cette phrase innocente semblait mettre en lumière une des caractéristiques les plus mystérieuses de Keowe, celle de vous happer malgré vous afin de vous emprisonner dans sa toile, telle une araignée géante qui veut se repaître, puis attendre l'arrivée d'une nouvelle proie – une toile dans laquelle on se précipite sans réfléchir.

Cela faisait plusieurs fois que je ressentais Keowe comme une entité mystérieuse et douée de pouvoirs secrets, qui s'exprimait dans une langue inconnue et brumeuse – envoûtante. Peut-être toutes ces histoires de diable et de sorcières n'étaient-elles pas si ridicules, finalement.

Comme je restais silencieuse, Clyde décida de m'inviter à déjeuner. Devinant que j'allais protester, il coupa court à toute possibilité de discussion.

— J'insiste. Et si vous ne choisissez pas, je le ferai pour vous. Méfiez-vous, j'ai des goûts parfois étranges en matière de sauces…

— Alors dans ce cas, je baisse la garde.

Un coup de sonnette de vélo détourna notre attention. C'était la grande femme blonde que j'avais rencontrée à Eden Woods avant d'aller chez Esther Lamar. Elle nous salua d'un discret hochement de tête auquel Clyde répondit par un signe de la main. J'eus l'impression qu'elle adressa à moi seule un petit sourire ironique. Sa longue silhouette puissante disparut vite et mon regard en rencontra un autre : un vieillard qui semblait en haillons était assis sur un banc, de l'autre côté de la rue. Sale, décrépit – presque incongru dans notre monde réel avec sa longue barbe emmêlée et un vieux bâton qui devait lui servir de canne.

Mon trouble ne dura qu'une demi-seconde.

— Tout va bien, Jessie ?

Clyde semblait perplexe.

— Oui, c'est juste que j'ai…

Le temps de me retourner, le vieillard avait déjà disparu. Mon ventre gargouilla et Clyde se mit à rire.

— Nous devrions vite vous acheter quelque chose, ou je crois que vous allez tomber d'inanition.

Il m'invita d'un geste à entrer dans le restaurant et je m'exécutai en oubliant cette étrange vision.

★

— Ne faites pas attention au bazar. J'ai été quelque peu « débordé » ces derniers temps.

Il exagérait le désordre, bien sûr. De toute façon, j'aimais ce genre d'endroit un peu foutraque, loin de la perfection glacée qu'on trouve souvent dans les très grandes entreprises. Et, pour être honnête, cela me rappelait le bureau de Hunt, ce qui n'était pas pour me déplaire. J'en profitai pour jeter un œil à des notes manuscrites sur son bureau, au cas où – peine perdue : le maire de Keowe n'était pas le correspondant mystère de Grand-pa.

Dès que nous nous étions installés, Clyde m'avait prévenue : à son grand regret, le repas durerait une demi-heure, au maximum.

— C'est égoïste de ma part de vous avoir conviée pour si peu de temps, mais cette demi-heure passera plus vite en votre compagnie.

Il ouvrit son sac en papier et m'adressa un grand sourire.

— Sur ce, bon appétit !

Je le remerciai et nous commençâmes à manger.

— Alors, vous disiez que vous vouliez quelques précisions concernant votre enquête, je crois.

J'acquiesçai vivement.

— Tout à fait. Ce matin, je suis allée rendre visite au Dr Keene.

Il sourit avec une tendresse amusée.

— Ce bon vieux Devon. J'espère qu'il va bien. J'aimerais tant lui remettre une médaille de la part de la ville pour ses cent ans... Certes, je ne me fais pas d'illusions. Ça fait longtemps qu'il ne sort plus et je crois savoir qu'il n'a plus toute sa tête.

— J'ai eu l'impression qu'il était très lucide, au contraire. Sa petite-fille m'a même dit qu'il était dans un bon jour.

— Ah oui ? Et de quoi avez-vous parlé ?

— De ce qui est arrivé au jeune Toby quand il n'était qu'un bébé.

— Oh... Vous avez eu droit à l'histoire de la *résurrection*.

— Vous en avez déjà entendu parler ?

Il hocha la tête avec un air désolé.

— Ça fait plusieurs années que Devon sert cette histoire à ceux qui lui rendent visite. On pense que c'est un des premiers symptômes de sa sénilité.

— Sa mémoire ne m'a pas semblé particulièrement défaillante, pourtant. Cela dit, nous n'avons pas parlé que de ça, nous avons aussi discuté d'un certain Delerth...

J'attendis une réaction de sa part. Il continuait à manger comme s'il n'avait pas entendu. Il jeta un regard à travers la fenêtre du bureau qui donnait sur le parking du garage : quelques employés y vaquaient à leurs tâches. Je crus déceler dans ses yeux une forme de mélancolie à laquelle se mêlait de l'interrogation. Vint un murmure empreint de mystère.

— Barry Delerth, le grand prêtre de Satan.

— Vous l'avez connu ?

— Non, je ne crois pas l'avoir jamais vu. Et je peux vous dire que je ne dois pas être le seul dans ce cas.

Il finit son sandwich puis me considéra avec curiosité.

— Vous êtes allée au manoir des Webson ?

— Non, pourquoi ?

— Quand vous en aurez l'occasion, vous comprendrez une chose : les Webson vivaient vraiment à l'écart du monde. C'était une sorte de clan, hors du temps. C'est cet éloignement qui a fait naître les rumeurs autour de cette famille. Et puis, à force de laisser les rumeurs se répandre, une légende noire est née, et elle se perpétue... Vous avez vraiment là un sujet de bouquin en or.

Il sourit.

— Et concernant Delerth ?

— Comme je vous l'ai dit, il ne mettait jamais les pieds en ville. On a connu son existence par le biais de ceux qui travaillaient au manoir, ou les rares personnes qui s'y rendaient encore. On l'a décrit de toutes les façons possibles après le massacre : un sorcier, un gourou, un pervers pédophile, cannibale et autres merveilles... Bref, la panoplie habituelle du monstre de série B.

— S'il était perçu de cette façon, je suppose qu'il a fait partie des premières personnes suspectées d'avoir participé au massacre, non ?

— Non. Peu après que le bébé Webson est « revenu d'entre les morts », Delerth a quitté le manoir. Il n'a pas été le seul, d'ailleurs. Peu à peu, tous les employés ou presque sont partis et il n'est plus resté que la famille Webson et une ou deux personnes, peut-être, dont Esther, qui s'occupait des enfants. L'entreprise était devenue un gouffre financier et on était arrivé au bout de cette illusion qui ne survivait que grâce aux économies de Webson. Économies qui fondaient comme neige au soleil, soit dit en passant.

— Ils étaient ruinés ?

— Pas encore. Il leur restait un ou deux ans à tout casser, je pense…

Il soupira et je n'ajoutai rien. Peut-être fallait-il voir là une raison à la fin tragique de cette famille. Pourtant, je ne pouvais m'empêcher de penser à Delerth.

— Vous dites que Delerth a quitté les Webson, mais savez-vous où il est parti ?

— Non, pas précisément. On a dit qu'il avait rejoint la communauté qui se trouve dans les montagnes. C'était bien pensé : rejoindre des illuminés dans son genre, ça ressemblait à l'idée qu'on s'était faite de lui. Maintenant, si vous me demandez ce qu'il en est réellement et s'il s'y trouve toujours, je ne pourrai pas vous répondre. Peut-être que oui, peut-être que non. Peut-être qu'il est mort là-bas et qu'ils l'ont enterré avec les leurs. Peut-être qu'il a tout plaqué pour devenir gourou hipster en Californie et fonder une famille à la Charles Manson.

Il haussa les épaules et m'adressa un sourire mutin auquel je répondis à peine, obnubilée par ce qu'il venait de dire.

— Et cette communauté, qu'est-ce qu'on en sait exactement ?

— Presque rien, si ce n'est qu'ils vivent en autarcie. Il y a bien une personne qui pourrait vous en parler : le révérend Morrow. Il leur a rendu visite quand il est arrivé à Keowe, juste pour être sûr qu'il n'y avait pas de dérives.

— Et le verdict fut ?

Il grimaça.

— Son verdict fut qu'en apparence tout allait bien… Même s'il semble avoir gardé un drôle d'arrière-goût de sa visite. Cela étant, je ne suis pas la personne la plus calée pour vous parler de tout ça !

Un moment s'écoula. Imperceptiblement, Delerth, les Webson et la communauté de la montagne s'éloignèrent et il ne resta plus que Clyde et moi dans la pièce. Je devinai qu'il voulait me dire quelque chose. Cela faillit se produire.

— Jessie…

Son téléphone sonna. Il lâcha un juron et décrocha.

Après un échange des plus laconiques, il promit à son interlocuteur qu'il arrivait immédiatement. Il raccrocha et m'observa avec une déception patente.

— Notre entrevue aura été encore plus courte que je le pressentais.

— Il y en aura d'autres.

Je me levai en oubliant mon gobelet de café posé sur mon accoudoir et le renversai.

— Quelle idiote je fais !

— Laissez, je vous en prie.

Armé d'une serviette en papier, chacun de nous se pencha vers le sol maculé de café. Notre entrain à réparer l'incident était tel que nos crânes se rencontrèrent. Je vis comme un flash blanc, et lui aussi, sans doute. Il m'observa en riant, et en se massant le front.

— À force de vous tomber dessus ou de vous frapper, vous allez finir par croire que je veux vous blesser !

— Vos rapports avec les femmes sont toujours aussi rudes ?

Il rit niaisement et rougit un peu.

Palpant son front à l'endroit où une bosse viendrait à coup sûr dans les minutes à venir, il jeta un coup d'œil à sa montre.

— Il faut vraiment que j'y aille. J'espère vous revoir bientôt.

— Même si les rues de Keowe sont un labyrinthe pour moi, je suis sûre que nous nous y croiserons vite… Oh, attendez.

En nous cognant la tête, un de mes longs cheveux noirs s'était accroché à sa barbe poivre et sel. On ne voyait que lui. Je pris délicatement l'objet du délit.

— Ce n'est qu'un de mes cheveux pris dans votre barbe…

Il sourit et me laissa faire.

Au même instant, on frappa un petit coup sec à la porte, qui s'ouvrit presque aussitôt.

Une femme d'une trentaine d'années, plutôt stricte et habillée sobrement entra. Elle allait dire quelque chose quand son regard rencontra le mien. Par malchance, ma main était toujours près de la joue de Clyde et nous affichions tous les deux un large sourire.

En une seconde, le visage de la jeune femme eut le temps de passer d'une neutralité bienveillante à une hostilité glacée. Clyde ne sortit pas immédiatement de son apathie souriante, ce qui ne fit qu'accroître l'ambiguïté de ce tableau innocent. Il accueillit finalement la visiteuse avec un enthousiasme forcé.

— Maggie ! Voici Jessie, notre enquêtrice écrivaine. Elle est à Keowe pour écrire un livre sur les Webson. Enfin, surtout sur Toby. N'est-ce pas, Jessie ?

— Absolument. Ravie de vous rencontrer, Maggie.

Je tendis à la jeune femme une main qu'elle serra mollement sans décrocher un mot à mon intention et ne plus s'adresser qu'à Clyde.

— Carter t'attend. Mais si tu es occupé, je peux lui dire de patienter…

— Non, j'arrive. Jessie partait, de toute façon.

J'acquiesçai, ravie de pouvoir m'échapper.

— Tout à fait. J'ai à faire, aujourd'hui.

Et sans attendre plus longtemps, je m'éclipsai.

Une fois dans la rue, malgré la brûlure étouffante du soleil, je respirai mieux. Clyde et cette femme – Maggie – semblaient être intimes. Mari et femme ? Ce serait bien ma veine.

Une vieille voiture bringuebalante passa à mes côtés. C'était Esther Lamar avec sa chienne, Miss Muriel, installée sur le siège passager. Je leur fis signe et, étrangement, seul le bouledogue sembla m'apercevoir. Esther, elle, était trop perdue dans ses pensées.

La voiture s'éloigna en pétaradant et disparut au carrefour suivant.

Je ne devais prendre conscience de l'expression douloureuse de la vieille dame que longtemps après – il serait trop tard.

*

Je me rendis immédiatement à l'église épiscopalienne de Keowe afin d'y rencontrer le révérend Morrow. C'était un vieux monsieur charmant, sec et maigre, d'environ soixante-dix ans. Il eut la gentillesse de m'inviter dans ses appartements pour me proposer un rafraîchissement.

Nous étions dans son salon quand il me raconta brièvement son parcours.

Il était arrivé à Keowe trente ans plus tôt et s'apprêtait à passer la main à Clinton Holland – « Il est étrange, c'est vrai, mais à la façon des prophètes de l'Ancien Testament. Il sait les choses, c'en est troublant… » – et, hélas pour moi, il n'avait pas connu les Webson à travers un autre prisme que celui de leur légende noire.

Je prononçai alors le nom de Barry Delerth. Son visage s'éclaira d'un sourire ironique.

— Ah ! Vous voulez parler du Diable de Keowe, très chère ?

— On l'appelait vraiment comme ça ?

Il se fit malicieux.

— Non, les gens se contentaient de penser que Barry Delerth était le diable, ils ne le disaient pas à haute voix de peur d'attirer son attention sur eux. C'était mon prédécesseur, le révérend Perlman, qui lui avait trouvé ce surnom.

— Votre prédécesseur ? Et que pensait-il de lui ?

— Ils étaient très amis. Il faut dire qu'ils avaient en commun la passion du jardinage.

— Vraiment ? J'avais pourtant cru comprendre qu'on ne voyait jamais Delerth à Keowe. Le Dr Keene m'a dit…

Il m'interrompit avec bienveillance en levant la main.

— Le Dr Keene est persuadé d'avoir assisté à des choses qui relevaient du surnaturel et je crains que l'âge ne joue plus tellement en faveur de sa lucidité. Et de toutes les manières, croyez-moi : quand on arrive à l'âge que j'ai, mes collègues et moi ne comptons plus les cas de possessions ou d'incarnations du Malin. Surtout dans les régions comme la nôtre, encore aux prises avec de nombreuses superstitions.

Il prit son jus d'orange et en but une gorgée. Je compris qu'il ne varierait pas d'un pouce sur le cas Delerth. Peu importait, finalement, puisqu'il n'avait même pas connu les Webson. Je décidai alors d'évoquer avec lui la communauté des montagnes, et la visite qu'il y avait effectuée à son arrivée à Keowe.

Son regard fut traversé par une sorte d'effroi, et ce changement d'expression m'impressionna. Il se contraignit à sourire en reposant son verre sur la table basse qui se trouvait entre nous en acquiesçant.

— Vous avez raison, je suis monté là-bas. Deux fois. La première, c'était par curiosité, et pour m'assurer que tout allait bien chez ces gens. La seconde, c'était pour être sûr que ma première impression avait été la bonne.

Il marqua une pause et m'observa comme s'il n'avait pas l'intention de m'en dire plus. J'insistai.

— Et cette impression, quelle était-elle ?

Il soupira profondément.

— L'impression désagréable de pénétrer sur un territoire inconnu, coupé du monde de façon malsaine.

Il s'interrompit et plongea son beau regard clair dans le mien.

— Je crois que je vais m'aider d'une larme de scotch pour la suite, mon enfant. M'accompagnez-vous ?

— Non, merci. Le jus d'orange fait l'affaire.

Il se leva, se servit un verre et revint s'asseoir. Il contempla longtemps l'alcool avant de se décider à le boire cul sec.

— Les gens que j'ai rencontrés là-haut, je dois avouer que j'avais des a priori sur eux. Comme tout le monde, je m'attendais à trouver des hippies. Barbes et cheveux longs, hygiène douteuse, colliers de fleurs et drogues plus ou moins douces... Eh bien, pas du tout ! J'ai trouvé là des gens comme vous et moi, sobrement habillés et vivant en communauté dans des mobile-homes. C'était rudimentaire mais pas misérable. Les enfants semblaient bien nourris, et il y avait des chiens et des chats.

— Combien étaient-ils, à peu près ?

— Je dirais une cinquantaine de personnes au grand maximum.

Je réfléchis.

— Pourquoi cette mauvaise impression, alors ? Ce que vous avez découvert là-bas aurait dû vous rassurer.

— Oui, à première vue. Mais dès que j'ai essayé d'adresser la parole à quelqu'un, un jeune homme d'une vingtaine d'années, si je me souviens bien, il s'est enfui sans me répondre. La chose s'est répétée deux ou trois fois jusqu'au moment où une femme d'une trentaine d'années est venue à moi. Elle était charmante, très souriante et chaleureuse. Je me suis présenté, naturellement, et elle m'a répondu qu'elle était Diana, « la mère de la communauté ».

Le dépit avec lequel il articula ce titre mystérieux m'intrigua.

— « La mère de la communauté » ?

— Oui. Tous ces gens vivaient sous sa férule et n'avaient d'yeux que pour elle.

— Une vraie secte, donc.

Il hocha la tête lentement.

— Je n'aime pas ce mot, et je trouve que l'on ferait bien de ne l'employer qu'avec parcimonie, pourtant je ne vois pas d'autre façon de dire les choses.

— De quoi a-t-elle parlé avec vous ?

— Oh, le baratin habituel : l'esprit de communauté, le renforcement de la vraie foi de leur petit groupe face aux errements du monde moderne… Un discours séduisant, en un sens, et qui rencontrait un bel écho dans l'homme d'Église que je suis. Malgré ça, pas un instant je n'ai pu me défaire d'une impression désagréable, et même…

Il ne voulut pas achever sa phrase, comme s'il avait honte de ce qu'il s'apprêtait à dire, et je dus l'encourager.

— Et même ?

Il avala sa salive.

— Nous avons parlé du Diable de Keowe, tout à l'heure, et je ne peux rien affirmer à propos de Barry Delerth parce que je ne l'ai jamais connu, c'est vrai, mais cette femme, cette Diana, elle m'a fait l'impression d'être le diable incarné. Et ça en dépit de ses sourires et ses paroles douces comme le miel… Je… Je n'ai jamais eu aussi peur de toute ma vie en face d'un autre être humain.

Il ferma le poing et l'appuya contre sa bouche, pensif, pendant quelques instants.

— Pourtant, vous êtes retourné là-bas m'avez-vous dit.

— Tout à fait. C'était en 1993, environ un mois après le massacre de Waco. Quand cette tuerie a eu lieu, j'ai tout de suite pensé à la communauté de la montagne. Je m'étais juré de ne plus retourner là-bas, voyez-vous, mais il me fallait surmonter ma répugnance parce qu'il en allait de mon devoir. Le plus surprenant, c'est que rien n'avait changé, comme si le temps avait contourné cet endroit sans plus avoir aucun pouvoir sur lui. Diana m'a accueilli avec un petit sourire en coin, comme si elle s'attendait à ma visite. Il y avait aussi du défi dans son attitude : elle m'invitait à chercher quelque chose que je pourrais utiliser contre elle dans son environnement. Et en fin de compte, comme vous pouvez vous en douter, je suis rentré bredouille à Keowe. Depuis, sans doute par lâcheté, j'essaie de ne plus penser à ça.

Il en avait terminé avec les gens de là-haut et je n'eus pas la cruauté de lui infliger d'autres questions.

L'heure tourna et l'après-midi toucha bientôt à sa fin. Le vieux révérend, après l'évocation de ces lourds souvenirs, n'avait de toute évidence aucune envie de rester seul et m'invita à dîner. Je n'eus pas le cœur de refuser.

Il parla joyeusement de sa jeunesse en Virginie, de ses parents et de sa sœur. Il n'était pas marié et considérait ses neveux et nièces comme ses propres enfants.

Au moment de nous séparer, alors que la nuit était tombée depuis longtemps et que je croyais l'avoir aidé à chasser les fantômes d'un passé plein d'un mystère pesant, une ombre passa sur son visage. Nous étions sur le seuil de l'entrée et je m'apprêtais à reprendre le chemin de l'auberge.

— Vous vous sentez bien, révérend ? Vous semblez soucieux.

Il se força à sourire.

— Ne vous inquiétez pas. J'ai juste un peu peur de dormir. Vous savez, chaque fois que j'ai rencontré cette femme, j'en ai fait des cauchemars étranges plusieurs nuits de suite. Je crains qu'avoir tiré son image de mes souvenirs brumeux aura les mêmes conséquences, hélas...

Je m'apprêtais à lui présenter des excuses pour avoir réveillé en lui un malaise obscur et persistant, et il lut dans mes pensées. Il m'adressa un sourire tout paternel avec une bonhomie feinte.

— Ne vous en faites pas ! Pendant trois ou quatre nuits je la verrai surgir vers moi avec son sourire glacé et son éternelle tunique grise et puis elle rejoindra les ténèbres pour de bon.

Rassurée, je le saluai avant de m'éloigner dans la nuit noire.

Au bout de quelques pas, je me figeai au beau milieu de la rue, comme si je venais seulement de comprendre les paroles que le révérend m'avait adressées.

De retour à l'auberge cette nuit-là, je ne trouvai pas le sommeil avant longtemps, et lorsque je sombrai enfin, j'étais dans les montagnes, près de Keowe, et une grande femme en gris armée d'un fusil me poursuivait.

⋆

Malgré une nuit courte et peuplée de cauchemars, il était à peine 8 heures quand je descendis à la salle à manger de l'auberge. J'y trouvai Miles en pleine séance de joyeux badinage avec Mme Park. Dès qu'il m'aperçut, j'eus droit à un accueil chaleureux de mon collègue, bras ouverts dans ma direction.

— Et voici la plus belle !

Agréablement surprise, je leur offris mon plus beau sourire.

Alors que le matin précédent elle m'avait presque servie à contrecœur, Mme Park, sous l'effet d'une exceptionnelle bonne humeur, nous conseilla avec un clin d'œil complice de faire le plein d'énergie pour la journée, « parce qu'il n'y aura pas de pancakes tout chauds pour tout le monde ! ».

Et chacun était partant pour des pancakes. Une fois seul avec moi, Miles se frotta les mains.

— Bon, est-ce que la journée d'hier a été bonne ? De mon côté, c'était mi-figue, mi-raisin : la rédactrice en chef du *Keowe Chronicles* était absente et ils ne conservent presque pas d'archives chez eux. Tu crois ça ? Bon, on se débrouillera. Sinon, toi : quoi de neuf de ton côté ?

— Je suis allée voir le mausolée des Webson et j'ai rencontré le médecin qui s'occupait d'eux à l'époque. Hier soir, j'ai aussi dîné avec le révérend Morrow.

Il eut l'air à la fois épaté et envieux.

— Eh bien, t'as pas perdu ton temps, toi… Et tu en as retiré quoi, de toutes ces explorations ?

Je lui fis un compte rendu précis de mes rencontres tout en omettant cette impression bizarre d'avoir été observée au cimetière, ainsi que le vieillard étrange dont j'avais croisé le regard devant *Chez Will*. L'épisode de la poupée retrouvée dans le caveau de Toby Webson l'ébranla.

— Et ton copain, ce Michael, il est certain que ça a un rapport avec le satanisme, cette poupée ?

— Pour lui, ça ne faisait aucun doute.

La salle à manger de l'auberge n'était pas climatisée, et il y faisait déjà chaud – malgré ça, j'eus l'impression que Miles venait d'avoir la chair de poule.

— Et le vieux toubib est formel, il affirme que le gamin était mort ?

— Sans aucun doute possible.

Il secoua la tête sans conviction après un court silence.

— Je suis sûr qu'il est gâteux. C'est tout.

— C'est ce que pense le révérend. Même si ça me semble un peu facile de mettre tout ça sur le compte de l'âge.

J'expliquai ensuite que j'étais allée voir le pasteur afin d'en apprendre plus sur la communauté des montagnes que Delerth pouvait avoir rejointe après son départ du manoir. J'en vins tout naturellement à évoquer Diana, la mère de la communauté, et cette histoire de tunique grise. J'étais galvanisée.

— Tu te rends compte ? Imagine qu'il y ait une piste à creuser ? Que ce soit elle la fameuse femme en gris dont Toby a parlé à Esther ?

Alors que j'attendais une explosion d'enthousiasme de sa part, Miles soupira avec gêne et dodelina de la tête.

— C'est très sympa comme théorie, chérie, si on part du principe que Toby Webson est encore en vie, et ça, vraiment, j'ai du mal à y croire, surtout avec ton histoire de poupée diabolique.

— Écoute, je sais que tu crois Toby mort depuis le début mais essaie de garder l'esprit ouvert. On ne peut pas se permettre de passer à côté de ce genre de piste.

À contrecœur, il m'offrit une espèce de grimace que j'interprétai comme un sourire.

— OK, *admettons* que Toby soit en vie et qu'il y ait un lien.

— Parfait ! Alors c'est entendu : on va leur rendre une petite visite.

— Certainement pas ! Tu t'entends, espèce de folle ? C'est une secte, on te dit ! Imagine qu'ils soient vraiment impliqués dans ces horreurs ? Ça fait d'eux des gens super dangereux. Ils pourraient nous garder prisonniers, nous sacrifier en offrandes pour leurs dieux… Oh ! Seigneur ! Ils pourraient nous bouffer ! Ce serait horrible ! Hors de question d'aller là-bas seulement tous les deux. On ira avec la shérif Grindell et quelques-uns de ses gars, le maire et le pasteur parce qu'elle le connaît déjà. On n'est jamais trop prudent, crois-moi.

À l'accueil de l'auberge, le téléphone sonna. Mme Park alla décrocher en fredonnant.

— Auberge du Walhalla, Mme Park à votre service… Oh, bonjour Esther, comment allez-vous ?… Oui, elle est ici, je peux vous la passer si vous… Très bien, je lui dirai… À bientôt, Esther.

Elle raccrocha puis se dirigea vers nous. Esther Lamar lui faisait dire qu'elle m'attendait chez elle le lendemain, à 15 h 30, pour me montrer des photographies. Je remerciai Mme Park pour la commission et elle retourna en cuisine. Aussitôt, j'avisai Miles.

— Tu viens avec moi, bien sûr.

Il acquiesça sans enthousiasme.

— D'accord. Ce sera une occasion de vous filmer. J'espère seulement que Mamie Gâteau ne va pas encore nous montrer des centaines de clichés du manoir Webson pris par son junkie favori.

Il se recroquevilla et se lança dans une cruelle imitation de vieille dame.

— *Oh, Jessie, regardez : ici ! On dirait mon Toby ! Je suis sûre que c'est lui ! Vite ! Appelons cette connasse de Martha, qu'elle bouge un peu son gros cul et fasse son foutu boulot !*

J'éclatai de rire, ce qui attira sur moi le regard agacé d'un ou deux pensionnaires en plein repas. Miles, lui, ne rit pas du tout et devint presque grave.

— Ça va te sembler ridicule, ma vieille, mais elle me fout la frousse, cette forêt. J'ai essayé d'y aller, hier en fin de journée, et ça m'a fichu les jetons d'être tout seul là-bas. On dirait qu'elle est vivante et qu'elle n'attend qu'une chose : que les gens se précipitent dedans pour les retenir prisonniers.

Il se força à sourire comme pour atténuer son propos. Je ne trouvais pas ça drôle, et comprenais trop bien ce qu'il voulait dire.

Mme Park apporta notre petit déjeuner, ce qui eut pour effet de détendre l'atmosphère.

J'avais à peine commencé à manger que mon téléphone vibra. C'était encore Michael.

— Allô ?

— Jessie ! C'est Michael.

— Bonjour, comment ça va ?

— Bien, bien... Je voulais juste savoir : j'ai réussi à me libérer demain, tu veux qu'on avance notre visite au journal à 14 heures plutôt que d'attendre jusqu'à vendredi ?

— Oh, quel dommage ! Je suis prise demain après-midi. Je dois voir Esther Lamar. Elle doit me montrer des photos et discuter avec moi.

— Esther Lamar ? L'ancienne gouvernante des Webson ?

— Oui. Je suis vraiment navrée. Elle a peut-être des choses importantes à me dire, et...

— Je comprends, je comprends. Alors... À vendredi.

Il raccrocha. Miles sourit.

— C'était ton chevalier servant ?

— C'était Michael.

— Il ne te lâche plus...

Il eut un sourire enjôleur.

— Et il voulait quoi ?

— Il appelait pour me faire visiter le *Keowe Chronicles*.

Il prit un air faussement outré.

— Garce ! Tu aurais pu me dire que tu avais tes entrées au journal ! Je parie qu'en plus, il est jeune et sexy...

Je réfléchis à la question : oui, Michael était très beau garçon, mais il lui manquait quelque chose pour me plaire – j'ignorais quoi.

Je fis un clin d'œil à Miles.

— Jeune et sexy ? Oui, c'est tout à fait lui.

Le petit déjeuner se poursuivit dans le calme et une relative bonne humeur. Miles vida une autre tasse de café avant de taper dans ses mains.

— Bien ! Qu'est-ce qui est prévu, aujourd'hui ?

— Je vais rester ici pour mettre sur le papier tout ce que j'ai récolté ces derniers jours. Après, je verrai…

— OK. Moi je vais à la bibliothèque pour compulser les archives et voir ce que je peux trouver sur les Webson.

— Je t'y rejoindrai peut-être dans la matinée.

— Pas de problème.

Il quitta l'auberge non sans avoir décoché un clin d'œil taquin à Mme Park qui gloussa comme une jeune fille en fleur.

Quelques minutes après, j'avais moi aussi fini mon petit déjeuner. Je m'apprêtais à remonter dans ma chambre quand je me sentis épiée. Ce sentiment troublant me rappela l'épisode du cimetière. Je venais juste de passer devant l'accueil et je jetai un œil furtif à l'extérieur.

La porte de l'auberge était grande ouverte et, alors que je m'attendais à apercevoir le même antique vieillard en loques qui m'observait la veille, je remarquai une silhouette ronde et vêtue des couleurs les plus vives s'éloigner rapidement sur le trottoir d'en face. C'était un homme légèrement voûté et roux, vêtu d'un pantalon d'un blanc éclatant et d'une chemise bleu ciel à motifs argentés. Je l'avais déjà vu le jour de mon arrivée, au garage de Clyde, alors qu'il était en pleine discussion avec ce dernier.

Il me sembla soudain pressé. Je venais de sortir de l'auberge pour tenter de le rattraper quand une main se posa en douceur sur mon bras.

C'était celle d'une femme d'environ soixante-dix ans. Elle avait les traits marqués tout en conservant quelque chose d'une beauté certaine derrière le masque de douleur qu'elle dissimulait tant bien que mal. Elle était blonde, avait de grands yeux en amande, sombres et fatigués. En dépit de la chaleur, elle portait un grand châle mauve qui protégeait sa maigre personne à la manière d'une cape magique. Elle semblait ravie de me voir.

— Madame Belcher ? Je venais justement dans l'espoir de vous rencontrer…

Une belle voix, grave et lasse.

J'acquiesçai grossièrement, obnubilée par l'homme aux habits de lumière qui avait disparu au bout de la rue. L'inconnue s'inquiéta.

— Vous attendiez peut-être quelqu'un ?

— Non… Je croyais avoir aperçu mon collègue. J'ai dû me tromper.

Elle parut satisfaite et m'adressa un sourire très doux.

— Je suis Ann Schulberg. C'est Clyde qui m'a parlé de vous.

— Oh, vous êtes la mère de Clyde ! Je suis ravie de faire votre connaissance.

Elle marqua un temps d'arrêt, estomaquée, puis elle éclata d'un rire joyeux et frais. Je me sentis stupide. Elle reprit son souffle et s'expliqua.

— Clyde n'est pas mon fils, je suis son épouse…

À cet instant, j'aurais préféré me trouver n'importe où – y compris perdue dans la forêt d'Eden Woods – plutôt qu'en face de cette femme.

Mon désarroi émut Ann Schulberg.

— Oh, trésor, je vous en prie, ne faites pas cette tête, vraiment… C'est juste que… J'ai vingt ans de plus que Clyde, c'est vrai, mais tout le monde nous connaît à Keowe, et ça faisait des lustres qu'on ne m'avait pas prise pour sa mère…

Elle avait tellement ri que les larmes lui étaient montées aux yeux. Malgré cette atmosphère détendue, je ne trouvai rien à dire. Grâce au ciel, Ann Schulberg avait de la conversation à revendre.

— Je suis heureuse de faire votre connaissance, c'est si rare de rencontrer une écrivaine. Dès que j'ai su que vous aviez écrit un roman, je l'ai commandé sur Internet. Quand j'ai lu le résumé, je me suis dit qu'il allait être passionnant.

— Vous m'en voyez ravie. Cela dit, c'est une vieille publication et je n'ai rien écrit depuis.

— Je sais. C'est pour cette raison que je suis si heureuse de vous savoir parmi nous pour écrire à propos de cette terrible histoire des Webson. Je trouve ça magnifique de pouvoir tirer d'un fait divers sordide une œuvre d'art. C'est un pied de nez de l'esprit humain à la part de noirceur qui l'habite.

Elle posa sur moi un regard émerveillé et marqua une pause avant de reprendre.

— C'est d'ailleurs à propos de ça que je voulais vous voir. Clyde m'a parlé de votre enquête et je me suis dit immédiatement que je devais vous inviter afin de discuter de tout cela autour d'un bon repas. Pourquoi pas ce soir à 19 heures, chez moi ?

En dépit de sa fragilité – ou à cause d'elle – il se dégageait de cette femme une énergie étrange, désespérée, de la même trempe que celles qui craignent de s'éteindre et n'en sont que plus violentes. Je n'eus pas le cœur de décliner l'invitation, et elle en fut transfigurée.

— Formidable ! Alors je vous dis à ce soir. Surtout n'apportez rien de spécial, je me charge de tout !

Elle me souhaita une bonne journée et s'éloigna après avoir remonté son châle mauve sur ses maigres épaules.

Je rentrai dans l'auberge, et trouvai Mme Park installée à l'accueil. Elle considéra d'un œil éteint l'épouse de Clyde qui disparaissait au loin, puis moi.

— Vous avez rencontré Mme Schulberg.

— Oui, elle a l'air d'être une femme charmante.

— Elle a eu une vie tumultueuse. Aujourd'hui c'est une femme malade. Elle a un cancer du sein.

Par souci de précision, l'aubergiste désigna sa propre poitrine. Une fois de plus, elle me sembla bien renseignée.

— Que voulez-vous dire par « vie tumultueuse » ?

Elle ne dit rien, et me scruta. Aucune émotion sur ses traits. Cela dura. Soudain, j'étais convaincue qu'elle lisait en moi – tout ce qui, dans ma vie, avait précédé Keowe, et ce qui suivrait. Avant que le malaise me paralysât complètement, je bafouillai quelques banalités polies auxquelles elle demeura insensible, et je remontai dans ma chambre. Là-haut, je me demandai si cette ville et ses habitants ne finiraient pas par me rendre folle. J'allai me passer de l'eau sur la figure dans la salle de bains et m'installai au bureau pour jeter sur le papier les quelques informations dont je disposais déjà.

Au bout d'une heure, je n'avais fait que griffonner des bribes de phrases dans un désordre tumultueux. Les pistes sur lesquelles j'évoluais n'avaient parfois aucun rapport les unes avec les autres – voire étaient contradictoires. Je me consolai en me disant que ce n'était là que le début de l'enquête et je décidai de rejoindre Miles à la bibliothèque municipale.

★

À mon arrivée là-bas, je demandai à l'un des employés s'il avait vu Miles et, après une rapide description, le jeune homme me confirma qu'il était venu un peu plus tôt dans la matinée avant de repartir rapidement. Avant cela, il avait jeté un coup d'œil à quelques journaux et manifesté un ennui profond ponctué de bâillements et de grimaces. Le bibliothécaire, Jeffrey, qui ne devait pas avoir plus d'une vingtaine d'années, fut très serviable.

— Votre ami m'a demandé de vous prévenir. Il avait dit que vous seriez plutôt négligée et enveloppée. Il est un peu rude avec vous, je trouve...

— Il a un caractère taquin et exubérant... Il n'a pas dit où il allait ?

— Il va enquêter dans les bars et les cafés de la ville, il a dit. Dans les boutiques de vêtements, aussi. J'ai trouvé ça bizarre, mais bon. Et il a précisé qu'il vous verrait ce soir à votre auberge. Et il a...

Il rougit un peu et farfouilla dans les papiers qui se trouvaient devant lui.

— J'ai été obligé de le noter. Il parle tellement vite, votre collègue, et il est parti comme...

Il eut un geste de désespoir puis trouva enfin.

— Ah ! Voilà ! Il a dit qu'il a ressenti une grosse déprime à l'idée de rester enfermé ici tout seul sans vous et que, comme c'est vous la femme de lettres, il vous laisse tout le loisir de consulter les archives et qu'il est persuadé, je cite, « qu'elle (c'est-à-dire vous) passera une journée merveilleuse dans le silence poussiéreux de ce vénérable établissement pendant que je (ça, c'est lui) serai à la terrasse d'un bar à prendre les gens en photo ou à les filmer pour le travail ou à me refaire une garde-robe en interrogeant les vendeurs ». Voilà, c'est tout. En tout cas, s'il pense trouver un bar moderne en ville, il va chercher longtemps...

Jeffrey rit comme un petit garçon.

Sans parvenir à retenir un sourire, je qualifiai Miles de fils de pute et restai quelques instants sans rien dire. Je remarquai ensuite la beauté tendre des traits du bibliothécaire.

— Vous êtes bien jeune pour travailler ici...

— J'ai vingt et un ans, et je suis là seulement pour les vacances. J'étudie l'anthropologie à l'université de Caroline du Sud. Je suis aussi très fort en tennis.

Il m'offrit un magnifique sourire de publicité – pour un peu je me serais attendue à voir crépiter les flashs.

Si Miles comptait sur moi pour me taper le sale boulot des archives, c'était mal me connaître.

Je remerciai Jeffrey pour son efficacité et le laissai à sa bibliothèque vide où les livres, à l'abri de la chaleur estivale, semblaient plongés dans un sommeil paisible et éternel.

Une fois dehors, j'eus un moment d'hésitation : qu'allais-je faire de ma journée ? Mon premier mouvement fut de vouloir me rendre dans la communauté de la montagne, mais j'ignorais où elle se trouvait exactement et, même si je n'étais pas aussi effrayée que Miles à l'idée d'aller là-haut, la perspective de rencontrer seule ces illuminés n'avait rien d'enthousiasmant.

Je pensai au manoir des Webson. Si les faits qui l'avaient ensanglanté étaient trop anciens pour espérer trouver des indices sur cette histoire, je croyais à la mémoire des lieux – les murs des maisons, même en ruine, se souvenaient de ceux qui les avaient habités. Les pierres, les briques, le bois, tous les matériaux vibraient des cris, des rires, des pleurs, des soupirs et des silences de leurs propriétaires – pour longtemps.

Une impitoyable chaleur montait du sol brûlant. Je me dis malgré tout qu'un peu de marche ne me ferait pas de mal.

Je fis un détour par ma chambre pour m'enduire de crème solaire et prendre un sac avec de quoi manger, car je comptais rester là-bas au-delà de midi, puis je pris la route sous le soleil violent de juillet.

*

Il me fallut une bonne heure et demie pour arriver au domaine des Webson et je me souvins des mots que Clyde m'avait adressés : on avait vraiment l'impression de pénétrer sur un territoire immémorial et retiré de tout, hors de notre ordinaire perception des choses – hors de notre dimension.

J'eus un moment de panique, seule face à un immense portail de fer forgé qui semblait scellé par une antique chaîne rouillée. Une frayeur pour rien : la chaîne n'était plus là que pour la décoration. Des générations de jeunes en mal de sensations fortes avaient dû faire sauter le cadenas de nombreuses fois avant qu'on abandonnât l'idée de couper la propriété du reste du monde. Par réflexe, on devait remettre la chaîne en place lorsqu'on trouvait le portail ouvert – sans doute pour dissuader les fantômes ou, tout simplement, le passé, de se frayer un chemin du côté des vivants qui ne demandaient qu'à oublier les horreurs qui avaient souillé le sol du domaine trente ans plus tôt.

La première chose qui attirait le regard, une fois que l'on avait réussi à pénétrer dans la propriété, et passer outre à l'épaisseur luxuriante hostile et griffue de la végétation sauvage qui proliférait partout, c'était l'aile du manoir dont le toit et une partie des murs avaient été détruits par l'incendie. Non loin se dressait un genévrier gigantesque, plusieurs fois centenaire – l'ultime témoin encore en vie de ce qui s'était produit dans le bureau, un soir de printemps noir et orageux.

C'était grand, bien plus que je me l'étais imaginé, et je sentis naître la chair de poule sur mes bras pourtant trempés de sueur sous le soleil d'été.

C'était impressionnant de se trouver en ces lieux. Les archéologues découvrant un mausolée devaient ressentir quelque chose d'approchant : la mort était presque incarnée sous mes yeux. Les corps n'étaient plus là mais ils avaient imbibé le sol et contaminé l'air avec leurs cendres et leur sang. Leur esprit demeurerait ici, quand bien même les murs seraient abattus – et ils le seront tous, un jour ou l'autre, comme s'effaceront pour toujours les noms des morts sur les tombes. Ne restera que cette vibration presque imperceptible, cette empreinte invisible laissée dans l'espace comme une plaie béante de pure douleur, à jamais présente parce qu'elle est hors du temps, et qu'elle seule pourra lui échapper.

Je vis les flammes rougeoyantes et indomptables, immenses, lécher les cieux, et l'incendie vomir ses tourbillons de fumée noire, sous l'averse. Je vis le ciel furieux épouser cette masse de ténèbres pulvérulentes, les incorporer, ne faire plus qu'un avec elles pour pleurer ensuite des larmes de cendres sur un théâtre d'atrocités indicibles où s'était déroulée la pire des profanations – le moins pardonnable des crimes.

Je frissonnai.

Après quelques minutes figée dans la contemplation du passé vivant, je parvins enfin à faire quelques pas en direction du manoir.

Au cours des années, la végétation avait peu à peu pris possession des ruines aussi : lierre, mousses et ronces devenus maîtres du manoir s'étaient insinués sur les murs et par les fenêtres brisées et semblaient tout droit venus de l'enfer pour enserrer dans leurs liens acérés et étouffants les pauvres vestiges de ce qu'avait été le manoir des Webson afin de l'entraîner avec eux au cœur de la terre, au plus près des anciens propriétaires.

Je m'imaginais à mon tour prisonnière des vieux bâtiments et précipitée dans le monde des morts avant même d'avoir poussé mon dernier souffle. J'essayai de rire à cette idée stupide puis entrai dans le manoir.

Comme la grille du portail, la lourde porte en bois sculpté n'était plus fermée à clef depuis des lustres. Une fois à l'intérieur, une odeur âcre de pourriture sèche me prit à la gorge. Elle était supportable comparée à bien d'autres dont j'avais pu faire l'expérience ; ce fut son caractère inédit qui me choqua. C'était un parfum de passé réduit en poussière et lourd de questions restées sans réponses.

Il y avait là beaucoup de déchets : des feuilles mortes accumulées au fil des ans, de la terre, des débris ramenés ici par de petits animaux... Il y avait aussi de très rares détritus d'origine moins naturelle : des cannettes de bière vides, des sacs en papier ou en plastique, des préservatifs usagés – les gens, jeunes ou pas, évitaient de se rendre dans cette demeure maudite. Ici et là, sur les murs et les boiseries, figuraient deux ou trois graffitis. La région n'abritait guère d'artistes en son sein.

Je gravis le large escalier qui menait du hall jusqu'au premier étage. Il me conduirait à l'aile où se trouvait l'ancien bureau de M. Webson, là où l'histoire de la famille avait pris fin prématurément.

Comme l'escalier tournait fortement sur lui-même, je me trompai de direction une fois arrivée en haut, et me perdis dans des couloirs qui donnaient sur les chambres. Bien sûr, la plupart des meubles avaient disparu comme me l'avait laissé entendre Esther, mais on n'avait pas touché à ceux qui se trouvaient dans les chambres d'enfants.

Dans l'une de ces deux pièces, la fenêtre était cassée et des ronces rampaient jusqu'au pied du lit. Plus étrangement, les vitres de l'autre chambre étaient intactes, ce qui avait préservé l'intérieur des ravages qui mutilaient le reste du manoir. Je remarquai que la porte était fermée et non simplement rabattue comme j'avais pu le voir ailleurs jusqu'alors.

Un parfum étrange flottait ici, comme si on avait vécu là il y avait peu de temps, et les couvertures en désordre du petit lit firent naître en moi une forme d'effroi incontrôlable – je fuis la pièce.

Sans en avoir conscience, j'étais sur le seuil du bureau quelques instants après.

Le sol s'était effondré en plusieurs endroits, entraînant avec lui la plupart des meubles imposants ainsi qu'un gros piano qui avait dû choir au rez-de-chaussée dans un tonnerre de fausses notes. J'imaginais que, parfois, au cœur de la plus noire des nuits, un écureuil ou une souris courait sur les touches qui, pour certaines d'entre elles, laissaient encore s'élever vers le ciel quelque mélodie animale désespérée.

Les lieux du crime continuaient de se déliter irrégulièrement. Pendant peut-être une année, selon les aléas du temps, le plancher s'était effondré par petits morceaux, jour après jour, et puis plus rien. Et quelques semaines plus tard, tout un pan pouvait s'être détaché pour atterrir en bas dans un bruit sourd dont l'écho puissant avait longtemps résonné entre les murs vides du manoir. C'est plein de cris et de chuchotements, une maison qui meurt.

Je contemplais ce qui restait des murs arborant un triste vestige de papier peint livide d'une autre époque quand je sursautai : des bruits de pas derrière moi, à quelques mètres, et un murmure étrange, celui du froissement de l'air sur un corps qui s'enfuit.

Je faillis demander qui était là – je me retins.

Retenant ma respiration, je fis marche arrière en tâchant de faire le moins de bruit possible. Du haut de l'escalier, j'entendis les pas au rez-de-chaussée ainsi qu'un grincement de porte. Sans hâte et le cœur battant, je descendis les marches et, arrivée en bas, j'observai le hall tout autour de moi : l'une des portes, dont j'étais sûre qu'elle était fermée tout à l'heure, était entrebâillée.

J'essayai de l'ouvrir en faisant le moins de bruit possible. Les gonds rouillés émirent un cri plaintif de tous les diables qui me vrilla les tympans et me fit rougir de honte.

La porte donnait sur d'insondables ténèbres. Si quelqu'un s'était engouffré là-dedans, il n'avait pas pu le faire sans éclairage – ou alors cela dénotait une connaissance précise des lieux.

Après une longue délibération intérieure, je décidai de m'engager dans la gueule d'ombre, et je déposai le sac à dos qui contenait ma nourriture et quelques affaires près de la porte.

J'enclenchai la fonction torche de mon téléphone et je découvris que je n'avais aucun réseau à Eden Woods. La lumière révéla un escalier en bois qui menait à une cave. Les marches semblaient fragiles, et je descendis lentement.

Désormais, c'était une odeur d'humidité putride et de relents d'égout qui m'enveloppait. Elle s'insinuait dans mes narines et dans ma bouche, malgré mes lèvres scellées, et se déposait en un baiser visqueux sur mes bras et chaque parcelle de ma peau nue.

Au fur et à mesure que je descendais, je voyais la lumière du téléphone se refléter sur le sol brillant : il y avait une fuite quelque part, ou bien l'eau des précipitations s'infiltrait par des fissures et échouait ici depuis des années, ce qui aurait expliqué la persistance de ce limon puant. Dans un coin, je crus voir une grenouille sauter et l'entendis nager dans l'eau noire.

En bas de l'escalier, j'eus l'impression que le dépôt boueux ne dépassait pas trois centimètres. Il faisait trop chaud et l'averse orageuse de la veille n'avait pas suffi à inonder la cave plus que ça.

Pour la deuxième fois en quelques minutes, je tressaillis : une présence qui semblait à la fois très proche de moi et inaccessible se manifesta. C'était comme si l'on venait de tirer un meuble lourd ou une échelle dans le sol fangeux. Celui ou celle qui se trouvait ici connaissait cette cave et avait une idée précise de ce qui allait advenir de moi.

Par provocation, j'éteignis la fonction torche et ne fis plus qu'une avec les ténèbres. J'eus presque instantanément l'impression que des centaines de doigts frôlaient ma peau et que tous les démons du monde s'étaient réunis en ces lieux pour souffler leur haleine fétide et glacée sur ma nuque.

Je gardai les yeux grands ouverts dans l'espoir de les habituer à l'obscurité et qu'un éclairage, si faible fût-il, apparût dans un coin de la pièce.

Après de longues secondes, je crus distinguer des formes fixes dans cette nuit sans étoiles, et autour d'elles dansaient des ombres virevoltantes qui n'existaient que par la grâce de ma vision déformée. J'avançais en traînant les pieds sur le sol bourbeux. J'avais l'impression de m'y enfoncer un peu plus à chaque pas. J'avais remisé mon téléphone dans ma poche et tendais mes bras en avant afin de prévenir tout obstacle. J'étais pétrifiée à l'idée de sentir une main saisir mon bras et je respirais mal. J'avais envie d'une cigarette, là, tout de suite. Je voulais m'asseoir dans ce cloaque humide à l'odeur rance d'évier bouché et fumer tout mon saoul des heures durant, faisant fi de l'étrange compagnon des ombres qui m'avait attirée ici.

Je ne pus retenir un léger cri quand je sentis sous mes mains un plateau de bois. Je repris un souffle régulier et touchai les bords de ce qui devait être une ancienne commode ou un buffet. Il était recouvert d'outils en désordre, de cartons, d'objets que je ne parvenais pas à reconnaître. Puis je trouvai exactement ce que j'espérais : un marteau, et qui était en un seul morceau.

Au même moment, mon sang se glaça : on ne me touchait pas, mais je savais, je sentais que l'autre se trouvait derrière moi, à quelques centimètres. Je retins mon souffle, saisis fermement le marteau et en envoyai un grand coup en arrière. Ma main ne trembla pas et je heurtai mon assaillant sans savoir où exactement. Un cri rauque étouffé s'éleva dans le noir : première manifestation humaine de mon adversaire invisible. Des bruits de pas précipités s'éloignèrent de moi.

Je rallumai la torche le plus rapidement possible – trop tard : il n'était plus là.

J'étais armée désormais, et je pouvais me permettre d'explorer les lieux. Je balayai la pièce d'un rapide mouvement de lampe : la cave était immense et j'eus la surprise de découvrir que je m'étais beaucoup éloignée de l'escalier. Bien trop à mon goût. Je vis aussi que la cave abritait plusieurs pièces fermées par de grossières portes en bois coincées grâce à de simples loquets. L'une d'elles était entrouverte.

Je m'en approchai doucement, le marteau brandi et prêt à s'écraser sur quiconque.

C'était une pièce étrange, organisée comme une petite chambre d'enfant avec un lit, une table de chevet, un coffre à jouets posé sur un tapis gonflé d'humidité. Et surtout un petit bureau. Ce fut sans doute le seul moment où je manquai de pousser un hurlement de peur : au bureau était installée une petite fille, de dos, et elle restait immobile dans sa robe sale et avec ses cheveux noirs emmêlés. Je pensai aussitôt au gamin que j'avais poursuivi dans les rues de Keowe : avais-je pu me tromper au point de ne pas m'être rendu compte qu'il s'agissait d'une petite fille ?

— Petite ? Qu'est-ce que tu fais ici ?

Avais-je frappé une enfant quelques instants auparavant ? Non, elle n'était pas assez grande pour ça.

J'approchai d'elle sans baisser la garde, brandissant toujours mon marteau.

— Je ne te ferai pas de mal, chérie, n'aie pas peur.

Dès que je fus près d'elle, je mis la main sur son épaule et elle s'effondra en avant avec un bruit creux. C'était un mannequin.

J'eus seulement le temps de me retourner et les pas s'approchèrent de moi à toute vitesse. La torche ne révéla qu'une tête dissimulée par une capuche et un bras noir s'abattit sur ma tempe. Une lumière aveuglante explosa, accompagnée d'un bruit sourd. Puis il n'y eut plus rien.

*

L'humidité me réveilla. Elle était partout sur mes vêtements, contre ma peau, dans mes cheveux, près de mes narines et jusque dans ma bouche.

D'abord à moitié consciente, je ne compris pas où j'étais, ni pourquoi j'avais mal au crâne. Les souvenirs me dégrisèrent et je me redressai brutalement dans les ténèbres. La tête me tourna un peu et je crachai plusieurs fois, au bord de la nausée. J'avais de la fange plein la bouche.

Je n'avais plus mon portable. Il était tombé quand je m'étais écroulée.

À tâtons, je cherchai un point d'appui pour me relever et trouvai le bureau auquel on avait assis le mannequin. Je fis un gros effort de mémoire pour me souvenir de l'itinéraire qui m'avait menée jusqu'ici et parvenir à sortir de cette cave sans perdre trop de temps. J'étais seule, aucun doute là-dessus. L'autre m'avait assommée avant de quitter les lieux tranquillement.

J'étais au bord des larmes. Pas parce que j'avais peur, non. J'étais furieuse contre moi-même d'être partie à Eden Woods sans prévenir personne et avoir risqué ma vie bêtement. Je n'avais aucune idée du temps que j'avais passé évanouie et je me souvins que j'étais attendue chez le maire ce soir-là pour dîner. Pendant un instant, je craignis que l'heure fût passée.

Je réussis à retrouver l'escalier au bout d'une éternité dans cette obscurité muette seulement troublée par les jurons fleuris que j'éructais chaque fois que je me cognais dans un meuble ou que mon chemin m'avait menée droit dans un mur.

Je poussai la porte en haut de l'escalier. Le soleil avait poursuivi sa course et se trouvait juste en face de moi. Depuis une immense fenêtre aux carreaux brisés, ses rayons tombaient dans ma direction, et me brûlèrent les yeux – un léger vertige me déstabilisa. Sortie de la cave, je vis les lieux dans toute leur laideur et leur hostilité criante. Comble de la malchance, on avait volé mon sac à dos.

Une fois dehors, l'air tiède me parut chargé de mille parfums délicats et roboratifs. La chaleur était écrasante. Sans montre ni téléphone, j'estimai qu'il devait être entre 15 et 16 heures.

Je me mis en route sans plus attendre. Mes vêtements séchèrent vite et la boue qui recouvrait toute la partie gauche de mon corps s'était changée en une couche de crasse qui se craquelait à chacun de mes mouvements en tirant sur ma peau.

En quittant le domaine, je ne pris pas la peine de remettre la chaîne en place sur le portail et ne jetai aucun regard en arrière sur le manoir Webson. Je commençais à croire que ces murs vibraient réellement d'une horreur intrinsèque, agressive à l'encontre des inconnus qui se risquaient à les profaner – et qui ne pensaient pas devoir faire face au mystérieux gardien du domaine.

Ce ne fut qu'après une dizaine de minutes de marche que je me posai des questions sur ce qui venait de m'arriver. Étais-je tombée dans un piège ou avais-je surpris quelqu'un qui vivait ici depuis assez longtemps pour connaître le manoir comme sa poche ? L'étrange mise en scène du mannequin assis au bureau aurait dû me faire pencher pour la première solution, mais personne, y compris moi, ne savait que je me rendrais au manoir des Webson cet après-midi-là.

Cette parodie de chambre d'enfant dans une cave humide et sans lumière faisait donc partie de la mise en scène intime d'une personne dérangée. Cela m'emplissait d'effroi.

Je luttais contre l'idée d'avoir été frappée par Toby Webson en personne. C'était trop romanesque à mon goût, et Esther Lamar jurait ses grands dieux qu'il ne l'avait jamais agressée, elle.

Le chemin qui menait au manoir passait devant les quelques maisons parmi lesquelles se trouvait celle de l'ancienne gouvernante.

Plus tôt dans la matinée, je l'avais observée d'un œil distrait et n'avais pas remarqué d'autre présence que celle de Miss Muriel qui somnolait devant l'entrée. Les lieux semblaient complètement vides cette fois-ci. Même la vieille chienne avait disparu. Je fis un détour pour frapper à la porte. Si par bonheur elle était là, je pourrais lui demander d'utiliser la salle de bains pour me rendre plus présentable.

Personne ne répondit – je rentrerais à Keowe dans cet état.

Résignée, je m'engageai à nouveau sur la route du retour lorsque je vis approcher sur son vélo la grande femme qui m'avait accueillie avec une certaine froideur la première fois que j'étais venue à Eden Woods, avant ma première visite à Esther. Je me souvins du sourire étrange qu'elle m'avait adressé la veille, au moment de nous saluer, Clyde et moi.

Elle ralentit un peu en passant près de moi et me dévisagea. Je fis comme si de rien n'était et regardai droit devant moi. Je l'entendis freiner et mettre pied à terre. Je l'ignorai. Sa voix résonna dans les bois.

— Hé !

Je me sentis obligée de lui répondre et lui fis face. Elle ne me laissa pas le temps d'en placer une.

— Quand on fait un bain de boue en thalasso, on se rince après, en principe !

Elle éclata d'un rire gras ; je tournai les talons en levant les mains au ciel.

— OK, merci pour la blague, mais je ne suis pas d'humeur.

— Vous voulez faire un brin de toilette chez moi ?

J'hésitai une seconde – ma fierté fit long feu.

— Je vous en serai reconnaissante, vraiment…

— Très bien, alors suivez-moi. J'habite juste là.

Elle ne remonta pas sur son vélo et continua à pied jusqu'à la petite maison qui se trouvait à une centaine de mètres.

Elle ressemblait à celle d'Esther. Il ne régnait pas à l'intérieur cette impression de fouillis à cause des meubles des Webson qui encombraient le domicile de la vieille dame. Chez la grande femme, tout était plus clair, et fonctionnel. Un peu plus triste aussi.

Elle désigna un couloir étroit

— Tenez, la salle de bains est là, au fond. Vous poserez vos vêtements sur le sol et je les prendrai pour les nettoyer vite fait une fois que j'aurai fait le thé pendant que vous vous lavez.

— Ce n'est pas nécessaire, mais merci d'avoir...

— Faites donc ce que je vous dis. Vous n'allez pas rentrer dans Keowe avec de la merde plein vos habits.

Elle dégageait une telle autorité que j'acquiesçai comme une petite fille et lui demandai l'heure qu'il était.

— Cinq heures et quart, pourquoi ?

— J'ai un rendez-vous à 19 heures pour dîner et je...

— Avec qui ?

— Ann et Clyde Schulberg.

Elle inclina la tête, se montra exagérément épatée.

— Vous mangez chez le maire ce soir ? Vous perdez pas de temps pour vous installer aux meilleures tables.

Elle rit assez fort et m'invita à passer à la salle de bains.

Je lui obéis, et, une fois la porte rabattue derrière moi, je me débarrassai de mes vêtements, les poussai dans le couloir avant d'enjamber la baignoire.

Je dus me faire violence pour ne pas rester une éternité sous la douche. J'avais l'impression que jamais je ne me débarrasserais de l'odeur putride qui s'était insinuée en moi.

Je sortis de la salle de bains, en peignoir, et trouvai la grande femme sans nom attablée devant une tasse de thé. Elle en avait aussi préparé une pour moi.

J'arrivai près d'elle et elle me dévisagea.

— Mais… Qu'est-ce qui vous est arrivé ?

Elle fixait le coup que j'avais reçu à la tempe dans la cave des Webson.

— C'est une longue histoire, et pleine de mystère.

Elle n'insista pas.

Je pris place et elle se leva pour inspecter ma blessure.

— Il n'y a pas de plaie, vous avez de la chance.

Elle quitta la pièce et fut de retour quelques minutes après avec un petit pot en verre à la main. Il était plein d'une sorte de beurre ocre. Elle en prit une noisette sur le bout de son doigt et l'étala sur ma bosse. Ce fut étrangement glacé au début, même si cette pommade ne sortait pas du frigo. Cela anesthésia rapidement la douleur lancinante qui m'affligeait depuis que j'avais quitté la cave. Elle afficha un air satisfait, et je la remerciai.

— De rien. C'est un onguent fait maison. Ma mère tenait ça de sa grand-mère. Un remède de bonne femme.

— Ça a l'air très efficace en tout cas.

Elle répondit par un sourire et je ne trouvai rien à ajouter quand je pris conscience que je ne m'étais pas présentée. Je lui tendis la main.

— Je m'appelle Jessie. Jessie…

— Jessie Belcher, je sais. Esther me l'a dit. Enchantée. Je suis Georgia Barnett.

Elle saisit ma main.

Quelqu'un avait déjà prononcé ce nom en ma présence mais je ne parvenais plus à me rappeler qui. Soudain, ce fut l'illumination : Olive, la petite-fille du Dr Keene, m'avait parlé de cette femme et de sa réputation sulfureuse.

Comme si elle venait de lire dans mes pensées, Georgia confirma mes réflexions dans un demi-sourire.

— Oui, je suis cette Georgia-là : celle qui a tué son mari et l'a fait disparaître d'un coup de baguette magique. Les nouvelles vont vite…

Je dus avoir l'air particulièrement ahurie car elle éclata de rire. Elle prit une cigarette dans le paquet qui était posé devant elle puis le fit glisser vers moi. J'en pris une en la remerciant et elle l'alluma avec son briquet. Elle plongea son regard dans le mien.

— Vous savez, on ne peut pas dire qu'il se passe grand-chose dans le coin, alors dès qu'il y a une histoire qui sort de l'ordinaire à raconter, les gens s'en emparent et se la refilent de génération en génération. C'est comme ça. D'ailleurs, c'est aussi pour ça que vous êtes là, après tout...

— Esther vous raconte vraiment tout.

— Je vais la voir chaque jour pour être sûre que tout va bien chez elle, donc, oui, il peut nous arriver de causer.

L'heure courait, et je me sentais assez bien ici avec cette femme mystérieuse et blasée pour poursuivre notre conversation jusqu'à la nuit. Georgia était un de ces personnages qui sait tout sur tout le monde malgré une vie solitaire. Cela étant, au contraire des commères, elle ne disait rien avant qu'on ne lui posât une question. C'est à regret que je dus la quitter. Elle eut alors une idée.

— J'ai une voiture, si vous voulez rentrer plus vite à l'auberge.

— C'est très gentil à vous, mais je ne voudrais pas...

— Je ne m'en sers jamais, sauf s'il fait très mauvais et que je suis obligée de sortir.

Elle se leva et prit une clef suspendue à un petit crochet à côté du réfrigérateur. Elle me la tendit.

— Prenez, je vous dis. Vous êtes suffisamment en retard comme ça. Vous la ramènerez quand vous pourrez...

Je la remerciai et elle me rendit mes vêtements que la canicule avait déjà séchés.

Elle me conduisit ensuite jusqu'à son petit garage. Je m'installai au volant – dans l'obscurité poussiéreuse, la voiture était fraîche et le cuir des sièges, doux. Je démarrai. Avant de partir, Georgia posa la main sur le toit.

— Je peux vous donner un conseil, en toute amitié ?

— Dites toujours…

— Méfiez-vous de ce que racontent les gens par ici. Ils parlent avec leur haine, ou, pire, avec leur peur. Ça fait de mauvais témoins dans les enquêtes, en général…

— C'est un conseil avisé, merci.

Elle tapa un petit coup sur la carrosserie et je partis. Je regrettai de ne pas avoir le temps de demander à quelles sortes de haines et de peurs ma bienfaitrice du jour faisait allusion.

En quittant la maison de Georgia, je jetai un œil du côté de la propriété d'Esther : rien ne semblait avoir bougé depuis tout à l'heure. Miss Muriel devait somnoler à l'intérieur.

★

Je parvins à ne pas être en retard pour mon dîner chez les Schulberg. Leur maison était ravissante sans être tape-à-l'œil et les fumets qui émanaient de la cuisine me mirent l'eau à la bouche.

Le coup que j'avais reçu était impossible à dissimuler, et on s'inquiéta de ma santé. La vérité paraissant trop romanesque à mes yeux, j'avais officiellement fait une mauvaise chute dans la forêt – explication reçue par un silence perplexe et poli.

Nous passâmes à table après avoir discuté un moment au salon autour d'un verre – du soda pour moi : un traitement médical m'interdisait la moindre goutte d'alcool.

J'observai avec intérêt les Schulberg. La maladie d'Ann et la grande prévenance de Clyde à son égard renforçaient en moi l'impression qu'ils étaient mère et fils.

Clyde était attentif, disponible – faisait montre pour cette femme de plus de soixante-dix ans d'un amour tendre débarrassé des exigences sensuelles du désir – à moins que ce ne fût là un souhait que j'exprimais inconsciemment.

Ils étaient très curieux de moi : mon statut mystérieux d'écrivaine les fascinait. Surtout Ann qui parla d'abondance de mon premier – et unique – roman.

Tout cela me gênait, et j'avais espéré obtenir des détails sur la tuerie des Webson, mais Ann était si bavarde concernant ses goûts littéraires et son regret de n'avoir jamais écrit qu'il m'était impossible d'en placer une autrement que pour répondre à ses questions.

Pendant qu'elle monologuait, je remarquai à nouveau combien elle était maigre, et c'était d'autant plus flagrant qu'elle portait une simple tunique dans laquelle elle flottait tel un squelette déguisé en femme. Seul son visage, comme par miracle, échappait en partie aux ravages de la maladie. Je compris qu'elle ne se soignait pas – ou plus. Son mari la contemplait, mélancolique et beau.

Soudain, alors que rien ne m'y préparait, Ann évoqua la famille Webson avec une allégresse baroque.

— Ça fera un livre épatant. Quel sujet en or ! Une famille massacrée par un patriarche fou ! Héritier d'une des plus prestigieuses lignées d'industriels de la région, par-dessus le marché !

Clyde fronça les sourcils en arborant un sourire de reproche affectueux. Elle baissa la tête comme une gamine puis se tourna vers moi.

— Veuillez m'excuser, je ne suis pas née ici et je ne me suis installée à Keowe que depuis mon mariage avec Clyde. C'est pour ça que cette histoire des Webson, ça me semble encore plus irréel qu'à quiconque ! Comme un conte de Grimm !

— Vous ne connaissez donc pas grand-chose concernant cette affaire ?

— Hélas non, je ne suis qu'une femme perdue du Nevada.

Clyde secoua la tête et poussa un soupir exagéré, et il rit.

Il semblait quelque peu sur la défensive. Ann surjoua les épouses outrée.

— Il n'y a pas de honte à avoir. Tu ne m'as pas volée à mon premier mari. J'ai décidé de partir avec toi de mon plein gré, quitte à passer pour une catin !

Il leva les yeux au ciel, les joues roses, puis me considéra avec un fatalisme amusé. Cela arracha un sourire à chacun de nous, et quelque chose comme de la complicité passa entre lui et moi. C'était bien.

Ann devint songeuse.

— Tout ça remonte à si longtemps…

Un ange passa. Le premier instant de silence parfait de la soirée. Ann s'abîma brièvement dans sa rêverie introspective, et elle se redressa, de nouveau souriante et pleine d'enthousiasme.

— Clyde connaît bien cette histoire, lui ! Il est né ici et il avait quinze ans quand tout ça est arrivé. N'est-ce pas, Clyde ?

Il opina du chef, embarrassé.

Je sautai sur l'occasion.

— Oui, dites-m'en plus sur cette histoire. Vous avez connu les Webson ?

Il grimaça.

— Les Webson, je ne suis pas sûr que quelqu'un les connaissait vraiment, vous savez, à part Esther. Et encore ! Même avec elle, ils restaient très discrets, assez peu diserts sur leur vie privée, paraît-il. Vous savez qu'Esther était l'institutrice privée des Webson ? Leur gouvernante ?

J'acquiesçai. Il ne put se retenir de glousser.

— Une gouvernante… C'est dingue. Je sais que ça remonte à plus de trente ans, mais enfin… Avoir une gouvernante pour ses enfants alors que Reagan était à la Maison-Blanche. On se serait cru chez – je ne sais pas, moi – Edith Wharton ?

Il m'offrit un regard sidéré avant de poursuivre.

— Enfin bref. La famille Webson vivait loin de tout, à Eden Woods. C'était une présence familière, sans plus, un peu comme une célébrité recluse dans sa villa des Hamptons : on ne la voit jamais tout en sachant qu'elle est là. Eh bien, c'était pareil pour M. Webson. La région vivait correctement grâce à lui sans qu'il ait besoin d'apparaître en public. Sa femme, on la croisait parfois, au bureau de tabac ou dans quelque petit commerce. Quelqu'un de très gentil, Mme Webson. Comme je m'intéressais déjà aux voitures et à la mécanique, à l'époque, je l'ai aidée un jour à faire redémarrer sa vieille voiture. Le genre de tacot qu'on n'imagine pourtant pas conduit par une dame de la haute. Comme j'ai réussi à faire repartir le moteur, elle a été folle de joie et m'a invité à prendre le thé au manoir. Elle avait même dit que je pouvais amener ma petite amie, si j'en avais une. Mais ce n'était pas le cas : j'avais à peine quatorze ans. Quand mes parents ont appris ça, puis les professeurs du lycée de Keowe, j'ai été une vedette. Personne ne pénétrait sur le domaine des Webson, hormis le personnel de maison…

Il s'interrompit et but une gorgée de vin. Ann et moi l'écoutions religieusement.

— Maman m'avait dit de bien m'habiller. Elle était nerveuse comme si je m'apprêtais à candidater à Yale. Je suis arrivé là-bas à l'heure convenue avec Mme Webson. Elle était habillée normalement – comme toutes les femmes de Keowe, quoi – et moi j'étais en face d'elle, dans son salon, sapé comme un petit trou-du-cul de la haute société. J'étais aux anges. J'ai vu Mme Lamar, et la petite Webson… Comment elle s'appelait, cette gamine ?

Ann, le regard dans le vide, semblait absente. Elle répondit dans un murmure.

— Rose… Elle s'appelait Rose.

Comme subjugué par ce prénom, il le répéta plusieurs fois, dans un souffle. Ann se tourna vers moi, tragique.

— Vous devriez demander à voir les photos que conserve Mme Lamar. Celles de Rose sont… glaçantes. On croirait lire dans ses yeux qu'elle s'attendait à avoir une courte vie, la pauvre chérie…

Clyde prit la main de sa femme, philosophe.

— C'est ce qu'on dit de tous les enfants morts quand on tombe sur leurs photos des années après, mais c'est vrai que celles de Rose fichent la trouille.

Il continua à décrire par le menu cette heure unique passée en compagnie de Mme Webson. Il n'y avait rien d'extraordinaire dans tout cela – or quelque chose me chiffonnait.

— Et M. Webson ? Qu'en avez-vous pensé ?

— Il ne s'est pas montré. Il devait travailler dans son bureau, je suppose.

— Et vous ne l'avez donc jamais rencontré ?

— Non. Comme la plupart des gens ici, d'ailleurs. Je crois qu'Esther n'a pas dû avoir de grandes discussions avec lui toutes les années qu'elle a passées là-bas.

J'étais sur le point de lui poser une autre question lorsque sa femme étouffa un cri avec sa serviette. Les traits de son visage se tordaient en un rictus effrayant.

Clyde se précipita auprès d'elle, et moi aussi. Sa douleur était insupportable. Elle se voulut rassurante.

— J'ai juste un peu tiré sur la corde, aujourd'hui. Je crois que je vais aller me coucher. Clyde chéri, aide-moi à me lever, s'il te plaît.

Comme je proposais de partir afin de les laisser seuls, elle fit mine de se fâcher.

— Ne soyez pas bête, mon chou, vous n'êtes encore qu'à la moitié du repas. Vous allez finir avec Clyde pendant que je sombre lentement dans le sommeil grâce à mes petites pilules... En plus, Maggie ne va pas tarder à rentrer. Elle est sortie avec son nouvel ami.

Elle m'offrit un sourire empreint de sérénité ; elle avait la politesse d'une reine qui refuse de courber l'échine en public.

J'attendis seule quelques instants, puis Clyde fut de retour. Il se rassit à ma grande surprise et proposa de poursuivre le repas.

— Si je ne fais pas ce qu'elle dit, je m'en voudrai, et je me refuse à lui mentir...

— Je comprends.

— Jusqu'à il y a peu, c'est le sein qui était touché. Quand elle était adolescente, elle a vu à quel point sa mère a souffert. Même maladie chez beaucoup de femmes de sa famille. Elle a compris dès les premières douleurs. Le verdict est tombé, et elle a dit : « Pas de traitement : seulement du champagne et des rires pour le temps qui reste », et j'ai dit oui. Maintenant, les os sont touchés...

Il ne finit pas sa phrase.

Au même moment, la porte d'entrée s'ouvrit. C'était Maggie, la jeune femme que j'avais déjà croisée au garage de Clyde – un si agréable souvenir. Elle me reconnut et afficha une forme d'incompréhension. Clyde la considéra avec une tendresse paternelle.

— Maggie, tu es là... Tu as passé une bonne soirée ?

— Oui. Il était un peu en retard. Le dîner a été sympa.

Elle s'approcha de moi en se forçant à sourire.

— Bonsoir... Jessie ? C'est bien ça ?

Clyde se frappa le front.

— Où avais-je la tête ? J'ai parlé de vous à Maggie. Elle connaît votre projet de livre et pourquoi vous êtes actuellement à Keowe. La tuerie du manoir et tout le bazar...

Elle ne me lâchait pas des yeux.

— Vous travaillez avec le grand échalas qui filme toute la ville et pose des questions à tout le monde, n'est-ce pas ?

— Oui. Miles est mon collègue son et lumière, si on peut dire.

Elle ne put cacher son amusement.

— Je l'ai vu avec le révérend Clinton Holland ce matin. Il avait toutes les peines du monde à s'en dépêtrer.

— Le pauvre...

Clyde prit la jeune femme par l'épaule.

— Maggie est la plus jeune des nièces d'Ann. Elle travaille au garage comme secrétaire et comme elle a aussi une formation dans les soins à la personne, elle vit chez nous et aide ma femme la nuit, quand l'infirmière est partie.

Il baissa la voix et s'isola avec Maggie pour lui parler du malaise qui venait de frapper Ann. Maggie acquiesça gravement et vint me saluer.

— Je vais aller m'occuper d'Ann. Bonne fin de soirée à vous. Je suis ravie de vous avoir revue.

— Moi de même.

Elle nous sourit une dernière fois et se retira.

Clyde et moi mangeâmes quelques minutes dans une ambiance de mort puis il fit un effort pour relancer la conversation.

— Alors, Jessie, à part une malencontreuse balade dans les bois, qu'avez-vous fait de beau aujourd'hui ? Vous avez découvert Keowe ?

Incapable d'improviser une autre histoire, je choisis de lui parler de ma rencontre avec Georgia.

— Eh bien, j'ai fait la connaissance de Mme Barnett.

Il me fixa d'un air étrange.

— Vous avez rencontré Georgia ?

— Oui, elle était à vélo, elle retournait chez elle, à Eden Woods.

— Son éternel vélo… Et qu'avez-vous pensé de notre *chère* Georgia ?

Il s'était brusquement détendu et affichait une curiosité rieuse. Débarrassés du voile grisâtre du chagrin, ses traits redevenaient beaux. Tout cela me donnait de l'entrain.

— Pour être honnête, elle m'a fait très peur la première fois que je lui ai fait face, mais elle m'a soignée quand elle a vu la blessure que je m'étais faite à la tête. Oui, vraiment, elle a été très gentille avec moi.

Clyde fut épaté.

— Ma parole, vous avez réussi à amadouer Georgia. Ce n'est pas donné à tout le monde !

— Et pourquoi ça ?

— En fait, Georgia fait peur aux gens. C'est une très grande femme, très forte, vous vous en doutez. Et comme beaucoup de rumeurs circulent à son propos…

— J'ai cru comprendre, oui.

— Vous saviez que…

La sonnerie du téléphone l'interrompit et il ne put finir sa phrase. Il jeta un œil à la pendule et soupira.

— Grand Dieu. L'heure des emmerdements…

Il se leva et, d'une démarche lasse, il alla décrocher.

— Schulberg ? Oui, Martha… Comment ça ?… Elle attendait à l'auberge ?… Et il n'y avait personne ?… Dans sa chambre ?… OK, j'arrive tout de suite.

Il raccrocha, pâle comme un mort, laissa s'écouler quelques secondes avant de s'expliquer.

— Esther Lamar a disparu, et il semble qu'il y ait eu une bagarre chez elle. Je dois y aller tout de suite.

Il s'éclipsa un instant dans le couloir qui menait aux chambres et fut de retour moins d'une minute après.

— J'ai prévenu Maggie que je devais partir pour une urgence. Vous m'accompagnez…

— Et votre femme ?

— Avec ce qu'elle a pris, elle ne se réveillera pas avant 7 ou 8 heures demain matin, croyez-moi. Et puis, il y a Maggie.

Il ne voulait pas être seul ; je le suivis.

Dans la voiture qui nous menait à Eden Woods, Clyde était sur les nerfs.

— C'est quand même incroyable ! Eden Woods a si peu d'habitants qu'on pourrait les faire tenir dans une cabine téléphonique et malgré ça, pan ! Deux agressions en moins d'un mois.

— Vous êtes sûr qu'il s'agit d'une agression ?

— Quoi d'autre ? Ils ont trouvé la chambre sens dessus dessous et les tiroirs du secrétaire vidés sur le sol. J'espère qu'elle va bien…

Il était bouleversé.

— Vous semblez tenir beaucoup à Esther.

Un regard de biais vers moi, grave et soucieux.

— Oui, et je ne suis pas le seul ici. Esther Lamar est une femme exceptionnelle qui a consacré sa vie aux autres, même après qu'elle a vécu les pires horreurs avec la tragédie des Webson. Elle a beaucoup fait pour nous tous.

— Oui, j'ai vu qu'elle avait fondé une œuvre de charité.

— Et avant ça, elle et son mari, Maynard, venaient déjà en aide aux jeunes qui rencontraient des difficultés, à la mesure de leurs moyens, bien sûr. Mes parents sont morts quand j'étais ado et j'ai fait partie des protégés de M. Lamar. Par la suite, Esther a sauvé la vie de nombreuses brebis égarées grâce à sa fondation…

Il s'arrêta là, ému. Je lui demandai comment on avait découvert la disparition d'Esther.

— Miss Muriel. Quelqu'un a déclaré l'avoir vue déambuler dans les rues de Keowe en fin d'après-midi et c'est finalement Mme Park qui l'a trouvée : elle était couchée devant la porte de l'auberge.

— Et après ? Qu'est-ce que ça a d'extraordinaire ?

— Miss Muriel ne se promène *jamais* seule dans Keowe. Les rares fois où on peut la croiser, elle est toujours avec Esther. C'est le seul animal du coin qui a le droit d'entrer dans toutes les échoppes.

— Où est-elle à présent ?

— À l'auberge, si elle n'a pas décidé de bouger.

Un sourire attendri illumina son visage, sans doute parce qu'il imaginait Miss Muriel en compagnie d'une Mme Park incapable de la faire remuer d'un poil. Ce fut bref, et il se rembrunit aussitôt, frappa le volant d'un coup sec.

— Putain de merde !

Le reste du trajet fut silencieux et nous arrivâmes bientôt à Eden Woods où une voiture de police nous attendait. J'aperçus Miles devant la maison : il guettait ce sur quoi il pourrait braquer sa caméra numérique, tel un vautour prêt à fondre sur sa proie. Il me vit lui aussi, et me salua d'un grand sourire avant d'arborer une mine interloquée en voyant Clyde à mes côtés. Il joua des sourcils à mon intention et m'adressa un clin d'œil salace. Je fis mine de l'ignorer en me sentant rougir, puis il filma de nouveau la maison, au plus près du périmètre de sécurité.

Clyde demanda à l'agent en faction si Martha était là. On fit savoir à cette dernière que le maire était arrivé et elle apparut sur le seuil quelques secondes après. Elle était avec un officier au regard vide, de taille moyenne et plutôt épais. Ce devait être son adjoint. Quand Martha nota ma présence auprès de Clyde, un petit sourire narquois retroussa le coin de ses lèvres, et elle s'adressa à lui seul.

— Je suis désolée de t'avoir dérangé, mais je sais que tu m'en aurais voulu si je ne t'avais pas prévenu.

— Tu as bien fait, pas de souci.

— J'espère qu'Ann va bien. Ça doit être angoissant de la laisser seule dans son état.

La faible lumière qui éclairait le perron me permit de voir que Clyde rougissait sous sa barbe.

— Elle dort. Elle a pris des somnifères. Maggie est auprès d'elle.

— OK, je vois.

Martha me fixa. Clyde n'y prit pas garde.

— Vous n'avez toujours aucune trace d'Esther ? Personne ?

— Aucune. Et sa chambre est dans un foutoir pas possible, cela dit, on n'a pas l'impression qu'il y ait du sang ou quoi que ce soit…

— Je peux entrer ?

— Non, désolée. On ne sait rien de ce qui s'est passé ici, on ne peut pas se permettre de foutre plus de bazar qu'il n'y en a.

Elle haussa les épaules en signe d'impuissance. Clyde insista.

— Dans ce cas, dis-moi au moins ce que tu sais.

— Je t'ai tout raconté au téléphone. Tout a commencé avec Miss Muriel qui se promenait toute seule en ville. Elle a décidé de s'arrêter à l'auberge où Mme Park a essayé d'appeler Esther pour lui dire que sa chienne s'était sauvée. Bien sûr, personne n'a répondu, alors elle a essayé chez les Mitchell qui sont venus jeter un œil et se sont rendu compte que la porte était fermée à clef.

Clyde de tourna vers moi.

— Esther ne ferme jamais à clef.

Martha poussa un long soupir avant de poursuivre.

— Bref. Ils ont demandé à Georgia Barnett de leur ouvrir avec son double, comme elle vient quotidiennement rendre visite à Esther pour voir si elle va bien. Elle a accepté à condition que tout le monde reste dehors. Elle a expliqué qu'elle a d'abord pensé qu'Esther était morte et elle ne voulait pas que tout le monde la voie dans une situation indigne. Quand elle a vu qu'il n'y avait personne, elle a dit aux Mitchell de l'aider à chercher dans les environs, au cas où Esther aurait fait un malaise quelque part, mais rien. C'est là qu'ils ont décidé de nous appeler, et après…

Elle se tut, navrée. Je ne pus m'empêcher d'intervenir.

— Quelle est la dernière personne à avoir vu Esther ?

Martha me dévisagea comme si je venais d'insulter la Vierge. Son adjoint me considéra avec une hostilité évidente. Clyde, lui, ne sembla pas choqué, et mit un terme au silence glacial qui menaçait.

— Ça doit être Georgia, je suppose.

Martha hocha la tête.

— Oui, c'est elle. Elle est venue la voir peu avant midi, comme d'habitude et elle est partie faire un tour avant de revenir vers 16 heures. Elle n'a pas vu Esther à ce moment-là.

Clyde secoua la tête et passa la main dans sa barbe.

— Ce que je ne comprends pas, c'est qu'on puisse avoir l'idée de s'en prendre à elle, c'est... c'est inimaginable ! Illogique !

Martha posa la main sur son épaule avec douceur.

— Calme-toi, Clyde, on ne sait pas ce qui s'est passé, elle n'est peut-être même pas blessée...

Dans ma tête, un nom apparut avec la force de l'évidence.

— Vous croyez que tout ça pourrait avoir un rapport avec Toby Webson ?

Cette fois-ci, Martha ne prit pas la peine de dissimuler son agacement.

— Écoutez-moi, madame...

— Belcher. Jessie Belcher.

— Madame Belcher, vous n'êtes là que depuis quelques jours. Ce qui s'est produit ce soir n'a *rien* à voir avec cette vieille histoire de famille qui a mal tourné voilà plus de trente ans.

Elle fit une pause et m'adressa un mauvais regard par en dessous, comme si j'étais une élève dissipée réprimandée par son professeur. Je ne baissai pas les yeux ; elle n'accepta pas mon insolence.

— Mettez-vous ça dans le crâne, *Jessie* : ce qui se passe ici est *mon* enquête. Et Esther est un membre de *ma* famille. Alors ne venez pas m'emmerder avec vos théories vaseuses.

Pour la première fois, son adjoint amorphe prit la parole.

— Sauf votre respect, madame, à Keowe, on n'a pas besoin d'une journaliste ratée qui ne sait plus à quoi se raccrocher pour oublier le néant dans lequel a sombré sa vie.

Je tressaillis. Il affichait le sourire suffisant de celui qui sait tout.

Clyde vint à mon secours.

— Allons, Malvin, elle cherche juste à lancer des hypothèses.

Il ne répondit pas et me dévisageait toujours, tout comme Martha. Je refusai de céder à la peur, quand bien même ces gens pouvaient connaître les aspects les moins reluisants de mon passé – et je feignis l'indifférence.

— Aucune importance. Je ne fais que m'inquiéter du sort d'Esther, à vous de voir si vous voulez négliger des pistes ou non.

Clyde prit mon bras avec douceur.

— Jessie…

Martha remarqua qu'il m'appelait – déjà – par mon prénom. Elle m'observa un moment avec mépris. L'adjoint Malvin me détailla sans aménité quand, soudain, ses yeux brillèrent comme ceux d'un serpent.

— Qu'est-ce que vous avez à la tête ?

Je rougis.

— À la tête ?

Martha n'avait pas remarqué ma bosse et guettait désormais ma réaction avec le plus grand intérêt.

Malvin insista en désignant le côté gauche de son propre crâne.

— Juste là !

Clyde intervint.

— Jessie s'est cognée contre un arbre en tombant dans la forêt.

Malvin éclata d'un rire tonitruant.

— En tombant dans la forêt ! Ben, ça ! Et c'est arrivé quand ?

— En début d'après-midi.

Martha n'avait fait aucune observation pendant mon échange avec Malvin et se contentait de hocher la tête d'un air satisfait. Elle se tourna vers le maire et m'ignora superbement.

— Tu devrais rentrer auprès de ta femme, Clyde. Tu ne sers à rien, ici. Je te tiendrai au courant des progrès de l'enquête. De toute façon, j'ai déjà deux ou trois personnes auxquelles je pense et que je devrais interroger très vite.

Sans subtilité, son regard glissa vers moi, mais Clyde, amer, se méprit.

— Laisse tomber, Martha. Connor n'a rien à voir dans tout ça.

D'abord surprise, elle afficha une mine contrite.

— Navrée, Clyde. Je sais que tu aimes bien ce gars et que son père et toi étiez bons amis. Ça n'empêche qu'il a un passif, tu en es conscient, non ? Et puis on ne sait pas vraiment comment il a encaissé ce qui est arrivé à Stan, alors qu'ils étaient très proches. Tu sais, si quelqu'un m'affirmait qu'Ann s'était trouvée dans la forêt armée jusqu'aux dents cet après-midi, j'irais l'interroger illico.

Cela arracha un triste éclat de rire à Clyde et Malvin eut un sourire sadique. Quant à moi, j'avais saisi le message : la shérif de Keowe m'avait personnellement à l'œil – et son adjoint sans doute plus encore.

Je m'éloignai pour fumer pendant que Clyde et Martha débattaient à propos de ce mystérieux Connor. Si j'avais bon souvenir, Esther disait avoir une absolue confiance en lui – contre l'avis de Martha, déjà.

Les quelques rares habitants d'Eden Woods étaient rassemblés non loin de la maison d'Esther Lamar, et ils me regardaient de travers. Je cherchai en vain Georgia parmi eux. J'oubliais qu'elle n'était pas une femme spécialement bien vue, par ici – elle devait être chez elle, ou en train de chercher Esther dans la forêt.

— Alors, ma cochonne, on fraye avec le maire en pleine nuit ?

Miles s'était approché de moi à pas de loup. Lui aussi fumait une cigarette. Il arborait un sourire graveleux.

— Il te les faut vraiment tous, vilaine coquine.

Il tourna la tête en direction de Martha et Clyde puis se pencha vers moi.

— Tu as appris des trucs, au moins, ou c'était une sorte de rencard ?

— Il est marié, Miles.

— Et après ? Depuis quand une alliance a le même effet que la kryptonite sur les célibataires ?

— Sa femme est atteinte d'un cancer. Elle va mourir.

— Raison de plus. Il doit avoir une furieuse envie de baiser avec quelqu'un d'autre que Nosferatu. S'il la baise encore…

— Miles !

Malgré l'horreur de ce qu'il venait de dire, je n'avais pas pu m'empêcher de rire. Aussitôt après je pensai au visage d'Ann, et je m'en voulus.

Je me retournai pour observer Clyde. Il était suffisamment loin pour ne rien entendre mais je préférai passer à un autre sujet.

— Et toi ? Tu as fait quoi de ta journée, puisque tu n'étais pas à la bibliothèque…

— J'ai virevolté de droite et de gauche. Un personnage affolant m'a tenu la jambe deux heures entières, une sorte de pasteur illuminé… Et puis j'ai discuté, avec plein de petits vieux et de petites vieilles. Je les ai filmés, eux et les environs aussi…

— Comment ça, des petits vieux ?

— Je suis allé à la maison de retraite qui se trouve en bordure de la ville, tout à l'opposé d'Eden Woods. Ceux qui ne sont pas gâteux m'en ont raconté de belles à propos de la famille Webson…

— Et quoi en particulier ?

Il finit sa cigarette et jeta le mégot au loin. Une vieille dame atterrée dans le groupe qui nous faisait face marmonna qu'il était mal élevé. Il l'ignora, puis me toisa.

— Toi d'abord, ma vieille.

— Quoi, « moi d'abord » ?

— Tu n'étais pas à la bibliothèque non plus. T'étais où ?

— Comment sais-tu que…

— Je suis repassé là-bas et le gamin de l'accueil m'a dit que tu étais partie. Il s'appelle Jeffrey. Tu sais que c'est un futur champion de tennis ?

Je commençai à pouffer quand quelque chose dans la foule des badauds me troubla. Mon regard était passé sur eux assez vite et je ne réagis pas à la seconde. Soudain, la révélation. L'homme roux qui parlait avec Clyde à la concession et qui m'avait observée à l'auberge : c'était encore lui qui me scrutait, perdu dans la petite foule. Je ne le retrouvais plus. Miles perçut mon trouble.

— Qu'est-ce qui t'arrive ?

— J'ai cru voir un type parmi les gens, un petit rouquin rondouillard avec des habits très voyants. Il me suit, je crois.

— Voyants ? Genre Liberace ou Barry Manilow ?

Je secouai la tête, agacée, et je vis une silhouette s'éloigner dans les bois que je pointai aussitôt du doigt.

— Là-bas !

J'aurais voulu me lancer à ses trousses. Miles m'en empêcha.

— Hé là ! Qu'est-ce que tu crois faire, Veronica Mars ? Le courser dans la forêt, le rattraper et revenir le jeter fièrement aux pieds de la police ? Tu ne sais pas qui est ce type, ni s'il est dangereux.

— Mais il me suit partout ! Et je parie qu'il était déjà à l'ancien cimetière à m'observer l'autre matin...

— Parles-en aux flics, ils sont là...

— Elle ? Laisse-moi rire... elle me déteste !

Je lançai un regard désespéré en direction de la forêt : l'homme avait disparu. Miles allait ajouter quelque chose lorsque Clyde vint près de nous.

— Jessie ? J'en ai fini avec Martha, pour l'instant. Je vous ramène ?

— Si vous voulez, oui.

Il sembla découvrir la présence de Miles.

— Et vous ? Je vous dépose aussi ?

— Non, merci. J'ai encore des gens à voir et des questions à poser.

À ces mots, je fus tentée de rester avec Miles pour essayer de récolter quelques informations. Une lassitude intense s'empara alors de moi – cette journée commençait à être très longue, et malgré l'heure peu avancée, je n'eus plus qu'une seule envie : dormir.

Nous retournâmes à la voiture de Clyde et il démarra. Nous n'avions pas fait dix mètres qu'une question me vint à l'esprit, évidente.

— Est-ce que vous vous souvenez de l'homme avec qui vous discutiez l'autre jour quand je vous ai aperçu dans votre concession ?

— Un homme dans ma concession ? C'est plutôt vague.

— Un monsieur pas très grand, plutôt roux. Et avec des vêtements… colorés.

Son visage s'illumina.

— Oh ! Vous voulez parler de Richard Lucas ? C'est le lointain prédécesseur de Martha. Il était shérif à l'époque où les Webson sont morts, d'ailleurs. Pourquoi cette question ?

— Simple curiosité…

Je commençais à ressentir un malaise grandissant.

— Quelque chose ne va pas, Jessie ?

— Si… Seulement, je trouve que ça commence à faire beaucoup d'événements pour une région sans histoires.

Il acquiesça, même s'il était loin de se douter de tout ce qui m'était arrivé.

Nous entrions dans Keowe quand un autre élément de notre conversation avec Martha me revint à l'esprit.

— Au fait, qui est ce Connor au sujet duquel vous vous êtes accroché avec Grindell ?

Il afficha une moue contrariée. Mauvaise question au mauvais moment.

— Navrée de m'être montrée indiscrète.

— Non, non, tout va bien ! C'est juste que… C'est une longue histoire.

— Je vois.

Une ou deux minutes s'écoulèrent et je crus que plus aucun mot ne serait échangé entre nous jusqu'à l'auberge lorsqu'il reprit soudain la parole.

— Vous avez le temps pour prendre un verre ?

J'étais épuisée, ma tête me faisait mal. J'avais de plus en plus de raisons d'être sur mes gardes – et je n'avais rien tant besoin que d'une bonne nuit de sommeil. Surtout, je ne voulais pas entrer dans un bar. Jamais plus dans toute ma vie.

Je me tournai vers Clyde et il me regarda brièvement. Il ne voulait pas rentrer auprès de sa femme cancéreuse qui se mourait doucement et avec tant de courage que sa mort n'en paraissait que plus scandaleuse. Il voulait parler. Aborder des sujets qui l'inquiétaient – Esther, ce fameux Connor – mais pas celui qui faisait son quotidien.

Je prendrais une eau gazeuse.

*

La voiture quitta Keowe pour se rendre dans une ville voisine ; Clyde ne voulait pas être vu en compagnie d'une femme à une heure pareille alors que tout le monde savait que son épouse était mourante. Moi je n'aurais pas voulu être la femme inconnue vue dans un bar avec lui. J'oubliais une chose – aussi loin qu'on puisse fuir, nos péchés rentrent toujours à la maison avec nous.

Le bar ressemblait à n'importe quel établissement du même type à cette heure de la soirée : quelques habitués au comptoir, qui discutaient avec la serveuse, et tout autour, dispersés autour des tables individuelles, des naufragés temporaires, seuls ou en duo – en couple ? – éclairés par des lumières trop vieilles qui renforçaient l'impression d'obscurité plus qu'elles ne la dissipaient.

Je commandai mon eau gazeuse et Clyde sourit, navré.

— J'avais oublié votre traitement…

Je tiquai à sa remarque. Il passa à un autre sujet.

— Je n'ai pas été complètement honnête quand je vous ai dit que mes parents étaient morts jeunes. En fait, il n'y avait que ma mère, jusqu'à mes seize ans. Elle a pris un cocktail de médicaments et elle est allée se coucher comme un soir normal. Mon père, je n'ai jamais su qui c'était…

— Ça a dû être terrible…

— J'ai fait une sorte de déni, je crois. Et j'ai réagi comme si elle s'était seulement absentée. Comme si elle m'avait abandonné. C'est ce qu'elle a fait, d'ailleurs. À cinquante ans, j'ai encore du mal à l'avaler…

— Mon père m'a déposée un jour chez mon grand-père, alors que j'étais toute petite. Quatre ou cinq ans, voire plus, ou moins, je ne saurais même pas dire précisément. Je l'ai vu deux ou trois fois en tout et pour tout. Je crois savoir ce que vous ressentez…

— Probablement, sauf qu'à seize ans on ne trouve plus personne qui accepterait de s'occuper de vous. Vous êtes à la fois trop vieux et trop jeune. Juste un paquet d'emmerdes sans la joie d'avoir un petit poupon vivant. J'ai vécu chez ma tante, après le suicide de ma mère. Une brave femme, mais pas la fibre maternelle. Sans arrêt occupée, et prude : j'étais presque un homme, physiquement, et j'ai toujours eu l'impression que ça l'effrayait. Du coup, je passais tout mon temps dehors. Je traînais avec des amis. Dans ma jeunesse, c'était vivant, Keowe, vous savez. Et plus peuplé. J'ai rencontré des gars de mon âge avec qui j'ai fait des trucs pas forcément très malins et d'autres encore pires. Seigneur !

Il secoua la tête, à la fois atterré et nostalgique.

— Je ne vais pas vous raconter le tiers du quart de ce que j'ai fait à l'époque parce que vous me détesteriez, sinon !

— Tous les gosses font des bêtises… Même les vieux gosses.

— Non, je ne crois pas. Si je croisais le gamin que j'étais et que je le prenais en flagrant délit, je le passerais à tabac.

— Chacun de nous porte sa croix, vous pouvez me croire…

— Je vous crois.

Il m'observa, but son verre et fit un signe à la serveuse qui ne tarda pas à arriver à notre table avec la bouteille de whisky tandis qu'il poursuivait.

— C'est à cette époque « troublée » que j'ai rencontré le mari d'Esther. J'avais fait une connerie monstrueuse qui aurait pu coûter la vie à une femme. J'ai des sueurs froides rien que d'y penser. Maynard connaissait mon parcours difficile. Il m'aimait bien et il m'a donné une chance. C'est là que j'ai rencontré Esther. Quand elle a su que son mari m'avait pris sous son aile, elle m'a convoqué, littéralement. Je ne vous dirai pas dans les détails ce qu'elle m'a dit, en tout cas je peux vous jurer qu'elle dégageait une sacrée autorité.

Je ris.
— Je m'en suis rendu compte, oui !
— En sortant de chez elle, j'étais presque officiellement un nouveau membre de la famille. Ils ont été les parents que je n'ai jamais eus. Maynard m'a remis sur le droit chemin en me donnant la chance de me consacrer à ma passion : la mécanique. Et comme il tenait le garage de Keowe... Je me suis bien débrouillé, et quelques années après, Maynard est mort subitement d'une attaque. J'ai hérité du garage. Bon Dieu ! J'avais une trouille bleue de me retrouver seul aux manettes, j'étais encore jeune, mine de rien. Esther m'a épaulé, et elle a compris que je serais digne de Maynard. Après, j'ai acquis la concession, et j'ai lu de la fierté dans son regard. Ça restera pour toujours un des plus beaux moments de ma vie...
Ses yeux brillèrent dans la semi-pénombre.
— Au début de mon apprentissage chez Maynard, je me suis lié d'amitié avec un gars un peu plus âgé que moi, Gary. Il faisait partie de ceux que les Lamar avaient aidés à sortir de la mouise. Gary avait eu un parcours plus chaotique que le mien. Il avait fait un court séjour en prison pour avoir démoli le portrait d'un type avec qui il frayait. Pas de bol, c'était un fils à papa, et Gary a été jugé un peu sévèrement. Maynard a tout fait pour le réinsérer et c'était presque gagné quand je l'ai connu. Mais par un malheureux concours de circonstances, Gary s'est retrouvé à me protéger d'un type et de sa bande avec qui j'avais eu la mauvaise idée de traîner... Eh oui, on ne perd

pas tout d'un coup ses bonnes vieilles habitudes ! Gary a compris que j'étais en danger et le jour où le type m'est tombé dessus, il s'est interposé, les choses ont dégénéré et Gary a tué le mec. Ç'avait beau être de la légitime défense, il a fini direct en prison, pour la deuxième fois. Ce qu'il ignorait à l'époque, c'est que la fille avec qui il sortait était enceinte de lui.

— Connor…

Il acquiesça, vida son second verre et fit de nouveau signe à la serveuse. Celle-ci demanda si elle devait laisser la bouteille. Clyde répondit que c'était une bonne idée, et me fit un clin d'œil.

— Ça ne vous gênera pas de prendre le volant pour moi au retour…

— Aucun problème.

Clyde n'était pas le genre d'homme qui buvait souvent, et pas dans ces proportions. J'avais l'impression que ce soir-là, il avait besoin de prendre une de ces cuites qui vous torturent si fort le lendemain qu'elles vous éloignent de la bouteille pour un temps. Sauf si vous êtes comme moi. Auquel cas rien ne vous semblera jamais plus insupportable que de ne pas avoir votre dose quotidienne. Je lorgnai la bouteille avec un fourmillement au creux de l'estomac, puis je tentai de l'ignorer.

Clyde but cul sec, soupira. Son regard changeait, sa voix devenait incertaine.

— Gary en a pris pour vingt ans. Avec un peu de chance, les remises de peine et tout ça, il serait peut-être sorti avant, mais…

L'émotion le submergea.

— Un type l'a buté en taule. Une histoire d'honneur à la con. Résultat, il n'aura pas connu son fils. Vous ne pouvez pas imaginer à quel point je m'en veux. Des années que je porte ça sur mes épaules. J'ai essayé de garder un œil sur Connor, mais je n'ai aucune autorité pour ça. Sa mère s'est débrouillée comme elle a pu. Elle a épousé un type falot et ils n'ont pas su l'éduquer. Seule Esther a essayé de lui venir en aide par le biais de sa fondation. Une demi-réussite, si on peut dire. Il a toujours eu des problèmes de drogue et il alterne les périodes où il est clean et celles où il replonge... Comment est-ce qu'il va réagir quand il saura qu'Esther a disparu ? Grand Dieu...

Il soupira.

Les larmes lui étaient montées aux yeux. De ces pleurs trop de fois retenus qui déferlent à la première occasion, avec une quasi-inconnue dans un bar quelconque, loin de la maison. Il attendit quelques instants avant de reprendre.

— Vous savez, il m'arrive souvent de faire ce rêve : je suis dans mon bureau et quelqu'un m'appelle pour me dire que Gary est revenu et qu'il vit dans les bois, avec Connor. Alors moi, fou de bonheur, je fonce illico dans leur taudis pour revoir mon vieux Gary. Et je suis là avec mes putains de fringues de marque, à serrer un clochard dans mes bras. À pleurer sur son épaule pour lui dire combien je suis navré d'avoir eu une vie magnifique avec une femme somptueuse... Elle sera peut-être morte dans un mois, c'est vrai, mais bon Dieu ce que j'ai aimé chaque instant de ma vie avec elle.

Je suis entouré de gens qui m'aiment, qui me connaissent, qui savent que j'ai eu un départ difficile dans la vie et que je m'en suis sorti malgré tout. Des gens qui ont accepté de mettre le destin de la ville dans mes mains. Je lui dis : « Pardon, Gary, merci et pardon, mon vieux », et après je pars, je le laisse dans son taudis perdu dans la forêt, dans une cabane à peine plus grande qu'un abri de jardin. Et c'est à ce moment que je me réveille, et chaque fois je me dis qu'un jour, c'est Connor qu'on trouvera mort là-bas, infesté de mouches et d'asticots, sans personne pour le pleurer à part moi, parce que jamais je n'ai su comment payer ma dette envers son père… Merde !

Il pleurait à chaudes larmes. Je ne savais pas que ça existait, ce genre de scène. J'avais toujours bu toute seule, ou presque, et je n'avais pas le vin triste. Pas gai non plus, d'ailleurs. Pour moi, il aurait mieux valu utiliser l'expression « avoir le vin résigné ».

Je lui passai une main amicale dans le dos. C'était un sanglot calme et doux. On n'avait pas l'impression qu'il pleurait mais que les larmes débordaient de ses yeux, et pas une fois il n'avait élevé la voix pendant son récit. Il restait digne et retenu jusque dans sa détresse – c'était déchirant.

— Si vous connaissiez Connor, il est comme son père. Il attire la malchance comme la merde attire les mouches, c'en est révoltant. Et Martha, elle ne voit que le casier judiciaire de ce pauvre gosse. Je la comprends, en même temps. Elle ne le connaît pas comme moi je le connais. Et il peut être tellement con avec les flics. Arrogant comme c'est pas permis. Alors forcément, si elle l'interroge dans le cadre de la disparition d'Esther, vous pouvez être sûre qu'il va jouer les fanfarons, et là, son compte sera bon…

Il remplit un autre verre, fit un mouvement pour le porter à ses lèvres – renonça. Il m'adressa un demi-sourire.

— Je ne bois jamais, et surtout pas des trucs forts dans ce genre. Je n'aime que le vin, et en quantité raisonnable.

Il s'essuya les yeux avec les doigts et embrassa les lieux du regard. Personne autour de nous n'avait remarqué sa détresse. Chacun était tourné vers ses propres chagrins, ses colères, ses doutes. Il se pencha vers moi.

— Je n'aime pas cet endroit, ça vous dérange si on s'en va ?

— Au contraire, ça me soulagerait.

Il sortit ses clefs de voiture de sa poche et les fit glisser vers moi.

— Je vous laisse le volant, comme convenu.

Je lui répondis par un simple sourire et je pris les clefs.

⋆

Il était plus de 4 heures du matin quand je laissai Clyde seul. Il m'avait demandé de le conduire à son garage après que nous avions quitté le bar et repris la route pour Keowe.

Une fois arrivés là-bas, quelque chose nous empêchait de nous séparer, qu'il était impossible de définir.

Il était ivre, j'étais épuisée – aucun de nous ne voulait rentrer chez soi.

— Je dirai à Maggie et Ann que j'étais trop inquiet pour Esther et que j'ai travaillé au garage.

Une ville déserte aux petites heures du matin n'a rien à voir avec une ville déserte en plein cœur de la journée. Le vide des rues juste avant l'aube est plein de promesses qui sont d'autant plus belles qu'elles ne seront jamais tenues – celles de Keowe encore moins que les autres. C'est pourquoi le calme que je rencontrai là était d'une beauté à couper le souffle et émouvant comme jamais.

Dans le silence fragile de cette aube parfaite, une voix retentit derrière moi.

— Jessie ! Qu'est-ce que vous faites là à une heure pareille ?

Je me retournai et vis Michael qui venait à moi en courant.

Il arborait un sourire intrigué et fronçait légèrement les sourcils, attendant ma réponse.

— Et vous ? Que faites-vous dans les rues de Keowe à une heure pareille ?

Je lui adressai ensuite un sourire ironique où la lassitude le disputait au défi. Il afficha un rictus de bon perdant.

— OK. Vous m'avez eu… Pourquoi vous ne répondez pas à mes messages ?

— J'ai perdu mon téléphone.

— Oh, je vois.

— Vous aviez quelque chose d'important à me dire ?

Il ouvrit la bouche – aucun son ne semblait vouloir en sortir.

— Non, ce... C'était juste histoire de parler... Et savoir si notre rendez-vous de demain...

— Oui, je serai là.

Je l'observai comme l'inconnu qu'il avait toujours été pour moi alors que, quelques jours auparavant, on aurait pu penser que Michael et moi allions devenir les meilleurs amis du monde – en cet instant, quelque chose s'était brisé entre nous. Impossible pour moi de dire de quoi il s'agissait.

Je rompis le silence, interminable.

— Alors, à demain...

— Oui, à demain.

Le cœur n'y était plus.

Je retrouvai l'auberge, quelques minutes plus tard, où veillait le gardien de nuit, un petit homme prénommé Albert, dont les traits accusaient une grande fatigue. Avec un large sourire et un soulagement évident, il m'accueillit en chuchotant.

— Mme Park se rongeait les sangs de ne pas vous voir rentrer... Elle a cru que la ville vous avait définitivement piégée...

Je ne répondis pas à cette étrange inquiétude de l'aubergiste et sentis une présence près de moi : Miss Muriel venait de s'asseoir à mes côtés. Le gardien la considéra avec tristesse.

— Elle est restée dans la salle à manger toute la nuit. De temps en temps, elle sort faire ses besoins et marche un peu avant de revenir ici. Mme Park n'a pas eu le cœur de la chasser. Elle a l'air si triste, la pauvre bête.

C'était vrai. Le gros bouledogue semblait au bord des larmes. Je lui grattai le sommet du crâne et elle apprécia le geste. Je m'engouffrai dans l'escalier, impatiente de m'effondrer sur mon lit pour dormir au moins jusqu'à midi.

Miss Muriel me suivit jusqu'à ma chambre. Je la fis entrer avec moi avant de refermer et elle se dirigea immédiatement sur le balcon dont la porte-fenêtre était restée ouverte en mon absence. Elle se laissa tomber lourdement, papillota des yeux qui laissèrent voir l'intérieur rosâtre de ses vieilles paupières, puis elle sombra dans un profond sommeil accompagné d'un ronflement grognonnant et régulier.

Il me faudrait penser à lui acheter deux gamelles et à manger.

*

On tambourina à ma porte vers 11 heures. Par « on », j'entends Miles. Je n'avais aucune envie de le voir. Il renouvela sa tentative deux ou trois fois avant de hausser la voix derrière la porte, un brin exaspéré.

— Je me tire. J'ai des gens à voir. J'espère que tu as passé une bonne soirée et une bonne nuit. Repose-toi bien. Tu vas avoir besoin de courage quand tu descendras.

Les nouvelles circulaient vite. Je pensai à Clyde, à son visage et à sa voix, puis tentai de l'oublier.

Malgré l'avertissement de Miles, je retombai dans le sommeil aussi brutalement que j'en avais été tirée pour me réveiller une heure et demie plus tard. Il faisait chaud, la moitié de la journée était foutue et je me détestais cordialement.

Miss Muriel, de son côté, était assise sur le balcon et observait d'un œil blasé le passage des badauds et des voitures dans la rue.

Quelques minutes plus tard, après m'être douchée et habillée en vitesse, je descendis à l'accueil accompagnée de la chienne. J'entendis fuser un jovial « Bonjour, ma belle ! », et fus surprise d'une telle familiarité venant de Mme Park avant de comprendre que le compliment était adressé à Miss Muriel et non à ma charmante personne. Quand elle daigna me saluer, glaciale, elle ne m'accorda pas un regard.

Keowe était une petite bourgade provinciale et conservatrice, et si j'ignorais qui avait pu lui parler, de fil en aiguille, rumeurs et conjectures avaient pris la consistance d'informations avérées. Je détestais cette ville.

Plutôt que d'attendre ici un plat dans lequel Mme Park aurait pris soin de cracher avant de me l'apporter, je jugeai plus raisonnable de sortir manger ailleurs.

Je demandai à l'aubergiste si elle voulait bien veiller sur Miss Muriel en mon absence et elle retrouva un peu de chaleur en répondant à la chienne qu'elle était ravie de l'avoir auprès d'elle.

Je lui souhaitai une bonne journée et elle me tourna le dos. La vieille dame et la chienne se ressemblaient étrangement : le même air las, des bajoues identiques – des préférences et des inimitiés aussi fortes qu'inexplicables. Je haussai les épaules face à la réunion inattendue de ces deux créatures si proches l'une de l'autre, et je quittai les lieux.

Une fois dans la rue, je me rendis jusqu'à la voiture de Georgia. Mieux valait la lui ramener le plus vite possible dès que j'aurais mangé quelque chose. Ce serait pour moi l'occasion de voir si elle accusait le coup au sujet d'Esther. Mais avant de laisser la voiture chez elle, j'en profiterais pour retourner au manoir des Webson et y récupérer mon téléphone, même s'il était devenu inutilisable après être tombé dans la boue.

Je me rendis dans un petit magasin pour acheter une gamelle et à manger pour Miss Muriel, et aussi une lampe torche digne de ce nom, puis je me mis en route.

Arrivée au portail du manoir, un détail me frappa : on avait refermé les grilles et remis les chaînes à leur place alors que je les avais laissées ouvertes. Le moteur tournait encore tandis que j'essayais d'ouvrir les grilles. Je faillis ne pas réussir tant celles-ci étaient rongées par la rouille et n'y parvins qu'au prix d'un gros effort avant de reprendre place derrière le volant.

J'avais un mauvais pressentiment. Je pénétrai sur la propriété et me garai près du bâtiment afin de pouvoir m'en échapper le plus vite possible en cas de danger.

Dès que je fus hors de la voiture, je ne perdis pas de temps. Je soufflai un bon coup et m'engouffrai dans le manoir en me dirigeant vers la porte de la cave.

Contrairement à la veille, j'y voyais si clair que je reconnus à peine les lieux. J'eus quelque difficulté à retrouver la salle où l'on m'avait assommée, et quand j'y entrai, je crus d'abord m'être trompée. Pourtant, c'était bien là que j'avais passé une partie de l'après-midi, inconsciente – sur le sol, dans la flaque visqueuse qui puait la mort. La frayeur s'empara à nouveau de moi : le mannequin qui était installé au bureau avait disparu.

Je cherchai en vitesse mon téléphone sur le sol. Impossible de mettre la main dessus. Il devait se trouver quelque part sous toute cette vase et je n'aurais ni la patience ni le courage de fouiller pour le retrouver.

Je quittai cette cave en quatrième vitesse, et lorsque je me retrouvai dans la voiture, mon cœur battait à un rythme infernal. Je ne savais pas exactement ce que j'avais mis au jour ici, mais quelqu'un avait eu peur et s'était empressé de nettoyer les lieux. J'étais bien trop tétanisée pour réfléchir et ne pensai bientôt plus qu'à quitter ce domaine pour rejoindre la maison de Georgia.

À mon arrivée chez elle, une quinzaine de minutes plus tard, Eden Woods semblait plongé dans une étrange léthargie. Toutes les habitations avaient des allures de maisons fantômes, ou tout simplement de maisons mortes ; dans la touffeur de l'été, ce petit bourg perdu dans la forêt semblait être le plus bel exemple de ce que serait un paysage d'apocalypse après l'extinction du dernier des humains.

Je garai la voiture devant le garage de Georgia puis allai frapper à sa porte. Personne. J'attendis quelques minutes, balayai les environs du regard – rien ne bougeait.

Je n'avais plus qu'à rentrer, désormais. Plus vite j'aurais quitté Eden Woods et mieux je me porterais. Je commençais à comprendre pourquoi mon lointain ancêtre avait décidé de tenter sa chance ailleurs plutôt que de rester ici, dans ce pays de boue et de forêt menaçante.

Par réflexe, je passai près de la maison d'Esther. Ç'aurait dû être le moment de notre rendez-vous et, inconsciemment, je m'y étais rendue. Le spectacle qui m'attendait me ramena à la dure réalité.

On avait placé des scellés sur la porte d'entrée – cela me serra le cœur.

Je ne savais pas ce qui m'avait amenée à Eden Woods, à l'époque. Ou plutôt, si, j'en étais consciente : c'était cette enveloppe kraft adressée à Grand-pa après sa mort et dans laquelle j'avais appris qu'il s'intéressait au sort d'un petit garçon disparu un soir d'orage trente ans plus tôt. Avais-je pris cette histoire au sérieux ? N'était-ce pas un prétexte, tout comme le livre que je voulais écrire, pour rester en contact avec Grand-pa tout en fuyant la maison, pleine à craquer de son absence ?

J'aurais dû partir. En à peine quelques jours, on m'avait agressée chez les Webson et une vieille dame avait disparu après avoir juré ses grands dieux que le jeune Tobias était réapparu à Eden Woods, très en colère et avide de réponses.

Je fis le tour de la maison d'Esther, pensive, et j'arrivai sur la terrasse de derrière, malgré les mauvaises herbes et les ronces foisonnantes. Je vis qu'il y avait encore du linge étendu sur le fil, près du jardinet en friche. Cette vision des chemisiers et pantalons d'été abandonnés m'ébranla.

Je ressentis une grande lassitude et décidai de m'asseoir sur une des chaises de jardin.

Esther devait être dans cette position, quelques semaines plus tôt, lorsqu'elle avait vu Toby surgir de la forêt obscure. J'étais convaincue qu'elle disait vrai, qu'elle avait vu le jeune homme ce soir-là, qu'elle l'avait reconnu. Elle n'était pas démente, ni sénile, et jamais au cours des longues années qui avaient précédé cet événement elle n'avait prétendu avoir revu l'enfant. C'était arrivé une seule fois. Depuis, elle avait disparu.

Il y eut soudain un bruit dans les buissons en face de moi. Je me relevai sans attendre, tentai de voir ce qui avait ainsi remué – je ne vis rien.

— Est-ce qu'il y a quelqu'un ?

Il n'y eut pas de réponse. Je continuai à scruter la masse feuillue où pas une brindille ne tremblait. Je m'approchai doucement, tout en restant sur mes gardes. De nouveau, j'avais la sensation de me trouver dans un milieu hostile éloigné de la civilisation et en proie à un prédateur invisible qui n'avait pas hésité à s'en prendre à moi la veille.

Plus j'approchais des buissons, plus je me demandais si je n'avais pas rêvé. Je commençais à retrouver un peu de calme quand la silhouette de l'homme m'apparut dans l'ombre des bois. Il se fondait si parfaitement dans le décor, avait gardé une telle immobilité, que je n'avais pas eu conscience de sa présence bien que mon regard eût certainement glissé plus d'une fois sur lui.

Ses yeux avaient attiré mon attention. Ils avaient brillé d'une façon animale dès que je fus assez proche de lui pour qu'il me saisît par les bras.

Il était sale, la peau du visage et des mains recouverte de crasse et de terre. Ses cheveux étaient longs et il semblait très maigre dans ses vêtements sales et amples. Il paraissait inexpressif, comme hypnotisé.

Ses mains puissantes refermées sur mes avant-bras, il avançait vers moi et je n'avais pas d'autre choix que reculer, à tel point terrorisée que pas un cri de détresse ne put sortir de ma bouche, pas un appel au secours.

Pendant quelques instants, je crus que ma dernière heure était arrivée, que dans la soirée ou plus tard encore, Martha et ses équipes arriveraient et constateraient mon décès. Cet homme des bois, cette bête brutale au regard vide allait en finir avec moi. On allait m'étrangler. Me frapper à mort. Sortir une lame et me poignarder. M'égorger. J'allais être violée par cette chose répugnante, à peine humaine. Ce serait la dernière sensation que j'emporterais dans l'au-delà : ses mains sur mon corps, sa langue sur ma peau, dans ma bouche, son sexe sur moi, en moi.

Mon talon buta contre le muret qui entourait le jardin et je tombai en arrière dans les herbes folles.

Mes bras lui échappèrent, et ma tête heurta le sol. Je vis trente-six chandelles. Mon étourdissement passa et je m'attendis à voir l'autre se ruer sur moi pour laisser libre cours à sa furie et à ses fantasmes. Je mis les bras devant ma figure, prête à me protéger de ses coups – rien ne vint.

Il était debout, immense devant moi, couronné du soleil qui par contraste plongeait ses traits dans l'obscurité – un corps devenu ombre sans ombre.

Immobile, il m'observait. J'osais à peine respirer, persuadée que ce n'était là qu'un moment de calme avant une tempête de violence.

Puis, sa voix – si jeune et douce qu'elle était inquiétante.

— Qu'est-ce que vous faites là ?

Sans lui répondre, je reculai en rampant pour me relever en vitesse, à quelques mètres de lui.

Ma voix trembla.

— Qui… Qui êtes-vous ?

— Pourquoi vous êtes revenue ici ?

Son ton trahissait désormais une colère stupéfaite à laquelle se mêlait de la peur.

Exaspéré par mon mutisme, il hurla.

— *Pourquoi vous êtes là* ?

Il revenait sur moi au pas de charge quand une voix ferme et autoritaire l'interrompit.

— Ça suffit, Connor ! Fous lui la paix, maintenant !

Il s'arrêta en fixant un point situé juste derrière moi. Je me tournai pour découvrir mon sauveur : c'était l'homme qui me collait aux basques depuis mon arrivée, l'ancien shérif Lucas, toujours paré de vêtements bariolés.

Connor se fit suppliant.

— Mais elle…

— Je te dis de lui foutre la paix.

Connor grogna, fit marche arrière sans me lâcher des yeux avant de s'enfoncer à nouveau dans les bois.

Lucas s'approcha de moi, arborant désormais un bon sourire de grand-père. Alors qu'il semblait être un homme en pleine possession de ses moyens quelques minutes auparavant, il m'apparaissait sous un jour différent : le blond roux de sa moustache et des cheveux qui lui restaient faisait illusion, ainsi que sa bouille joviale et rebondie, mais la main qu'il me tendit ne mentait pas – c'était celle d'un vieillard. Je la saisis. Il m'aida à me relever.

— Je suis Richard Lucas, et je suis désolé de vous rencontrer dans ces circonstances.

— Jessie Belcher. Vous êtes plutôt dans le genre timide, non ?

Il éclata d'un rire qui ressemblait à une mauvaise quinte de toux.

— Feriez-vous une allusion subtile au fait que je vous tourne autour depuis deux jours ?

— Entre autres choses, oui…

— Ce n'était pas après vous que j'en avais.

Il désigna d'un coup de menton la forêt dans laquelle le jeune homme des bois venait de disparaître. Lucas comprit ma perplexité et poursuivit.

— Connor. C'est un génie de la filature. Il se fond dans la foule ou dans un paysage comme personne. Quand vous m'aperceviez, c'est qu'il n'était pas loin, à vous observer. Et vous ne m'avez pas repéré à chaque fois, croyez-moi !

— C'est censé me rassurer ?

Il haussa les épaules.

— Connor n'est pas un mauvais bougre, soyez sans crainte, mais il a perdu son vieux copain Stan récemment, sans parler de la disparition d'Esther. Et puis il a un lourd passif, dirons-nous.

— Je sais, oui.

— Clyde vous en a probablement touché un mot, alors.

Je guettai un sourire entendu de sa part, ou clin d'œil à la fois ironique et salace – rien de tel ne se produisit, et je lui répondis.

— Il m'a raconté ses mésaventures, oui.

Il hocha la tête d'un air satisfait.

— En principe, vous n'avez rien à craindre de Connor. Il sort rarement des bois dans la journée. C'est la nuit qu'il fait son marché à Keowe. Les différents commerçants veillent à laisser quelque chose à manger pour lui dans leurs poubelles, le soir.

— C'est généreux de leur part…

— Ne soyez pas sarcastique. Si Connor apprenait qu'on lui fait la charité, il ne toucherait plus aux restes qu'on lui laisse. Je vous dis, il n'est pas mauvais, mais qui sait comment évolue l'esprit d'un homme qui vit loin de tout sans voir personne depuis des années ? Je le connais bien, et dès que j'ai remarqué qu'il ne vous lâchait plus d'une semelle, je m'en suis remis à l'adage « Prudence est mère de sûreté ».

Il ne dit plus rien ; j'avais la cervelle comme un yaourt tourné. Lucas dut s'en rendre compte et me proposa de rejoindre Keowe avec sa voiture.

Une vingtaine de minutes plus tard, nous nous trouvions tous les deux devant un café et des gaufres, dans un petit snack qu'il aimait beaucoup.

Même si Clyde m'avait déjà parlé de lui, je laissai l'ancien policier me retracer ses états de services à Keowe jusqu'à sa retraite une dizaine d'années après que l'affaire Webson eut été classée. Il finissait sa gaufre, songeur, lorsqu'il aborda le sujet.

— C'est drôle... Une histoire comme celle des Webson reste en sommeil des années durant et en quelques jours, elle semble ressusciter. J'ai l'impression que ça ne remonte pas à plus d'une ou deux semaines.

— C'est vous qui avez eu la charge de l'enquête, n'est-ce pas ?

— Absolument. Le crime le plus sordide que j'aie eu à traiter. Le plus mystérieux, aussi.

— Et c'est à cause de cette vieille histoire que Connor me tourne autour ?

Il afficha une mine perplexe et tritura sa tasse de café quelques secondes avant de me répondre.

— Je crois surtout que c'est à cause d'Esther qu'il en a après vous. Cette femme a toujours été plus qu'une mère pour lui. Un jour, un représentant de commerce en assurances est venu importuner Esther, et Connor l'a chassé d'Eden Woods à grands coups de pompe dans le cul. Mais comment en être certain ? Personne ne peut jamais dire avec exactitude ce que Connor peut avoir derrière la tête, y compris moi ! C'est un original qui ne pense pas comme nous. Enfin, pas selon nos critères. Comme je vous l'ai dit, il vit seul presque tout le temps. Quand on a l'impression de ne plus avoir signe de vie de sa part, Martha me passe un coup de téléphone et je vais à la cabane voir si tout va bien. Les seules personnes qu'il voit de temps à autre sont la bande de tarés qui vivent reclus un peu plus haut dans les montagnes. Des « marginaux », pour utiliser un vocabulaire plus lisse. À côté de ces zigotos, Connor a presque l'air normal…

— J'ai déjà entendu parler d'eux, oui. Le révérend Morrow m'a dit avoir rencontré Diana, « leur mère à tous ».

— Ah… Leur mère à tous… Je l'ai rencontrée aussi, cette bonne femme. On peut dire qu'elle a trouvé le filon pour se la couler douce. Avec tous les larbins qui l'entourent, elle vit comme une reine ! Là-haut, ça marche à coups de tisanes et de prières pour soigner le cancer. Ils ont leurs plantations et ils ne quittent jamais leur territoire. Ils sont tous végétariens. Moi, je trouve ça triste. Enfin, tant qu'ils ne viennent pas fiche le bazar chez nous, ce qu'ils font entre eux, ça m'est égal… Vous me suivez ?

— À peu près, oui. Et au cours de votre enquête, vous vous êtes assuré que ces gens-là n'ont rien à voir avec le massacre de la famille Webson ?

— Aucune chance. Ce sont des illuminés, je vous dis. Des pacifistes purs et durs qui fuient le monde moderne comme la peste et qui méprisent les richesses. Il y a de fortes chances pour qu'ils n'aient même pas entendu parler des Webson et... Pourquoi vous souriez comme ça ?

Il n'y avait aucune agressivité dans sa remarque, juste une curiosité amusée pour le sourire que j'affichais. Je le rassurai.

— Je ne me moque pas de vous. Je trouve seulement que vous avez eu une réponse très intéressante : le dossier Webson a été très vite classé et l'enquête – *votre* enquête – a conclu à la responsabilité de M. Webson puis à son suicide. Et quand je vous demande si vos sauvages des montagnes ont une responsabilité dans les meurtres, vous me répondez comme si l'enquête n'avait pas réellement abouti... Vous n'avez donc jamais cru que M. Webson a tué toute sa famille ?

Il se fendit d'un large sourire et voulut répondre. Sa bouche s'ouvrit sans laisser passer aucun son. Il finit par secouer gentiment l'index vers moi.

— Vous m'avez eu... J'aurais dû le voir venir. Il faut croire que j'ai quitté le métier depuis trop longtemps !

Il laissa échapper un gros rire presque juvénile qui fit se retourner quelques-uns des clients du snack en direction de notre table.

Il redevint sérieux et passa les doigts sur sa moustache tout en regardant la rue déserte à travers la vitre mal nettoyée. Il resta ainsi, pensif et perdu quelque part dans le passé durant une longue minute. Il n'en sortit qu'à moitié pour m'adresser des paroles sépulcrales.

— C'est l'image du corps de la petite qui me hante encore aujourd'hui, vous savez. La petite Rose…

Il garda à nouveau le silence quelques secondes avant de reprendre.

— Je ne dis pas que trouver les corps de M. et Mme Webson ne m'a pas choqué, c'était que… La petite, ça nous a vraiment tous chamboulés. Surtout considérant l'amour fou de Webson pour sa gamine. Moi, j'ai trouvé ça louche. Le problème, c'est qu'il fallait faire vite. Le maire de l'époque – Dieu ait son âme – voulait absolument qu'on arrête de parler de cette affaire le plus vite possible. Le nom des Webson était inséparable de celui de Keowe. De tout le comté, même. Monsieur le maire pensait qu'on pouvait sauver l'entreprise en expédiant l'histoire aux oubliettes, mais ça n'a pas marché. Ça m'a rendu malade : l'enquête a été bâclée, et avec ma bénédiction, par-dessus le marché ! Je n'ai pourtant jamais vraiment lâché le morceau, après ça. J'ai toujours été à l'affût du moindre indice, de tout ce qui pouvait réorienter l'enquête dans une autre direction. Et puis les années se sont écoulées, et le temps de m'en rendre compte, j'avais abandonné. Pour le plus grand bonheur de ma femme, Doris, parce qu'elle n'en pouvait plus d'entendre parler des Webson. C'est resté une blessure, et il m'arrive encore de faire des cauchemars…

Il soupira, me regarda droit dans les yeux.

— La première fois que je vous ai vue devant la concession de Clyde, l'autre jour, j'ai d'abord cru vous reconnaître comme une ancienne de Keowe avant qu'il me détrompe, et me dise ce que vous faites ici. Vous n'imaginez pas l'impression que ça m'a fait, comme un camé qui voit une seringue d'héroïne après des années d'abstinence ! J'avais essayé de rester à l'écart de l'agression d'Esther Lamar et de ne pas prêter attention à ses propos sur le petit Toby et son prétendu retour, mais quand j'ai su que vous vouliez écrire un livre sur cette affaire, bon sang ! J'ai presque vu là un signe des dieux !

Ses yeux brillaient d'un espoir innocent, et il se tut. Je vis en lui la possibilité d'une collaboration.

— Vous accepteriez de m'aider sur cette affaire ? Je ne suis qu'une étrangère, moi, et vous, vous connaissez cette histoire mieux que personne…

Tout son enthousiasme s'évanouit aussitôt, et il se fit maussade.

— J'aimerais, vraiment, et j'ai des documents, vous savez. Beaucoup de documents. Tout ça a fini dans mon grenier il y a des années et j'ai pris soin de les conserver dans des armoires métalliques où ils sont à l'abri des souris et de l'humidité. Mais je dois rester lucide, et l'ancien flic que je suis sait bien que je n'arriverai jamais à faire la lumière sur cette affaire. En plus, il y a Doris…

— Que voulez-vous dire ?

— Elle a vraiment pris en grippe la famille Webson. J'ai accordé trop de temps à cette affaire en vain. Et c'est du temps qu'elle n'a pas passé avec moi. Si je renouais avec mes vieux démons, elle serait capable de demander le divorce, même si on a tous les deux largement dépassé les quatre-vingts ans !

J'observais sans un mot ce vieil homme qui ne demandait qu'à être convaincu pour reprendre son enquête – et il aurait suffi d'un rien pour le ranger définitivement de mon côté. Je hochai la tête et joignis les mains devant moi.

— Est-ce que je peux vous poser une question avant de clore le sujet avec vous ?

— Allez-y, mon petit, faites donc.

— Cette femme, Diana, vous l'avez rencontrée plus d'une fois, je suppose ?

— Oui, cinq ou six fois dans ma carrière. Pourquoi ?

— Est-ce qu'il lui arrivait de porter une tunique grise ?

Lucas se raidit et son œil brilla comme celui d'un chien de chasse qui pense avoir repéré sa proie.

— Comment vous savez ça ?

Je ne pus retenir un sourire de satisfaction.

*

Tout en gardant pour moi l'histoire de la lettre reçue par Grand-pa, j'expliquai à Lucas l'histoire de la femme en gris telle que me l'avait racontée

Esther et la façon dont j'avais fait le rapprochement avec Diana quand le révérend Morrow avait évoqué « son éternelle tunique grise ».

— Vous comprenez, je suis certaine qu'Esther a fini par se souvenir de cette femme en gris dont Toby a parlé… Je l'ai vu dans ses yeux. Elle *savait* qui c'était.

En face de moi, Lucas n'en finissait plus de se tordre les mains dans tous les sens. Il acquiesça.

— Ça serait très possible, tout ça, d'autant plus qu'Esther est montée là-bas une ou deux fois pour voir la communauté et s'assurer que les enfants y vivaient bien. C'était son obsession après le massacre des Webson : le sort des petits enfants partout où ils peuvent se trouver… Bon sang ! J'aurais dû prendre le temps d'enquêter et envoyer le maire au diable, à l'époque !

— Écoutez, ce qui est fait est fait. Vous avez peut-être commis des erreurs mais vous pouvez vous amender, aujourd'hui.

— Comment ?

— Pour commencer, vous pourriez m'accompagner auprès des gens de la communauté. Ils vous connaissent, et moi, je ne veux pas y aller seule. En plus, j'ignore complètement le chemin pour me rendre là-bas… Vous pouvez m'offrir cette aide ?

Il se passa la main devant la bouche et m'observa avec une grande perplexité. Son côté rationnel et fataliste luttait contre son envie de reprendre l'enquête avec moi – dans sa voix, une hésitation terrible.

— Ça remonte à loin, tout ça, et je me souviens tout de même avoir fait faire les vérifications de base du côté de la communauté... Je suis à peu près sûr qu'ils ne sont pour rien dans ce qui s'est déroulé au manoir. Ils vivent vraiment en reclus, vous savez...

— Malgré cette histoire de femme en gris qui...

Il m'interrompit en levant la main vers moi avec fermeté puis reprit après un instant de réflexion.

— Voilà ce qu'on va faire... Demain après-midi, vous et moi on va rendre une petite visite à Diana et ses copains. On la rencontre et on lui pose des questions. J'ai conservé l'instinct et je verrai si elle nous mène en bateau ou pas... à moins que cette bonne femme soit encore plus tordue que je ne le pense.

— Merci. Vraiment. Je suis sûre que vous ne le regretterez pas.

— Mouais, on verra où ça nous mène et si jamais je sens que c'est un bourbier, mieux vaudra laisser tomber. C'est d'accord ?

— Ça tombe sous le sens.

— Bien. Alors disons que je passe vous prendre demain à 13 heures à l'auberge, et nous irons voir les allumés des montagnes avec ma voiture. Ça vous va ?

J'acquiesçai et chacun de nous finit son café.

Même s'il essayait de se contrôler, Lucas avait du mal à contenir son enthousiasme. Tout le temps que nous discutâmes, son regard brilla d'une étincelle juvénile et il semblait plus jeune de trente ans.

Soudain, il jeta un œil à sa montre et laissa échapper un juron.

— Il faut que je vous laisse ! C'est bientôt l'heure de notre émission, à Doris et moi. Et c'est pas le moment de la mettre de mauvaise humeur, si vous voyez ce que je veux dire !

Il gloussa en se levant et proposa de me déposer où je voulais. Je refusai. Je voulais marcher un peu au hasard des rues, et réfléchir. Lucas me salua. Il était sur le point de partir quand un couple de petits vieux qui passait dans la rue m'aperçut. L'homme me dévisagea en ralentissant ; sa femme m'observa sans comprendre. Elle lui dit quelque chose et il lui répondit sans me lâcher des yeux, après quoi elle me considéra avec une haine farouche et tous deux accélérèrent afin de ne pas avoir à supporter mon odieux visage plus longtemps.

Lucas remarqua ce drôle de manège et devint perplexe.

— Je connais ces deux bigots, et ils vous ont fuie comme si vous étiez la grande putain de Babylone.

— Est-ce qu'il y a des chances qu'ils connaissent Mme Park ?

— Tout le monde connaît Mme Park, et Mme Park connaît tout le monde…

J'affichai une bonne humeur artificielle.

— Alors tout est normal.

Il parut peu convaincu, et partit en ébauchant un sourire incertain.

*

Dès le lendemain à 13 heures, l'ancien shérif Lucas se trouvait devant l'auberge, prêt à m'accompagner dans les montagnes. Je proposai à Miles de m'accompagner. Il considérait qu'un ancien flic octogénaire n'était pas un gage de sécurité suffisant pour garantir notre sécurité face à des fous dangereux potentiellement sanguinaires. De plus, il s'était mis sur son trente et un et aspergé de parfum en raison d'un besoin urgent d'aller à la bibliothèque pour vérifier un point crucial de notre enquête.

Durant le trajet, Lucas fut dans un tel état de tension nerveuse qu'il ne fit presque pas la conversation et se contenta d'acquiescer à mes propos.

Je lui détaillai tout ce que j'avais pu récolter sur l'affaire Webson jusque-là, et je pus évoquer avec lui les différents ragots ayant trait à la résurrection diabolique de Toby. Il balaya ces fadaises d'un revers de main furieux.

— Les gens sont des crétins ! Et le Dr Keene le premier. Un homme de science qui colporte des âneries pareilles, je vous jure !

— Vous ne croyez pas que Barry Delerth a quoi que ce soit à voir avec la mort des Webson ?

Le visage de Lucas se figea.

— Delerth ? Il avait autant de pouvoirs magiques que mes vieilles godasses. Je ne crois pas à son implication dans le massacre. Même si mon instinct m'a toujours dit qu'il aurait pu nous être utile lors de l'enquête... Bon, il avait disparu à l'époque, de toute façon.

— On a dit qu'il avait rejoint la communauté de Diana...

— Possible. C'est pour ça que j'y suis monté dans les jours qui ont suivi la tuerie. Le problème, c'est que Diana restait très secrète sur l'identité de ses ouailles. Ils recevaient tous un nouveau nom en arrivant là-bas et leur passé était « effacé ». Tu parles d'un monceau de conneries !

Nous évoluions désormais sur une petite route de terre sinueuse et escarpée qui m'impressionna. J'en fis part à Lucas.

— Je comprends pourquoi les gens de la communauté préfèrent rester à l'écart. Cette route est dans un état…

— Oui, et c'est pour ça que je doute qu'ils aient quoi que ce soit à voir avec le massacre des Webson. Dès la fin de l'après-midi, ce jour-là, un orage de tous les diables s'est déchaîné sur la région. Il y a eu des chutes de rochers sur cette route, et des coulées de boue qui l'ont rendue impraticable toute une semaine. C'est d'ailleurs pour ça que je n'ai pas pu leur rendre visite pour l'enquête juste après. Et ils n'ont pas de voitures, en plus. Je vous le dis : impossible qu'ils aient fait le coup.

À mesure qu'il parlait de tout ça, je sentais poindre dans sa voix une note d'amertume. Peut-être commençait-il à croire que notre voyage était inutile et qu'il s'était emballé un peu vite.

Nous n'étions plus très loin, et arrivâmes dans les minutes qui suivirent.

Je découvris alors une série de mobile-homes sur lesquels le temps avait œuvré sans pitié. Partout les mauvaises herbes proliféraient. Les jardins semblaient à l'abandon, les maisons, vides. Ce paysage sinistre me retourna l'estomac. Je m'adressai à Lucas.

— Vous êtes sûr qu'il y a des gens qui vivent ici ?

Il ne répondit pas. Il était devenu très pâle, et arborait une expression interdite.

— Monsieur Lucas ?

Il arrêta la voiture au milieu de la route sans prononcer un mot et en sortit. Je le suivis, ne comprenant pas ce qui se passait. Lucas marcha dans plusieurs directions différentes, revint sur ses pas, comme perdu. Il marmonnait.

— C'est pas normal... C'est pas normal...

Il se tourna vers moi.

— Qu'il pleuve, qu'il neige ou que le soleil tape dur comme aujourd'hui, dès qu'ils entendent une voiture, ils sortent de chez eux et ils vous observent comme des bêtes curieuses. Et là, rien ! Ils sont tous partis, on dirait...

J'allais dire quelque chose quand une voix retentit, qui semblait venir d'un des mobile-homes.

— « Ils » ne sont pas tous partis, cher monsieur.

Un homme d'une quarantaine d'années, très propre sur lui, bien coiffé et portant de petites lunettes, apparut. Il y avait une femme à ses côtés, et trois enfants dont le plus vieux ne semblait pas avoir plus de douze ou treize ans. Je remarquai un gamin de huit ou neuf ans, à l'écart du groupe. Il avait l'air terrorisé et se cachait derrière des caisses en bois entassées tout en essayant de nous observer. L'homme baissa les yeux, puis répéta.

— Ils ne sont pas tous partis, mais ce sera bientôt le cas.

Il avança dans notre direction avec un sourire franc qui dissimulait mal une forme d'inquiétude, et tendit la main à Lucas.

— Je m'appelle Grant. Avec ma femme, Lucille, et nos quatre enfants, nous sommes les derniers membres de la communauté de Diana à vivre encore ici. Que puis-je pour vous ?

Après un moment de perplexité, Lucas prit la parole.

— Je suis l'ancien shérif Lucas, et voici Jessie Belcher. Nous aimerions parler à Diana, s'il vous plaît…

Grant eut un petit sourire triste.

— Je crains que ce soit impossible, monsieur Lucas.

— Et pourquoi ça ? Elle est partie ?

— En un sens, oui. Diana est morte il y a près de trois mois…

Lucas resta coi, et je balbutiai :

— Mais… Qu'est-ce qui lui est arrivé ?

Grant eut l'air étonné.

— Ce qui lui est arrivé ? Elle avait près de soixante-dix ans et elle se soignait avec des racines et des chants cosmiques. Voilà ce qui est arrivé.

Lucas et moi demeurâmes sans voix. Grant plissa les yeux en direction du ciel.

— Venez donc à l'intérieur. Le soleil est violent aujourd'hui.

Une fois dans le mobile-home, Grant nous invita à prendre place sur un vieux divan. C'était triste, sombre et pauvre. Il n'avait que de l'eau tiède à nous proposer.

— Notre communauté n'utilisait pas l'électricité, donc pas de réfrigérateur.

Plutôt que de disserter sur leur mode de vie, Lucas entra dans le vif du sujet.

— Alors, Grant, dites-m'en plus sur ce qui s'est passé ici.

— Comme je vous l'ai dit, Diana est morte. Et la communauté a volé en éclats. C'est aussi simple que ça.

Il se trouvait assis en face de nous dans un fauteuil en rotin. Le reste de la famille se tenait debout, derrière lui. Ce ne fut qu'à cet instant que je me rendis compte qu'il n'y avait là que trois de ses enfants. Le petit sauvage était resté dehors.

Grant était serein – il en devenait inquiétant. Lucas ne comprenait pas.

— Donc, Diana est morte et la communauté a explosé. Et vous nous dites ça comme s'il s'agissait d'une évidence.

— *C'était* une évidence, monsieur Lucas. Ma famille ainsi que tous les autres membres de la communauté étaient persuadés que la mort de Diana coïnciderait avec l'Apocalypse.

Lucas échangea avec moi un regard empreint de perplexité. Grant s'en amusa.

— Je sais à quel point ça peut avoir l'air idiot, désormais, mais vous devez comprendre une chose : je suis arrivé ici quand je n'avais pas vingt ans. J'ai épousé Lucille parce que Diana me l'a demandé. Elle était notre mère à tous et nous protégeait. Elle nous a enseigné qu'elle était l'Élue, et que rien ne nous arriverait tant qu'elle serait là. Elle était censée vivre plus de deux cents ans au terme desquels l'Apocalypse s'accomplirait et nous conduirait tous à la Révélation commune. Nous aurions été sauvés parce que nous étions ses enfants. Un jour, au petit matin, nous l'avons retrouvée morte.

Il se tut. Lucas poussa un soupir exaspéré.

— Et après ?

— Après ? Nous avons connu un moment de panique collective. Nous étions tous certains que la fin du monde était proche, et Diana n'était plus là pour nous protéger. Et la journée s'est achevée, semblable à toutes les autres. Et une autre. Et encore la suivante… Alors nous avons compris combien nous avions été stupides. Certains ont été tristes, d'autres désespérés et quelques-uns sont entrés dans une colère folle. Tous ont fini par quitter la communauté, au compte-gouttes. Et aujourd'hui, il n'y a plus que nous…

Il ouvrit les mains dans notre direction pour conclure ses propos tout en affichant un sourire timide.

Lucas se massa les paupières en soupirant. Je devinais ses pensées : nous étions venus pour rien. Grant était trop jeune pour avoir entendu parler de l'affaire Webson. Malgré tout, j'essayai de poser une question à tout hasard.

— Est-ce que vous avez déjà entendu parler d'un certain Barry Delerth ?

Grant secoua lentement la tête et se tourna vers son épouse qui n'afficha aucune réaction.

— Ça ne me dit rien. Pourquoi ?

— Il pourrait avoir un rapport avec notre affaire. On l'a soupçonné de pratiques étranges comme le satanisme.

Il esquissa un sourire amer.

— Si vous cherchez le diable ici, je crains qu'il n'ait quitté les lieux avec Diana.

Un long silence gêné s'installa entre nous.

Soudain, Lucas claqua dans ses mains et se leva.

— Je crois que nous n'allons pas vous déranger plus longtemps, Grant.

Ce dernier parut presque déçu de nous voir partir aussi tôt.

— Navré de ne pas pouvoir vous aider.

Il nous accompagna jusqu'à la voiture. Sa femme et ses enfants restèrent à l'intérieur. Avant d'ouvrir la portière et de m'installer, je ne pus m'empêcher de poser une question à Grant.

— Pourquoi vous n'êtes pas partis comme les autres, vous et les vôtres ?

Il baissa les yeux puis leva la tête en l'air pour regarder le ciel.

— Ma famille n'a jamais connu le monde extérieur, madame Belcher. Lucille est même née ici. Quant à moi, je n'ai aucune idée de ce qui a changé dans la civilisation en vingt ans, alors...

— Vous avez peur...

Quelques secondes de silence s'écoulèrent.

— Nous finirons bien par quitter cet endroit un jour. Il nous faut juste prendre le temps.

Je le saluai et adressai un signe de la main à sa femme qui nous observait sur le seuil du mobile-home – elle ne me répondit pas.

Quelques instants plus tard dans la voiture, Lucas fulminait.

— C'est vraiment pas de chance ! Avec ça, on risque de ne jamais avoir le fin mot de cette histoire !

— Je sais, c'est frustrant. Mais je refuse d'abandonner pour autant.

— On ne peut pas dire, elle a vraiment choisi son moment pour casser sa pipe, cette connasse !

À notre grande stupéfaction, une voix de jeune homme s'éleva depuis la banquette arrière de la voiture.

— Il vous a raconté qu'elle a claqué dans son sommeil, je parie.

Sous l'effet de la surprise, Lucas faillit perdre le contrôle du véhicule. Il jura et je me retournai pour voir où était notre voyageur clandestin.

— Qu'est-ce que…

Un gamin plutôt petit et malingre se redressa d'entre les sièges, il s'était caché sous une vieille couverture qui traînait sur le sol.

— J'ai cru que j'allais crever de chaud, là-dessous.

— Qui es-tu, toi ?

— Judicaël. Le fils aîné de Grant. Quand j'ai vu votre voiture, je me suis dit que c'était l'occasion ou jamais de me tirer de là.

Lucas fronça les sourcils.

— Tu n'es pas un peu jeune, mon garçon, pour une émancipation ?

— J'ai dix-huit ans dans quatre mois, vieux, te fais pas de bile.

Lucas scruta le gosse dans le rétroviseur et je compris qu'il avait les mêmes doutes que moi. Malgré son aspect, il y avait une grande maturité dans son regard. Je murmurai à l'adresse de Lucas.

— Je crois qu'il dit la vérité. Il doit souffrir d'une forme de malnutrition, vu la vie qu'il a eue jusqu'à présent.

— Mouais, on va dire que je te crois, fils. De toute façon, tu fais peut-être bien de tenter ta chance dehors.

— Je m'appelle Jessie, et voici l'ancien shérif de Keowe, Richard Lucas.

— Ravi de vous connaître. Et merci pour le voyage. Je me serais perdu si j'avais dû m'enfuir à pied. Et puis… avec toutes les panthères et les lions qui rôdent dans les bois.

Lucas se retourna en souriant avant de constater que Judicaël était tout ce qu'il y avait de sérieux.

— Des lions dans Eden Woods, mon garçon ? C'est votre « mère à tous » qui vous a raconté ces conneries ?

Le sang monta aux joues de l'adolescent. Je me mis à rire franchement avec Lucas. Judicaël, furieux, frappa du poing dans la paume de sa main.

— Ah, l'enculé ! Il s'est bien foutu de notre gueule ! C'est cet enfoiré de Connor. Il venait de l'extérieur et il s'introduisait dans la communauté pour voir des potes parmi les plus grands. Il nous apportait des consoles portables, des tablettes ou des magazines pornos… Il est sympa mais j'aime pas qu'on me prenne pour un con, putain !

Lucas tenta de réorienter la conversation dans un sens plus sérieux.

— Dis-moi, gamin, quand tu as essayé de me fiche une crise cardiaque, tout à l'heure, tu as dit : « Je parie qu'il vous a dit qu'elle a claqué dans son sommeil. » Qu'est-ce que ça veut dire ?

Désormais, je ne quittais plus Judicaël des yeux.

— Ben, ça veut dire ce que ça veut dire. Elle est pas morte naturellement, quoi.

— Mais encore ?

Il eut un petit rictus pervers.

— On lui a fait le grand sourire pendant qu'elle dormait.

Il joignit le geste à la parole. Je lançai un regard alarmé à Lucas. Il affichait une expression grave et tâcha de rester calme.

— Et comment tu sais ça, fils ?

— Mon père l'a dit à ma mère. Ils croyaient qu'ils étaient seuls.

— Et on sait qui lui a fait ça ?

Il secoua la tête sans hésitation.

— Aucune idée. Tout ce que je sais, c'est que la moitié de la communauté s'est barrée dès qu'ils ont su que la sorcière était morte. Ils étaient enfin libres !

À ce moment, il leva le poing et poussa un cri de victoire.

— Mon père et les autres tarés lui ont fait des funérailles de reine. Ils ont cramé le corps avec des fleurs et tout le bordel. Ça a pué le cochon grillé pendant une semaine. Une horreur !

Je me penchai vers Lucas.

— C'est quand même bizarre. À peine trois mois avant le début des agressions et la disparition d'Esther.

— Je sais, mais trois mois, c'est énorme. Et je parie qu'ils devaient être nombreux à vouloir lui faire la peau. Si seulement on savait pourquoi on l'a tuée !

Nous nous enfoncions dans un mutisme affligé lorsque la voix de l'adolescent retentit.

— Moi je sais.

Je ne dis rien et Lucas resta silencieux lui aussi. Le gamin savourait le pouvoir qu'il détenait, aussi prenait-il le temps de nous fournir la réponse que nous attendions. Lucas perdit patience.

— Bon alors ?

— Ben, c'est à cause de ce qu'elle a fait à Toby et à sa sœur. Voilà.

Lucas me dévisagea et je ne quittai pas le gamin des yeux.

— Tu connais l'histoire de Toby et Rose Webson ?

Il grimaça.

— Je vous dis juste ce que j'ai entendu ce jour-là.

Lucas fixa Judicaël dans le rétroviseur.

— Il faut que tu nous répètes *précisément* ce que tu as entendu, fils, et que tu nous dises qui l'a dit. C'est capital.

Le gamin parut impressionné par la gravité de l'ancien shérif. Il se redressa sur le siège de façon à être assis correctement.

— C'était Edna, la vieille qui accompagnait Diana depuis le début, d'après ce que je sais. Il paraît qu'Edna adorait Diana, qu'elles étaient super copines, tout ça. Edna s'est rendu compte que Diana manipulait tout le monde, et elle avec. Elle croyait plus en elle.

— Elle est quand même restée jusqu'au bout.

— Ouais. J'avais l'impression qu'elle surveillait Diana. Qu'elle voulait l'empêcher de faire des conneries. Enfin, le jour où la nouvelle de la mort de Diana s'est répandue, Edna a été la seule autorisée à venir voir le corps. Elle est allée voir mon père pour lui dire qu'on avait trucidé la vieille et que c'était vraiment moche. Mon père, il était en panique totale. « Pourquoi l'avoir tuée ? Pourquoi ? » il répétait. Et là, les yeux dans le vague, Edna a dit : « Je suis sûre que c'est à cause de ce qu'elle a fait à Toby et à sa sœur. » J'ai bien vu que mon père a compris que dalle, vu la tête qu'il a faite.

Quelques instants de silence s'écoulèrent, que Lucas interrompit.

— Et Edna, où est-elle à présent ?

Judicaël haussa les épaules.

— Aucune idée. Elle a dit : « Tout est fini désormais » et elle s'est barrée. Remarquez, c'était pas la première : dès qu'on a su que Diana était morte, plein de monde s'est tiré. Comme si c'était pas possible avant. Quelle bande de cons…

Je jetai un œil à Lucas.

— Impossible de savoir si l'assassin avait déjà quitté les lieux, alors.

— *Si* l'assassin appartenait à la communauté, ma petite. On n'est sûrs de rien.

Nous regagnâmes Keowe dans un silence de mort. Lucas voulut emmener Judicaël à l'hôpital. Il n'avait probablement jamais vu de médecin et un examen ne serait pas de trop. À peine étions-nous arrivés à l'hôpital qu'il nous faussa compagnie et s'évanouit dans la nature.

Après l'avoir cherché un moment, Lucas se montra fataliste.

— Ça ne fait rien. Il a bien mérité sa liberté, maintenant, et je ne crois pas qu'il aurait pu nous en apprendre beaucoup plus.

— Oui. En tout cas, tout ça ne fait qu'ajouter du mystère au mystère.

— C'est quand même bizarre... Il n'y aurait pas eu cette vieille pour citer Toby et Rose, j'étais prêt à baisser les bras. C'est vrai, après tout, n'importe qui aurait pu vouloir tuer cette horrible bonne femme. Enfin, bon sang, ce gamin n'a pas pu inventer une phrase pareille...

Je ne répondis rien car j'étais comme Lucas : perdue dans un épais brouillard. Trop d'éléments discordants s'entrechoquaient dans cette histoire : la réapparition de Toby après trente ans d'absence et une prétendue résurrection, sa demande à Esther concernant une femme en gris qu'il avait apparemment de bonnes raisons de vouloir retrouver mais qui était déjà morte depuis des mois...

C'était à ce point insoluble que ma tête tournait un peu.

L'après-midi touchait à sa fin. Lucas me déposa à l'auberge.

Avant de sortir de la voiture, je lui demandai ce que nous allions faire.

Il me lança un regard désespéré.

— À votre avis ? Il y a trop de zones d'ombre dans cette affaire. Il faut qu'on la reprenne ensemble, vous et moi.

Je hochai la tête gravement et descendis. Lucas grimaça.

— Maintenant, il va falloir que j'en parle à Doris.

Il gloussa sans joie.

— Ça va pas être de la tarte, croyez-moi.

— Bon courage, Lucas, et à bientôt.

— Oui, je vous tiens au courant.

Et il partit.

*

Dès le lendemain matin, j'attendis le signe de Lucas qui donnerait le coup d'envoi à notre collaboration. À la place, j'eus la surprise de recevoir un coup de téléphone de la part de Hunter. Je pris son appel à la réception et dus le rassurer : il avait essayé en vain de me joindre sur mon portable et commençait à s'inquiéter. Il fut heureux d'apprendre que je l'avais seulement perdu dans les bois. Il me demanda comment se passait ma coopération avec Miles et se réjouit que la hache de guerre fût enterrée entre nous. J'évitai d'en dire trop au sujet de notre enquête : Mme Park était restée à mes côtés tout le temps que dura ma conversation. Pourtant, elle semblait n'avoir que faire de ce que je pouvais raconter à Hunter. Elle était encore sous le choc de la révélation qu'elle avait eue concernant Miles : il était rentré la veille au soir avec Jeffrey, l'étudiant bibliothécaire, et le gardien lui avait confirmé que les deux hommes avaient passé la nuit ensemble.

Naïvement, je crus que cette brusque mise en lumière des goûts de Miles aurait fait pâlir son aura auprès de l'aubergiste, mais cette dernière dédouanait son protégé avec obstination.

— Vous comprenez, les jeunes hommes comme lui qui ont ces penchants-là sont des victimes. C'est le diable qui les manipule pour leur faire faire ces ignominies. Ce n'est pas comme les femmes adultères et les prostituées qui, elles, savent très bien ce qu'elles font.

Troublée, je m'étais contentée de lui répondre des banalités sur la modernité et l'évolution des mœurs.

À cet instant, Miles et son jeune ami apparurent dans le hall de l'auberge. Ils échangèrent un chaste baiser du bout des lèvres, et Jeffrey s'éclipsa. Miles nous rejoignit ensuite, aux anges.

— Bonjour, mesdames.

Les larmes au bord des yeux, Mme Park le salua d'un hochement de tête assez sec tout en affichant un sourire crispé, puis elle se retira.

— Je reviens chercher votre commande dans un instant.

Je ne pus m'empêcher de sourire.

— Tu lui as brisé le cœur.

— Hélas. Elle a mal interprété la tendresse que je lui ai manifestée… Bref. Tu ne peux pas imaginer comme je suis heureux de voir que tu es revenue saine et sauve de chez les davidiens.

— Je ne courais aucun risque. Pour tout dire, tu aurais pu venir avec moi.

Je lui expliquai rapidement comment s'était déroulée notre visite de la veille, et à la fin de notre conversation, il manifesta une perplexité au moins aussi grande que la mienne.

— La gourou s'est fait buter ? Et ils connaissaient Toby et Rose ? C'est incroyable, ce truc ! Plus on avance et moins je comprends ce qui entoure cette histoire… Et ce type, Delerth, personne ne l'a vu là-haut pendant toutes ces années ?

— Comment savoir ? Même si ç'avait été le cas, ils ont tous pris la tangente. Et puis, on n'avait pas de photos de Delerth à leur montrer pour leur rafraîchir la mémoire…

Miles s'apprêtait à ajouter un mot quand Michael entra dans l'auberge et vint à nous. Il était très pâle, et semblait atterré. Je l'accueillis avec mon plus beau sourire.

— Michael ! Quelle surprise ! Tu vas bien ? Voici mon collègue, Miles Oakland, je crois que vous ne vous êtes jamais…

Il m'interrompit d'une voix blanche.

— Tu te fous de ma gueule ?

Je ne parvins pas à articuler un mot de réponse.

— Je bloque mon après-midi d'hier pour toi parce que tu voulais parler à la rédactrice en chef du *Keowe Chronicles* et tu me plantes sans un mot d'explication…

Je fus consternée.

— Oh, Michael, je suis navrée, j'ai eu…

— … et tu n'as même pas eu la délicatesse de m'envoyer un message pour me prévenir ! Pour qui tu te prends, Jessie Belcher ?

Il me toisait de toute sa hauteur et ne prenait pas la peine de cacher tout le mépris qu'il avait pour moi. J'avais merdé, c'est vrai, mais je ne voulais pas d'un scandale ici et j'étais prête à faire amende honorable, d'autant plus que Mme Park revenait vers notre table pour prendre notre commande.

— Écoute, je…

Il m'interrompit d'un geste de la main avant d'arborer un sourire cruel.

— Non. Tu n'as pas à t'expliquer. J'ai cru comprendre que tu avais d'autres priorités… D'autres cibles de choix dans ton viseur, autrement plus intéressantes qu'un petit prof de collège…

Aussitôt, je virai à l'écarlate, et Miles intervint.

— C'est quoi ton problème, mec ?

Michael resta coi quelques secondes.

— Vous, mêlez-vous de vos…

— Rien du tout. Elle a paumé son téléphone et hier, elle m'a remplacé pour accompagner l'ancien shérif pour une affaire urgente qui touche à *notre travail.* Je lui ai dit de zapper le *Keowe Chronicles* parce que j'y avais déjà fait un tour, OK ?

— Ça n'empêche que…

Miles lui décocha un regard noir.

— T'as quel âge ?

Michael fut désarçonné.

— Trente-cinq ans… Pourquoi ?

— Et à trente-cinq ans, c'est ton premier râteau ? Tu vas me dire que t'es puceau, aussi ? Allez, fous le camp d'ici.

Il chassa Michael d'un revers de main comme s'il n'était qu'un moucheron.

— Et va donc t'occuper de ta régulière au lieu de te jeter sur la première venue.

Le teint de Michael devint verdâtre, il voulut dire quelque chose et partit sans demander son reste.

Mme Park le suivit des yeux.

— C'est le petit ami de Maggie.

Je la dévisageai.

— La nièce d'Ann Schulberg ?

Elle acquiesça, m'observa un instant, et lâcha avec un laconisme tranchant que ces deux femmes n'avaient décidément pas de chance avec leurs hommes.

Un ange passa.

Miles mit un terme au malaise en rugissant qu'il avait une faim de loup.

⋆

Quelques minutes plus tard, nous étions de nouveau seuls, Miles et moi. J'avais encore commandé des pancakes – à moitié cuits, ce matin-là – et lui avait pris une pomme et un bol de céréales enrichies aux fibres pour m'accompagner.

Je le remerciai enfin sans oser le regarder en face. Il s'en étonna.

— Merci pour quoi ?

— Pour Michael…

Il haussa les épaules.

— Oh, ça ? J'ai horreur des trous-du-cul dans son genre.

Je souris avec gêne et continuai à manger. Pourtant, quelques secondes après, je ne pus m'empêcher de revenir sur le sujet.

— Comment est-ce que tu as su pour lui et Maggie ?

— Clinton Holland.

— Quoi, Clinton Holland ?

— Ce petit bonhomme est moins fou qu'il n'y paraît. Il sait tout sur tout le monde à Keowe. C'est impressionnant. Je suis encore tombé sur lui l'autre jour. Il voulait m'aider à retrouver le chemin de l'amour et il m'a payé un café. J'ai écouté ses salades pendant un moment, et puis, l'air de pas y toucher, je lui ai posé des questions sur les Webson, tout ça tout ça…

— Vraiment ? Mais il ne vient pas d'ici.

— Quelle importance ? J'en ai appris une bonne. Figure-toi que…

Il s'interrompit. Méfiant, il jeta un œil autour de nous. Dans la grande salle à manger de l'auberge, les autres résidents déjeunaient sans faire attention à nous. Il se leva et m'invita à faire de même.

— Viens, allons dans ma chambre... Depuis que je suis dans cette ville, j'ai toujours l'impression d'être épié.

J'expédiai mon petit déjeuner en un temps record et je le rejoignis.

Une fois seule avec lui, j'attendis les révélations qu'il m'avait promises.

Il s'installa sur le bureau et commença.

— Alors, voilà. Tu te souviens quand la vieille Lamar a téléphoné à l'auberge, l'autre jour ?

J'acquiesçai.

— Elle a fait dire à Mme Park qu'elle voulait te montrer des photos, n'est-ce pas ?

— Oui... Et en quoi...

Il leva doctement l'index pour me faire taire et désigna un petit carton posé sur le sol à côté de moi.

— Tout est là, fais-toi plaisir.

Je pris le carton sur les genoux et l'ouvris.

Dans cette boîte étaient entassés des albums de photos : tous les souvenirs de famille des Webson classés chronologiquement.

Miles alla fumer sur le balcon pendant que j'ouvrais les albums un par un. Ce genre d'objet semblait remonter à un autre âge depuis l'avènement du numérique. Moi-même, je conservais toutes les photos de Grand-pa, de Jennifer et de Stewart dans mon ordinateur. Je n'avais jamais eu besoin d'apporter une pellicule à développer chez un professionnel.

Miles m'interrogea d'un regard.

— Tu savais que Webson était un passionné de photographie ?

— Non. Esther n'a pas eu le temps de m'en parler…

— J'ai appris qu'il avait son propre studio amateur au manoir. Il était tout ado quand il s'est pris de passion pour la photo. Presque tous les clichés qu'il y a là sont de lui…

Je tournai les pages, lourdes et rigides, mes doigts accrochant la feuille de plastique amovible qui recouvrait les clichés. La famille Webson prenait naissance entre mes mains : M. et Mme Webson, jeunes mariés, avec leurs familles respectives, des hommes et des femmes d'âge mûr qui vieillissaient à mesure qu'on avançait dans l'album. Les cheveux blanchissaient, les corps chenus semblaient se courber sous le poids d'un monde qu'ils n'avaient eu aucun mal à porter jusqu'alors – et ils disparaissaient.

Cela continuait sur des pages et des pages où chaque événement concernant la famille était consigné : mariage, baptême, fiançailles, départ en retraite, retour de la guerre du Vietnam pour les jeunes hommes – deux fois le cliché d'un cercueil enveloppé du drapeau américain me serra le cœur – puis il y eut la naissance de Rose. La petite fille bénéficia d'un album de naissance très fourni. Sous chaque cliché figuraient une description de l'événement dont il était question, ainsi que la date à laquelle il avait eu lieu.

Je ne voyais pas où Miles voulait en venir lorsque mes yeux tombèrent sur une photo qui me glaça le sang. Elle représentait un bébé mort allongé dans un petit cercueil. Au-dessous, la légende précisait qu'il s'agissait de Tobias Webson, âgé de quelques semaines.

Sur le balcon, Miles m'observait.

— La seule photo disponible de Tobias Webson, très chère…

— Je… Je ne comprends pas ce que ça veut dire.

— C'est glauque, hein ? Photographier un macchabée, un gosse par-dessus le marché. C'est une habitude qui a longtemps perduré chez les aristos, il paraît.

— Alors… Ça veut dire que le Dr Keene avait raison : Toby Webson était mort le soir où il a rendu visite aux Webson… Esther savait tout ! Elle a caché ça durant toutes ces années !

Il secoua la tête avec une moue de dégoût qui ne s'adressait pas à moi.

— Et c'est pas fini. Continue. Tu comprendras.

Il semblait à ce point écœuré que cela m'inquiétait. Que pouvais-je trouver de pire que la photo d'un bébé mort dans ces maudits albums ?

Je tournai les pages avec fébrilité. Presque tout gravitait autour de Rose, au départ. Elle avait été une petite fille choyée par ses parents comme peu d'enfants le sont sur terre. Elle semblait heureuse jusqu'au moment où son expression se figea sur chaque cliché à partir d'une date précise, quelques semaines après la mort de son petit frère. Ses yeux ne brillaient plus. Quelque chose avait effacé son sourire de façon irrémédiable et je me demandai bien quoi. J'eus la réponse dès que je tournai la page suivante.

Je ne pus retenir un cri : sur une photo figurait la petite Rose, une détresse indicible dans le regard. Dans ses bras, un nourrisson. Sous la photo, l'inscription suivante : *Rose et son petit frère Tobias.* Le bébé potelé levait ses minuscules menottes en direction de la fillette qui semblait au comble de la terreur.

Comme si les pages de l'album me brûlaient les mains, je le reposai vivement sans vouloir aller plus loin dans l'exploration de la folie qui en émanait.

Je fixai Miles, atterrée.

— Qu'est-ce que c'est que ça ? À quoi ça rime, cette mascarade ?

J'eus un haut-le-cœur puis fus traversée par un frisson d'horreur. Miles gardait le silence.

— Tu crois que ces histoires de diable avec Delerth… ?

Il ne put retenir un rire moqueur.

— Non, ma grande, je crois que les choses sont plus simples que ça… Ils l'ont remplacé.

— Quoi ? Comment ça, « remplacé » ?

Il finit sa cigarette et rentra dans la chambre. Il approcha du carton qu'il considéra avec une sorte de dédain mêlé de crainte et se décida à ramasser l'album que je venais presque de jeter à l'intérieur.

— D'une façon ou d'une autre, ils ont remplacé leur Toby par un autre petit garçon qui est venu au monde à peu près au même moment que le premier. Et ce qui est sûr, c'est qu'il ne s'agissait pas de leur enfant à eux…

Il tourna une ou deux pages et trouva la photo qu'il voulait me montrer – y figuraient les quatre membres de la « famille » Webson.

— Tiens, mate un peu la tête qu'ils font, les uns et les autres.

Sur le cliché, la petite Rose semblait enfoncée dans une résignation douloureuse et tenait sur les genoux un bébé qui n'accordait que peu d'intérêt au photographe et préférait désigner du doigt une chose invisible sur la photo. On devinait que ses cheveux blonds commençaient à évoluer vers le brun, et ce qui frappait, c'était l'attitude de ses parents : sur le crâne de l'enfant que la légende de la photo désignait comme étant Toby, M. Webson posait un regard perplexe qui faisait mentir le demi-sourire contraint qu'il affichait. Quant à Mme Webson, elle rayonnait littéralement de bonheur et couvait le petit garçon de ses grands yeux clairs débordants d'amour.

Je compris où Miles voulait en venir.

— Ce bébé n'était pas le fils des Webson, c'est ça ? La question est : comment le prouver ?

— Si on met la main sur Toby – enfin, le deuxième –, on peut toujours faire demander un test ADN.

— Et faire exhumer les Webson ? Aucun juge ne le permettra ! On n'a rien de solide à fournir à part des hypothèses construites sur du sable.

— Mais regarde ! Quelqu'un a enlevé les photos où figurait Toby dans les années qui suivent ! Toutes les autres sont encore là, sauf les siennes ! Et tu sais ce que ça veut dire ?

— Quoi ?

— Quelqu'un savait que tu devais aller chez Esther et qu'elle allait cracher le morceau. Et cette personne a enlevé toutes les photos où on aurait pu le reconnaître.

— C'est complètement fou, je…

Ce fut à cet instant que la question que j'aurais dû lui poser dès le début, bien avant de laisser mes traces de doigts sur toutes les pages, s'imposa à mon esprit.

— Miles, où as-tu trouvé ces albums ?

— Je te l'ai dit, chez Esther Lamar. Je me suis souvenu qu'elle voulait te voir avant de disparaître, qu'elle voulait te montrer des photos. Dire que je pensais qu'elle voulait nous emmerder avec des clichés de nuit où on aurait dû chercher la silhouette de son Toby ! Quel con !

Je vis rouge immédiatement.

— Tu es entré là-bas malgré les scellés ?

— Oui, c'était pas bien difficile et pas d'inquiétude : je les ai remis en place.

Les mains sur la tête, je me laissai tomber sur le lit.

— Miles ! Merde à la fin ! Imagine que ce soient des preuves, finalement. Tu les as littéralement volées sur les lieux d'un crime potentiel !

— Et après ? Les flics n'en ont rien à foutre, d'Esther Lamar ou de Toby Webson ! Tu vois bien que l'enquête n'a pas avancé d'un pouce !

— Ce n'est pas le problème ! Réfléchis un peu. Cette femme, Martha Grindell, elle ne m'aime pas, et il n'y a aucune raison pour qu'elle t'apprécie, toi aussi, alors dès qu'elle aura une occasion de nous mettre des bâtons dans les roues, elle le fera, et tu viens de lui donner une raison en or pour nous coffrer, même pour peu de temps ! Elle va exulter, cette pétasse !

Mes reproches et mes mises en garde glissaient sur Miles comme sur du marbre. Il retourna fumer sur le balcon. Je voyais bien que cette affaire le préoccupait. Même s'il était venu à Keowe avec pour objectif principal de nous emmerder, Hunter et moi, il semblait s'investir réellement dans cette enquête. Il observait l'horizon, et parlait bas, désormais, d'une voix blanche.

— D'où il pouvait venir ce gosse ? Et qu'est-ce qu'il cherche à faire, maintenant ?

Je me levai à mon tour pour en griller une avec lui. Il était plongé dans ses réflexions, n'osait pas dire ce à quoi il pensait – je le fis à sa place, à regret.

— C'est Toby qui a enlevé Esther…

— Et qui d'autre sinon lui ?

— Je ne sais pas, c'est étrange… Pourquoi ne pas l'avoir enlevée dès le départ, dans ce cas ?

— Peut-être qu'il n'en a pas eu le temps la première fois ? Ou bien elle a fini par lui parler de la femme qu'il cherchait… Elle t'avait dit quoi, Lamar, à ce propos ?

— Qu'il cherchait une femme en gris…

— Et elle n'avait aucune idée de ce qu'il voulait dire par là ?

— C'est ce qu'elle a affirmé. Et je ne l'ai pas crue. Elle cachait quelque chose, et c'est sûrement pour ça qu'elle a disparu.

Un moment passa, tout en lenteur. Il dura le temps de finir nos cigarettes. Miles se tourna soudain vers moi.

— Qu'est-ce que tu fous là, Jessie ?

— Qu'est-ce que tu veux dire ?

— Me prends pas pour un con...

Il n'était pas en colère, juste très las. Je savais où il voulait en venir, mais j'étais incapable d'expliquer de façon rationnelle ce qui m'avait amenée à Keowe pour reprendre l'affaire Webson.

— Je ne sais pas ce que je fais là... J'ai cru savoir, mais...

Je n'achevai pas ma phrase. Il ne me quittait pas des yeux, finit par se détourner et n'ajouta rien.

Je ne supportais plus de me trouver ici, et je quittai sa chambre sans un mot. En partant, je jetai un œil distrait sur le carton d'albums posé sur le sol. L'image du bébé mort était partout où mon regard se posait, en surimpression. Un bébé mort ressuscité par la folie. Une folie restée trente ans en sommeil et qui réclamait désormais de nouvelles victimes.

J'allais partir quand Miles m'interpella.

— Jessie...

— Oui ?

— Fais attention aux personnes que tu croises... Peut-être que toi ou moi, on a parlé à des gens plus ou moins bien intentionnés. On doit être plus discrets et plus prudents. On a fait des pas de géant, sois-en consciente. On est dans le brouillard, c'est vrai, et pourtant on avance. Il y a forcément quelqu'un à qui ça ne plaît pas…

Son visage était grave – inquiet. Je ne répondis rien et le quittai pour de bon.

Une fois dans ma chambre, je nourris Miss Muriel et lui donnai de l'eau. Pendant qu'elle se rassasiait, une envie était née au creux de ma poitrine. C'était comme le caprice d'une petite fille riche ; très vite, plus rien ne put me détourner de cette idée.

Je voulais voir Clyde. Maintenant. Sentir ses bras sur mes épaules. Sentir ses lèvres sur ma peau.

Puis je me demandai : les choses se seraient-elles passées autrement s'il n'avait pas bu ? S'il n'avait pas tutoyé le désespoir au point de ne même plus oser prononcer le mot demain ?

Il n'y avait pas de réponse.

Je m'installai au bureau pour travailler, et penser à autre chose. Mes notes étaient devenues substantielles en une seule semaine, et je devais faire le tri, tout relire et organiser afin d'espérer y voir plus clair.

Au bout d'une vingtaine de minutes, quelque chose me frappa : au fil des pages, un prénom revenait, auquel je n'avais pas prêté attention.

Stan.

Esther avait évoqué cet homme avec moi – à propos de Connor, me semblait-il. Et le Dr Keene aussi l'avait mentionné. Quelqu'un d'autre en avait parlé – j'oubliais qui. Je tournai les pages, persuadée que ce nom apparaissait encore quelque part, mais deux scènes émergèrent soudain des tréfonds de ma mémoire : c'était le soir de la disparition d'Esther, au moment de l'échange tendu entre Clyde et Martha au sujet de Connor, et, le lendemain, lorsque ce dernier m'avait plus ou moins agressée et que Lucas était intervenu.

Comment avais-je pu passer à côté de ça ?

Je saisis mes notes et retournai en quatrième vitesse dans la chambre de Miles. Celui-ci visionnait les vidéos qu'il avait tournées ces derniers jours à Keowe. Il accueillit mon retour rapide avec curiosité.

— Qu'est-ce qui se passe ?

— Il y a un nom qui revient sans arrêt dans mes notes et je voulais savoir si tu en avais déjà entendu parler.

Il se tourna vers moi.

— Demande toujours…

— C'est à propos d'un certain Stan.

Il leva les yeux au ciel.

— Bien sûr que je t'en ai parlé : c'était une sorte de clodo sourd-muet qui vivait dans les bois. On l'a retrouvé pendu près de sa cabane. C'était avant qu'on arrive… Pourquoi ?

— Il faudrait qu'on sache exactement à quelle date il a été retrouvé mort, alors…

Miles eut un sourire amusé.

— J'en connais une qui a une piste.

— Une piste, je ne sais pas. Un élément de plus dans tout ce bordel, en tout cas…

⋆

Afin d'en apprendre plus sur ce mystérieux Stan, Miles et moi nous tournâmes tout naturellement vers Mme Park. Même si cette dernière ne m'adressait plus la parole que contrainte et forcée, elle ne put résister à l'idée que nous avions besoin d'elle, surtout moi. Elle nous confirma que Stan avait été retrouvé mort il y avait trois mois et nous en profitâmes pour lui soutirer un maximum d'informations. Je laissai Miles prendre les commandes de l'interrogatoire, et Mme Park nous offrit une moue chagrine à l'évocation de ces tristes souvenirs.

— Stanley, Stanley… C'était quelqu'un que tout le monde connaissait à Keowe. Un pauvre diable, probablement un peu attardé, et malgré tout très attachant…

— On a cru comprendre qu'il était sourd et muet.

— Oui, et il l'était de naissance, le pauvre. Il traînait avec des gens pas très recommandables, mais en fin de compte, il était comme un enfant. Je n'en suis toujours pas revenue qu'il se soit suicidé…

Elle écrasa une petite larme. Son émotion semblait sincère.

— Qu'est-ce que vous entendez par « des gens pas très recommandables » ?

— Ce voyou de Gary, et puis son fils Connor. Sans parler de ce Hickman…

C'était la deuxième fois qu'on évoquait mon père dans des termes peu flatteurs. Je ne pus m'empêcher d'intervenir.

— Hickman, vous dites ?

Elle grimaça de dégoût.

— Un drogué. Il a même fait un enfant à une jeune femme qu'il avait entraînée dans son vice. Pauvre gosse ! Il a bien essayé de se refaire une virginité à la fin, et il est mort, comme elle. Puisse le Seigneur avoir pitié de leurs âmes.

Elle se signa.

Je me souvins alors de cette image pathétique et déchirante de papa le jour où Grand-pa l'avait refoulé. La façon dont la détresse s'était peinte sur son visage de mort vivant mieux coiffé et habillé qu'il ne l'avait jamais été dans toute sa vie. Miles poursuivit.

— Et est-ce que ce Stan avait un rapport avec les Webson de près ou de loin ?

— Oui, en effet. Dans les deux ou trois dernières années avant la mort des Webson, Stan a travaillé pour eux. M. Webson l'avait pris en pitié, paraît-il, à cause de son handicap. Peuh ! Vous voulez mon avis sur ses vraies motivations ?

Miles acquiesça doucement avec un air de conspirateur qui ravit Mme Park.

— Je crois qu'il l'a embauché pour être sûr que Stan n'entende rien des cérémonies impies auxquelles lui et sa femme se livraient sous la férule de Delerth... Comme ça, leur secret était bien gardé.

Elle hocha la tête avec conviction. Je déglutis, et Miles demeura imperturbable.

— Et vous savez en quoi consistait son rôle au manoir ? Combien de temps il y est resté ?

— Non. Je suis navrée.

Il lui prit la main affectueusement.

— Ce n'est pas grave. Merci, madame Park. Vous nous avez aidés plus que vous ne le pensez.

— Je suis heureuse de contribuer au dur et long combat que vous menez pour faire triompher la vérité.

Sur ces paroles magnifiques, Mme Park nous salua gravement. Au lieu de retourner à nos chambres, Miles proposa d'aller au poste de police pour rendre une visite à Martha Grindell. Ça ne m'enchantait guère.

— Tu tiens vraiment à voir cette mégère ?

— Oui. C'est quand même la nièce de Lamar et elle peut en savoir plus sur ce type, Stan.

— Alors, c'est un mal nécessaire ?

— Oui, en gros, c'est ça…

Il faisait déjà une chaleur étouffante, et Miles n'avait pas l'intention de se rendre à pied au poste de police.

— Prenons ma voiture, mes vêtements sont trop clairs pour que je me permette d'arriver là-bas dégoulinant de sueur…

— Comme il vous plaira, jeune homme.

En vérité, j'étais soulagée à l'idée de ne pas prendre le risque de croiser Clyde dans les rues de Keowe.

Miles s'installa au volant et se mit à chuchoter.

— Vers midi, on pourra manger *Chez Will* au lieu de rentrer à l'auberge. Mme Park est sympa, mais elle abuse un peu trop du piment pour mon estomac, c'en devient…

Il ne finit pas sa phrase. Il avait mis la clef sur le contact et, au moment de la tourner, rien ne se produisit.

Il maugréa quelques jurons, recommença plusieurs fois de suite en pestant de plus en plus fort, et en des termes de moins en moins avouables. Je détachai ma ceinture.

— Laisse tomber, prenons la mienne.

— Fils de pute de mes couilles ! Je l'ai fait réviser le mois dernier.

En rage, il sortit de la voiture et claqua la portière avec violence.

Il continuait à marmonner toutes sortes de malédictions quand il s'installa à mes côtés dans ma voiture. Je tentai de le consoler.

— Ne t'en fais pas, je suis sûre que ce n'est rien.

Dans la seconde qui suivit, je regrettai mes paroles : impossible de démarrer. Cela eut pour effet de nous plonger tous les deux dans un mutisme consterné. Je m'acharnai sur la clef, et cette fois, ce fut au tour de Miles de me ramener à la raison : il posa la main sur mon avant-bras et s'exprima d'une voix blanche.

— On a saboté nos bagnoles.

J'aurais voulu répondre que non, personne n'aurait fait une chose pareille – nos véhicules étaient pourtant tous les deux en panne. Je perdis pied.

— Que… Qu'est-ce que ça veut dire ?

Il ne répondit pas, et je demeurai figée avec lui dans la stupeur.

*

Martha Grindell affichait une moue perplexe. Un officier qui s'y connaissait un peu en mécanique jeta un œil aux deux voitures et son verdict fut sans appel : c'était bel et bien du sabotage, et les réparations coûteraient une petite fortune. Miles leva les bras au ciel.

— Cette ville est diabolique ! C'est l'enfer sur terre !

Martha observait les voitures mortes, sceptique.

— Qui diable avez-vous foutu en rogne pour en arriver là ?

Ma réponse fusa.

— Quelqu'un qui a peur des progrès de notre enquête.

Elle me regarda dans les yeux. Je m'attendais à ce qu'elle m'adressât un sourire sarcastique ; elle resta de marbre – voire un peu perplexe. J'insistai.

— On ne me ferait pas ça uniquement parce qu'on ne m'aime pas.

Elle pouffa sans joie.

— Vous n'imaginez pas ce que j'ai vu dans ma carrière de flic, *uniquement parce qu'une personne n'en aimait pas une autre*. Et beaucoup de gens ici croiraient avoir de bonnes raisons de vous faire ça.

Je rougis légèrement et elle poursuivit.

— Là, c'est différent. Votre collègue et vous êtes ciblés et c'est fait de façon très professionnelle, de toute évidence. Je n'ai qu'un conseil à vous donner : faites attention à vous. Tous les deux. Et n'oubliez pas de porter plainte.

Elle était étonnamment prévenante, en dépit une forme d'hostilité encore palpable à mon encontre, et surtout vis-à-vis de mon travail. Elle semblait ailleurs, et je lui demandai si l'enquête sur la disparition d'Esther progressait. Elle déglutit et se contraignit à garder un ton professionnel.

— Non. C'est le flou total. On n'a aucun indice.

— Et vous persistez à croire que ça n'a aucun rapport avec l'affaire Toby Webson ?

Elle se contenta de secouer la tête sans hésitation.

— Trop romanesque.

Je pensai à tout ce que nous avions découvert, Miles et moi, et surtout ces vieilles photos qui prouvaient que le véritable Toby Webson était bien mort. D'un seul coup, je me souvins de ce mystérieux Stan. Je profitai de la présence de Martha et de sa relative bienveillance à mon égard pour l'interroger à ce sujet.

— Encore une question... Miles et moi avons entendu parler plus d'une fois d'un certain Stan qui a été retrouvé mort il y a quelques mois de ça... Il avait connu les Webson, je crois ?

— Oui. M. Webson l'a fait travailler un peu au manoir. Stan était sourd-muet et il accusait un léger retard mental. Mais c'était un type qui savait se débrouiller de ses dix doigts, je vous assure, alors il l'utilisait plus ou moins comme homme à tout faire : réparer la plomberie, la chaudière, l'électricité... Ça faisait un peu d'argent pour Stan et de grosses économies pour Webson. Croyez-moi, s'il avait dû faire appel à un type différent pour chacun de ces boulots, il aurait dépensé dix ou vingt fois plus. Pourquoi vous vous intéressez à ce pauvre Stan ?

— Il ne vous est pas venu à l'esprit qu'il aurait pu avoir un lien avec la tuerie du manoir ?

Elle eut un sourire dépité.

— Quand vous avez une idée dans le crâne, vous ne l'avez pas ailleurs, hein ? D'une part, cette enquête était le boulot de mon prédécesseur, et je n'ai aucune raison de le remettre en question ; d'autre part, il n'y a jamais eu l'ombre d'un doute : la tuerie Webson est un drame familial qui a fini dans le sang. Un membre de la famille a tué les autres avant de se suicider. C'est triste et froid comme un rapport d'autopsie, mais c'est comme ça.

Nous restâmes un instant l'une à côté de l'autre à regarder les voitures. Miles discutait avec l'officier qui accompagnait Martha. Elle m'adressa un signe de tête encourageant.

— Je retourne au poste. N'oubliez pas de porter plainte. Et bon courage pour votre bouquin.

— Bon courage pour l'enquête sur Esther.

Elle me tournait déjà le dos et ne releva pas. Son officier lui emboîta le pas et je me retrouvai seule avec Miles et Miss Muriel qui haletait à mes pieds sous le soleil de plomb. Miles vint vers moi.

— On fait quoi, maintenant ?

— On va à la bibliothèque et on épluche les archives, sérieusement, cette fois.

— Je sens qu'on va bien rigoler.

⋆

Les jours suivants furent tout entiers occupés par un travail minutieux à la bibliothèque. L'établissement possédait tous les numéros du *Keowe Chronicles* sur les cinquante dernières années – et aucun n'avait jamais été numérisé. Miles était surexcité et trouvait cela « cool » au possible.

— Sans déconner ! On se croirait dans *Perry Mason*... Ou non, plutôt *Seven*, dans la scène où Morgan Freeman passe une nuit à lire et à faire des photocopies.

Naturellement, Miles en eut marre au bout d'une heure, et il se plaignit d'avoir mal au dos et aux épaules à la fin de la première journée. Nos recherches n'eurent très vite plus une once de coolitude à son goût.

Nous étudiâmes les journaux depuis l'année de la naissance de Tobias Webson pour avancer doucement jusqu'à nos jours. Je fus déçue : il ne se passait rien, à Keowe, hormis des peccadilles. Bagarre sur la voie publique, querelle d'amoureux, cambriolage, etc.

Miles s'ennuyait tellement qu'il me lisait parfois à haute voix le feuilleton policier qui paraissait chaque année au cœur de l'été.

Le jeune Jeffrey nous donnait un coup de main. Il était ravi de notre présence à ses côtés dans ce bâtiment sinistre, sombre et poussiéreux.

Je passai la semaine entière à la bibliothèque avec mes deux compères sans rien trouver de concret à me mettre sous la dent. Dans cette grande salle au silence seulement troublé par le bruit des pages qu'on tournait ou des récriminations de Miles envers ce travail ingrat, nous étions coupés du monde extérieur. Dans Keowe, la vie avait suivi son cours. Le vieux Dr Keene était mort paisiblement dans son sommeil et je regrettai presque de ne pas être allée l'interroger une autre fois.

Le dernier jour de nos recherches, Miles ne dissimula pas son amertume.

— Bon, on a bien perdu notre temps à rester ici reclus comme de vulgaires vampires. J'ai l'impression que ça a duré des mois !

Il s'étira et fit craquer les os de son dos.

— Pour fêter ça, je vais passer la nuit chez Jeffrey. Passe une bonne soirée. On se revoit demain.

Je rentrai donc seule et à pied à l'auberge. Il était à peine 17 heures quand j'arrivai et Miss Muriel, dès qu'elle m'entendit, survint en trottinant pour réclamer une caresse. Je lui grattai l'arrière du crâne.

— Oui, ma belle, je vais essayer d'être plus présente maintenant.

Mme Park apparut et me salua d'un sourire pincé en me tendant un morceau de papier.

— Quelqu'un est passé et vous a laissé un message.

Je la remerciai et pris le mot. Dès que je vis la signature, une douce chaleur naquit au creux de ma poitrine et dans mon ventre.

J'ai cru comprendre que tu avais des problèmes de voiture. Je voulais en parler avec toi. Viens au garage dès que tu le peux.
Clyde.

Cette semaine passée à me noyer dans des faits divers depuis longtemps oubliés, les inaugurations de festivals, de foires, les candidatures de jeunes filles du coin au titre de Miss Caroline du Sud, ces heures perdues dans l'écume des jours passés dont le souvenir s'efface plus vite que l'encre des journaux – j'aurais cru que cela m'aiderait à prendre la distance nécessaire vis-à-vis de Clyde. Il n'en était rien. Le désir qui m'avait saisie de le revoir, de toucher simplement sa main, d'entendre les inflexions de sa voix... Tout cela était revenu dès que j'avais lu son nom au bas de ce message anodin.

Sans prendre le temps de remonter à ma chambre, je demandai à Mme Park si elle pouvait nourrir Miss Muriel en attendant mon retour, puis je repartis, sans plus penser à Toby Webson, à Stan, à Esther ni rien de ce qui était censé m'occuper durant mon séjour à Keowe.

Sur le chemin qui menait à la concession de Clyde, je croisai Lucas qui m'offrit son plus beau sourire.

— Jessie ! Je venais justement vous voir ! Je suis prêt à vous ouvrir mes archives ! Le plus long, ç'a été de convaincre Doris !

Il gloussa comme un enfant.

Alors que cette nouvelle aurait dû me transporter de joie, elle passa sur moi sans m'atteindre : j'étais hermétique à tout ce qui n'était pas Clyde. Je remerciai Lucas pour sa rapidité et lui promis de le recontacter très vite.

Il ne remarqua pas que j'étais comme absente à moi-même et se réjouit à l'avance de notre future collaboration, puis il poursuivit son chemin.

J'arrivai aux abords du garage Schulberg, et j'aperçus Clyde qui finalisait une vente. Il était beau et rayonnait comme jamais, loin de l'enfant triste qu'il était l'autre soir quand il pleurait sur Gary, Connor, Esther et sa femme. Sur lui aussi, sans doute, ce que personne n'aurait compris venant d'un homme séduisant, riche et à la tête de la ville qui l'avait vu grandir. Il avait cette petite fêlure à l'âme, à travers laquelle suintait un poison insidieux. C'était peu de chose, rien qu'une goutte de temps à autre, mais ça le détruisait. Tout comme moi.

Face à moi, de l'autre côté du grillage, se tenait le révérend Clinton Holland. Suant sous le soleil, il était raide et massif dans ses habits mal taillés. Je ne parvenais pas à déterminer s'il observait Clyde ou si c'était sur moi qu'il dardait son œil accusateur.

Mon attention se détourna du pasteur estropié lorsque je sentis quelque chose se poser sur mon épaule.

C'était la main flétrie et décharnée d'un vieillard. Mon regard rencontra le sien : il était translucide et bleuâtre comme l'est celui des aveugles, et pourtant, il semblait voir parfaitement. Il avait une barbe broussailleuse et emmêlée, la figure déformée par l'âge et la maladie. Le teint cireux, entre le jaune et le verdâtre, accentuait le parfum de mort qui émanait de son visage émacié dont la peau semblait posée à même le crâne sans qu'une once de chair se trouvât entre les deux. Ses vêtements étaient sales et noirs, comme ceux d'un clochard, un vagabond en errance perpétuelle, et il s'appuyait sur une vieille canne en bois tel un pèlerin des temps anciens sur son antique bâton.

C'était ce fantôme que j'avais aperçu lorsque je m'apprêtais à entrer *Chez Will* avec Clyde. Cette silhouette chenue et fugitive n'était donc pas une hallucination, non plus que sa voix, surgie de profondeurs inconnues.

— Partez. Partez maintenant, et ne revenez pas.

D'un geste vif qui me surprit de la part d'un être en apparence si fragile, il retira sa main de mon épaule. Il se détourna alors de moi et s'éloigna d'un pas à la fois fragile et sûr de lui.

D'instinct, je jetai un œil de l'autre côté du grillage : Clinton Holland avait disparu. Je tournai la tête et constatai qu'il en était de même pour le vieillard échappé d'une toile de Goya.

Je ne compris pas ce qui venait de se produire, et j'avais l'impression d'évoluer dans un rêve. Sans plus me soucier du vieil homme ni de Clinton Holland, je consacrai de nouveau toute mon attention à Clyde.

Il en avait fini avec son client et, à en juger par son air réjoui, l'affaire était conclue.

Nos regards se rencontrèrent, il leva la main dans ma direction avant de hâter le pas pour me rejoindre ; je l'imitai et nous nous arrêtâmes l'un près de l'autre. Son parfum me transportait. Sa voix me galvanisa. J'en perdis l'usage de la parole.

— Je suis si content de te voir, je ne t'ai pas croisée une seule fois de la semaine. Une vraie malédiction !

Je me mis à rire. Lui aussi. Je ne dis rien.

— Comment vas-tu ? J'ai appris pour ta voiture et celle de ton ami, et si vous voulez, je peux vous en prêter une.

Toujours muette, je me contentai de plonger mes yeux dans les siens. Il déglutit, et murmura :

— J'ai tellement pensé à toi…

Aussitôt, il rougit et attendit une réaction de ma part non sans parvenir à dissimuler une légère inquiétude. Je brisai le silence.

— J'ai envie. Maintenant.

*

En retrouvant Miles, le lendemain, je me sentais mieux, même si je pensais à Ann Schulberg.

Avant que nous ne nous quittions, Clyde me dit d'une voix désincarnée qu'elle n'en avait plus que pour deux semaines au maximum. Le médecin était formel. Mais ce n'étaient que des mots auxquels il ne croyait pas. Après coup, je me suis demandé s'il avait eu conscience de les prononcer en ma présence. Cette phrase – *Dans deux semaines, elle sera morte* –, il avait dû la murmurer pour lui seul un nombre incalculable de fois, en rêver, même. Peut-être avait-elle résonné dans les tréfonds de son inconscient lorsqu'il était en moi, et l'écho de ces mots banals, et stupéfiants, se répercutait désormais dans mon esprit. Et je me sentais bien, malgré tout – et j'étais en vie.

Miles remarqua mes traits détendus, mes gestes souples, mon humeur adoucie. Il m'adressa un sourire entendu, pareil à celui qu'offre le témoin d'un forfait au criminel – *Je sais ce que tu as fait et je ne te juge pas : tu es là pour ça.*

Je lui parlai de ma rencontre avec Lucas et lui proposai de m'accompagner chez l'ancien policier. Il accepta. Auparavant, il voulait me montrer quelques-unes des photos qu'il avait prises depuis notre arrivée.

Elles étaient belles, et étranges, comme si elles révélaient une autre Keowe que celle que nous connaissions jusqu'alors. Sur certains clichés, je reconnus Georgia, fière sur son vélo, qui regagnait Eden Woods ; il y avait aussi Will dans son restaurant, en plein débat avec des clients ; Clyde était là, qui bavardait avec un jeune homme. Sur la photo suivante, on me voyait discuter avec Mme Park, un soir, devant l'auberge. J'avais l'air d'être énorme, et cela me scandalisa.

— Je suis grosse comme une baleine, là-dessus ! Efface-moi ça tout de suite !

Il éclata de rire.

— Mais non, mais non ! Ça te motivera pour te remettre au sport et arrêter de t'empiffrer tous les matins au petit déjeuner !

Nous aurions pu rester sur cette note de bonne humeur quand un élément de la photo attira mon attention. J'eus l'impression de passer sous une douche froide. Miles fronça les sourcils.

— Qu'est-ce qui se passe, t'es toute pâle…

— C'est qui, ça ?

— Qui donc ?

— Là.

Je pointai l'écran du doigt.

De l'autre côté du trottoir, on pouvait distinguer une silhouette un peu floue. Quelque chose dans sa pose, dans son attitude me mettait mal à l'aise – et cela d'autant plus que je savais tout au fond de moi de qui il s'agissait.

Miles fit une petite manipulation et, aussitôt, Michael apparut nettement. Il fixait sur moi un regard glacial, presque inhumain, qui me donna la chair de poule.

— Mon Dieu, tu as vu ses yeux ? Il doit vraiment m'en vouloir…

Miles secoua la tête.

— Non, c'est pas logique.

— Comment ça ?

— Cette photo, elle a été prise un ou deux jours après notre arrivée.

— Impossible. Au début, le courant passait très bien, il était tout sourires, avec moi. Là, on dirait qu'il va me bouffer…

Miles désigna quelque chose sur l'écran.

— C'est bien ce que je dis. Regarde, tu as ton portable à la main et tu l'as perdu le mercredi ou le jeudi, je ne sais plus…

C'était vrai. Et à en juger par le grand sourire que m'adressait Mme Park, elle ne me considérait pas encore comme une créature peccamineuse. Je perdais pied.

— Je… Je ne comprends pas…

— Il est flippant, ce mec, je trouve…

Nous restâmes interdits de longues secondes face à l'expression dure et vide de Michael, puis Miles proposa de nous rendre chez l'ancien shérif.

C'est dans un silence de mort que nous allâmes chez les Lucas. Aucun de nous ne semblait prêt à briser ce mutisme lorsqu'une voix à la fois puissante et fluette qui s'élevait au sein d'un tout petit groupe de personnes réunies près du parc principal de la ville attira notre attention. Miles s'esclaffa.

— Ah ! Il ne manquait plus que lui !

— De qui tu parles ?

— Viens, tu vas voir.

Je le suivis et, à mesure que nous approchions des badauds, je vis vers qui se dirigeaient tous les regards – dépités, sarcastiques, conquis. Clinton Holland prêchait en plein air. Possédé, il hurlait en levant son moignon et son petit bras recouvert de poils frisés, révélant de larges auréoles de sueur sur sa chemisette mandarine. Les yeux grands ouverts et la lèvre inférieure secouée par une légère trémulation, il promettait aux habitants une pluie de feu et de soufre sur la ville – comme des centaines d'autres prophètes de malheur l'avaient promis avant lui, en maints endroits du globe et depuis les siècles des siècles.

— Keowe a trop longtemps vécu dans le péché et le secret ! Et aujourd'hui une de nos sœurs en a payé le prix ! Notre chère Esther Lamar qui a tant œuvré pour la population avec désintéressement et amour nous a été enlevée, et nous la regretterons !

Les quelques curieux présents ne pouvaient qu'acquiescer. Athée, agnostique, croyant ou hérétique – chacun éprouvait un chagrin profond à l'idée que la vieille Mme Lamar ne serait peut-être jamais retrouvée en vie.

— Et pourquoi le Seigneur aurait-Il permis une telle chose, mes frères, mes sœurs ? Pourquoi a-t-Il laissé une main criminelle porter atteinte à l'intégrité de notre sœur ? Parce que nous ne la méritions pas ! Parce que chacun ici sait au fond de son cœur qu'il est un pécheur et qu'il a tourné le dos au Seigneur comme il a préféré ignorer les crimes qui avaient eu lieu ici il y a plus de trente ans !

Dans la foule, les derniers sourires ironiques s'effacèrent et un courant d'air glacial dans la fournaise de l'été figea les visages de chacun.

Comme possédé, Clinton Holland s'approcha de chacune des personnes autour de lui pour lui adresser un regard terrible et dénué de charité. Tous ne baissèrent pas les yeux, mais chacun fut ébranlé.

Je ressentis un vague malaise, tout comme Miles, qui serra les dents en se penchant vers moi.

— Il sait quelque chose. Ce fils de pute est forcément au courant d'un truc !

Holland posa la main sur les épaules d'un homme d'une soixantaine d'années que j'avais croisé au snack avec Lucas, abandonna la vocifération pour un ton ému et doux.

— Vous portez tous – *nous portons tous* – une part de responsabilité dans la disparition d'Esther Lamar.

La tête basse, il rejoignit le centre du cercle comme un acteur se place au mieux sous les projecteurs quand soudain il leva à nouveau le bras au ciel en fixant le visage de Dieu, invisible à tout autre que lui qui parlait en Son Nom, puis il explosa d'une voix prophétique.

— Pardonne-leur, Seigneur ! Pardonne-leur d'avoir guidé la main qui a frappé notre sœur Esther et lui a ôté la vie ! Pardonne-leur d'avoir tu les péchés qui ont à jamais souillé les terres infertiles d'Eden Woods et qui ont conduit à un nouveau massacre des Innocents ! Pardonne-leur et dans Ta grande bonté, frappe-les du feu de Ta colère pour leur permettre un jour de trouver place à Tes côtés ! Pardonne aussi la femme adultère, la putain qui guide l'époux infidèle hors des sentiers sacrés du mariage et de sa charge de chef ! Pardonne aussi au sodomite qui salit tout ce qu'il approche par l'abomination de ses péchés et séduit les jeunes garçons innocents ! Oui, Seigneur ! Pardonne-leur et frappe-les de Ta main infaillible pour qu'ils fassent pénitence et retrouvent le chemin de Ta maison ! Frappe Keowe ! Frappe Eden Woods ! Sois la lumière dans les ténèbres qui guidera à la fin le bras qui abattra le Malin aux mille masques menteurs ! Purifie ces terres méphitiques du poison du péché et du secret et bénis Tes enfants en les punissant ! Amen !

Sa chemise était trempée, et son épuisement, patent. Ce discours eut un effet terrible sur une partie de l'auditoire, notamment les personnes les plus âgées ; deux d'entre elles s'étaient signées à la fin du prêche.

Miles et moi étions stupéfaits.

Dans les minutes qui suivirent, Clinton Holland quitta les lieux sans adresser un seul regard à quiconque. Sa silhouette ronde s'éloigna de son habituelle démarche grotesque rythmée par ses mouvements de bras exagérés – l'un fantôme, l'autre bien réel –, le menton haut et plein de morgue.

Miles grommela.

— C'est moi le sodomite qui salope tout ce qu'il touche ?

— Il faut croire…

— Le petit salaud ! Enfin bon, je suis en bonne compagnie avec la putain mangeuse d'hommes…

Il me donna un petit coup de coude complice auquel je ne répondis que par un sourire forcé. Au moment de nous remettre en route, une chose me vint à l'esprit.

— Il y a un truc qui me perturbe.

— Quoi donc ?

— J'ai eu l'impression que Clinton Holland affirmait avec un peu trop de conviction qu'Esther Lamar était morte. Et assassinée, en plus.

— Oui, mais toi aussi, tu penses qu'elle est morte, alors ça ne veut rien dire.

— Non, je ne suis pas d'accord. La façon dont il l'a dit… C'est comme s'il savait exactement ce qui s'est passé.

Je continuai à marcher sans me rendre compte que Miles s'était arrêté. Je crus d'abord qu'il prenait le temps d'allumer une cigarette – il prêtait seulement attention à ce que disaient deux badauds qui s'étaient attardés après le départ du prêcheur. Il me fit signe de m'approcher.

— Qu'est-ce qu'il y a ?

— Écoute-les.

Un homme et une femme discutaient, troublés par le prêche de Holland. L'homme remarqua que nous cherchions à épier leur conversation. Il se renfrogna, dit à son interlocutrice qu'il devait partir et s'éloigna. Alors que cette dernière s'apprêtait à l'imiter, Miles se présenta afin de la retenir.

— Je travaille sur l'affaire Webson, et je n'ai pas pu m'empêcher de remarquer que les mots de Clinton Holland vous ont laissée perplexe…

La femme le regarda, hésitant à lui répondre. Miles n'avait pas la tête d'un habitant du cru et elle semblait n'avoir qu'une confiance modérée en lui. Il tenta un coup de poker.

— Le révérend n'a pourtant pas tort, il y a un peu de laisser-aller à Keowe, moralement parlant. Et beaucoup de secrets ont été conservés pour de basses raisons matérielles, aux dépens de raisons plus hautes…

À ces mots, la femme acquiesça.

— Pour sûr, qu'il y a du laisser-aller, jeune homme ! J'avais à peine vingt ans à l'époque, et on a eu vent de méchantes rumeurs sur ce qui se passait à Eden Woods, au manoir.

Elle hocha la tête d'un air entendu comme si nous comprenions précisément à quoi elle faisait allusion. Miles l'encouragea.

— Dites-m'en plus.

— C'étaient messes noires, orgies et compagnie, là-bas ! Jamais ces gens-là ont respecté la parole et les préceptes de Notre-Seigneur Jésus-Christ ! Ça couchait à droite à gauche et ça enfantait à tout va ! D'ailleurs le révérend Holland l'a bien dit : les liens du sang sont sacrés, et malheur à celui qui défie la volonté de Dieu ! Malheur à celui qui n'accepte pas la mort et souille la mémoire de ceux qu'Il a rappelés à Lui en les remplaçant par d'autres ! Et pitié pour le petit enfant innocent !

Elle se signa après ces bonnes paroles. Miles, pétrifié par les derniers mots de cette femme, tâcha d'en savoir plus sur le sens qu'elle leur donnait.

— Qu'a-t-il voulu dire par là, le révérend ? À quoi faisait-il allusion ?

— Ça, j'en sais rien, mais je trouve quand même que c'est des paroles pleines de bon sens !

Elle s'excusa en nous indiquant qu'elle devait rendre visite à sa mère et Miles et moi reprîmes notre chemin en direction de la maison des Lucas. Il était à la fois consterné et galvanisé.

— À première vue, tout ça a l'air d'être un galimatias sans queue ni tête. Pourtant, après ce qu'on a trouvé dans l'album des Webson, ça ne peut pas être une coïncidence.

— Non. Il sait que le vrai Toby Webson est mort alors qu'il n'était qu'un bébé et qu'on l'a remplacé par un autre. Le problème, c'est : comment est-ce qu'il l'a su ?

— Il est peut-être en contact avec quelqu'un. Ça aurait du sens. Ce type est là depuis moins de dix ans, après tout, et il semble tout savoir sur tout le monde, y compris les misérables secrets des Webson !

— S'il sait vraiment tout, pourquoi est-ce qu'il ne dit pas les choses franchement au lieu de dispenser des prêches nébuleux ?

— Je ne sais pas, c'est un…

Il s'interrompit et donna un coup de menton vers l'autre côté de la rue.

— Tiens donc, regarde qui voilà.

Clinton Holland n'était pas parti bien loin : à un carrefour, il venait de retrouver Michael avec qui il avait une discussion animée. Dès qu'ils eurent fini, Michael lui donna une tape amicale sur l'épaule et le quitta. Il tourna la tête dans notre direction, nous aperçut et nous adressa un sourire narquois avant de disparaître. Je frémis.

— J'ai de plus en plus de mal avec ce type.

Miles ne répondit pas. Il était figé au beau milieu du trottoir, comme foudroyé.

— Qu'est-ce qui se passe ?

— Et si c'était lui ?

— Lui quoi ?

— Et si c'était lui… Si Michael était Toby Webson ?

⋆

Assis sur un banc, chacun de nous fumait une cigarette. Très excité, Miles essayait de faire le bilan de ce que nous savions à propos du professeur de géographie qui n'était pas à Keowe depuis très longtemps et il me bombardait de questions.

— Bon, qu'est-ce que tu sais de lui ?

— Presque rien. Seulement qu'il a quitté son État d'origine après son divorce et qu'il est venu s'installer récemment à Keowe, c'est tout. J'ai aussi cru comprendre qu'il était devenu plus ou moins ami avec Clinton Holland parce que leurs appartements respectifs se trouvent tous les deux dans la même maison. C'est Clyde qui m'a dit ça.

Miles remarqua que j'appelais M. le maire par son prénom, et il arbora un sourire amusé. Je repris la parole en vitesse.

— En fait, c'est avec Holland qu'il faudrait discuter pour en savoir un peu plus. Le truc, c'est que j'ai l'impression qu'il est comme... subjugué par Michael.

— Si c'est bien le cas, tu peux être certaine que Michael l'a monté contre nous. La seule qui pourrait nous aider, c'est Esther Lamar et elle n'est plus là... Quand tu as discuté avec elle, elle ne t'a jamais décrit Toby Webson ?

— Non, elle a seulement dit qu'elle n'avait aucun doute sur son identité et qu'elle l'avait reconnu tout de suite.

La cigarette aux lèvres et les yeux dans le vague, Miles donna un coup de poing dans la paume de sa main gauche.

— C'est cette femme en gris, la clef. Je suis sûr qu'on brûle...

— Il faut qu'on rassemble plus d'éléments, les photos qui manquent dans les albums pour trouver une ressemblance, par exemple. Celles qu'on possède ne valent rien. Toby n'était qu'un bébé dessus, et il pourrait ressembler à n'importe qui. Sur celles où il a quatre ans, on aurait des chances de voir si c'est bien Michael.

— On doit absolument enquêter sur lui, et la femme en gris. Sur Esther Lamar aussi. Son rôle dans cette histoire me paraît de plus en plus flou.

Je n'osai pas lui répondre. Quelque chose me touchait au plus profond chez cette femme. Supposer qu'elle eût fait preuve de duplicité me consternait. Et puis une image me hantait : c'était la mine terrible qu'elle affichait le jour où je l'avais vue au volant de sa vieille voiture. Jamais je n'avais vu un visage à ce point bouleversé par l'angoisse. Qu'avait-elle prévu de faire ? Qui voulait-elle voir avant de décider de me raconter tout ce qu'elle savait ?

Miles se leva d'un bond.

— Tu sais quoi ? Tu vas aller toute seule chez Richard Lucas et tu vas lui demander le plus de trucs possible concernant Esther Lamar et les femmes qui ont pu côtoyer les Webson, tout en restant prudente dans ta façon d'amener les choses, bien sûr. On finira peut-être par dégoter la femme en gris. Moi, je vais fouiner autant que je peux pour trouver des informations sur Michael. On fera un premier point ce soir, à l'auberge. Ça te va ? En attendant, pas un mot de tout ça à qui que ce soit. On ne sait pas sur qui on peut compter ou non, puisque tout le monde à part nous peut avoir trempé dans cette histoire, dans cette ville de fous furieux.

— OK. Comment tu vas faire pour te renseigner sur Michael en toute discrétion, alors ?

— Pas de souci, j'ai mes réseaux…

Sur quoi il me fit un clin d'œil et s'éloigna. Quant à moi, je repris la route en direction de chez Lucas.

Il vivait dans une petite maison située non loin du siège du comté. À ses côtés se trouvait son épouse, Doris. Quand j'arrivai, elle accueillit avec une politesse glaciale le cortège de mauvais souvenirs que je traînais chez elle avec moi. Discrètement, Lucas m'adressa une grimace d'excuse pour la cordialité minimale de sa femme. Celle-ci proposa de nous faire du café. J'acceptai, puis Lucas me conduisit à son bureau tout en engageant la conversation.

— Vous ne deviez pas venir avec votre collègue ?

— Non. Nous préférons nous partager le travail en bonne intelligence.

— Vous faites bien. Si j'avais eu un collègue pour m'épauler, toutes ces années, j'aurais peut-être avancé et moins tourné en rond. Seul, on s'entête à suivre les fausses pistes…

Il me fit entrer dans son bureau.

« Bureau » était d'ailleurs un bien grand mot. Il s'agissait d'un espace aménagé dans son grenier où il avait pu organiser à sa guise ses recherches sur ce qui avait eu lieu à Eden Woods. C'était impressionnant : jusqu'alors, j'avais cru que ce genre de salle d'enquête improvisée n'existait que dans les films, et ce que j'avais sous les yeux en était presque effrayant. Il y avait là deux tableaux blancs recouverts d'une écriture fine de quatre feutres de couleurs différentes et, accrochés au mur, d'immenses panneaux de liège sur lesquels étaient punaisés des articles de journaux, des cartes, des notes manuscrites ou des documents imprimés venant probablement du Net, annotés minutieusement. Tout cela m'apprit que l'écriture de Lucas n'était pas celle du correspondant de Grand-pa, et j'en fus presque déçue – je commençais à croire que cette personne resterait un mystère pour toujours.

Contre le mur en brique situé au nord, une armoire métallique aux innombrables tiroirs et dans ce monstre vert-de-gris, des milliers d'archives dont, je n'en doutais pas, aucune n'avait été épargnée par la folie classificatrice de Lucas.

Au milieu de la pièce, juste sous l'ampoule qui éclairait à elle seule l'antre du détective vieillissant, un bureau spacieux dont le plateau disparaissait entièrement sous des papiers annotés et surlignés en partie.

Je me rendis compte que Lucas, à mes côtés, attendait une réaction de ma part. Je me forçai à lui sourire.

— C'est dingue.

— C'est beaucoup d'années de ma vie, et ça n'a jamais plu à Doris, tout ça. La fois où j'ai cru abandonner pour de bon, elle m'a demandé de tout bazarder pour faire de la place. J'ai dit oui, et j'ai reporté au lendemain. Au bout de plusieurs mois, aucun de nous deux n'a plus pensé à tout ça. Sauf que j'ai dû garder dans un coin de mon cerveau que je finirais par replonger là-dedans. Et Doris aussi s'en est toujours doutée... Vous l'auriez vue quand je lui ai dit qu'une nouvelle piste venait d'apparaître dans le dossier ! Elle a boudé toute la semaine avant de donner son feu vert en prenant soin de préciser : « Richard Lucas, dès que tout ça sera fini, je mettrai le feu à ce tas de merde personnellement même si je dois t'assommer avant ! » Et vous savez quoi ? Elle blaguait pas.

Je le croyais volontiers, et il reprit.

— Tout ça, ce sont les progrès de mes recherches au moment où j'ai laissé tomber. J'ai tout écrit ici la nuit dernière en vue de notre première séance de travail.

— C'est incroyable ! Vous avez dû y passer des heures !

— C'est vrai, oui. J'étais tellement sur les nerfs à l'idée que tout n'était pas perdu dans cette affaire que j'ai été comme possédé depuis quelques jours... Jessie, vraiment, vous n'imaginez pas à quel point ça me tient à cœur.

J'avançai près du bureau recouvert de paperasse : tant d'années et de documents consacrés à la famille Webson – et il avait échoué. Comment Miles et moi pouvions avoir l'arrogance de penser tout résoudre en quelques semaines ?

— Vous êtes donc persuadé de l'innocence de M. Webson ?

— Il n'aurait jamais fait ça.

Une réponse cinglante, presque provocatrice. Il me regardait désormais droit dans les yeux, et sa voix ne tremblait pas.

— C'était un homme bien, et il avait les armes en horreur… C'est tout de même rare pour quelqu'un de chez nous. Et soudain il se serait procuré un fusil pour faire feu sur tout le monde ? Conneries !

— Vous voulez dire qu'il n'avait pas d'arme chez lui ?

— Non, aucune arme enregistrée à son nom. C'est pour ça que ce fusil tombé du ciel, ça ne colle pas. S'il avait possédé des armes à feu, j'aurais toujours eu du mal à croire qu'il ait pu faire ça, mais je me serais fait une raison. Ça aurait pu être un coup de folie ou autre. Là, non. Trop prémédité.

Il était si catégorique que j'envisageai d'abonder en son sens. Une question, pourtant, me brûlait les lèvres.

— Vous le connaissiez, n'est-ce pas ?

Il rougit, se détourna de moi sans répondre.

— Monsieur Lucas, vous connaissiez M. Webson.

— Oui.

— Personnellement ?

Il commença à faire les cent pas dans la pièce, fit mine d'étudier les différentes photos prises de la famille Webson. Je crus un instant qu'il allait pleurer.

— Je l'ai connu tout môme. Et adolescent. J'avais été proche de sa mère, Fiona. C'était avant que je rencontre Doris. Son père aussi, je l'ai un peu connu. Alfred. C'était un type bourru et droit.

Il ne se prenait pas pour ce qu'il était, en fait. Il était resté simple, même si c'était un Webson… Un homme d'honneur, à l'ancienne.

Il prit une chaise et s'assit au bureau. Il massa ses paupières dans un geste de lassitude extrême puis passa la main dans les quelques cheveux qui lui restaient.

— Franklin… Enfin, M. Webson, je veux dire… C'était le petit prince de la maison. La chose à laquelle ses parents tenaient le plus. Quand il était encore adolescent, son père est mort dans un accident. C'était pendant une visite à l'usine : une machine à côté de laquelle il passait avec un contremaître a explosé. Ça lui a arraché la moitié du crâne alors que le type qui était avec lui a juste eu une plaie à la joue. Un choc terrible. Tout le monde à Keowe pensait que Fiona allait vendre la boîte. On n'imaginait pas une femme reprendre une affaire pareille toute seule à l'époque. Même la sœur d'Alfred le lui avait conseillé. Et tant qu'elle y était, qu'elle vende aussi le domaine pour prendre un nouveau départ ! De toute façon, elle n'aurait pas les moyens de conserver son train de vie une fois l'usine vendue. C'était tout ce qu'il ne fallait pas dire à Fiona. Elle était têtue comme trente-six bourriques ! Elle a décidé de mener la barque toute seule et de former Franklin dans le but qu'il prenne la relève le moment venu. C'est à partir de là qu'elle a décidé de le faire scolariser à domicile avec des professeurs particuliers. C'est pour ça que le même manège a recommencé avec la fille de Franklin, Rose, dès qu'elle a été en âge d'aller à l'école.

Quelqu'un frappa à la porte. Doris apportait le café. Elle vit les tableaux et les montagnes de documents, fit une grimace de dégoût et ravala sa salive bruyamment. Elle servit le café puis partit sans prononcer un mot. Tout le temps qu'elle avait été là, Lucas l'avait observée avec une tendresse attristée. Il s'en voulait de lui causer autant de souci, mais c'était plus fort que lui. Son obsession était la plus exigeante des maîtresses.

Je bus un peu de café pendant que Lucas rêvassait en survolant quelques documents. Je le relançai.

— Je suppose que la mère de Webson a su mener son affaire d'une main de maître.

— Oh que oui ! Cette sacrée Fiona ! Et tous ceux qui attendaient sa chute en ont été pour leurs frais. À cette époque, j'essayais d'être aussi présent que possible pour l'aider. J'ai noué une relation très forte avec Franklin, je pense qu'il m'aimait bien. Un jour, il devait avoir vingt et un ou vingt-deux ans, il m'a appelé, en larmes : Fiona était morte dans son bureau. Crise cardiaque. Elle avait trop donné à cette putain d'usine. Tout le monde a commencé à dire que cette famille était maudite, qu'après avoir connu l'opulence et la gloire, la roue était en train de tourner. Croyez-moi, le plus sceptique des sceptiques finit par croire à ce genre de conneries. C'est peut-être pour ça que Franklin s'est braqué quand on lui a fait le même coup qu'à sa mère. « Vends tout ! Débarrasse-toi du manoir, de tout ! Le mauvais œil est ici ! » Et comme Fiona, il n'a rien fait de ces conseils, au contraire. Il n'a plus eu qu'une obsession : faire perdurer le nom des Webson. Il a repris les choses en main à son tour, a épousé une fille qu'il avait connue au lycée au temps où il n'était pas encore scolarisé à domicile. Linda, elle s'appelait. Belle, et gentille, et une bonne mère aussi. Esther aurait pu vous le dire. Le problème, c'est que Franklin avait développé une anxiété maladive à l'idée de s'éloigner du manoir. Pas une seule fois il n'a mis les pieds en dehors du domaine les dernières années de sa vie, vous vous rendez compte ?

Ce dont je prenais conscience, c'est que plus il avançait dans son histoire, plus j'étais persuadée que Franklin Webson avait bien trucidé sa famille avant de se loger une balle dans le crâne. Les paroles de Martha Grindell revinrent à ma mémoire : *Ce n'est qu'un drame familial et rien d'autre. Un membre de la famille qui a tué les siens avant de se suicider.* Je n'en dis rien, et préférai me concentrer sur ce que Lucas avait à me dire.

— Vous avez dû avoir des suspects dans votre ligne de mire, je suppose ?

— Rien de sérieux, à part une piste qui s'est presque éteinte d'elle-même… Attendez une seconde.

Il quitta la table après avoir mis ses lunettes et se dirigea vers une armoire métallique. Il farfouilla quelques minutes dans plusieurs tiroirs et commençait à s'agacer quand il poussa un petit cri de victoire.

— Ah ! Le voilà !

Il ouvrit le dossier qu'il avait extrait du tiroir.

— C'était une petite frappe nommée Robert Hickman. Mon dossier le plus solide. Bon, il est mort à la fin des années quatre-vingt. C'était un junkie, et il avait chopé le SIDA.

J'eus le plus grand mal à conserver mon sang-froid au moment où Lucas prononça le nom de mon père. Il ne vit rien, ne leva pas les yeux de ses documents, et continua à les commenter à haute voix.

— J'ai réussi à prouver que Hickman traînait du côté du manoir après que Stan était entré au service des Webson en 1980. Stan était censé s'occuper de tout ce qui relevait de la plomberie au manoir, contre le gîte et le couvert, comme on dit. Pour Hickman, c'était différent, ce mec était une plaie : toujours bourré, ou défoncé. Je ne comprends pas pourquoi ils l'ont toléré auprès d'eux si longtemps. Leur affection pour Stan, je suppose… Il était du genre beau garçon, rebelle. Allez savoir si Linda n'était pas un peu sensible à son charme, après tout. Et comme Franklin était seulement obsédé par les affaires de son entreprise…

— Et vous… Vous pensez qu'il était chez eux lors de la tragédie ?

— Oui, même s'il a juré ses grands dieux qu'il n'avait rien à voir avec tout ça. Un des habitants d'Eden Woods avait témoigné en ce sens à l'époque. Mais comme je vous l'ai déjà dit, on m'a gentiment invité à boucler l'enquête si vite que… Enfin bref. Hickman a disparu quelque temps après les meurtres et il est revenu des semaines après. Il a dit qu'il devait s'occuper de sa femme et de sa fille. Sa femme… Peuh ! Une pute à crack qu'il avait certainement engrossée par erreur, oui ! Une épave pareille ! Ce type, pourtant, il cachait quelque chose. Il *avait fait* quelque chose, je le sentais, et vous pouvez me croire : pour tout ça, mon instinct ne m'a jamais trompé.

— Qu'est-ce qui vous rend aussi sûr de vous ? Vous aviez des indices ?

— Rien de solide, sauf le témoignage de Stan.

— Comment avez-vous pu l'interroger, s'il était sourd et muet ?

Lucas posa ses documents et fit quelques gestes de la langue des signes. Il me sourit puis reprit le dossier et le fil de son histoire.

— Le pauvre Stan ne savait pas mentir. Il essayait de protéger ce type, c'était flagrant ! Quand je lui ai dit qu'un témoin avait affirmé avoir vu Hickman dans les alentours du manoir le soir du massacre, Stan a été tout décontenancé. Alors il a prétendu avoir oublié de parler de lui, et après ç'a été la famille du gars : il ne se rappelait plus qu'il était marié et avait une gamine… Bref ! Il pataugeait dans la semoule à tel point que ça devenait gênant. Je l'ai laissé tranquille mais je n'ai plus lâché Hickman. Pauvre Stan… C'était son ami, après tout, et il le voyait avec des yeux d'enfant… Je tolérais Bobby Hickman parce que Stan l'aimait, et que je le croyais inoffensif. Quel idiot j'ai été !

Il soupira et regarda droit devant lui, par-dessus ses lunettes. Il devait m'avoir dit l'essentiel car il se consacra de nouveau au dossier, l'œil à l'affût d'un détail qui lui aurait échappé en dépit des milliers de fois où il avait déjà parcouru ces documents.

Je ne lui demandai rien d'autre, et en oubliai de le questionner sur Esther, et la femme en gris. Je me trouvais dans un cercle vicieux où, plus j'apprenais de choses sur cette histoire, plus j'avais l'impression de m'enfoncer dans les ténèbres.

Pendant que Lucas commentait les différentes pistes qui l'avaient occupé tout au long des années, je pris un dossier au hasard dans lequel je feignis de me plonger. J'étais incapable de fixer mon attention sur quoi que ce soit. Sans crier gare, mon père, cet homme que j'avais à peine eu le temps d'entrevoir au cours de mon existence, avait surgi dans les bois d'Eden Woods pour s'immiscer dans l'affaire du meurtre des Webson.

Au cours de la discussion, Lucas m'avait tendu une photo de lui. Il ne devait pas avoir plus de vingt-cinq ans et l'ancien shérif avait raison : il était d'une grande beauté. Jamais jusqu'alors je n'en avais été consciente. Mon cœur s'emballa quand une idée chemina jusqu'à mon esprit : si Lucas avait raison et que Mme Webson avait succombé à son charme, se pouvait-il qu'ils aient eu une liaison ?

Cette hypothèse me dégoûta et je fus prise de panique. Si les choses tournaient mal à Keowe et que mon lien de parenté avec un ancien suspect était mis au jour, je n'osais pas imaginer la réaction de Martha Grindell.

La journée s'écoula lentement, et enfin vint le moment pour moi de quitter les Lucas.

Après m'être éloignée de leur maison, je me réfugiai dans une petite ruelle déserte pour pleurer et suffoquer. J'avais la sensation de me trouver dans une gigantesque toile d'araignée qui, à chacun de mes mouvements désespérés, m'emprisonnait un peu plus pendant que, dans l'ombre muette et froide, un monstre guettait l'instant où, toutes mes défenses tombées, il pourrait avancer lentement vers moi pour me dévorer.

*

De retour à l'auberge, je demandai à Miles si nous pouvions reporter la mise en commun de nos recherches respectives. Il accepta avec d'autant plus d'empressement qu'il devait voir Jeffrey ce soir-là.

Je passai la soirée en tête à tête avec Miss Muriel dans ma chambre. À la télé, on rediffusait *Sueurs froides* et je m'extasiai sur la beauté magnétique de Kim Novak, à la fois sensuelle et enfantine avec ses formes arrondies, glaciale et brûlante.

À la fin du film, je sentis que je n'arriverais pas à dormir, contrairement à Miss Muriel qui, dans son sommeil, grognait comme un cochon.

Je pris alors mes cigarettes et mon briquet et décidai d'aller marcher un peu.

Une fois dans la rue, j'eus l'impression que mon humeur maussade avait déteint sur toute la ville plongée dans la nuit.

D'instinct, je me dirigeai vers le garage Schulberg ; j'avais vu Clyde le matin précédent et il me manquait. En dépit de l'heure tardive, je distinguai une lueur lointaine qui venait de son bureau. Il n'était pas rentré chez lui ce soir-là et j'en ressentis une honte coupable.

Plutôt que de continuer mon chemin dans cette direction, je tournai dans une rue qui menait vers la bibliothèque. Je pensai à Miles qui prenait du bon temps avec son jeune ami, aux Lucas qui devaient être couchés depuis longtemps, même si je n'étais pas prête à parier que l'ancien shérif avait trouvé le sommeil après une telle journée. Puis je pensai à Esther. Je n'avais rencontré cette femme qu'une seule fois et la perspective de ne plus jamais la revoir me brisait le cœur.

— C'est pas tellement une heure pour traîner dans les rues, surtout pour une petite dame comme vous…

Cette voix que je ne reconnus pas immédiatement m'horrifia.

Paniquée, je cherchai autour de moi dans l'obscurité où il se trouvait.

Connor s'approcha.

— Je suis là…

— Ne me touchez pas !

— Tout doux, ma belle, je faisais juste mes courses, c'est vous qui êtes venue jusqu'à moi.

Il actionna une lampe torche qu'il plaça ensuite sous son menton pour illuminer son visage à la manière des monstres dans les films d'horreur. Hélas, c'était très réussi.

— Bouh !

Il rigola, puis il reprit ses recherches dans les poubelles d'une petite pizzeria.

J'aurais dû partir, poursuivre ma route et me dépêcher de rentrer à l'auberge pour aller me coucher, insomnie ou non – en vérité, j'étais pétrifiée. Tout en faisant ses courses, Connor bavardait, nonchalant.

— Vous pouvez duper beaucoup de monde, ici, mais moi, je sais qui vous êtes… Vous êtes la fille de Bobby Hickman, et vous portez pas le nom que vous avez dit à Esther quand vous êtes venue la voir… Et vous êtes née ici.

Un silence lourd, épais – je le brisai difficilement.

— Qu'est-ce que vous savez de moi, à part ça ?

— Rien de précis. Seulement qu'un jour Bobby vous a posée dans son pick-up et qu'il vous a confiée à son père, Milton, quelque part dans le Kentucky. C'est tout. J'ai connu Bobby quand j'étais tout gamin.

— Et ma mère ? Vous avez connu ma mère ?

— Non. J'étais même pas né quand elle est morte. C'était probablement une des radasses qu'il levait de temps en temps. Ou alors une de ces vierges effarouchées qui vivent là-haut. *Au contact de la nature et au plus près de Dieu le Père.*

Il avait prononcé cette dernière phrase avec une ironie méprisante tout en désignant d'un sec mouvement de tête les montagnes faiblement illuminées par un croissant de lune pâle.

— Vous connaissez ces gens, pourtant. Ceux de la communauté de Diana…

Malgré l'obscurité dans laquelle était plongé son visage tourné vers les ordures, je perçus le sourire salace qui venait de l'illuminer au souvenir de ces visites aux femmes de la secte. Il prit le temps de fouiller encore, avant de répondre, dans un soupir de lassitude.

— Non, je les connais pas vraiment, et c'est tant mieux. Ce que Barry m'a raconté d'eux m'a dégoûté. Et je suis bien content que la folle qui les dirigeait se soit fait buter…

J'eus un mouvement de surprise.

— Comment savez-vous que Diana a été assassinée ?

Il se tourna vers moi et me fit un clin d'œil.

— On a notre propre réseau d'infos dans les montagnes et la forêt…

J'eus un regard du côté des bois et des collines : comment un monde si près du nôtre pouvait-il sembler si lointain, si différent ? J'allais abandonner Connor à ses recherches lorsque je pris conscience d'une chose.

— Qui est Barry ?

Il poussa un soupir de satisfaction dès qu'il eut trouvé ce qu'il cherchait. Il fourra la nourriture dans son sac à dos et me fit face.

— Ben, le vieux Barry Delerth, tiens.

N'éprouvant plus pour lui le dégoût qui m'avait habitée jusqu'alors, je l'approchai au plus près.

— Barry Delerth est en vie ?

Il hocha la tête.

— Il vous a même conseillé de partir. Et plus d'une fois.

Je demeurai interdite. Ce vieillard effrayant et diabolique que j'avais croisé à plusieurs reprises s'imposa à mon esprit.

Connor en avait fini avec moi et comme je restais muette, il commença à s'éloigner. De toutes les questions qui avaient germé dans mon esprit dans les secondes qui suivirent cette révélation sur Delerth, je ne réussis à en formuler qu'une.

— Connor ! Comment avez-vous su qui j'étais ?

— Quand j'ai dit à Barry qu'il y avait une nouvelle à Keowe qui enquêtait sur les Webson, il m'a demandé de vous décrire. Après, il a tout de suite su qui vous étiez. Je lui ai demandé comment c'était possible. Vos yeux, il a répondu sans hésiter, on n'oublie pas une gamine avec des yeux pareils...

Il disparut au coin de la rue.

J'étais à ce point bouleversée que je dus m'asseoir par terre, à côté des poubelles. Au bout de plusieurs minutes d'hébétude, je trouvai la force de me relever pour rentrer à l'auberge.

Je m'allongeai enfin sur mon lit dans cette atmosphère suffocante, et les questions qui m'assaillaient s'épuisèrent les unes après les autres pour laisser place à une série d'images floues et sombres qui évoluaient dans un univers de cauchemars, de cris et de sanglots terrorisés.

Un enfant hurlait, appelait à l'aide. L'écho de sa détresse se répercutait tout autour de moi – j'en ignorais l'origine, et où aller pour le sauver.

⋆

Le lendemain, en milieu de matinée, j'étais dans la chambre de Miles avec mon petit déjeuner devant moi sur un plateau. Nous devions faire le point sur les infos que nous avions récoltées. Il fut déçu d'apprendre que j'avais fait chou blanc auprès de Lucas, à propos d'Esther Lamar et de la femme en gris. De son côté, en revanche, la pêche avait été bonne, concernant Michael Burke.

Il était arrivé à Keowe il y avait de cela environ un mois et demi et, naturellement, personne ne le connaissait vraiment en dehors de quelques-uns de ses futurs collègues du lycée de Keowe. D'après ce que Miles avait trouvé, Michael avait prétendu être originaire du comté d'Allamakee, dans le Wisconsin, où il avait enseigné la géographie pendant plusieurs années.

— Et devine quoi, chérie ? Le comté d'Allamakee se trouve dans l'Iowa, et pas le Wisconsin. Ça la fout mal pour un prof de géographie…

À partir de ce mensonge originel, il était évident que Michael n'avait pas eu de femme et que celle-ci ne l'avait pas quitté pour un autre homme.

Michael Burke vivait depuis son arrivée à Keowe dans un petit appartement minable situé dans une maison en bordure de la ville, vers l'est, non loin de la route nationale. Dans l'appartement qui se trouvait au-dessus du sien vivait le révérend Clinton Holland et, par une alchimie étrange qui peut rapprocher les êtres les plus différents du monde, les deux hommes nouèrent une sorte d'amitié – la seule relation un peu solide que semblait avoir Michael dans tout Keowe. Côté sentimental, on ne savait rien de lui, hormis qu'il avait flirté brièvement avec Maggie, la nièce des Schulberg, et que cette dernière avait rompu net tout rapport avec le jeune homme dès qu'elle eut connaissance qu'il me tournait autour.

Un autre fait notable avait attiré l'attention de Miles : il avait appris qu'un jour – environ deux semaines avant notre arrivée – Clinton l'avait trouvé au lit avec une affreuse rage de dents. Le révérend lui avait conseillé, au vu du gonflement de sa joue, de se rendre chez le dentiste, voire à l'hôpital, ce que Michael avait refusé avec véhémence. Il n'avait probablement pas d'immatriculation aux services de santé ni aucune assurance médicale. Clinton Holland avait chanté cette histoire dans l'un de ses sermons et ne s'était pas montré peu fier de son ami, qui assumait avec courage cette épreuve envoyée par le Seigneur.

Tout dans l'identité de cet homme était faux : ses prétendus parents avaient été piochés au hasard dans un annuaire d'Atlanta, en Géorgie, et étaient frère et sœur. Et bien entendu, ces braves gens n'avaient jamais entendu parler d'un quelconque Michael Burke.

La seule chose qui semblait vraie dans son identité était son âge : trente-cinq ans. L'âge de Toby Webson s'il était toujours en vie.

Miles n'en finissait plus de faire défiler ses notes et les différents documents scannés sur sa tablette. C'était accablant. J'en restais muette de stupeur tandis que Miles commentait tout cela.

— Et tu sais quoi ? Les seules personnes à qui il a pris le temps de rendre visite depuis son arrivée ici sont les pensionnaires de la maison de retraite de Keowe. Il les a littéralement assommés de questions sur les Webson. Une infirmière a presque dû le mettre à la porte, on m'a dit.

Tout cela avait du sens. Et puis je me souvins aussi de cette rencontre étrange au cimetière abandonné de Keowe, toute cette comédie que Michael avait jouée pour me faire croire à cette histoire de satanisme et de poupée vaudoue. J'avais été une belle gourde.

Miles observa un instant de silence avant de se tourner vers moi.

— Tu crois que Grindell nous prendrait au sérieux, maintenant ?

— J'ai de gros doutes. Elle ne croit pas du tout à cette histoire du retour de Toby. Et elle n'éprouve pas une profonde amitié à notre endroit...

— Alors on ne doit parler de ça à personne. Sous aucun prétexte. Ça laisserait à Michael l'occasion de s'évanouir dans la nature et nous, on serait baisés.

Il allait ajouter quelque chose lorsqu'on frappa à la porte. C'était Mme Park. Elle me considéra d'un air pincé.

— Il y a quelqu'un au téléphone pour vous.

Je descendis pendant que Miles badinait avec Mme Park pour la mettre de meilleure humeur. Arrivée à l'accueil, j'allais saisir le combiné posé sur le comptoir quand j'entendis l'aubergiste éclater d'un rire aigu de petite souris qui me fit sursauter. Miles était vraiment doué.

Je pris le téléphone, amusée.

— Allô ?

— Jessie, bonjour. J'espère que je ne vous dérange pas.

Cette voix cassée et vieille – je ne la connaissais pas. Impossible même de dire s'il s'agissait d'un homme ou d'une femme.

— Qui est à l'appareil, je vous prie ?

— Ann Schulberg, la femme de Clyde.

Il y eut un blanc interminable.

— Madame Schulberg, je... je ne m'attendais pas à vous entendre.

Elle se força à rire à l'autre bout du fil.

— Je m'en doute bien, mon chou. Je vous appelle pour savoir si vous êtes libre pour venir déjeuner chez moi, aujourd'hui...

J'en eus le souffle coupé.

— C'est-à-dire...

— Je sais. Ne vous inquiétez pas. Il faut seulement que je vous voie et que nous causions un peu.

Un autre silence, bref.

— Très bien, madame.

Et ce furent les seuls mots que je parvins à prononcer.

— Appelez-moi Ann, pas de « madame » entre nous... Je vous attends à 13 heures, est-ce que ça vous convient ?

— Ce sera parfait...

— Alors à tout à l'heure.

Elle raccrocha.

Un peu sonnée, je remontai dans la chambre de Miles et croisai Mme Park dans l'escalier ; elle était perdue dans ses pensées, souriante et aveugle à tout ce qui l'entourait – moi la première.

J'entrai dans la chambre et Miles souffla.

— Ah, ces grands-mères ! Faites-les marrer un peu, assurez-les qu'elles sont les personnes les plus sages du monde et vous les mettez dans votre poche.

Je lui offris un pauvre sourire en réponse et il retrouva tout son sérieux.

— Qu'est-ce qui se passe ? C'était qui, au téléphone ?

— Ann Schulberg.

Ce nom fut dans la conversation comme un coup de corne de brume dans un concert classique. Une fois passée la stupeur, Miles inspira un grand coup.

— Alors, la momie se rebelle ?

— Ne parle pas de cette femme comme ça, s'il te plaît. C'est immonde.

— Plus ou moins immonde que de se taper son mari alors qu'elle est à l'article de la mort ?

Je levai la main pour lui signifier mon abandon, à mi-voix.

— Pas faux, mais on n'est pas obligés de charger la mule en se payant sa tête.

Miles rougit un peu. Il ne connaissait pas Ann, ne l'avait jamais vue – elle était pour lui un nom sans visage, pas une personne de chair, d'os et de larmes, à la douleur de laquelle j'avais assisté.

— Je suis désolée. Je suis nerveuse. Elle m'a invitée à déjeuner aujourd'hui.

— Pardon ?

— Je sais, c'est dingue… Elle n'était pas en colère, ni triste. Elle a juste mal. Et elle sait. Il n'y a aucune ambiguïté sur ce sujet, elle me l'a dit.

— Alors elle veut te faire la peau.

Je ne pus retenir un éclat de rire noyé dans les larmes que je sentais monter à mes yeux.

C'était la première fois que je me retrouvais dans une telle situation, avec ce rôle-là.

J'abandonnai donc Miles qui me salua d'un réconfortant « À plus tard… peut-être », et me préparai à ce repas dont j'ignorais encore s'il se déroulerait en tête à tête ou bien en compagnie de Clyde.

★

Pour une fois dans ma vie, j'arrivai avec beaucoup d'avance à un rendez-vous. Ce fut l'infirmière d'Ann qui ouvrit la porte, et elle me conduisit directement à la salle à manger où la femme de Clyde m'attendait, perdue dans un fauteuil qui paraissait gigantesque pour son corps réduit à l'état de brindilles enchevêtrées en un curieux ensemble sur lequel les chairs – ou ce qui en restait – s'agençaient pour le mieux. Ce pathétique tableau raviva en moi le souvenir des derniers jours de Grand-pa, jusqu'à ce soir fatal où la vie commença à le quitter tout doucement.

Elle allait mourir bientôt, peut-être dans l'heure qui suivrait, et je lisais dans ses grands yeux rendus énormes par l'amaigrissement de son visage, de son crâne, même, sous ses cheveux sans volume ni vitalité, l'étonnement d'être encore au monde en dépit de la douleur qui la rongeait. Je comprenais en la voyant que notre corps est plus têtu que notre âme, et qu'il cherche toujours un souffle de vie, de quoi résister une seconde de plus, dans chaque battement de cœur.

— Bonjour, Jessie… Je suis contente que vous ayez un peu d'avance, asseyez-vous.

Sa voix douce et ferme, dont les ondulations trahissaient une souffrance contenue, était comme métamorphosée depuis que je l'avais vue quinze jours auparavant.

Je m'installai, m'inquiétai de son état.

— J'espère que vous ne souffrez pas trop.

Elle fit une grimace dubitative.

— Vous savez, quand on vous demande l'intensité de la douleur sur une échelle de un à dix, on ne répond jamais dix. Ce n'est pas du courage, c'est de la superstition. Et on en vient à détester le chiffre dix, plus que le treize, qui semble bien inoffensif, au bout du compte. Et vous savez ce qui est drôle ? J'ai lu quelque chose d'approchant dans un roman qui parle d'une gamine cancéreuse…

Elle reprit son souffle. Sa respiration était lente et laborieuse.

— Nous mangerons ici, si ça ne vous dérange pas. Enfin, *vous* mangerez… Moi, je ne crois pas qu'il me sera de nouveau donné l'occasion d'avaler quoi que ce soit sur cette terre... J'ai fait commander des canapés et tout un tas de cochonneries, j'espère que ça ne vous dérange pas.

— Ce sera parfait.

— Clyde est retenu pour la journée. Il ne sait pas que je vous vois.

Je ne répondis rien. Elle essaya de sourire.

— On l'aime au premier regard, mon Clyde. Moi autant que vous. Il y a quelque chose chez lui qui... Je ne sais pas. J'étais directrice adjointe d'un hôtel de Vegas dans lequel il séjournait le soir où je l'ai rencontré. Il n'avait aucune envie d'être là. Il était dans une délégation de la firme de garages avec laquelle il a voulu s'associer avant de redevenir indépendant. Le comité d'entreprise avait voté : tous à Vegas ! Et les femmes ne seraient pas du voyage. Il était marié depuis quelques années, tout comme moi. J'avais même deux grands enfants, des adultes. Il était seul au bar de l'hôtel pendant que ses collègues étaient allés à un spectacle de danseuses. Moi, j'étais descendue boire un verre, comme tous les soirs, histoire de prendre la température et voir si les clients étaient satisfaits. Nous nous sommes vus et quelque chose s'est produit entre nous. Étonnant, non, la façon dont les histoires commencent ? Il broyait du noir, et m'a ouvert son cœur. J'ai su tout de suite que la seconde partie de ma vie – la vraie – commençait...

De longues minutes passèrent en silence. Par politesse, je picorai quelques canapés que l'infirmière venait juste de déposer.

Ann restait immobile, le regard perdu dans le vague. Sa respiration était à ce point ténue que je crus plus d'une fois qu'elle était morte sous mes yeux, sans bruit, perdue dans les méandres de sa mémoire où sa rencontre avec Clyde ressuscitait pour la dernière fois. Quelle perception du temps avait-elle aux portes du néant ? Plus d'une demi-heure s'était écoulée lorsqu'elle reprit la parole, à ma grande surprise.

— Vous avez dû vous demander pourquoi je vous ai fait venir. Comme je viens de vous le dire, j'ai travaillé à Vegas, alors les hommes mariés, vous imaginez si j'en ai vu céder au démon de midi avec des danseuses. Et les dames n'étaient pas en reste, d'ailleurs. J'ai souvenir d'un séduisant magicien qui avait un succès fou auprès d'elles. Malgré tout, quand j'ai compris ce qui se passait, j'ai été un peu surprise. C'est que Clyde ne m'a jamais trompée, voyez-vous, et j'ai eu tendance à oublier qu'au début de notre histoire, c'était moi, l'autre femme, et que ma propre famille, enfants compris, ne m'a plus adressé la parole après que j'ai tout abandonné pour l'épouser.

Elle fit une nouvelle pause et se força à sourire.

— Ça ne fait pas bien longtemps que vous êtes à Keowe, en plus, et j'ai pourtant entendu parler de vous dès le premier soir de votre rencontre, puis de toutes les évolutions de votre travail. Au début, ça m'a peinée, et après, j'ai été soulagée. C'est pourquoi je voulais vous demander quelque chose…

Elle s'interrompit et, pour la première fois, me regarda dans les yeux. Je hochai la tête pour l'inviter à parler.

— Ne faites pas souffrir Clyde, il a besoin d'une personne forte à ses côtés. Ne vous amusez pas avec lui. Ou quittez-le, maintenant. Nous sommes d'accord ? Vous êtes quelqu'un de sérieux ?

Je ne pouvais pas lui répondre que je n'en savais rien, que je ne risquais pas de m'attarder dans cette ville où je m'étais précipitée alors qu'on avait pris soin de m'en éloigner quand je n'étais qu'une petite fille, que oui, sans doute, ma liaison avec Clyde, capricieuse, précipitée, irréfléchie, en resterait au stade d'une relation sexuelle agrémentée d'une profonde tendresse réciproque, parce que tout cela relevait du coup de tête consenti et commun entre un homme et une femme pareillement déphasés, dégoûtés par un quotidien repoussant fait de douleur et de fatigue. Non, je ne serais pas la solution de secours de Clyde Schulberg une fois Madame son épouse mise en terre, ou dispersée aux quatre vents ou encore envoyée dans l'espace, pourquoi pas ? En dépit de tout ça, je lui répondis que oui, je veillerais sur lui, que oui, j'étais quelqu'un de sérieux et que, oui, il irait bien tant que je serais à ses côtés.

Mon mensonge dut être assez convaincant et Ann sourit en se laissant aller en arrière très doucement. Elle était épuisée et je choisis de la laisser se reposer. Je posai ma main sur la sienne. Elle était si froide malgré la chaleur. Elle ne prononça plus un mot, et ses paupières clignèrent lentement – elle me savait gré de la laisser en paix.

Je quittai la pièce tout en sachant que nous ne nous reverrions plus, et que mes dernières paroles avaient été un mensonge. Je n'en ressentais aucune culpabilité : c'est de mensonges qu'ont besoin les mourants, pas d'une absurde et cruelle vérité.

Une fois dans la rue, une femme de mon âge m'aperçut qui sortais de la maison des Schulberg. Elle me regarda avec un mépris total. J'étais si fatiguée que, contrairement à ce que mon sale caractère m'aurait dicté dans ces circonstances, je baissai les yeux. C'est à ce moment que Georgia arriva sur son éternel vélo. Elle mit pied à terre, m'observa et son regard glissa jusqu'à la femme qui continuait de me toiser à distance.

Cette dernière disparut, et Georgia s'approcha de moi, me considéra d'un œil sarcastique.

— C'est pourtant pas dans vos habitudes, de courber l'échine devant l'adversité...

— On dira ce qu'on voudra, ça reste une solution facile et indolore.

— Facile, oui, même si ça m'étonne de vous. Indolore ? J'en suis moins sûre.

Une voiture passa et, par bonheur, le conducteur ne me dévisagea pas.

Georgia allait repartir, hésita, puis, d'un mouvement de tête, elle désigna la forêt, au loin.

— Vous voulez prendre un verre à la maison ? J'ai l'impression que ça vous ferait pas de mal...

— Un verre, non. Un café ne serait pas de refus.

— Vous buvez jamais ?

— Je suis sous traitement, actuellement.

Elle me fixa.

— Vous êtes alcoolique.

Je ne dis rien – mon silence répondait pour moi. Georgia haussa les épaules.

— C'est pas un drame : je boirai seule.

*

En arrivant chez elle, Georgia lança un regard du côté de la maison d'Esther. Elle avait fait ça par réflexe. La vue des scellés qui barraient encore la porte avait rendu son teint frais quelque peu grisâtre. Le gin qu'elle sirotait pendant que je buvais mon café lui avait redonné des couleurs, et c'était tant mieux.

Je me souvins de notre première rencontre : jamais je n'aurais cru me retrouver attablée ici avec elle. Discuter avec cette femme d'aspect patibulaire et auréolée d'une légende noire.

Je lui fis remarquer que chaque fois que je me trouvais dans une situation pénible, elle apparaissait telle une bonne fée et me venait en aide. Elle alluma une cigarette en riant.

— Tu parles d'une bonne fée ! C'est plutôt comme une sorcière qu'on me voit par ici, et depuis des décennies !

— Ça n'était pas le cas d'Esther, il me semble…

— Non, mais Esther était une vraie sainte, elle.

— Tout le monde en parle au passé.

— Oui, on sent ces choses-là. Quand les Mitchell sont venus chez moi me demander le double des clefs, j'ai tout de suite su que je ne la reverrais jamais. C'est comme ça…

Elle poussa un grand soupir. Vint le silence, poignant, puis le besoin étrange, inattendu, de me raconter un peu sa vie à Eden Woods.

Elle avait à peine vingt ans lorsqu'elle avait épousé un certain Carl Edilson. Il avait une dizaine d'années de plus qu'elle et l'avait embobinée pour lui passer la bague au doigt. Une fois mari et femme, Carl s'était montré violent. Histoire classique. Tout le monde à Keowe le savait, bien qu'il fût assez malin pour ne pas marquer Georgia de façon trop visible. Pourtant, elle restait fière et ne baissait les yeux devant personne. Elle était persuadée que c'est pour ça qu'on ne la plaignait pas : on prend la défense des femmes battues seulement si elles se transforment en serpillières. Ont-elles l'insolence de ne pas épouser complètement leur condition de victime ? On les regarde d'un sale œil. Un jour, Carl avait disparu. Il s'était littéralement dissous dans l'air. Et Georgia avait continué à mener sa vie sans rien demander à personne. Longtemps après, elle avait pris un amant. Et un autre quand elle s'etait lassée du premier. Elle avait même été en ménage avec une femme qui passait sa vie sur la route, une sorte de hippie qui resta deux années entières sa compagne.

Jamais personne n'avait pardonné à Georgia d'avoir repris sa liberté avec tellement de hardiesse. Certains s'étaient acharnés à démontrer qu'elle avait tué Carl et s'était habilement débarrassée du corps… Peine perdue : elle avait repris son nom de jeune fille dès qu'elle avait pu le faire légalement et avait mené sa vie sans se soucier des autres…

Elle me considéra soudain avec surprise.

— C'est drôle… Tout ce qui se passait chez les Webson était frappé du sceau du secret. Pas touche aux maîtres des lieux. Il aurait pu se passer toutes les horreurs de Sodome et Gomorrhe que tous ces lâches se seraient tus. Ils ont attendu la tragédie et la mort de tout le monde pour déblatérer. Mais moi et ma liberté, on a toujours gêné… Avant, après… Tout le temps.

Elle haussa les épaules, dégoûtée par la mesquinerie de ses semblables. De mon côté, je ne pouvais prononcer un mot. Cette femme me subjuguait. Quelque chose en elle fascinait, et je suis certaine de n'avoir pas été la seule à le penser. Elle comprit.

— Vous vous posez la question, hein ?

C'était comme être réveillée en sursaut.

— Quelle question ?

— Est-ce que je l'ai tué ou pas ?

Ses yeux brillèrent soudain de malice. Je crois que les puritains auraient brûlé une femme en raison de ce simple regard où ils auraient juré que luisait l'éclat du Mal originel – incapables d'y déceler le désarroi.

— Vous diriez quoi, vous ? Je l'ai tué, ou non ?

— Je crois que oui.

Georgia partit d'un formidable rire de gorge tout en expulsant un reste de fumée de cigarette par les narines.

— Vous êtes comme les autres, chérie. Vous ne savez pas lire dans les gens. Esther savait, elle. Presque tout le temps. Elle pouvait dire si vous mentiez ou non. Elle ne m'a jamais demandé si je l'avais fait, elle n'en avait pas besoin.

Et son rire repartit de plus belle. Après une seconde de déstabilisation, je me mis à rire avec elle.

Elle se calma, me désigna avec sa cigarette.

— Et vous, qu'est-ce que vous avez fait qui vous rend si triste et qui donne l'impression que vous portez tous les péchés du monde ?

Cette question eut sur moi l'effet d'un uppercut et je ne dis rien.

— Je vois bien qu'il y a eu quelque chose, mais quoi ?

Impossible de répondre. Elle essayait de sonder mon âme par le biais de ce regard qui brûlait à la manière de la glace. En quelques secondes, je venais de comprendre pour quelles raisons Georgia vivait à l'écart de la population. Les gens se trompaient : ce n'était pas le mal qui gisait dans ces yeux qu'on pouvait croire vides de sentiments humains, c'était l'étincelle éteinte du bonheur à cause de trop de souffrance. Un lien se noua entre nous deux en cet instant, celui des chagrins trop grands pour être dévoilés en pleine lumière.

Quelle était ma douleur ? me répétai-je.

J'eus soudain l'impression d'étouffer et je vis que mon malaise était en partie partagé par Georgia. À l'extérieur, une voiture s'arrêta sur la route. C'était Martha. Je n'aurais jamais cru ressentir ça un jour : j'étais heureuse de la voir. Aussitôt, je la montrai à Georgia.

— Oh, vous avez vu ! C'est Martha Grindell. Il y a peut-être du nouveau à propos d'Esther…

— Ou alors elle vient vous chercher pour vous coller au trou…

Je la dévisageai. Elle fut navrée.

— Je rigole. Je voulais seulement détendre l'atmosphère. Respirez un bon coup, chérie…

Sans rien répondre, je me levai pour sortir à la rencontre de Martha. Cette dernière m'aperçut, vint dans ma direction. Depuis la fenêtre de sa cuisine, Georgia nous observait avec une curiosité distraite. Tout dans l'attitude et la voix de Martha trahit sa gêne.

— Jessie Belcher, c'est vous que je cherchais…

Je fus persuadée, un très court laps de temps, qu'elle allait me déclarer en état d'arrestation et me dire mes droits, et je maudis Georgia pour avoir lâché imprudemment sa farce prophétique. Il n'en fut rien.

— Il faut que je vous parle, à l'abri des regards et des oreilles, si possible.

Elle tourna la tête vers la maison de Georgia et adressa un salut tout militaire à celle-ci. Je ne comprenais pas ce qui se passait.

— Vous voulez m'emmener au poste ?

— Surtout pas ! Je ne tiens pas à ce que notre conversation se retrouve sur la place publique dans l'heure, même si son contenu risque de ne pas rester secret très longtemps. Et je préfère que

Malvin ne soit pas au courant. Il ne vous aime pas beaucoup. J'ai l'impression que c'est viscéral.

Nous cherchions aux alentours l'endroit providentiel où nous pourrions discuter. Martha eut une idée.

— Suivez-moi. On va aller chez Esther…

— Mais, et les scellés ?

Elle se mit à rire.

— Qu'est-ce que vous croyez ? Qu'on va être réduites en cendres dès qu'on les aura franchis ? De toute façon, ils ont déjà été déplacés… Et mon petit doigt me dit que vous ou votre grand con de copain n'y êtes pas pour rien.

J'allais nous défendre maladroitement, Miles et moi, et Martha leva la main.

— Non, non, ne perdez pas votre temps. Je m'en fous, de toute façon. Esther n'était pas une terroriste ou une tueuse en série et on avait fait tous les prélèvements nécessaires. Au pire, vous aurez trouvé des éléments utiles pour votre roman…

Elle s'engagea dans l'allée qui menait à la maison d'Esther et je la suivis.

Une fois à l'intérieur, elle proposa que nous allions dans la cuisine. Ce fut une sensation étrange de se retrouver ici, toutes les deux. Quand chacune de nous fut installée, elle commença par me parler d'Esther, et des rapports parfois houleux qu'elles entretenaient.

— Elle aime tout le monde, sauf moi !

Elle essayait de sourire en laissant son regard se promener sur ces murs, ces meubles, ces objets modestes et anciens qui lui étaient familiers. Son émotion me bouleversa, et elle s'épancha.

— Mon mari, Johnny, il est mort il y a quelques années. Une maladie du cœur. Quelques heures avant de partir, il m'a dit : « Tu verras, chérie, quand je serai plus là, la tante va commencer à t'apprécier. Les deuils soudent les femmes. » Mon Johnny, il avait bien des qualités mais concernant la psychologie féminine, c'était zéro pointé. Le pire, c'est que je le pensais aussi. Esther m'en a beaucoup voulu parce que je n'ai pas ralenti la cadence quand la maladie de Johnny a atteint un stade critique. Ce qu'elle ignorait, c'est que c'était lui qui ne voulait pas me voir. Il m'avait interdit de poser des jours pour m'occuper de lui. J'étais pas infirmière, d'après lui. Moi, je comprenais ce qu'il voulait faire : se rendre imbuvable. Cet idiot pensait que je serais moins triste quand il mourrait s'il se comportait comme un salaud. Je n'ai rien dit de tout ça à Esther, parce que je n'aurais pas supporté sa pitié. Aujourd'hui, il m'arrive de regretter de ne pas en avoir parlé avec elle. Encore plus maintenant que jamais auparavant, d'ailleurs… Tout ça pour vous dire que je suis mieux placée qu'il n'y paraît pour comprendre qu'une personne a des failles, et veut cacher des choses dont elle peut avoir honte. Et comme je ne suis pas Dieu le Père, je ne juge pas – contrairement à ce que pourraient penser certains.

Elle s'interrompit, me regarda d'un air perplexe, et poussa devant moi une enveloppe kraft qu'elle tenait à la main depuis le début de notre entretien.

— J'ai reçu ceci il y a quelques jours, et par chance, mon adjoint n'en a rien su. C'est le genre de courrier anonyme qui est le lot de tout agent de l'autorité de ce pays à un moment ou à un autre de sa carrière. Difficile de s'habituer aux saloperies de ce genre. Je suis toujours surprise de voir à quel point un être humain peut être dégueulasse.

J'inspirai un grand coup avant de prendre la parole.

— Qu'est-ce que c'est ?

— Tout ce qui est là-dedans vous concerne. Et j'ai vérifié les infos : tout est vrai. Je n'ai pas fait ça par curiosité malsaine ou pour vous tenir en laisse. Si les gens devaient se mettre à colporter tout ça, je devais savoir si c'était ou non la vérité.

Sa gêne était extrême. Je ne m'étais pas attendue à tant de pudeur de sa part. Je ne pouvais quitter l'enveloppe des yeux.

— Qu'y a-t-il *exactement* là-dedans, s'il vous plaît ?

— Dans ce courrier, il est précisé que votre nom de jeune fille est Hickman, et je sais que votre père, Robert Hickman, a pu être considéré par certaines personnes que vous et moi connaissons comme un suspect potentiel dans le massacre de la famille Webson. J'ignore si vous déteniez cette information avant que je ne vous la dévoile.

— J'ai appris ça très récemment, auprès de Richard Lucas.

— Je m'en doutais, mais ce n'est pas le plus grave. Toute votre vie privée est consignée ici : votre mariage avec Stewart Belcher, votre alcoolisme, et… ce qui s'est passé avec votre petite fille…

Elle n'osait plus me regarder et tournait la tête vers l'extérieur.

Les mots coulèrent hors de moi – un barrage venait de rompre.

— J'étais ivre quand mon mari l'a trouvée dans la baignoire.

— Je n'ai pas besoin d'en savoir davantage, je n'ai pas à vous juger ou…

— Il ne s'agit pas de ça. Il faut que j'assume.

— Comme vous voudrez…

J'avalai bruyamment ma salive. Jamais je n'avais mis en mots ce qui s'était passé ce jour-là. Même pour moi, lorsque je revivais cette scène, je l'édulcorais, j'en arrondissais les angles et je reconstruisais toute l'histoire de façon à la rendre plus acceptable aux yeux du monde – à mes yeux.

— J'avais bu. Et j'ai dû avoir envie de faire prendre un bain à Jennifer alors que ce n'était pas l'heure. Je l'ai mise dans la baignoire et j'ai commencé à la laver quand j'ai pensé à quelque chose. Je ne sais plus quoi aujourd'hui… Et un geste en entraînant un autre, je me suis retrouvée devant mon ordinateur. Stewart est rentré, et j'y étais toujours. Il m'a demandé si j'allais bien, et où était Jennifer. C'est là que je me suis rappelé qu'elle était dans le bain, et je n'ai rien pu faire ou dire. Stewart s'est inquiété de me voir me décomposer, comme ça, et il s'est mis à hurler avant de courir dans la chambre de la petite, et finalement dans la salle de bains. Elle était si petite qu'elle avait glissé et elle n'avait pas réussi à se remettre en position assise. Stewart pleurait en tenant son petit corps et en répétant son prénom. Elle n'était pas morte, juste inconsciente. Elle a survécu en dépit des pronostics des médecins. Ses séquelles étaient énormes. Jamais elle ne serait comme les autres parce que son cerveau avait été très endommagé. On ne pouvait même pas la garder avec nous et il a fallu la placer dans une structure spécialisée…

Je fis une pause, le reste sortit de moi dans une plainte étranglée de larmes.

— Je l'ai abandonnée, et Stewart aussi. Je les ai laissés tous les deux pour continuer à vivre ailleurs, toute seule. Je ne supportais pas de la voir comme ça… Je ne supportais pas…

Je m'arrêtai là, incapable de poursuivre. Je croisai les bras sur la table pour y enfouir mon visage.

Je sentis la main de Martha se poser sur mon épaule.

— Je ne peux pas imaginer votre souffrance. Le problème, c'est que quelqu'un sait tout cela, ici, à Keowe. Et cette personne veut vous nuire. Je ne sais pas si ça a un rapport avec votre enquête ou bien si c'est indépendant mais je suis prête à parier que vous avez été manipulée pour venir jusqu'ici…

Je me redressai.

— Non, j'ai été assez bête pour me jeter toute seule dans la gueule du loup…

J'arborai un sourire triste. Martha fit glisser l'enveloppe vers moi.

— En tout cas, je ne veux pas garder ça. Ce ne sont pas mes affaires.

— Je peux jeter un œil ?

— C'est à vous.

L'enveloppe était vierge et contenait des coupures de journaux : en tant qu'épouse du procureur du principal comté de l'Indiana, j'avais eu droit à un article lorsque ma fille s'était retrouvée entre la vie et la mort par ma faute. Il y avait aussi des photocopies de procès-verbaux concernant le divorce et les analyses révélant ma très forte alcoolémie. Le dernier document disponible était une lettre manuscrite qui me décrivait en des termes peu flatteurs. Je ne pus m'empêcher de pousser une exclamation d'effroi et de dévisager Martha, qui s'inquiéta aussitôt.

— Qu'est-ce qui vous arrive ?

Les mots se refusaient à moi, changeaient la donne du tout au tout – depuis le départ. Je fixai la lettre, le souffle coupé.

— Jessie ?

— Vous aviez raison : on m'a manipulée.

Je lui montrai la feuille manuscrite.

— Cette lettre, elle a été écrite par la même personne qui a envoyé des coupures de journaux à mon grand-père des semaines après sa mort. C'était un piège.

*

Une partie du problème était devenue limpide à la suite de mon entrevue avec Martha. Et je compris seulement à ce moment que Grand-pa ne s'était sans doute jamais intéressé à Keowe. L'expéditeur de la lettre le savait et avait tout fait pour me persuader du contraire.

Martha avait tenu à me ramener à l'auberge en voiture. Durant le trajet, elle eut toutes les peines du monde à pouvoir placer un mot. J'étais effrayée et surexcitée, je ne parvenais plus à retenir le flot de mes paroles. J'élaborais des théories toutes plus farfelues les unes que les autres pour expliquer l'enchevêtrement d'éléments dans lesquels je m'étais retrouvée prisonnière. Martha n'en pouvait plus.

— Tâchez de vous calmer, et concentrons-nous sur l'essentiel : est-ce que vous avez la moindre idée de l'identité de la personne qui a voulu vous piéger ?

— Miles et moi, nous avons peut-être une idée sur l'identité d'une personne qui joue un double jeu à Keowe.

— Et qui est-ce ?

— Michael Burke.

— Le petit prof de géographie ? Celui qui a une tête de gendre idéal ?

Elle fut comme deux ronds de flan. J'acquiesçai. Elle n'en revenait pas.

— Michael Burke ? Vous êtes sérieuse ?

Je lui résumai tout ce que Miles et moi avions trouvé le concernant et, au fur et à mesure que les éléments s'accumulaient, son visage s'imprégnait de gravité et elle éclata d'un rire sans joie.

— S'il y a un type dans Keowe que j'aurais été à cent lieues de suspecter, c'est bien lui ! En même temps, si vos soupçons sont fondés, c'est que le garçon est malin et alors là, je lui tire mon chapeau pour sa couverture brillante !

— Vous allez l'arrêter ?

— Et pour quelles raisons ? Il ne vous a pas diffamée et n'a rien fait d'illégal jusqu'à présent. On ne peut l'accuser de rien sauf de vous avoir menée ici avec autant de facilité que le joueur de flûte de Hamelin… Je peux discuter avec lui, c'est tout. Ce sera difficile de faire plus… Et on n'est pas complètement sûres qu'il soit l'auteur des lettres.

— Vous doutez encore ?

— Je dis que les éléments en notre possession sont très fragiles. J'aurais tendance à croire qu'il est impliqué, oui, et la question est : seul, ou avec un complice ? On ne doit écarter aucune hypothèse…

Elle arrêta la voiture, nous venions d'arriver à l'auberge. Je désignai l'enveloppe que je serrais contre ma poitrine.

— Je vous remercie du fond du cœur pour m'avoir tenue au courant de ça.

— C'est tout naturel.

— Non, vraiment. Si vous ne l'aviez pas fait, je n'aurais jamais compris qu'on s'était joué de moi.

Je sortis de la voiture et m'apprêtais à rentrer à l'auberge quand Martha me héla.

— Jessie !

— Oui ?

— Ce ne sont pas mes affaires mais… Restez très prudente. La façon dont on vous a fait venir à Keowe et cette lettre anonyme, pour moi, c'est digne d'un pervers psychopathe. Je ne voudrais pas paraître alarmiste mais vous êtes le cœur du problème, depuis le début. Toby Webson n'était peut-être qu'un prétexte.

J'étais persuadée que Martha faisait erreur concernant Toby – trop de sources différentes et des informations capitales le concernant en attestaient – pourtant je lui promis de faire attention. Elle redémarra et je m'engouffrai dans le hall d'entrée de l'auberge.

Je me rendis immédiatement dans la chambre de Miles. Il me dit être rentré à peine une demi-heure plus tôt et me demanda comment s'était passée mon entrevue avec Ann. J'avais presque oublié cet épisode de ma journée et lui répondis que tout allait bien de ce côté-là. Il remarqua que j'avais l'esprit préoccupé par autre chose.

— Qu'est-ce qui se passe ? On dirait que tu viens de te faire un rail de coke...

J'hésitai à lui répondre. Je ne pouvais pas lui livrer d'explication tronquée et si je décidais de lui parler, je devais lui livrer la vérité nue.

Je l'observai un instant, Miles Oakland, avec son grand corps sec et musculeux. Je n'avais encore jamais remarqué à quel point il était beau, avec son air sombre de fils de bohémiens tout droit sorti des *Hauts de Hurlevent*. Je pensai alors aux semaines passées en sa compagnie : qui aurait pu dire, après une première rencontre aussi chaotique que la nôtre, que nous aurions fini par nouer un semblant d'amitié ? Je m'en voulus de lui avoir caché la véritable raison qui m'avait poussée à venir enquêter sur l'affaire Toby Webson. Malgré tout, je trouvai la force de tout lui raconter, et sans aucune hésitation.

Il ne m'interrompit pas une seule fois et écouta avec attention. Il ne se leva pas pour arpenter la pièce de long en large comme je l'avais vu faire si souvent dans les moments de grandes tensions. Il resta de marbre et assimila tous les aspects importants de mon récit : la mort de Grand-pa, le mystérieux courrier, la lettre anonyme envoyée à Martha qui révélait mon alcoolisme, le handicap de ma petite fille.

À la fin de ma confession, Miles n'eut aucune réaction. Il réfléchit quelques instants avant de me regarder intensément.

— Il faut parler à Grindell de nos soupçons sur Michael.

— C'est déjà fait. Quand elle m'a demandé si j'avais une idée de qui se trouvait derrière tout ça, je me suis dit qu'il valait mieux lui parler tout de suite de lui.

— Parfait. Le seul truc que je peux te reprocher, c'est de ne pas m'avoir parlé de tout ça plus tôt.

— Je suis désolée, je ne pensais pas que…

— C'est à cause de toi que je suis là. Si tu n'avais pas décidé d'enquêter sur tout ça, je ne serais jamais venu de mon plein gré. J'aurais aimé avoir toutes les cartes en main avant de me lancer dans cette histoire. S'il m'arrive quelque chose, c'est toi qui iras prévenir ma famille ? Ma mère ?

Je voulus ouvrir la bouche pour me défendre. Aucun son ne réussit à sortir. Il avait raison, j'avais agi de manière inconsidérée et égoïste. Il se leva et vint près de moi. À mon grand étonnement, il posa la main sur mon épaule.

— Je tiens quand même à te dire que je suis désolé pour tout ce qui t'est arrivé, avec ta famille. Tu as eu du cran de me le raconter. C'était pas facile.

Il n'en dit pas plus et son visage se fendit d'un sourire fraternel et sincère. Cet élan de sympathie m'alla droit au cœur et je levai la tête vers lui avec gratitude. Il gagna le balcon pour y fumer.

— Tu es sûre que c'est tout ? Le plus petit détail peut être foutrement important, maintenant...

La malheureuse visite effectuée au manoir des Webson revint immédiatement à ma mémoire. J'avais même oublié d'en parler à Martha.

— En fait, il y a bien eu autre chose.

Il ne put s'empêcher de rire, amusé.

— Décidément !

— Je suis allée au manoir, il y a quelques jours. J'ai exploré les lieux.

— Moi aussi, et je n'ai rien trouvé. Tu as vu quelque chose, toi ?

— Oui, quand je suis descendue dans la cave...

— Tu y es allée ? Moi j'ai trouvé que ça puait tellement que j'ai fait demi-tour.

— Tu as peut-être bien fait...

Comme je laissais ma phrase en suspens, il comprit que quelque chose s'était passé là-bas. Je lui racontai la façon dont j'avais senti la présence dans les murs abandonnés, comment je m'étais retrouvée piégée au sous-sol par une personne qui connaissait mieux les lieux que moi. Je lui parlai de la chambre aménagée avec le mannequin de petite fille, assis à son bureau. Et je finis par ce moment épique au cours duquel j'étais tombée, terrassée, dans cette vase putride.

Miles lâcha une exclamation estomaquée dès que j'eus terminé.

— Ouf ! T'es une véritable aventurière, toi ! Rassure-moi, tu as parlé de ça aussi à Grindell…

— Non, je l'avais oublié…

Il se prit la tête dans les mains.

— Oh, Jessie…

— Elle n'aurait rien pu faire !

— Tu plaisantes ? C'est sûrement Michael qui t'a agressée ! C'était une occasion en or de le faire interroger de façon officielle, de fouiller chez lui !

— Je… Je n'y avais pas pensé. Je pourrais lui en parler demain…

Il joignit les mains devant sa bouche tout en secouant la tête, dépité.

— Mouais. Espérons seulement que rien n'est arrivé jusqu'aux oreilles de Michael…

Il mit les mains derrière ses hanches et s'étira tant qu'il put. Son dos craqua, il poussa un soupir de soulagement.

— Je t'aurais bien proposé d'aller boire un verre avec Jeffrey et moi, mais après tes aveux, ce serait malvenu…

Je n'eus pas le temps de le remercier de sa délicatesse que la porte s'entrouvrit. Le visage juvénile de Jeffrey apparut dans l'entrebâillement de la porte et s'illumina quand il vit Miles. Presque aussitôt, la surprise de me voir là tempéra son enthousiasme.

— Je suis désolé, je vous dérange ?

Miles lui fit signe d'entrer.

— Pas du tout, Jessie allait partir…

Le message était passé et je les laissai à leurs projets.

Je gagnai ma propre chambre et m'installai directement au balcon. L'après-midi touchait déjà à sa fin et je vis passer dans la rue la voiture de Clyde. Il rentrait à Keowe et se dirigeait vers sa maison. Je me demandai si Ann allait lui parler de ma visite. Pendant un instant, je souris, dans l'hypothèse où il lèverait les yeux vers moi, et m'apercevrait – il n'en fut rien. J'imaginai son visage inquiet, torturé. Il avait apprécié de se trouver loin d'ici, de cette ville – loin du corps décharné de sa femme. Désormais, il roulait vers un réel dur, irréductible, et il faudrait faire face, affronter le pire des sentiments dans les jours qui arrivaient : la consolation de ne plus la voir souffrir. Je savais ce qu'il ressentait.

La voiture de Clyde disparut, et Miles sortit de l'auberge en riant avec Jeffrey – ils allaient boire un verre.

Un verre.

En moi l'écho pernicieux de ce mot obsédant.

Un verre.

Le souvenir du vertige, du corps qui tangue, du monde qui valse autour de moi et promet de disparaître dans un tourbillon fou.

Un verre.

Leurs silhouettes seraient bientôt loin dans le jour déclinant rose et mauve, là où les mots ne les atteindraient plus. Ç'allait être trop tard, faillit l'être – je les hélai depuis le balcon.

★

Je n'appartiens pas à cette catégorie de buveurs qui oublient tout ce qu'ils ont pu faire après quelques verres. Ma mémoire est infaillible et c'est ce qui rend la honte plus violente.

Le soir où je redécouvris le goût de l'alcool après un long sevrage, Miles nous avait emmenés à Greenville, qui se trouvait à une cinquantaine de kilomètres de Keowe. C'était sur les conseils de Jeffrey qu'il avait mis le cap sur cette ville, parce que d'après lui, « chercher à s'amuser à Keowe était encore plus difficile que vouloir comprendre ce que Bob Dylan chante sans avoir les sous-titres ».

La soirée commença dans un bar sympathique en périphérie de la ville, là où ils pourraient s'embrasser tout leur saoul sans risquer de se faire passer à tabac. Avant de me laisser boire ma première tequila, Miles me lança un regard lourd de sens.

— Je ne suis pas ta mère, mais tu regretteras peut-être ce geste très longtemps.

— Pour le moment, je regrette surtout de pas avoir repris plus tôt.

Il secoua la tête comme s'il n'avait jamais rien entendu d'aussi stupide.

L'alcool chemina de ma bouche jusqu'à mon estomac en une douce brûlure et un frisson délicieux et douloureux parcourut ma peau. J'eus un léger hoquet et ressentis un chagrin puissant qui manqua de me faire hurler. On m'avait fait venir jusqu'ici, en Caroline du Sud, et j'ignorais pourquoi. Tout ce que je savais, désormais, c'est que j'avais accepté de me laisser berner pour me perdre et rentrer différente de celle que j'étais lorsque j'avais quitté le Kentucky – si je rentrais un jour.

Pendant que les garçons mettaient à profit leur temps libre, quelques whiskys soda me mirent en verve et je discutai bientôt avec le premier venu comme si c'était un vieil ami que je venais de retrouver après une longue séparation. Je poussai même le bouchon jusqu'à flirter avec un homme plutôt gras et de quinze ans plus âgé que moi. Il avait les dents grises et l'haleine chargée, un vieux tee-shirt qui sentait la sueur aigre et une casquette qui proclamait l'amour universel. Je vis aussi qu'il portait une alliance et devinai que les verres qu'il avait ingurgités toute la soirée lui avaient permis de relativiser le caractère sacré des liens du mariage.

Quand Miles remarqua que j'étais bouche contre bouche avec mon camionneur quinquagénaire et que les mains de ce dernier se faufilaient sans rencontrer d'obstacle sous ma chemise, il me rappela que nous nous retrouvions tous à la voiture à 3 heures du matin dernier délai et que, passé cette limite, je devrais me débrouiller seule pour rentrer à Keowe.

Mon cavalier grogna amoureusement qu'il n'y avait pas à s'inquiéter et que j'étais entre de bonnes mains.

Je rejoignis la voiture sur le parking du bar peu avant l'heure limite. Miles et Jeffrey n'étaient pas là et je les attendis, toujours en proie au vertige de mes retrouvailles avec la bouteille, appuyée contre la portière passager et la cigarette aux lèvres. À près de 4 heures, ils arrivèrent enfin, épuisés et détendus.

Miles me considéra d'un œil sarcastique.

— C'est bien, tu n'as pas décidé de tout plaquer pour partir à l'aventure avec ton Roméo… Je vois que tu les aimes frais et sexy, même si je trouve que le maire a un petit cul plus intéressant…

Chacun d'entre nous s'installa dans la voiture et Miles mit le moteur en route. Sous la lumière douce du plafonnier qui pâlissait, son regard croisa le mien dans le rétroviseur intérieur. Aussitôt, il se tourna vers moi, perplexe et interrogatif.

— Qu'est-ce qu'il y a ? Pourquoi tu pleures ?

Étonnée, je me passai la main sur les yeux pour sécher ces larmes que je ne sentais pas couler.

*

Ma courte nuit fut cauchemardesque. Plus d'une fois, je m'éveillai comme en transe et dans des draps trempés de sueur. Malgré cela, le lendemain de cette sortie fut moins pénible que je l'avais imaginé : pas de migraine ni de brûlure d'estomac. Juste l'envie maladive de boire, à en perdre la raison, et l'amertume d'avoir échoué et de me retrouver dans le camp des vaincus alors que, la veille encore, j'étais alcoolique abstinente et digne petite-fille d'un homme qui m'avait vue vaincre mes démons. Grand-pa était bien mort, à présent.

Il devait être près de 14 heures quand Miss Muriel me réveilla en gémissant. La pauvre bête était arrivée au bout de ses réserves de patience et ne voulait plus qu'une chose : me voir ouvrir la porte pour la laisser sortir faire ses besoins.

Elle se tortilla de bonheur sur ses petites pattes arrière lorsque je daignai enfin sortir du lit pour exaucer ses vœux les plus pressants. Dans les secondes qui suivirent, Miss Muriel se rua vers sa liberté retrouvée, ivre d'allégresse.

Mme Park détestait cordialement les clients qui traînaient au lit après midi et bouleversaient son emploi du temps jusqu'à l'intolérable. C'est pourquoi je me dépêchai de prendre une douche pour sortir manger quelque chose en ville le plus vite possible sous peine de renforcer un peu plus la haine que l'aubergiste éprouvait à mon égard.

Je descendis l'escalier, quelques minutes plus tard, et ne trouvai aucun dragon furieux aux naseaux fumants à la réception, seulement une vieille femme éplorée dont le chagrin semblait inépuisable.

— Madame Park ? Que se passe-t-il ?

— C'est… C'est Mme Schulberg… Elle est morte dans la matinée… Pauvre M. Schulberg, mon Dieu, pauvre M. Schulberg…

Je passai derrière l'accueil pour la consoler. Elle ne me repoussa pas et m'enferma dans ses bras potelés. Je la sentais trembler contre moi et sa peine était si intense que je dus me retenir pour ne pas pleurer avec elle.

Une fois calmée, elle me libéra et s'excusa d'avoir ainsi perdu le sens des convenances. La voix encombrée de larmes, elle se souvint tout à coup que j'avais eu de la visite.

— Martha Grindell est venue, et elle m'a chargée de vous dire qu'elle passait voir Michael Burke aujourd'hui. Si vous voulez être au courant de ce qu'ils auront dit, vous pouvez aller au poste en fin d'après-midi pour la voir…

— Elle n'a pas dit à quelle heure elle se rendait chez lui ?

— Non, elle n'a pas précisé… Vous avez des problèmes avec M. Burke ?

— En fait, on ne sait pas encore, il y a des points sur lesquels il doit nous éclairer.

Mme Park retrouva alors toute la raideur suspicieuse que je lui connaissais.

— Je savais qu'il cachait quelque chose, ce professeur sorti de nulle part ! Ce sont les pires des criminels, ceux-là ! Vous connaissez Ted Bundy ? Eh bien, c'était un psychopathe qui avait le sourire d'un ange. J'ai vu un film sur lui, et maintenant que j'y pense, je trouve que Michael Burke est un peu notre Ted Bundy de Keowe…

Elle finit d'essuyer ses yeux humides et rouges tout en m'adressant un signe de tête convaincu.

J'avais bien choisi mon jour pour me payer le luxe d'un lendemain de cuite : Ann morte et Martha qui s'apprêtait à confronter Michael. Je voulais me rendre immédiatement au poste de police dans l'espoir d'y trouver Martha, mais je ne pouvais chasser de mon esprit l'image de Clyde, seul face au deuil et au vide. Je décidai d'aller le voir, et, en arrivant, je fus surprise de rencontrer

Connor qui sortait justement de chez lui. Il m'aperçut et vint à moi. Il était toujours aussi sale. Son agressivité me pétrifia.

— Qu'est-ce que vous foutez là ?

— Je… Je viens présenter mes condoléances à Clyde…

— Vous ne croyez pas qu'il en voit suffisamment comme ça pour en rajouter ?

— Il est tout seul, et je crois qu'il a besoin d'un peu de soutien.

— Connerie ! Vous savez qu'il s'en prendra plein la gueule si une des rombières de Keowe passe ici et qu'elle vous voit avec lui. Vous devriez quitter la ville, vraiment. Vous n'avez rien à faire ici.

Brusquement, il me tourna le dos pour reprendre sa route en direction des bois. Je ne me trouvais qu'à quelques mètres de la porte d'entrée des Schulberg et il m'était impossible de faire un pas de plus vers elle. Je me souvins du visage de cette femme que j'avais croisée en sortant d'ici, la veille au matin, quand elle m'avait reconnue. Et il ne fallait pas compter sur Georgia pour me sauver une fois de plus.

À contrecœur, je rebroussai chemin et décidai de me rendre chez les Lucas. Je savais que l'ancien shérif était chez lui, à cette heure de la journée, et il serait ravi de m'accueillir pour éplucher avec moi quelques-uns de ses précieux dossiers.

Je venais seulement de me mettre en route lorsqu'une détonation me fit sursauter. Elle fut suivie d'une autre et encore d'une troisième. Les quelques personnes qui étaient dans la rue à ce moment-là se figèrent tout comme moi avant de retrouver l'usage de la parole au bout de longues secondes.

— C'était un bruit de fusil à pompe.

— D'où ça venait ?

— On aurait dit que ça tirait du côté de la route nationale, à la sortie de la ville.

La route nationale. Là où vivaient Michael et Clinton Holland.

Faisant fi du danger qui m'attendait sans doute là-bas – et moi plus qu'aucune autre personne – je me mis à courir vers la zone de Keowe où les coups de feu avaient retenti. Deux voitures de police, sirènes hurlantes, passèrent à toute allure dans la rue pour se rendre chez Michael. L'animation et l'inquiétude commençaient à devenir palpables : des petits groupes de personnes se rassemblaient et regardaient à l'horizon comme s'ils s'attendaient à voir des colonnes de fumée ou des camions militaires venir en renfort. Les commerçants quittaient leurs boutiques et des visages graves et circonspects apparaissaient aux fenêtres.

Une voiture me dépassa et se gara sur le trottoir. C'était Lucas.

— Montez ! J'ai eu un coup de fil du poste et ils m'ont dit que Martha avait besoin de renfort chez le prof de géographie. Je le connais un peu, je peux le raisonner.

Je pris place à ses côtés.

— On ne vous a rien dit d'autre ?

— Apparemment, Martha a pris une balle et Burke est retranché dans son appartement avec un véritable arsenal. Si on ne tente pas de faire ça en douceur, il a de quoi faire un carnage…

Il redémarra et, au loin, deux nouveaux coups de feu rapprochés éclatèrent. Lucas était au comble de l'angoisse.

— Qu'est-ce qu'elle fout là-bas, bon Dieu !

— Elle y est allée parce qu'elle voulait poser des questions à Michael. Je crois que c'est Toby Webson.

Sans ralentir, Lucas me jeta un regard plein d'effroi.

— Lui ? Toby Webson ? Mais c'est une histoire de fous !

— Qu'est-ce qui ne l'est pas dans cette affaire ?

Le temps que nous arrivions, d'autres voitures de police étaient placées de façon à faire barrage et à établir un périmètre de sécurité autour de la maison où se situait l'appartement de Michael. Un jeune flic fit signe à Lucas de faire demi-tour. Celui-ci jura et coupa le moteur avant de descendre à la rencontre du jeune homme. Je le suivis. L'officier le reconnut.

— Oh, m'sieu Lucas, désolé… Même vous, je peux pas vous laisser passer…

— Je sais, crétin ! Je suis en retraite, pas stupide ! Je viens juste pour savoir ce qui se passe ici.

— Ben, la shérif Grindell était seulement venue poser quelques questions au professeur Burke, c'était pas officiel, et lui, il l'attendait quand même, apparemment, et il l'avait dans sa ligne de mire si vous voyez ce que je veux dire…

— Il l'a touchée ?

— Oui, et c'est pas beau à voir. Il l'a touchée à la clavicule. Heureusement qu'il vise mal ou qu'il était trop nerveux parce que, sinon, elle y restait…

Lucas semblait atterré.

— Martha, misère de sort…

— En plus, on a un autre problème, m'sieu Lucas.

— Quoi donc ?

— Il refuse catégoriquement de parler à qui que ce soit. Il a dit que « tant que l'autre salope renoncerait pas à écrire son bouquin et qu'on décidait pas de lui foutre la paix, il ne rendrait pas les armes ». C'est comme ça qu'il l'a dit…

Lucas me regarda.

— Il l'attendait, et il savait que c'était en rapport avec votre enquête… Vous savez ce que ça veut dire…

— Il a un complice, ou quelqu'un qui le tient au courant.

— Ça se complique méchamment. Je n'aime pas ça…

Lucas se frotta le menton, pensif.

— Et le révérend Holland ? Où est-ce qu'il est ?

Le policier pâlit un peu plus.

— Personne ne l'a vu en ville, et c'est possible qu'il le retienne à l'intérieur, même si Burke a parlé d'aucun otage jusqu'à présent…

— Si Holland était encore à l'intérieur, il l'a sûrement déjà descendu, ou alors…

Au moment où Lucas allait achever sa phrase, une détonation plus forte que les autres nous plongea dans la stupeur et un nuage de fumée s'éleva près de la maison où vivait Michael. Me revint à la mémoire la rumeur concernant l'arsenal que Clinton Holland conservait chez lui en souvenir de l'Irak, et dont Clyde m'avait parlé. Le jeune policier reçut un message et devint blême.

— Il a complètement pété les plombs. Il a balancé une grenade dans notre direction et elle a explosé devant la maison. Ça a foutu le feu à une cabane à outils…

Lucas devenait fou.

— Est-ce qu'il y a des blessés ? Est-ce que les gars vont bien ?

— Apparemment, rien de méchant. Ils se sont cassé la gueule à cause du souffle, c'est tout. Faut qu'on fasse appel au SWAT, avec un taré pareil, on peut pas faire autrement…

Lucas approuva non sans ajouter qu'il fallait faire vite : le moindre mal envisageable, c'était le suicide de Michael. Ça valait toujours mieux que de perdre des gars dans l'opération. En attendant, la seule solution était de se replier en maintenant un périmètre de sécurité pour l'empêcher de s'enfuir.

Le flic nous demanda de reculer et de retourner dans la voiture.

Lucas était atterré.

— La seule chance qu'on a, c'est que la maison n'a pas de voisins directs. Même s'il décide de tout faire péter, il se fera sauter tout seul. Ce sera moche et Keowe souffrira d'une mauvaise publicité, mais au moins ce sera fini…

Il était en sueur, et braquait un regard halluciné vers le théâtre des opérations. Il ne devait pas pouvoir s'empêcher de penser que, là-bas, se trouvait le rejeton de Franklin Webson et que, dans quelques heures, il serait mort. Ces pensées m'assaillaient au même moment. J'avais en tête toutes les informations précieuses que nous nous apprêtions à perdre : les souvenirs que Toby Webson conservait probablement de la nuit des meurtres, en dépit de son jeune âge, et toutes les découvertes potentielles qu'il avait faites depuis plus de trente ans qu'il avait échappé au massacre. Cela me rendait malade, d'autant plus qu'il était désormais clair que quelqu'un secondait Michael Burke et l'avait régulièrement tenu au courant des avancées de l'enquête – de mon enquête.

L'idée de le perdre me fut insupportable.

— Vous croyez qu'ils vont le descendre ?

— Pas automatiquement. Cela dit, étant donné la dangerosité du lascar, ils n'hésiteront pas longtemps avant de faire feu. Tout dépend de lui, et je ne l'imagine pas enclin à négocier ou à déposer les armes.

— Pourvu qu'on trouve au moins quelque chose chez lui qui nous donnera un élément de réponse sur tout ça…

— Alors prions pour qu'il ne décide pas de tout faire sauter.

★

Quelque part dans la Bible est évoqué un silence d'environ une demi-heure. Je ne sais plus à quelle occasion. En tout cas, je suis certaine de connaître la qualité de ce silence, car ce jour-là, il en régnait un identique à Keowe, du côté de la route nationale. Quand tout fut fini, on nous rapporta les événements dans les détails.

Les forces spéciales avaient tenté de nouer le dialogue avec Michael qui n'avait su répliquer que par des coups de feu sporadiques. Il avait compris que des professionnels avaient été appelés en renfort et qu'il ne pouvait plus se permettre de s'exposer à leurs tirs. Le chef des opérations espérait encore l'attraper vivant. D'après lui, il y avait bien des façons de le piéger. Toutes les tentatives de le raisonner ayant abouti à l'échec, la tension monta d'un cran et il fut décidé de passer à l'action et de préparer un assaut. Un problème subsistait, auquel on ne pouvait avoir de réponse : Michael était-il vraiment seul dans son appartement ? Personne en ville ou dans les environs, hormis Clinton Holland, n'avait été déclaré disparu, et de l'avis général, la probabilité qu'un otage fût présent entre ces murs était quasi nulle. Ou bien, comme le pensait Lucas, si Holland avait eu le malheur de se trouver sur les lieux au moment critique de la folie meurtrière de Michael, il n'était probablement plus de ce monde.

Entre-temps, Clyde était arrivé sur les lieux en dépit du deuil qui le frappait. Je n'osai pas aller vers lui pour l'assurer de ma sympathie. Immédiatement, il s'enquit de la santé de Martha mais personne n'avait d'informations sérieuses à ce sujet. Ce n'est qu'un peu plus tard qu'un coup de fil nous apprit qu'elle était hors de danger, même si sa blessure allait la mettre sur la touche pour un temps. C'était donc l'adjoint Malvin qui prendrait le pouvoir sur les forces de police durant sa convalescence, ce qui ne me disait rien qui vaille.

Cela faisait de longues minutes que seul le canon du fusil de Michael pointait vers l'extérieur depuis les volets entrouverts de sa chambre, et le chef des opérations commença à trouver ça louche.

— Ce fils de pute nous en prépare une !

Il décida de déployer les forces au plus près de la maison pour l'assaut final. Les hommes en noir longèrent les murs et parvinrent sans mal à pénétrer dans les lieux. À peine quelques secondes plus tard, ils essuyèrent une salve de tirs nourris. Michael Burke leur avait tendu un piège grâce à un leurre à la fenêtre de sa chambre alors qu'il les guettait au rez-de-chaussée. Les hommes s'attendaient à un tel stratagème et ce fut par la suite un déluge de feu qui explosa dans la maison.

La mort de Michael Burke fut rapide. Il était tombé les armes à la main.

Lucas et moi avions compris que tout était fini quand le bruit sourd des armes était parvenu jusqu'à nous de manière continue pendant une éternité. Par réflexe, Lucas m'avait pris la main, les yeux fixés sur l'invisible champ de bataille où tombait le dernier des Webson.

C'était fini.

Dans la foule agglutinée autour des barrières de la police, la rumeur d'effroi qui s'était élevée moins d'une minute auparavant venait de laisser place à un silence de mort. Lucas et moi étions dans la voiture, un peu à l'écart, et je vis soudain Miles arriver dans notre direction. Il était blême.

Je sortis à sa rencontre. Il eut le réflexe de me prendre dans ses bras.

— Michael est mort. Et Clinton Holland aussi. Apparemment, Michael l'a abattu. Le pasteur a dû essayer d'empêcher le carnage... Je m'en veux de m'être si souvent foutu de sa gueule, il avait des couilles.

Chacun de nous resta silencieux quelques instants. Je reculai, me retenant pour ne pas pleurer.

— Ça ne pouvait pas finir autrement.

Miles jeta un regard atterré en direction de la maison.

— Tu sais qu'il attendait Grindell ?

— Oui. Lucas me l'a dit : ça implique l'existence d'un complice.

Aucun de nous ne parvint à ajouter un mot.

Un sentiment de malaise m'envahit soudain. Quelqu'un m'observait. C'était la même impression que le soir de la disparition d'Esther Lamar. Je sus immédiatement qu'il était là, quelque part, à me scruter.

À l'écart de la foule, je le repérai enfin : Connor était debout, inexpressif, et me fixait avec intensité. Je ne baissai pas les yeux et il finit par sourire tristement en secouant la tête face à cet inoffensif défi que je lui jetais à distance. Lucas approcha pour me proposer de passer chez lui. Le temps de me retourner pour lui répondre, Connor avait disparu.

Plus j'y pensais, plus je m'en voulais de ne pas avoir creusé plus avant la piste de Connor : il savait qui j'étais depuis le début, il connaissait le manoir, Eden Woods et les montagnes comme sa poche, et, en plus, il avait eu des contacts réguliers avec la communauté de Diana, si j'en croyais le jeune Judicaël. Si j'ajoutais à ça la proximité de toujours qu'il entretenait avec Delerth, cela commençait à faire beaucoup de choses, même si je ne comprenais pas encore ses motivations.

Je savais désormais où me mèneraient mes prochaines investigations.

★

Doris était bouleversée par ce qui venait de se produire. Cela lui rappelait le climat mortifère qui s'était abattu sur Keowe après le massacre des Webson. Lorsqu'elle s'exclama que la boucle était bouclée, avec la mort du dernier d'entre eux, Lucas ne rebondit pas sur ses propos, pas plus que moi ni Miles, qui avait accepté de venir chez les Lucas. Doris eut enfin une pensée pour Clyde.

— Et M. Schulberg a eu le courage de venir !

Toute la ville ne bruissait que de cette double actualité brûlante : Ann Schulberg était morte le matin et Michael Burke avait été abattu l'après-midi. À croire que les deux événements étaient liés – et lorsqu'on prêtait attention à la rumeur qui circulait parmi les gens, on avait l'impression que c'était Michael et son aura maléfique qui avaient tué Ann Schulberg, et non le cancer.

Lucas but une gorgée de café, et fut amer.

— En tout cas, tout ça ne dit pas ce qui est arrivé à Esther Lamar.

Doris demanda à la cantonade si nous pensions que Michael l'avait séquestrée.

Je remarquai que nous continuions tous à l'appeler par son nom d'emprunt bien que persuadés qu'il s'agissait de Toby Webson.

Lucas n'eut pas la force de répondre. Miles voulut savoir si l'on aurait accès aux pièces de l'enquête.

L'ancien shérif grimaça.

— Je ne sais pas trop. Si Martha avait encore été en course, j'aurais eu bon espoir d'avoir un accès officieux au dossier. Avec ce petit trou-du-cul de Malvin, je pourrais toujours essayer, mais…

Il eut pour conclure ses propos un geste qui en disait long.

Il n'y eut pas un mot de plus concernant Michael. Miles sortit fumer sur la terrasse ; je décidai d'évoquer mes soupçons concernant Connor avec Lucas.

— Je sais que vous n'êtes pas enclin à suivre cette piste, pourtant je crois que Connor en sait plus qu'il ne veut bien le dire…

Visiblement agacé, il agita la main pour m'interrompre.

— On parlera de Connor plus tard. Si je me mets à lui tourner autour, ça finira par remonter aux oreilles de Malvin et il n'hésitera pas à le coller au trou même s'il n'a aucune raison pour ça. En plus, si Connor devait se retrouver derrière les barreaux, j'en connais un qui ne s'en relèverait pas, surtout dans les circonstances actuelles. Ne vous faites pas de bile, je vais m'occuper de ça à ma façon, en toute discrétion.

Il sourit en m'adressant un clin d'œil. Cela faisait du bien de se retrouver auprès de lui après une telle journée.

Sa cigarette finie, Miles voulut rentrer à l'auberge. Je décidai de le suivre et remerciai les Lucas pour leur accueil.

La journée courut à son terme pour abandonner plus vite au passé les heures tachées de sang et de larmes que nous venions de vivre, et bientôt ce fut le soir, et une nuit sans lune ni étoiles.

Miles disparut pour rejoindre Jeffrey quelque part et je restai seule dans ma chambre, avec Miss Muriel et un pack de bières. J'allais m'endormir, bercée par une douce ivresse et une fatigue qui coulait dans mes veines tel un poison mortel rongeant mon énergie, quand on frappa à ma porte. Miss Muriel leva la tête. J'ouvris, me trouvai nez à nez avec Clyde. Il était débraillé, et avait pleuré – un vaisseau avait éclaté dans son œil droit et je n'aurais pas été étonnée de voir couler des larmes de sang sur son visage. Il sentait l'alcool – du rhum. Sans même y avoir été invité, il entra et sembla chercher quelqu'un ou quelque chose du regard avant de m'observer, longtemps, perdu et effrayé. Il remarqua les bières.

— Oh, tu n'es plus sous traitement…

Et il fut secoué d'un rire aigu et stupide qui ne dura pas. Il me fixa, éberlué.

— Drôle de journée, hein ? L'infirmière n'est pas passée voir Ann en fin d'après-midi, je l'ai attendue, bêtement, et elle n'est pas venue…

Ma gorge se noua et je ne réussis pas à prononcer un mot.

— Elle n'est pas venue, et j'ai compris pourquoi après : elle n'est pas venue parce que Ann est morte… Elle était là ce matin et puis, juste avant 10 heures…

Il ne finit pas sa phrase. Un hoquet violent le secoua et il s'écrasa les paumes des mains sur les yeux. Sa bouche se tordit et découvrit ses dents puis un long gémissement de douleur s'échappa du fond de sa gorge. La bave aux lèvres, il s'assit sur le lit où je le rejoignis pour le prendre dans mes bras. Il enfouit sa tête au creux de mon épaule et je lui caressai les cheveux en murmurant de pauvres mots de réconfort. Il sanglotait comme un petit garçon qui se croit perdu dans un territoire inconnu et qui vient de perdre sa mère de vue. Et ce petit garçon s'accrochait à moi dans un abandon total alors que, pas plus que lui, je ne savais où j'étais, ni pourquoi je m'y trouvais.

★

Après cet épisode sanglant, plusieurs jours passèrent au cours desquels le choc ressenti par les habitants s'estompa peu à peu. Les funérailles d'Ann Schulberg eurent lieu dans l'intimité exigée par la défunte même si on organisa une cérémonie à l'église. Après la nuit qu'il passa avec moi, je ne devais pas avoir de nouvelles de Clyde avant quelque temps – il me l'avait dit : il fallait éviter d'exciter les passions cancanières dont j'aurais certainement eu à souffrir plus que lui.

Concernant l'enquête sur Michael, Lucas avait vu juste : l'adjoint Malvin veillait à le laisser scrupuleusement sur la touche durant l'enquête. Même les alliés que Lucas conservait au poste semblaient avoir été écartés au profit d'officiers jugés plus loyaux au nouveau maître des lieux.

Lucas tempêtait.

— Vous verrez quand Martha sera de retour ! Elle fera le ménage dans ce panier de crabes, croyez-moi !

Dehors, un temps d'orage et d'averse s'installa durablement, engrisailla les rues de Keowe. La mélancolie régnait. Miss Muriel détestait ça. Elle avait horreur de devoir sortir sous la pluie et, lorsqu'elle rentrait toute mouillée, elle soupirait longtemps avant de plonger dans l'atonie.

Je comprenais la chienne, subissais avec elle la sinistrose ambiante. Je me soignais à ma manière, avec un verre de temps en temps, ce qui me maintenait à mi-chemin de l'ivresse et de la lucidité.

Je ne travaillais presque plus sur l'affaire Webson, et ne faisais qu'attendre un signe de la part de Lucas. Miles passait le plus clair de son temps avec Jeffrey et ne rentrait pas toujours à l'auberge, ce qui plongeait Mme Park dans un désarroi évident. Les nouvelles concernant Martha n'étaient pas mauvaises : elle se remettait plus vite que prévu malgré la gravité de sa blessure mais il était hors de question pour elle de reprendre le travail avant une période de rééducation – dans le meilleur des cas.

J'étais allée lui rendre visite à l'hôpital, ce qui l'avait sincèrement surprise et un peu gênée, et je comprenais pourquoi : elle avait l'air si fragile, couchée et amaigrie dans son lit et seulement revêtue d'une blouse de malade. Elle s'inquiétait surtout du temps qui passait sans que personne eût le moindre indice concernant la disparition d'Esther – et savoir que la sécurité des habitants de Keowe se trouvait entre les mains de l'adjoint Malvin lui donnait des sueurs froides.

— Ce n'est pas un mauvais flic, je vous assure. Son problème, c'est qu'il ne pense qu'à la taille de ses couilles et rue dans les brancards quand il faudrait se creuser la cervelle. C'est un bon second, parce qu'on peut le recadrer. S'il occupe la première place, en revanche, il se transforme en bébé armé d'une mitraillette.

Comme je savais que Martha partageait mes doutes quant à la participation de Connor aux événements récents, je lui en touchai un mot afin qu'elle convainquît Lucas de faire le nécessaire. Elle partagea d'autant plus mon avis lorsque je lui révélai que Barry Delerth était en vie et qu'il semblait avoir le jeune homme sous sa coupe. Elle me promit d'essayer – en vain : Connor semblait avoir pris ses quartiers pour une durée indéterminée, et il n'y avait aucune trace de Delerth. D'après Lucas,

Connor devait frayer avec des amis à lui – rien de méchant, des toxicos à la petite semaine. Il le verrait à son retour.

J'étais en compagnie de l'ancien shérif, un après-midi aussi pluvieux et sombre que les précédents, quand une nouvelle arriva, qui mit en émoi toute la ville – encore. Le téléphone sonna et Doris répondit.

On venait de retrouver le corps d'Esther Lamar dans la montagne.

Lucas fut bouleversé ; je dus accuser le coup. Plus le temps passait, plus les chances de la retrouver s'amenuisaient, et pourtant notre esprit refusait cette issue. C'était Mme Park qui venait d'appeler Doris, et même si elle n'avait que peu de détails, on savait déjà un certain nombre de choses : la découverte remontait à deux jours mais avait été tenue secrète le temps de procéder à certaines analyses. C'était un randonneur qui avait découvert le cadavre pendant une promenade dans la montagne. Le corps présentait des marques de violence, nombreuses, et comme la mort semblait remonter à plus d'une semaine, il allait falloir faire appel à la police scientifique afin de pratiquer des examens poussés.

Dès que l'émotion des premiers instants se fut dissipée, je jugeai opportun de revenir à la charge au sujet de Connor.

— Monsieur Lucas, ça ne peut pas être une coïncidence : il a disparu au moment où on commençait à le soupçonner. Il était le seul à connaître nombre de choses à mon sujet et je crois qu'il en savait bien plus !

— N'oubliez quand même pas qu'Esther avait confiance en lui, et elle…

— Et elle ne faisait pas confiance à Martha qui n'a jamais fait que son travail et tout son possible pour l'aider. D'ailleurs, Martha a toujours regardé Connor d'un sale œil, vous le savez. Et puis merde, à la fin ! C'est un toxico !

Malgré tout, Lucas refusait de souscrire à mes accusations. Ce fut à cet instant que je décidai de lui parler de l'ancien jardinier des Webson.

— Richard, il y a une chose que je ne vous ai pas dite : Delerth est ici, dans les environs de Keowe.

Aussitôt, il devint pâle comme un linge.

— Qu'est-ce que vous dites ?

— Delerth est en vie et il est là ! Il m'a menacée pour que je quitte la ville ! Ouvrez les yeux, bon sang ! Il n'a jamais quitté la région, et je suis certaine qu'il était dans les parages quand les Webson sont morts. En plus, vous ignorez sans doute qu'il a pris Connor sous son aile. J'insiste, mais ce type est louche. Connor est…

Il m'interrompit alors d'un cri.

— Ça suffit !

Cette brusque colère me cloua sur place. Lucas tremblait et me considérait avec une forme de haine qui me crucifia.

— Vous êtes une étrangère et vous ne savez rien de tout ça, de Connor ! Vous arrivez ici et vous jetez l'anathème sur les uns et les autres sans savoir qui ils sont ou ce qu'ils ont vécu ! Vous devriez avoir honte !

— Je… Je suis désolée, je…

— Moi, je vous ai défendue quand certains ont trouvé que c'était un peu fort de ma part d'aider une femme qui couche avec un homme marié dont l'épouse mourait d'un cancer ! Votre attitude me montre que j'ai eu tort : vous êtes comme eux, avec vos jugements à l'emporte-pièce !

Il avait presque les larmes aux yeux. Sans rien ajouter, il me tourna le dos et se plongea dans la lecture d'un journal comme si j'étais déjà partie. Alertée par la tournure violente de notre conversation, Doris était revenue dans la pièce. En voyant l'état de nerfs dans lequel Lucas se trouvait, elle me prit doucement par le bras et me conduisit au rez-de-chaussée, voulut me réconforter.

— Ne vous inquiétez pas, il est sous le choc de la mort d'Esther. C'était la seule personne qui était encore en vie à lui rappeler les Webson. C'est un pan de son passé qui disparaît… Il ne pensait pas ce qu'il vous a dit…

— Même s'il ne le pensait pas, il a raison sur un point : je juge les autres un peu trop facilement, pourtant son affection pour Connor l'aveugle, j'en suis persuadée…

Doris fit une moue dubitative et me conseilla d'aller me changer les idées. Elle donnait moins d'une heure à son mari pour se reprocher de m'avoir crié dessus, – deux, peut-être, étant donné les circonstances.

Depuis qu'il pleuvait presque quotidiennement à Keowe, je devais prendre la voiture que Clyde m'avait prêtée pour le plus petit trajet en ville. En quittant la maison des Lucas, je décidai de rendre visite à Martha à l'hôpital afin de voir si elle était au courant des dernières évolutions de l'enquête concernant Esther.

Arrivée dans sa chambre, tous mes doutes s'envolèrent. Jamais je ne l'avais vue dans un tel état d'abattement, même après qu'elle fut sortie du bloc opératoire après sa longue intervention.

— Oh, c'est vous, Jessie… Je suppose que vous êtes au courant ?

— Oui, je suis désolée pour vous…

— Elle était tout ce qui me restait de Johnny. Maintenant, il s'est un peu plus éloigné de moi… Je me doutais que quelque chose se passait. Depuis hier, certains des gars m'avaient tenue au courant d'une certaine agitation au poste. Malvin va pouvoir pavoiser…

Nous échangeâmes quelques banalités de circonstance. Puis arriva le moment où j'évoquai ma dispute avec Lucas. Elle tenta de me remonter le moral.

— Lucas peut être très soupe au lait. Généralement, ça ne dure pas…

— On voit que vous n'avez pas assisté à la scène…

— On voit que vous n'avez pas assisté à plus de scènes ! Lucas doit s'emporter avec tous ceux qu'il aime de cette façon au moins une dizaine de fois dans l'année… Il reviendra vers vous, soyez-en sûre. Vous aurez peut-être même droit à un bouquet de roses.

Je souris tout en restant persuadée d'une chose.

— Vous savez, avec ou sans excuses, il n'en démordra pas : pour lui, Delerth n'a rien à voir avec tout ça, et il est inimaginable qu'il manipule Connor. Il fera semblant d'accepter l'idée qu'il le soit pour me faire plaisir, et à la fin, il l'innocentera.

— Pas faux. Mais prenez garde à ne pas vous laisser avoir par l'excès inverse. Vous le voyez tellement coupable sans le moindre début d'indice que vous pourriez laisser passer des infos importantes, ou des détails cruciaux… Demandez-vous pourquoi vous êtes certaine que Delerth et Connor sont mêlés à tout ça et dès que vous aurez une réponse nette, vous y verrez plus clair.

J'allais répondre que j'étais sans doute trop impliquée pour être honnête quand la porte de la chambre s'ouvrit. C'était l'adjoint Malvin et il n'avait pas pris la peine de frapper avant d'entrer. Suivi d'un autre agent, il affichait un sourire narquois et son œil brillait d'un sentiment de jouissance sadique. Martha le dévisagea.

— Malvin ? Qu'est-ce que…

Sans accorder la moindre attention à sa supérieure, il s'avança vers moi et, d'un geste à la fois précis et brutal, il emprisonna mon poignet droit dans une menotte avant de me retourner et de finir de me neutraliser. Martha n'en revenait pas.

— Malvin !

Il ignora Martha, ne s'adressa plus qu'à moi.

— Jessica Belcher, je vous arrête pour la séquestration et le meurtre d'Esther Lamar. Vous avez le droit de garder le silence. Tout ce que vous direz pourra être retenu contre vous devant un tribunal. Vous avez le droit d'être assistée par un avocat et si vous n'en avez pas les moyens, il vous en sera commis un d'office aux frais du gouvernement.

Après un instant de stupeur, ma colère éclata.

— C'est une plaisanterie ? C'est une putain de blague ? C'est ça ?

Martha était livide.

— Jessie, restez calme.

Sans adresser un mot à sa supérieure, Malvin me saisit par le bras pour me conduire à l'extérieur, sous le regard interdit des médecins, des infirmières et des familles des malades. Comme pour ajouter une touche d'ironie à la situation, le ciel, pour mieux faire jouir les habitants du spectacle, s'était éclairci, et une vapeur étouffante s'élevait du sol trempé par plusieurs jours de pluie ininterrompue. Quelques passants m'observèrent, qui médusés, qui le sourire aux lèvres, lorsque l'adjoint Malvin m'installa à l'arrière de la voiture de police.

C'était tellement absurde que je n'y croyais pas : j'étais menottée et accusée d'avoir tué Esther Lamar que je ne connaissais même pas un mois auparavant.

La voiture démarra. Je vis passer Clyde sur le trottoir. Il devait rendre visite à Martha. Il commença à me sourire en m'apercevant, et il prit conscience du véhicule dans lequel je me trouvais. Il s'engouffra dans le hall de l'hôpital, le portable collé à l'oreille, en arborant la plus grande inquiétude.

« Fais marcher tes réseaux si tu en as, Clyde, pensai-je, parce que je vais en avoir bien besoin. »

*

On me plaça dans une cellule du poste de police sans un mot d'explication. Tout ce que je pouvais sentir, c'était l'exultation de Malvin. Il m'avait eue dans le collimateur depuis le début. Un agent m'indiqua plus tard que mon premier interrogatoire aurait lieu en présence de mon avocat le lendemain matin. J'allais passer la nuit ici, et la première pensée qui me vint fut que Miss Muriel se retrouverait toute seule.

Un des officiers accepta de demander à Mme Park de s'en occuper pour moi.

Ma nuit sous les verrous fut moins rude que je ne l'avais pensé : on n'était pas à Ricker's Island. Les bruits qui venaient parfois de l'accueil ne me réveillèrent pas – je ne fermai pas l'œil parce que je ne pouvais pas boire.

Le lendemain, dès 8 heures, on m'annonçait un entretien avec mon avocat.

C'était un homme chauve à barbe grise, avec de beaux yeux bleu lagon. Il s'exprimait avec une rapidité surprenante qui compressait les mots sans s'attarder sur les syllabes. Il faisait aussi montre d'un optimisme qui devait laisser penser à tous ses clients qu'il les tirerait d'affaire sans avoir à abattre toutes les cartes qu'il avait en main. Il était venu m'assister à la demande de Clyde, dont il était l'avocat. Jamais le maire n'avait eu à se faire de souci pour ses intérêts, d'après lui. Il s'appelait Frank Carpenter. Je lui demandai d'où venait son accent, et il secoua la tête.

— Non, madame, je n'ai pas d'accent. Je suis du Colorado et je vais vous sortir de ce bordel dès que vous aurez éclairé ma lanterne sur ce qui vous a amenée ici.

Il acheva sa phrase sur un éclat de rire auquel je me serais associée si la situation n'avait pas été si grave.

— Allez-y, racontez-moi tout...

— Je suis accusée du meurtre d'Esther Lamar. Et de l'avoir enlevée au préalable. C'est tout ce que je sais...

— Que vous a-t-on demandé lorsqu'on vous a interrogée ?

— Rien...

— Comment ça, rien ?

— On m'a seulement arrêtée.

Il m'observa d'un air perplexe.

— Soit ils ont un dossier en béton, soit le responsable de votre arrestation est un bleu.

— D'après sa supérieure, la seconde solution n'est pas à exclure.

— Alors vous vous retrouverez rapidement dehors.

Il me fit un clin d'œil.

Un peu plus tard, je me trouvai en salle d'interrogatoire avec Frank à mes côtés. Face à moi, Malvin et un autre agent me toisaient avec un évident mépris. Quant à moi, j'avais le teint gris et je transpirais comme si j'étais perdue dans la Vallée de la Mort sous un soleil de plomb. Mes mains tremblaient, j'avais des crampes d'estomac et des céphalées qui me rendaient irritable à l'extrême. Frank m'avait conseillé d'apparaître détendue et sereine – une réussite. Il demeura jovial à ma place et prit le luxe de plaisanter.

— Eh bien, messieurs, c'est dans un triste endroit que vous nous invitez pour nous raconter des fables, à ma cliente et moi-même !

Malvin lui adressa un regard outré.

— Une fable où la morte est bien réelle, hélas, maître Carpenter. Vous savez à quel point Mme Lamar était appréciée dans tout le comté ?

Frank hocha gravement la tête en signe d'assentiment. Malvin concentra immédiatement après toute son attention sur moi.

— Madame Belcher, pouvez-vous me dire précisément où vous vous trouviez les 13, 14 et 15 juillet derniers ?

Je dus faire un petit effort pour remettre les choses en ordre dans ma tête. Malgré mon état lamentable, tout fut vite très clair : le 13, j'avais passé la journée au manoir Webson où l'on m'avait agressée, et le 14, au lendemain de l'annonce de la disparition d'Esther, j'y étais retournée brièvement avant de faire la connaissance de Connor puis de l'ancien shérif Lucas. Le 15, je m'étais rendue à la bibliothèque pour consulter les archives, si mes souvenirs étaient bons. En bref, j'étais dans une merde noire. Je n'étais pas dans de bonnes conditions pour mentir.

— Le 13 et le 14, j'étais à Eden Woods, et le 15, j'étais à la bibliothèque, à Keowe.

— Et que faisiez-vous à Eden Woods ?

— Je me suis simplement promenée. Je venais d'arriver et je voulais découvrir les lieux, dans l'espoir de comprendre l'atmosphère de la région. Pour mon livre.

À côté de moi, je sentais poindre une tension palpable chez Frank, malgré son apparent détachement. Malvin était impénétrable.

— Et vous avez visité des lieux en particulier ? Vous avez rencontré des gens qui seraient susceptibles de corroborer vos déclarations ?

— Oui. J'ai rencontré Georgia…

Je ne me souvenais plus de son nom de famille et Malvin vint à mon secours.

— Georgia Barnett ?

— Oui, Georgia Barnett. Elle m'a prêté sa voiture pour que je ne sois pas en retard au rendez-vous que j'avais avec M. et Mme Schulberg, le soir même. Le lendemain, j'ai vu l'ancien shérif Lucas.

Il hocha lentement la tête et nota quelque chose sur le bloc-notes qu'il tenait face à lui. J'étais ravie d'avoir pu placer le nom du maire dans la conversation.

— Est-ce qu'il s'est produit quelque chose en particulier la journée du 13 juillet ?

Je me braquai, convaincue qu'il voulait me piéger – j'attendis un peu trop longtemps pour lui répondre.

— Je me suis rendue sur l'ancien domaine des Webson.

— Pour vous imprégner de l'atmosphère ? Pour votre livre, je suppose ?

Je lui adressai une grimace de sourire.

— On ne peut rien vous cacher.

Frank s'éclaircit la gorge. Malvin poursuivit d'un ton égal.

— On vous a vue dans un bien triste état ce jour-là. Le 13. Très sale et blessée à la tête.

Frank intervint.

— Je voudrais m'entretenir avec ma cliente.

Malvin et l'autre officier se retirèrent.

Quand nous fûmes seuls, Frank se tourna vers moi sans se départir de sa bonhomie.

— Alors, sale comment et blessée où, par qui et pourquoi ?

— Je suis tombée dans la boue et j'ai heurté un arbre. C'est ce que j'ai dit à tout le monde ce jour-là. Ils pourront le demander. Georgia, Clyde… Tous le confirmeront.

— Je me fous de savoir s'ils le confirmeront ou pas. Est-ce que c'est vrai ? Moins vous me cacherez de choses, plus je pourrai vous défendre efficacement. Parce que mon petit doigt me dit que le sympathique Malvin, lui, il connaît la vérité…

Je soupirai, exaspérée par ce martèlement dans mon crâne et cette douleur à l'estomac qui me rendait folle. Frank s'impatientait.

— Jessie, vous ne prendriez pas autant de temps à me répondre si vous ne me cachiez pas quelque chose…

Je lui racontai toute la vérité. À la fin, il hocha la tête et parut satisfait.

— On va dire à l'adjoint de revenir et vous allez lui répéter mot pour mot ce que vous venez de me raconter. OK ?

J'étais d'accord, et l'interrogatoire reprit. Je racontai à Malvin comment je m'étais retrouvée inconsciente dans la cave du manoir et la lutte qui m'avait opposée à un agresseur invisible.

Mon histoire ne sembla pas le mettre dans l'embarras.

— Très bien, madame Belcher, je suis heureux que vous ayez eu la bonne idée de ne pas me servir la même histoire qu'à tous ceux qui vous ont demandé comment vous vous étiez blessée. Et que vous étiez sur le domaine des Webson ce jour-là... Maintenant, je voudrais que vous jetiez un œil à ceci.

Il étala une série de clichés devant moi. Je ne pus retenir une exclamation d'horreur : c'étaient des photos du corps d'Esther dans la forêt. Elle était trempée et noire, et dans une position de pantin désarticulé. Il n'y avait plus rien d'humain dans son visage qui ressemblait à un vieux masque en caoutchouc inexpressif.

Je reculai violemment sur ma chaise, au désespoir de Frank, et, prête à vomir, je hurlai.

— Vous êtes malade de me montrer des saloperies pareilles, espèce de taré !

Frank se décomposa, et m'invita à me rasseoir. Malvin ignora cette scène fâcheuse et s'exprima avec calme.

— Mme Lamar a été retrouvée dans la forêt au pied des montagnes, il y a soixante-douze heures, et tout nous permet d'affirmer qu'elle n'était certainement pas là-bas quelques jours plus tôt quand nos équipes ratissaient les environs. Son corps a donc été placé là récemment. Et en dépit des fortes précipitations de ces derniers jours, des résidus de boue imprégnée dans ses vêtements et sous ses ongles ont été analysés et correspondent à celle des eaux stagnantes présentes dans la cave des Webson…

Frank l'interrompit.

— Cela n'incrimine en rien ma cliente qui…

— Désolé pour vous, maître : *ça*, ça l'incrimine !

Il plaça devant moi une autre photo : celle d'un téléphone portable en piteux état.

— Reconnaissez-vous ce téléphone, madame Belcher ?

Je me tournai vers Frank, abasourdie. D'un mouvement de sourcils, il m'incita à répondre. Toute ma fureur, toute ma haine étaient retombées.

— C'est mon téléphone.

Un piège se refermait sur moi.

Malvin ne dit rien, plaça le cliché d'un autre objet devant moi : c'était un marteau – celui dont je m'étais armée pour me défendre dans la cave du manoir.

— Cette arme, madame Belcher, a été retrouvée au manoir. Le sang de Mme Lamar est présent sur la tête du marteau et le manche est recouvert d'empreintes digitales. Savez-vous à qui appartiennent ces empreintes ?

Je demeurai interdite. Malvin, lui, continua.

— Ce sont les vôtres, madame Belcher. Et comme vous étiez présente au manoir ces jours-là…

Frank se redressa.

— *Ces* jours-là ?

— Oui, maître. Un témoignage a pu attester de la présence de Mme Belcher sur le domaine des Webson le 14 juillet en milieu de journée.

Frank me jeta un regard interrogateur que je ne pus soutenir. Je pleurais.

— Je… Je voulais seulement récupérer mon téléphone.

— Et cacher l'arme du crime.

Frank sortit de ses gonds.

— Tout ceci est ridicule ! Ma cliente a été l'objet d'une machination, et je le démontrerai !

Malvin adressa à l'avocat un sourire provocateur et je comprenais son assurance : tous les éléments de son dossier allaient dans le sens de ma culpabilité. Frank tenta de me convaincre que tout cela ne faisait que commencer. Avant son départ, je lui demandai de tenir Hunter au courant de mes déboires, si Miles ne l'avait pas déjà fait, puis on me ramena en cellule.

Quelques jours plus tard, j'étais transférée à la prison du comté avant mon passage devant le juge Masterton – un homme vieux, en fin de parcours, qui n'entendait pas relâcher la bride sur les repris de justice de son comté et fixa le montant de ma caution à la somme astronomique de cinq cent mille dollars. Du jamais vu dans la région, mais Esther Lamar était populaire et son assassinat sauvage valait bien cette fortune.

Entre-temps, je reçus la visite de Hunter qui se désola de m'avoir laissée me fourrer dans un tel pétrin. Ce fut triste, et nous ne nous parlâmes que du bout des lèvres.

La situation me paraissait irréelle. Je ne connaissais pas Eden Woods et Keowe depuis deux mois et je me trouvais empêtrée dans la pire affaire criminelle que la région eût connue. J'avais beau clamer mon innocence, tout me désignait comme la coupable de ce meurtre atroce et même Frank, parfois, semblait sur le point de me proposer de négocier avec le bureau du procureur. Ce dernier voyait dans mon cas l'occasion de faire un exemple – et sa réélection assurée à l'issue d'un procès gagné d'avance.

Quatre semaines s'écoulèrent.

Bien qu'ayant d'abord rejeté l'idée d'une négociation qui me révoltait, il ne fallait pas exclure la possibilité de me voir condamnée à la peine capitale : je me trouvais dans l'un des États qui avaient le taux le plus élevé de condamnés à mort et d'exécutions. Cela me fit réfléchir et je commençai sérieusement à envisager un compromis pour garder la vie sauve et, peut-être, échapper à la perpétuité. Pourquoi ne pas inventer une dispute qui aurait mal tourné ?

Ce qui me fit le plus de mal, c'est l'absence de visite et de soutien de gens comme Lucas, et surtout Clyde. Je me disais qu'eux aussi avaient fini par croire à ma culpabilité. Après tout, j'étais une étrangère, alors qu'Esther avait été un phare pour eux toute sa vie durant.

Malgré l'enfer qu'était l'univers carcéral, et la personne dure et prête à cogner que je me forçais à être en ces murs, la perspective d'un arrangement se confirmait dans mon esprit, parce que au bout du compte, soit on veut sauver sa peau quitte à perdre son humanité et sa dignité, soit on meurt. J'en étais là lorsqu'un gardien vint me trouver un matin pour m'annoncer ma libération immédiate.

J'avais beau ne rien comprendre à ce qui se passait, je ne demandai pas mon reste. Je le suivis pour régler tous les détails de la procédure de ma sortie avant de trouver Frank qui m'attendait à l'extérieur, tout sourires.

J'étais hébétée, effrayée, même, par cette soudaine liberté retrouvée et je ne savais pas quoi dire à mon avocat qui respecta mon long silence effaré avant de se décider à briser la glace. Nous étions à une vingtaine de minutes de Keowe.

— Vous n'êtes pas curieuse de savoir comment tout ça est arrivé ?

— Non, j'ai trop peur qu'il s'agisse d'une erreur.

Il éclata d'un rire ogresque et tonitruant.

— Rassurez-vous, ce n'est pas une erreur. On a seulement trouvé le vrai coupable.

— Et de qui s'agit-il ?

— C'était Connor Baumgartner.

Un frémissement désagréable parcourut ma nuque.

— Et vous êtes sûrs de vous, cette fois-ci ?

— Oui. Il s'est volatilisé du jour au lendemain quand on a commencé à s'intéresser à lui. Et il faisait partie des gens que vous soupçonniez à un moment, n'est-ce pas ?

Je me contentai d'acquiescer. J'avais été convaincue de la culpabilité de Connor mais quelque chose me choquait dans ce revirement inattendu. Tout était allé si vite. Frank poursuivit.

— On a retrouvé des tas de choses intéressantes dans sa cabane, et parmi elles, le sac qu'on vous a dérobé au manoir et des affaires volées chez Esther Lamar. Il ne fait aucun doute qu'il a placé votre portable à côté du cadavre d'Esther pour vous faire accuser. Le procureur a dû faire une drôle de gueule quand il a compris que j'avais vu juste avec mon histoire de machination !

— Et ça a suffi à me faire libérer ?

— Oui. Ça et le témoignage de Clyde.

À cet instant, Frank manifesta une certaine gêne et se tut.

— Comment ça ? Il a témoigné en ma faveur ?

— Il a affirmé avoir passé la journée avec vous avant que vous ne le rejoigniez pour dîner dans la soirée avec sa femme. Il a expliqué qu'il n'en avait pas parlé plus tôt parce qu'il avait honte de lui. Ce qui a changé la donne, c'est qu'il ne pouvait plus se taire et laisser une innocente croupir en prison. Ç'a été très courageux de sa part, vous savez. Et c'est à la suite de son témoignage que l'enquête s'est orientée vers Connor Baumgartner et que vous vous retrouvez libre aujourd'hui. C'est l'ancien shérif Lucas qui a insisté pour qu'on fouille du côté de Baumgartner. Vous lui devez une fière chandelle !

Un mois plus tôt, j'aurais jubilé à l'idée de savoir que Connor était le suspect numéro un dans cette enquête ; désormais, j'étais persuadée qu'un innocent allait en remplacer une autre derrière les barreaux. L'intervention de Lucas à l'encontre de Connor me laissait un goût amer. Tout comme le mensonge de Clyde pour m'innocenter.

Une fois arrivés à Keowe, Frank me déposa à l'auberge. Mme Park m'accueillit avec une grande gentillesse. Elle avait gardé mes affaires de côté afin de louer une autre chambre si je le désirais – celle que j'occupais auparavant n'était plus libre. Comme je n'avais nulle part où aller, j'acceptai son offre avec joie. Elle me proposa de différer le paiement si cela m'arrangeait. Je lui demandai si Miles comptait toujours parmi ses pensionnaires, et elle me répondit en feignant l'indifférence qu'il s'était installé chez Jeffrey peu après mon départ forcé. Elle ne savait pas s'il était encore à Keowe ou dans les environs.

Avant de monter dans ma nouvelle chambre, je remarquai soudain quelque chose.

— Madame Park, où est Miss Muriel ?

L'aubergiste inspira un grand coup, et afficha une mine désemparée.

Miss Muriel était morte deux semaines après mon arrestation. Selon Mme Park, elle s'était beaucoup attachée à moi. Elle était vieille et avait sûrement vécu mon départ comme un nouvel abandon, après la mort d'Esther. Elle avait passé une semaine sans boire ni manger, et elle s'était éteinte. Mme Park l'avait gardée près d'elle dans ses appartements, pour ne pas exposer l'agonie de l'animal aux yeux de la clientèle et assurer la plus grande tranquillité à Miss Muriel dans ses derniers instants. Quand tout fut fini, elle appela Clyde qui lui avait demandé de le tenir au courant. Il vint chercher Miss Muriel et décida de l'enterrer derrière la maison d'Esther, là où elle avait passé de longues et heureuses années.

L'aubergiste alla chercher les gamelles de Miss Muriel.

— J'ai gardé tout ça, au cas où vous souhaiteriez le récupérer.

— Je les prendrai en partant.

Je ravalai mes larmes et gravis l'escalier.

Une fois installée, je remerciai le ciel de me trouver dans une chambre différente, sans souvenirs.

J'étais sonnée. Le bref séjour passé en prison m'avait donné l'illusion que le temps s'était suspendu à l'extérieur. Je pensai à Miles et à Jeffrey, sourire aux lèvres, et aussi à Clyde, à Martha – à Lucas et sa femme. Il avait orienté les enquêteurs sur la piste de Connor, pour moi. Plus encore que Clyde, c'était lui que j'avais besoin de voir, le plus tôt possible.

*

Martha avait raison au sujet de Lucas. Quand le vieux monsieur me vit entrer dans son salon, précédée par Doris, l'émotion qu'il manifesta n'était pas feinte. Il me serra dans ses bras comme si j'avais été sa propre fille.

— Pardonnez-moi de ne pas être allé vous voir là-bas... J'ai tellement fréquenté ces endroits que je ne pouvais pas imaginer vous voir dans un tel trou. Et comme j'avais été odieux avec vous lors de notre dernier entretien...

Nous nous installâmes au salon pour discuter des derniers événements et je n'y allai pas par quatre chemins.

— Richard, j'aimerais savoir à quoi ça rime, toute cette histoire avec Connor ?

Il se rembrunit et baissa les yeux.

— J'ai beaucoup réfléchi à ce que vous m'avez dit ce jour-là, pourquoi revenir là-dessus ? Vous étiez persuadée qu'il était coupable après tout, non ?

La nuance de reproche que je devinai dans sa voix me blessa, et pourtant je comprenais son amertume.

— Je ne suis plus aussi sûre de moi, et il faut que vous m'expliquiez pourquoi vous l'avez quasiment livré à la police pour me faire sortir de prison.

Il plongea ses yeux dans les miens, bouleversé.

— C'est lui qui m'a demandé de le faire.

— Connor ? Mais... pourquoi ?

— Je n'en sais rien... Connor a toujours été tellement secret. Il m'a seulement demandé de lui faire confiance... Même si c'est un type bizarre, je sais qu'il n'a jamais fait les choses sans raison, alors j'ai témoigné contre lui, comme il me l'a demandé.

Et il m'a juré que tout irait bien… qu'il s'éclipserait avant que Malvin mette la main sur lui…

— Est-ce que Clyde est au courant de cette combine ?

Il se contenta d'acquiescer. Je lui demandai comment avait évolué l'enquête qui concernait Michael Burke – il eut un geste de dépit.

— Ça ? Je ne veux plus en entendre parler. Les Webson sont tous morts : qu'ils reposent en paix ! J'ai déjà bazardé toutes mes archives. Je crois que si elle n'avait pas eu d'arthrose à la hanche, Doris aurait dansé la samba pour fêter ça !

Je comprenais sa réaction et ne dis rien. Les questionnements qui avaient occupé toute sa vie étaient vains désormais, et le néant qui s'ouvrait devant lui avait un goût amer.

— Vous ne pouvez pas comprendre. Depuis que vous êtes arrivés, vous et votre copain, pour enquêter sur les Webson, Keowe a changé du tout au tout. On a perdu Esther, Ann… Même la pauvre Miss Muriel et ce fêlé de Clinton Holland ! J'ai l'impression que je n'ai plus qu'à crever à mon tour…

Doris, qui nous apportait des gâteaux faits maison, soupira.

— Allons, Richard, tu sais bien que tu ne peux pas mourir tant qu'on n'aura pas déclassifié l'ensemble des documents sur l'assassinat de JFK…

Cette saillie arracha un sourire à l'ancien shérif qui retrouva une meilleure humeur. Je restai avec les Lucas une heure entière avant de les abandonner.

Dans la rue, je pris le temps d'observer la ville autour de moi. Elle semblait différente de la première fois où j'y avais déambulé. Elle était devenue familière et je la retrouvais après une longue absence. À ma grande surprise, j'éprouvai une sorte d'affection pour cette bourgade perdue du vieux Sud, inconnue de tous. Et ma famille, après tout, y plongeait ses racines.

Une voiture arriva derrière moi et ralentit. C'était Martha. Malgré son bras en écharpe, elle n'avait pas résisté longtemps à l'appel du volant. Elle m'adressa un large sourire.

— On profite de la liberté ?

— Oui, même si j'ai des tas de questions sans réponses qui me laissent perplexe…

Son ton se fit désabusé.

— Et vous ne savez pas tout. Je crois que quelqu'un s'est payé votre tête encore plus méchamment que vous ne le pensiez…

— Comment ça ? Vous avez découvert quelque chose ?

Elle jeta un coup d'œil rapide autour de nous avant de me faire un signe de la main.

— Montez, je préfère qu'on parle à l'abri des regards, histoire de ne pas faire jaser…

Je m'installai à ses côtés sans poser de questions et elle démarra.

Quelques minutes plus tard, nous nous trouvions devant la maison où avait vécu Michael Burke. Les lieux étaient déserts et, bien que ce fût certainement le fruit de mon imagination, je trouvai qu'il s'en exhalait encore un parfum de poudre et de mort.

Martha coupa le moteur et sortit un paquet de cigarettes de sa poche, elle me le tendit. J'en pris une, étonnée.

— Je ne savais pas que vous fumiez.

— J'avais arrêté, mais cette affaire plus mon arrêt de travail et la mort d'Esther… Comment dire ? J'avais besoin de décompresser d'une façon ou d'une autre…

— Je comprends.

Je n'ajoutai rien et Martha inspira une bouffée, observa le théâtre de la désolation.

— Il y a quelques semaines, je suis venue ici pour discuter avec Michael Burke. À l'époque, vous comme moi, nous pensions qu'il était mêlé de près à l'affaire Webson, voire qu'il était Toby Webson…

— Ce n'était pas le cas ?

— Quand j'ai pu sortir de l'hôpital, j'ai repris mon poste avec interdiction de m'occuper d'autre chose que de l'administratif. Rien de physiquement éprouvant, vous comprenez. Alors j'ai repris en main tout ce qui vous concernait et tout ce qui touchait à Michael Burke, parce que Malvin avait assez fait de bêtises comme ça. Et c'est là que j'ai découvert que Michael Burke était bien un faux nom. Le truc, c'est qu'il ne cachait pas du tout Toby Webson. Tenez, jetez un œil à la chemise cartonnée qu'il y a dans la boîte à gants.

Je pris la pochette et l'ouvris. Le premier des documents disponibles représentait un portrait-robot de Michael. Il était décrit comme étant très dangereux et recherché dans deux États, le Tennessee et l'Alabama.

— Il a escroqué et abusé plusieurs femmes en cinq ans. Lui, il s'appelait Dennis Conroy. Michael Burke est le nom du petit garçon d'une de ces pauvres filles qu'il a violées, juste sous les yeux du gamin... Sa dernière victime, il l'a tuée. Un accident, apparemment. Ça l'a refroidi et il a voulu se faire oublier. Il a fui loin.

Cette révélation me glaça le sang. L'homme qui était sur la photo, avec sa mine patibulaire, sa coiffure négligée et sa bouille mal rasée était bien l'ancien professeur de géographie de Keowe, et pourtant, il semblait être un tout autre homme – pas celui qui m'avait abordée avec un beau sourire et une courtoisie exquise *Chez Will* au moment de notre première rencontre.

Il me fallut quelques instants pour encaisser le choc et Martha ne me bouscula pas. Après avoir respiré un bon coup, je pus reprendre.

— Et qu'est-ce qu'il faisait à Keowe, alors ? Et pourquoi il a exigé que je renonce à mon livre sur les Webson ?

— C'est bien le plus drôle. Il était venu à Keowe pour repartir de zéro, apparemment, mais quand il vous a vue, ç'a été une sorte d'électrochoc : vous correspondez parfaitement à son type de femmes, si j'ose dire. J'ai jeté un œil à ses victimes et il y avait de grandes chances pour que vous deveniez la prochaine. On a retrouvé des tas de cahiers chez lui remplis de délires à propos de vous et de ce qu'il aurait voulu vous faire. Et le jour où vous l'avez rembarré avec votre copain Miles, ça l'a méchamment mis en rogne, croyez-moi... Bon, on a retrouvé des quantités astronomiques de films pornos sur son ordinateur. Ce genre de vice ne mène pas en prison, généralement... Il avait une obsession pour les femmes soumises et réduites à l'état d'esclaves. Étrange personnage... On a même découvert qu'il avait inspiré la partie du prêche de Holland qui vous condamnait vous comme femme adultère et votre copain comme un homo débauché.

— C'est bien beau tout ça, mais comment expliquez-vous qu'il ait fait un carton sur vous et les autres policiers ?

— C'est là que ça devient intéressant. Regardez donc la lettre qu'il a reçue le matin de ma visite. Et vous comprendrez qu'il parlait d'un livre sur lui, pas sur les Webson.

On avait déposé une enveloppe vierge directement chez Michael. À l'intérieur, une lettre tout aussi brève qu'éloquente.

Cher Dennis, cher assassin violeur,
Tu es foutu, la grosse Grindell a découvert le monstre que tu es vraiment et elle va venir pour t'embarquer aujourd'hui. Tu vas passer à la piqûre dans moins de temps qu'il n'en faut pour le dire. Fais les yeux doux au jury qui décidera de ton sort : tu n'écoperas peut-être que de 10 condamnations à perpétuité. Et Belcher pourra faire fortune sur ton cadavre en te consacrant un livre qui retracera tes forfaits.

Je désignai la lettre.

— Cette écriture…

— Je sais. C'est la même que celle de la carte adressée à votre grand-père et la lettre anonyme que j'ai reçue vous concernant.

— Alors…

— Alors vous avez été piégée, aussi bien dans le cas de la mort d'Esther que pour l'affaire Webson… On a tous été piégés. Et cette référence au bouquin, ça explique les dernières paroles qu'il nous a hurlées… Ce psychopathe de Burke est tombé dans le panneau aussi et s'est cru démasqué…

— Pourtant, quand Miles a fait ces recherches sur Michael…

Je n'eus pas le temps de finir ma phrase que Martha se figea.

— Comment ça, « Miles » ? Ce n'est pas vous qui avez fait les recherches ?

— Non. Il a proposé que nous nous partagions le travail : il a fait des recherches sur Michael et il a recueilli des témoignages de pensionnaires de la maison de retraite que Michael avait presque harcelés pour avoir des infos sur les Webson…

— Quoi ? La maison de retraite ? Quelle maison de retraite ?

— Celle… Celle de Keowe.

Martha se mit à rire sans joie après avoir marqué un léger temps d'arrêt.

— Ma pauvre chérie, il vous a menti. Je suis navrée d'être aussi directe : ce gars s'est foutu de vous. La maison de retraite de Keowe est fermée depuis vingt ans. Quant à Michael Burke, même un lycéen un peu plus malin que la moyenne aurait découvert sa véritable identité en cherchant sérieusement. Et là, il s'est bien payé votre tête. Il a profité de la confiance que vous aviez en lui…

— Mais pourquoi ?

— C'est ce qu'on doit découvrir au plus vite. À cause de ce fils de pute, j'aurais pu y rester. C'est lui qui a chauffé Michael Burke à blanc avec cette foutue lettre anonyme, vous pouvez en être sûre ! En tout cas, je dois pousser les recherches un peu plus avant concernant son identité. Les Miles Oakland ne doivent pas manquer…

Tout devenait d'une logique effrayante en ce qui concernait l'enchaînement des actes – seule la motivation première de tout ce cirque manquait. Il n'y avait personne hormis Hunter qui pouvait m'éclairer sur la personnalité de Miles.

Je fixai Martha.

— Est-ce que vous avez un téléphone ? Mon patron connaît Miles, il saura peut-être nous éclairer.

Elle me passa son portable et je parvins à joindre Hunter. Il écouta attentivement mon histoire et en fut stupéfait.

— Alors là, Jessie, je ne sais pas quoi dire… J'ai conscience que ce type n'est pas fiable et un emmerdeur de première, mais ce que tu me racontes là, c'est… c'est presque effrayant, digne d'un psychopathe !

— Je sais, Hunt, c'est aussi ce que je me suis dit, parce que, hormis notre premier face-à-face, nos relations ont été bonnes, il avait vraiment réussi à gagner ma confiance. C'est effarant...

— Il faut dire qu'il est dur à cerner. Moi, je ne l'ai toujours vu que dans des situations où il cherchait à m'emmerder. Je ne le connais pas en dehors du boulot, à part deux ou trois trucs sur sa vie privée qui sont parfois venus dans la conversation...

— Sa vie privée, ça pourrait être une idée. Je vais interroger son petit ami. Il aura sûrement un ou deux trucs à nous dire sur lui.

À mes côtés, Martha acquiesça vigoureusement. Au bout du fil, Hunt ne dit plus rien. Je crus que nous avions été coupés.

— Hunt ? Hunt, tu es là ?

— Oui, oui, je suis là, mais... Tu viens bien de dire *son petit ami* ?

— Oui. Jeffrey, un étudiant qu'il a rencontré ici...

— À quoi ressemble le Miles que tu côtoies depuis près de deux mois, s'il te plaît ?

J'eus un long moment d'hésitation.

— Eh bien, il doit avoir environ trente-cinq ans. Il est grand et sec, il a les cheveux noirs et courts et...

— Nom de Dieu, Jessie ! Ce type que tu me décris, ce n'est pas du tout Miles Oakland ! Miles a presque cinquante ans et il doit faire dix kilos de plus que moi. Il a des cheveux blonds, et rares. En plus, c'est un coureur de jupons. Il a déjà divorcé trois fois et a été condamné pour violences conjugales... Jessie, méfie-toi de ce mec, je n'aime pas ça du tout !

Martha me fit signe qu'elle en savait assez.

— Raccrochez, Jessie, on va au poste immédiatement, je vais lancer un mandat d'arrêt contre ce type. On ne doit pas perdre de temps, et je vais envoyer quelqu'un chercher son copain.

Je promis à Hunt de le tenir au courant et, dans les cinq minutes qui suivirent, nous étions au poste. À nouveau, un sentiment d'angoisse et d'urgence m'oppressa. J'entrevoyais une vérité que j'avais cherchée dès mon arrivée à Keowe et je la sentais prête à me filer entre les doigts. J'eus l'impression qu'un compte à rebours venait seulement de s'enclencher alors qu'il courait depuis le début de cette affaire.

*

Quand on l'appréhenda pour le mener au poste, Jeffrey fut saisi d'une panique telle que les agents crurent qu'il allait faire un malaise. Grâce au ciel, il avait recouvré toutes ses forces lors de son arrivée dans le bureau de Martha.

Cette dernière m'indiqua qu'il avait été très coopératif et avait autorisé la police à fouiller sans mandat dans les affaires que Miles avait laissées chez lui.

Jamais il n'avait envisagé la moindre duplicité de la part de ce dernier. Au pire lui reprochait-il son manque de bonne volonté à s'engager dans une relation sérieuse, même si sa récente installation dans son petit studio était de bon augure, pensait-il.

Non, jamais Miles n'avait eu l'air de comploter quelque chose. Il pouvait lui arriver d'être nerveux sans vouloir expliquer ce qui le tracassait, bien que ces derniers temps, il semblât tout à fait détendu. Jeffrey envisageait de lui présenter sa mère.

Nous en étions là de notre discussion lorsque le téléphone sonna dans le bureau de Martha. C'était le shérif du comté de Whitford, Kentucky. À la suite de l'appel de Hunter qui craignait pour la vie du dénommé Miles Oakland, le shérif avait envoyé deux de ses agents là où il vivait pour s'assurer qu'il allait bien. Miles Oakland vivait dans un mobile-home loin de tout. C'est dans son taudis que les hommes du shérif trouvèrent le corps du blogueur en état de décomposition avancée. À première vue, il était mort depuis plus de deux mois.

À la fin de la conversation, Martha avait sa mine des mauvais jours.

— OK, nous avons donc un tueur en liberté dans la région. Au risque de paraître alarmiste, il est évident qu'il en a après vous. En plus, je commence à me demander si nous sommes bien sur les traces du véritable assassin d'Esther, avec Connor.

J'abondai en son sens et lui rapportai la confession de Lucas au sujet de Connor. Elle ne fut qu'à moitié surprise d'apprendre que le marginal avait demandé à l'ancien shérif de l'accuser du meurtre d'Esther.

— Avant que vous ne soyez libérée, j'ai pu discuter plus d'une fois avec Lucas et il m'a parlé de vos diverses rencontres avec Connor, et plus j'y pense, plus je trouve que le garçon avait une attitude protectrice à votre égard. Il vous a enjoint de quitter la région à plusieurs reprises, je me trompe ?

— Non, vous avez raison... Il savait qui j'étais, et la première fois qu'il m'a parlé, il ne pouvait pas répéter autre chose que : « Pourquoi vous êtes là ? »... Tout ça, il le faisait à la demande de Delerth. Vous pensez qu'il a connu mon père et que ça puisse avoir un rapport avec lui ?

— C'est probable. Quand on appartient à une certaine marginalité, les liens de l'amitié peuvent devenir très forts et remplacer sans difficulté le manque créé par l'absence de structure familiale... Alors pourquoi un lien fort ne se serait pas créé entre Delerth et votre père ?

Un agent arriva pour annoncer à Martha que tout le monde était prêt pour aller fouiller les affaires laissées chez Jeffrey par le prétendu Miles.

Je ne pouvais pas venir avec eux, naturellement, et Martha me conseilla de rester au poste, là où j'étais sûre d'être en sécurité.

La fouille ne leur prit pas longtemps et ils furent rapidement de retour. Martha paraissait inquiète et s'enferma un moment dans son bureau. Au bout d'une vingtaine de minutes, elle apparut sur le seuil et m'appela. Elle m'invita à entrer et ferma la porte derrière elle. Nous nous installâmes chacune de part et d'autre du bureau comme si la conversation entamée quelques heures plus tôt n'avait pas été interrompue. Seul signe de changement : sa nervosité encore plus patente.

— Je n'ai pas le droit de faire ce qui va suivre... en principe. Cela dit, il y a trop en jeu et je dois avoir votre avis pour faire avancer les choses plus vite et mettre un terme à tout ça.

— Qu'est-ce que vous avez trouvé chez Jeffrey ?

— Peu de chose, et beaucoup de choses. Vous vous souvenez de ces albums de photos dont vous m'avez parlé ? Ceux que votre collègue a subtilisés chez Esther ?

— Oui, les photos de la famille Webson. Bien sûr que je m'en souviens.

— Eh bien, nous avons retrouvé les clichés qui manquaient à l'intérieur...

Elle n'en dit pas plus et les étala devant moi. Ils étaient là : une dizaine en tout qui constituaient le pan manquant de l'histoire des Webson. Mon regard passait de l'un à l'autre et sur chacun d'entre eux figurait le petit Toby Webson, ou plutôt l'enfant qui avait été choisi pour remplacer le bébé mort. Les clichés couvraient une période qui s'étalait jusqu'au mois précédant le massacre de la famille. La dernière photo représentait Toby et celle qui était devenue sa grande sœur, Rose. L'air grave de l'enfant de cinq ans, ses cheveux noirs et drus et ses grands yeux sombres levèrent tous mes doutes en une fraction de seconde.

— Mon Dieu... C'est Miles...

— C'est ce qui me semblait. Je voulais seulement votre avis...

Elle me dit deux ou trois autres choses mais je ne l'écoutais plus. J'étais subjuguée par la gravité terrible de ce regard d'enfant qui me contemplait à plus de trente années de distance. Si Rose semblait effrayée, résignée, lui était déterminé, impavide. Ce mélange de vide et de fureur froide, je l'avais entraperçu de nombreuses fois chez Miles durant les moments de tension que nous avions traversés. Il avait toujours eu un but précis.

J'observais encore et encore les photos lorsqu'un détail me sauta aux yeux : sur l'un des clichés, le petit garçon se trouvait avec sa grande sœur, en présence d'une jeune femme brune aux cheveux retenus par une queue-de-cheval. Elle contemplait l'enfant comme à la dérobée, et avec un petit sourire en coin. Ce qui me choqua, c'est la tenue qu'elle portait : elle était vêtue d'une grande robe grise et austère.

— Cette femme, qui est-elle ?

Martha prit la photo et l'étudia minutieusement.

— Aucune idée, je n'ai pas souvenir de l'avoir jamais vue.

Je récupérai la photo et l'agitai sous son nez.

— Il faut absolument qu'on retrouve qui c'est. En tout cas, il faut la retrouver avant Miles… Enfin, vous m'avez comprise…

Je ne savais pas comment appeler cet homme auprès duquel j'avais vécu pendant des semaines. Il avait usurpé l'identité de Miles Oakland et, alors qu'il n'était qu'un bébé, on lui avait attribué le nom d'un enfant mort.

Martha hocha la tête.

— Vous pensez qu'il est important de la retrouver ?

— C'est la femme en gris qu'il cherchait quand il est venu voir Esther pour la première fois. Il se souvenait d'elle et il voulait la retrouver. Même s'il ignorait son identité exacte, il pressentait ce qu'elle était vis-à-vis de lui. Lucas et moi, on a cru qu'il s'agissait de Diana, le leader de la communauté dans les montagnes, et on s'est plantés. Miles s'est bien gardé de nous dire qu'on faisait fausse route, bien sûr… J'ai été stupide !

Martha était de plus en plus perdue.

— Écoutez, Jessie, il va falloir être plus claire car je ne comprends plus grand-chose…

— La femme en gris, c'était sa vraie mère.

*

J'étais convaincue de ce que j'avançais, même si une grande partie du puzzle restait à assembler. D'une façon ou d'une autre, l'Enfant perdu d'Eden Woods avait survécu au massacre qui avait eu lieu en ce soir de mai 1982, et quelqu'un lui était forcément venu en aide. Si nous ignorions quelle avait été sa vie après ça, la seule chose dont nous étions sûres, c'était qu'il avait décidé de revenir avec un but précis : retrouver sa mère qui l'avait abandonné aux Webson pour remplacer leur enfant mort.

Ce qu'il nous fallait découvrir, c'était l'identité de cette femme. Si son fils était resté à Keowe aussi longtemps, c'était sans doute parce qu'elle vivait encore dans les environs.

Martha avait fait circuler la photo dans tout le poste, mais aucun des agents ne l'avait reconnue. Ils étaient sans doute trop jeunes pour en avoir conservé un souvenir net.

Martha commençait à s'énerver à force de scruter ce cliché.

— Ce qui m'agace, c'est que j'ai l'impression de connaître cette femme sans être capable de l'identifier.

Elle se creusait la cervelle sans pitié quand une idée que je devinai lumineuse lui traversa l'esprit.

— Je suis la reine des abrutis ! Il faut demander à Lucas !

Je m'en voulus de ne pas y avoir songé plus tôt. Sa proximité avec Franklin Webson et sa famille faisait de Lucas la personne toute désignée pour identifier la jeune femme en gris.

Martha fit en vitesse le numéro de l'ancien shérif et, dès qu'il fut à l'autre bout du fil, elle put lui expliquer la situation dans laquelle nous nous trouvions. Il accepta de nous aider et proposa à Martha de se rendre chez lui tout de suite.

Après avoir raccroché, elle me considéra d'un air navré.

— Je suis désolée, Jessie…

— Ne vous inquiétez pas, je sais que vous ne pouvez pas m'emmener avec vous.

— Les gars trouveraient ça louche, et il y en a beaucoup qui vous en veulent à cause de l'échec de Malvin.

Je la rassurai de nouveau, même si j'étais un peu frustrée de ne pas pouvoir l'accompagner.

Martha partit chez les Lucas et me conseilla une fois de plus de l'attendre ici, par sécurité.

Cela faisait à peine cinq minutes qu'elle avait quitté les lieux lorsque je vis Clyde entrer au poste. Il semblait préoccupé et perdu. Ses yeux furetaient d'un coin à l'autre des bureaux comme s'il cherchait quelqu'un. Je lui fis signe, émue. C'était la première fois que je le revoyais depuis des semaines et je le trouvai un peu amaigri. Il m'aperçut, se dirigea vers moi sans hésitation, et murmura :

— Suis-moi.

Il était sur ses gardes.

— Mais, Clyde, Martha m'a demandé de rester ici en son absence et je…

— Suis-moi, Jessie, bon Dieu !

Une telle brutalité me stupéfia. Il le comprit et tenta de s'adoucir.

— Je t'en prie, viens avec moi, c'est important. Tu n'as rien à craindre. Il faut absolument laisser Martha et les autorités en dehors de tout ça, c'est tout…

Impossible de résister à son regard implorant. Sans un mot, je me levai et le suivis.

Personne ne sembla remarquer que je m'éclipsais avec le maire.

Une fois assise aux côtés de Clyde dans sa voiture, il démarra tout en scrutant la rue pour vérifier que Martha n'était pas déjà revenue. Il tourna dans une ruelle moins fréquentée, et se détendit. Cela me rassura.

— Tu peux me dire ce que je fais là ?

Il se tourna brièvement vers moi et m'adressa ce sourire tendre auquel j'avais été sensible dès notre première rencontre.

— Tu vas croire que je me fous de toi, mais je n'en sais rien du tout.

— Quoi ?

— Je te le promets. Je sais où je t'emmène, et pour voir qui. Pour le reste…

Je me rendis compte que nous prenions la direction d'Eden Woods.

— Très bien. Alors je me contenterai de ce que tu sais.

Il ne répondit pas tout de go, hésita.

— Je t'emmène voir Connor, sur le domaine des Webson.

— Connor ? Il n'est pas en fuite ?

— Disons qu'il est introuvable dans les environs…

Il me fit un clin d'œil incongru.

— Clyde, tu sais que tu risques gros en te livrant à ce genre de combine, cacher un fugitif…

— Je ne le cache pas…

— Tu sais où il se trouve et tu ne préviens pas les autorités, c'est du pareil au même, et tu le sais.

— Je suis au courant, oui.

Il continua de fixer la route sans rien ajouter. Je me souvins d'une chose.

— Je peux te poser une question ?

— Oui, vas-y.

— Pourquoi avoir menti pour me faire libérer ?

Son visage s'empourpra.

— Connor me l'a demandé.

Un temps passa, lesté de non-dits douloureux.

— Pourquoi tu acceptes de faire tout ça pour lui ?

— Tu le sais bien. Quand j'étais plus jeune, son père m'a sauvé de ce type qui…

— Non, s'il te plaît, ne te fous pas de moi. Je *sais* que les choses ne sont pas si simples que ça. Que ce soit toi ou Lucas, vous êtes trop protecteurs avec Connor. Il y a autre chose…

Sa nervosité devint palpable. Il y avait en lui un secret sur le point de déborder, une histoire enfouie dans son passé et qui lui avait servi de boussole jusqu'alors dans chacun de ses actes. Un pôle négatif auquel il était soumis, et qui l'oppressait.

— Je t'ai dit que le père de Connor, Gary, avait tué un gars qui en voulait à ma peau, tu te souviens ?

— Oui. Il a pris ta défense et les choses ont mal tourné.

— Eh bien, ça ne s'est pas tout à fait passé comme ça…

Les mots refusaient de sortir. Je lui posai la main sur le genou.

— Parle-moi. Dis-moi comment les choses se sont déroulées.

Un silence, long. Et enfin :

— C'est ma faute si le type est mort, c'est moi qui l'ai provoqué à l'époque. On a eu des mots, et ça s'est envenimé. Il a fini par me lâcher, parce que je n'en valais pas la peine. J'étais jeune et con, et ma fierté m'a poussé à me frotter à lui de nouveau. Je suis allé le voir sur son territoire, si on peut dire. Lui, il était moins abruti que moi, par certains côtés, et il n'a pas voulu répondre à mes insultes, au départ. Il savait que Gary lui ferait sa fête s'il me touchait, même si la bagarre était de mon fait. Au bout d'un moment, il a pété les plombs. Il faut dire que j'étais vraiment ignoble : arrogant, grande gueule... Tout pour plaire. C'est quand je lui ai dit que j'avais baisé sa copine qu'il est devenu fou...

Il secoua la tête.

— Et c'était faux, en plus ! J'avais quinze ans et j'étais puceau. Pourtant, il l'a cru. Il m'a collé un direct comme ça ne m'était jamais arrivé. Je m'en souviens encore. Pendant ce temps, quelqu'un avait dû avertir Gary que je faisais des miennes et il a compris que ça sentait mauvais. En attendant, je dérouillais. L'autre grand con était sur moi, à califourchon, et il me massacrait la gueule à coups de poing. C'était une brute, mais il savait jusqu'où il pouvait aller et il a arrêté avant que ça devienne méchant. J'avais la tête en vrac comme si on avait fait sonner de la corne de brume directement dans mes oreilles pendant des heures. Et c'est là que les choses ont mal tourné. Gary est arrivé et il a juste eu le temps de me voir par terre, dégueulant du sang et la tronche refaite comme une Miss Amérique. Alors il a demandé des comptes à l'autre monstre qui a déballé tout ce que je lui avais dit et que c'est moi qui étais venu le provoquer. De mon côté, je commençais à retrouver mes esprits, si on peut dire. Tout de suite, j'ai vu Gary, et ça m'a fichu en rogne. Je me suis dit qu'il allait prendre ma défense et qu'encore une fois j'aurais l'air d'un con.

C'est ce qui m'a décidé à utiliser ma botte secrète. Ce que je ne t'ai pas dit, c'est que j'avais réussi à me procurer un flingue. Et quand j'ai compris comment les choses allaient tourner, j'ai sorti l'arme de ma poche de blouson et j'ai tiré plusieurs fois. Jamais je n'avais fait ça avant. Et j'ai eu la chance du débutant, d'une certaine façon : j'ai fait carton plein et le type s'est écroulé mort. Gary était pétrifié. Il est resté immobile pendant une à deux minutes en fixant le corps du type et il s'est jeté sur moi en beuglant. Ma deuxième raclée de la journée. C'était loin d'être la plus violente, et c'est celle qui m'a fait le plus mal. Il pleurait comme un veau. J'avais trahi Esther et les rares personnes qui avaient cru en moi, lui le premier. Jamais je ne l'avais vu dans un état pareil... Gary, mon frère Gary qui avait toujours été le plus grand, le plus fort, le plus malin. Il était là comme si ses larmes étaient intarissables. Tout d'un coup, ses yeux sont redevenus secs et il m'a pris l'arme des mains. Il m'a dit de le frapper au visage, plusieurs fois. J'ai refusé, et il s'est mis à m'insulter. Il a dit que finalement, ce connard qui était là, mort par terre, avait peut-être raison. Je ne valais rien. Heureusement que mes parents étaient morts. Dommage que ce ne soit pas le cas d'Esther et de son mari parce qu'ils allaient en mourir, de mes conneries. Il a continué plusieurs dizaines de minutes comme ça à me balancer des injures et j'ai fini par exploser, en larmes. Je l'ai cogné, cogné, cogné encore et encore, si bien qu'à la fin l'illusion était parfaite : Gary et l'autre gars s'étaient mis sur la gueule et Gary lui avait réglé son compte au moment où il se ruait sur moi. Il pensait que l'autre allait me tuer et l'avait abattu.

Il s'arrêta, la gorge nouée. Je n'avais pas eu la force de l'interrompre durant son récit. Pas une fois il n'avait hésité : il avait revécu chaque détail de la scène comme s'il venait d'y assister. Je pensai à l'ancien shérif.

— Et Lucas, il n'en a rien su ?

— Si, mais pas officiellement. Enfin, je veux dire qu'on n'en a jamais parlé, lui et moi. Lucas était un excellent flic et c'est lui qui est arrivé sur les lieux. J'étais là pendant tout le temps que Gary lui a expliqué ce qui s'était passé, et Lucas ne m'a pas lâché du regard. Impossible de savoir ce qu'il ressentait : mépris, dégoût, chagrin, ou pitié… Il savait à quel point Esther tenait à moi et surtout, ce que je représentais aux yeux de son mari. Alors il a fait semblant de croire Gary, la mort dans l'âme et il lui a passé les menottes. C'est pour ça que lui et moi, de façon consciente ou pas, on essaie de veiller sur Connor, même si ce petit con nous donne souvent du fil à retordre…

— Ça fait longtemps que tu devais m'emmener à lui ? À Connor ?

— Le plus tôt possible, oui. Depuis ce matin, j'ai cru que tu ne sortirais jamais du poste, c'est pour ça que la deuxième fois que j'ai vu sortir Martha sans toi, j'ai décidé de venir te chercher.

Il eut un petit rire nerveux. Il transpirait beaucoup et essuyait souvent les paumes moites de ses mains sur son jean.

Nous arrivions aux abords de la propriété des Webson lorsqu'une tension soudaine s'empara de Clyde. Il me prit la main.

— Tu es bien sûre de ce que tu fais ?

Je lui adressai un regard étonné.

— Je ne fais que te suivre, ce serait plutôt à toi d'être sûr de ce que tu me demandes de faire.

Il me fixa, et je devinai les mots pour lui imprononçables bloqués au bord de ses lèvres fines. Sa respiration était forte et je voyais son torse se soulever sous son polo beige avec régularité. Il passa son autre main derrière ma nuque et m'attira à lui pour m'embrasser. J'avais besoin de ce baiser depuis ma sortie de prison – j'en pris conscience seulement à cet instant.

— Sois très prudente, d'accord ?

— Tu n'as pas confiance en Connor ?

— Si, totalement. C'est cet endroit qui m'inquiète. On dirait qu'il y a une présence mauvaise qui hante ces lieux. J'avais déjà eu la même sensation la seule fois où je suis venu, quand j'étais ado.

Il avait prononcé cette phrase en observant le manoir en ruine d'un œil effaré. Instinctivement, j'avais moi aussi tourné la tête pour chercher dans les pierres et les boiseries le spectre qui injectait le mal en ces murs, comme un virus pernicieux dans un corps condamné à l'agonie sans aucun espoir de mourir.

Il promit de m'attendre et je sortis de la voiture.

Je m'éloignai et pénétrai pour la troisième fois dans ce bâtiment sinistre dont j'avais espéré n'avoir plus jamais à fouler le sol.

À l'intérieur, toujours la même odeur de putréfaction humide provenant de la cave – cette fois plus prégnante, perverse, vivante.

— J'avais parié que vous viendriez…

La voix de Connor résonnait dans ce hall immense avec des tonalités sépulcrales.

Il était assis sur les marches de l'escalier – dans l'obscurité, je ne l'avais pas vu. Dans ma voix, une émotion étrange.

— Alors c'est ici que la boucle sera bouclée…

Il haussa les épaules.

— J'en sais rien, moi, je suis que le messager.

Je fronçai les sourcils. Connor désigna l'étage supérieur d'un signe de tête.

— Il vous attend là-haut.

Je compris.

Je fis quelques pas en direction de l'escalier, et je pris conscience que j'avançais au hasard. Je savais seulement qui je devais retrouver ici. Malgré tout, je continuai à monter les marches, confiante dans mon instinct, qui me conduirait au bon endroit. Quelques instants après, je me trouvai dans la chambre d'enfant que j'avais déjà visitée lors de ma première venue. J'entrai, et je découvris Barry Delerth assis sur un fauteuil en piteux état : il était penché en avant et ses mains jointes devant lui pendaient légèrement entre ses cuisses écartées. Son regard quasi aveugle semblait fixer le lit avec intensité. Il sentit ma présence.

— Je suis heureux que vous soyez venue… Enfin, « heureux » est un bien grand mot…

Il se leva, se dirigea vers la fenêtre, la seule toujours intacte du manoir et qu'il était impossible d'ouvrir à cause de l'enchevêtrement de ronces et de lianes qui l'obstruait tout en laissant passer des rais de lumière blafarde.

— Qu'est-ce que vous voulez ? Pourquoi m'avoir fait venir ici ? À quoi ça rime ?

— Il faut que vous partiez.

Une exaspération en moi, de plus en plus violente.

— Vous vous payez ma tête ? Vous me faites conduire ici sans une explication et tout ce que vous avez à me dire c'est « Il faut que vous partiez » ? Désolée, mais je ne marche pas.

Il se retourna et vint jusqu'à moi sans une hésitation. Il prit mes mains, les toucha, les caressa comme s'il les étudiait. Il porta les siennes à mon visage, en épousa tous les reliefs. Le contact de sa peau rugueuse et froide me fit frémir – je le laissai faire. Il haussa les épaules, émit un borborygme qui ressembla à un rire étouffé.

— Le problème, mon enfant, c'est que vous ne voulez pas partir parce que vous ne savez pas pourquoi vous devez le faire, et si je vous donne les raisons précises, vous ne voudrez plus partir non plus. Peut-être même encore moins.

— Laissez-moi en juger, alors. Je suis assez grande pour ça.

Je vis quelque chose dans son regard lactescent, ainsi qu'une légère modification des traits de son visage sale – il allait tout me dire.

— Finalement, c'est peut-être d'avoir gardé ces choses secrètes qui a causé tous ces malheurs.

Il reprit place dans le fauteuil, et sa voix vieille comme le temps résonna de nouveau.

— Je n'étais pas là le soir où les Webson sont morts. J'étais dans la montagne, dans le petit chalet abandonné où nous vivons actuellement, Connor et moi.

— Vous n'êtes jamais sorti d'Eden Woods, alors, y compris quand vous avez quitté le manoir des Webson…

— Non, en effet… Pourquoi serais-je parti ?

— Je ne sais pas… À cause des rumeurs qui couraient sur vous ?

— Les rumeurs qui me décrivaient comme le Diable de Keowe ?

Sa mine sévère m'oppressa et je crus qu'il allait entrer dans une colère noire. Il se mit à rire, découvrant sa bouche édentée et gluante.

— Savez-vous ce que j'étais, en fait de diable, ma petite fille ? Je fabriquais des tisanes pour Linda Webson. Des infusions pour les nerfs, pour la fertilité, pour retrouver son énergie. Tout ça à partir de plantes que je trouvais dans les bois… C'était ça, « le Diable de Keowe »…

— Mais… Pourquoi ne pas en avoir parlé à l'époque ?

— Parce que je ne connaissais pas les rumeurs. Je vous rappelle que le manoir était coupé du monde et que nous vivions en autarcie… Hormis mes visites à mon vieil ami le révérend Perlman, je ne mettais jamais les pieds en ville.

— Vous avez pourtant fait forte impression au Dr Keene.

— Je m'occupais du jardin, à l'époque. Quand il a rendu visite à Mme Webson pour le petit Tobias, je m'étais adonné tout l'après-midi à des travaux très salissants. C'est grâce à moi que M. Webson a pu appeler le médecin ce jour-là. Mme Webson ne voulait pas entendre parler du docteur, et c'est parce que j'ai insisté qu'elle a enfin donné son accord... Même si le petit a succombé entre-temps, hélas...

— Vous saviez qu'il avait été remplacé, alors ?

Il hocha la tête plusieurs fois de suite, et arborait une expression bouleversée.

— Oui... Oui, mon enfant, je le savais...

De longues secondes s'écoulèrent, puis sa voix caverneuse retentit de nouveau.

— Vous savez qui était Stan ?

— Oui... Mais quel est le rapport avec...

— J'y viens, j'y viens. Stan était un homme bon, vous savez. Il a travaillé chez les Webson quelque temps, et il était devenu plus qu'un homme à tout faire : c'était un véritable membre de la famille. Tout le monde l'aimait, surtout les enfants qui jouaient souvent avec lui. Parfois, le soir, il lui arrivait de passer au manoir. Il mangeait avec les Webson et s'amusait un peu avec les gamins après le dîner. C'est pour ça que je sais ce qui s'est passé : il était là quand le massacre a eu lieu...

— Stan était là-bas ?

— Oui. Et je peux vous affirmer qu'il n'a jamais oublié ce à quoi il a assisté.

★

Delerth poursuivit.

— L'orage venait juste d'éclater quand Stan est arrivé au manoir, et il a tout de suite trouvé que les lieux étaient étrangement calmes. Il avait beau être sourd, il m'a dit qu'il ne sentait pas les mêmes vibrations que d'habitude, que c'était comme si le domaine entier était à l'agonie. À cause du mauvais temps, il y avait eu une coupure de courant, et par endroits, le manoir était plongé dans de profondes ténèbres. Stan devait se déplacer avec beaucoup de précautions pour ne pas se casser la figure. Il se guidait en gardant la paume de sa main droite plaquée contre le mur. Tout doucement, il progressait dans l'obscurité à la recherche des occupants, quand un choc l'a figé sur place et paralysé. Dans les murs du manoir et dans l'air qui l'enveloppait, il venait de sentir une déflagration comme ça lui était déjà arrivé à la chasse. Il a tout de suite compris qu'on avait tiré un coup de fusil.

« Il se trouvait non loin du bureau de M. Webson à ce moment-là, et quand il a retrouvé assez de courage pour bouger, il s'est mis en route dans sa direction. Le temps pour lui d'arriver, une autre détonation a retenti. Il s'est alors approché du bureau. À travers la porte entrouverte, dans la lumière grisâtre du ciel métallique qui éclairait faiblement les lieux, Stan a vu des ombres remuer violemment. Il a approché à pas de loup jusqu'à l'entrebâillement et il a dû se tenir au mur lorsqu'il a vu un corps assis dans le fauteuil de M. Webson. Un coup de fusil lui avait en partie arraché le crâne, et Stan n'a pas reconnu tout de suite le maître des lieux. Mais le choc le plus violent pour lui, ç'a été quand il a aperçu le cadavre de la petite Rose, étendue sur le sol, près du bureau de son père : on l'avait abattue d'une balle en plein cœur. Au beau milieu de cette scène macabre, deux femmes se battaient : Mme Webson hurlait comme une furie et tentait de désarmer une femme habillée en gris qui avait bien en main le fusil avec lequel elle venait de tuer l'enfant et Franklin Webson. Elles devaient faire un tel raffut qu'elles n'avaient pas entendu Stan arriver dans le couloir. Soudain, la femme en gris est parvenue à décocher un violent coup de crosse dans la mâchoire de Mme Webson, ce qui l'a fait tomber en arrière. La pauvre femme a juste eu le temps de lancer un regard désespéré à son bourreau et cette dernière lui a tiré dans la poitrine.

« Stan était horrifié par ce qu'il venait de voir. Avec autant de discrétion que possible, il s'est faufilé dans une petite pièce de lecture attenante au bureau de M. Webson. À travers l'espace de la porte laissée entrouverte, il a deviné la silhouette de la femme en gris qui se précipitait dans le couloir. Là, ça a immédiatement été la panique totale, parce qu'il savait ce qu'elle voulait faire : trouver le petit Toby et le tuer à son tour.

« Il ne savait pas comment réagir, et il arpentait la pièce sans savoir quoi faire quand il a vu soudain un placard s'ouvrir. Une petite main en est sortie, et puis le visage effrayé de Toby est apparu.

Le gosse avait beau savoir communiquer avec Stan qui lui avait appris les bases de la langue des signes, il était tellement effrayé qu'il avait du mal à faire des phrases complètes. Stan a seulement compris que la femme était devenue folle d'un seul coup. Elle avait crié à Toby et à sa sœur de venir tout de suite dans le bureau de leur père et d'arrêter de se cacher, ou elle se fâcherait et ils seraient punis… Stan n'avait pas besoin d'en savoir plus, et il a dit à Toby qu'il allait le prendre dans ses bras et l'emmener dans les bois. Le gamin n'a pas voulu, et il a répondu qu'il ne partirait pas sans sa sœur. Ça a fendu le cœur de Stan qui a dû lui expliquer que la femme en gris avait tué Rose, alors Toby lui a dit : "Non, pas Rose, ma sœur !" Stan ne comprenait plus rien, et pourtant il voyait bien que le petit disait la vérité, alors il lui a demandé où était sa sœur. Dans la cave, a répondu Toby. Il l'a pris dans ses bras et il a vérifié que le champ était libre dans le couloir. Il a vu l'ombre de la femme en gris qui montait à l'étage à la recherche du gosse et il en a profité pour s'enfuir avec Toby. Je n'étais pas là, mais je suis certain que mon vieux Stan n'a jamais été aussi rapide et silencieux que ce jour-là…

« Une fois qu'ils sont arrivés dans la cave, Stan a suivi les instructions de Toby. Il s'est servi de la lampe torche qui se trouvait en haut de l'escalier de la cave, et ils sont descendus. Stan ne connaissait pas cet endroit du manoir : c'était une zone interdite. Toby lui a indiqué où se rendre et il a découvert qu'on avait aménagé une sorte de chambre à la cave. C'est là que Stan a vu la fameuse petite sœur dont parlait Toby : elle était assise sur une chaise à un bureau d'enfant, et elle était tétanisée. Le petit a dû faire de gros efforts pour la forcer à sortir de sa léthargie, et Stan restait là les bras ballants.

« Quand la petite s'est enfin décidée à partir avec eux, les gamins ont affiché une expression horrifiée. Stan a juste eu le temps de se retourner pour voir la femme en gris derrière lui, le regard halluciné. Elle avait son fusil dans les mains et elle a crié quelque chose aux enfants. Stan a alors commencé à vouloir lui arracher son arme. Pauvre Stan ! Il n'était pas bien grand et elle, c'était plutôt une femme solidement charpentée, eh bien, malgré ça, il a réussi à l'assommer après de longues minutes de lutte et à lui prendre le fusil.

« Il s'est enfui avec les enfants jusqu'à sa cabane dans les bois. Là, il a trouvé Bobby Hickman. Ils se fréquentaient beaucoup à l'époque, et Gary venait de partir purger sa peine pour meurtre en prison. Quand Stan a expliqué ce qui s'était passé, Bobby a vu plusieurs choses lui sauter aux yeux : le fusil qui avait servi à décimer la famille Webson, et les deux gamins terrorisés qui avaient une frousse bleue de voir rappliquer la femme en gris.

« Comme je vous l'ai dit, je n'étais pas à Eden Woods ce jour-là, et je ne sais pas comment j'aurais agi à la place de Bobby. Il a ordonné à Stan d'aller avec les enfants dans une cachette qu'il connaissait bien dans les montagnes et d'attendre là-bas sans en bouger, sous aucun prétexte. Lui, il s'occuperait du reste.

« Bobby a pris le fusil à Stan et il s'est rendu au manoir. Une fois arrivé là-bas, la femme en gris semblait avoir disparu. Il s'est rendu dans la remise et a pris deux jerricans d'essence puis il est monté dans le bureau de Webson. L'autre folle n'avait pas touché aux corps et ils étaient encore tous les trois là. Sans perdre une minute, Bobby a placé le fusil dans les mains de Webson, de façon à faire croire à un suicide. Il a aspergé de l'essence un peu partout et il a mis le feu. Dehors, l'orage battait son plein, et Esther Lamar arriverait environ deux heures plus tard.

★

— La suite, la découverte des corps et la disparition du gamin, je n'ai pas besoin de vous en parler, vous connaissez tout ça presque aussi bien que moi. Le subterfuge de Bobby a plutôt bien fonctionné, et le fait que l'enquête ait été bâclée a beaucoup aidé. Restait tout de même le problème des enfants : Stan les avait emmenés dans la cachette, comme Bobby le lui avait demandé. Les pauvres gosses… Quand Bobby est arrivé là-bas, ils étaient encore terrifiés.

Le vieil homme secoua la tête, et renifla.

— Ils étaient serrés l'un contre l'autre, et on sentait bien que c'était le petit garçon qui veillait sur sa sœur et qui se chargeait de la protéger. Il n'avait que cinq ans et il la berçait doucement en chantant…

Je l'interrompis.

— Il chantait *Fais dodo, bébé, fais dodo, les Anges sont là, qui veillent sur toi…*

Cette berceuse que j'ai chantée tant de fois à Grand-pa qui la connaissait par cœur et avait pris l'habitude de la chanter à son tour lorsque mes angoisses enfouies resurgissaient dans mes nuits de cauchemar.

Il y eut un long silence. Je pleurais doucement dans la semi-obscurité de la chambre. Au fur et à mesure du récit de Delerth, tout ce qui avait hanté mon enfance et mes nuits prit sens. Même mon ami imaginaire qui donnerait naissance à mon roman reprenait vie. C'était mon frère jumeau, celui qui, pour une obscure raison, avait été choisi pour remplacer un enfant mort au bout de quelques semaines. Mon frère que la femme en gris, la femme folle et meurtrière, avait voulu tuer avec moi.

— Je ne pensais pas que vous vous souviendriez, mon enfant.

— Mais… Pourquoi avoir voulu nous tuer ? Pourquoi avoir tué les Webson ? Et qui était cette femme ?

Je n'osais aller au bout de ma question tant les mots brûlaient ma bouche.

— Qui était ma mère ? Et pourquoi a-t-elle donné mon frère aux Webson ?

Delerth soupira douloureusement.

— Cette femme a sans doute été la plus grande bêtise de votre père. Quelques années après la naissance de Rose, votre demi-sœur, il a rencontré une jeune habitante d'Eden Woods que sa femme avait fait engager comme cuisinière au manoir et pour qui il a conçu une passion incroyable. Son couple était en crise : sa femme et lui essayaient désespérément d'avoir un autre enfant, un garçon. Cela a créé de grandes sources de tension entre eux, et quand il a rencontré cette femme, il a cédé à la tentation qui s'offrait à lui. Le problème, c'est qu'elle était mariée, elle aussi, à un homme jaloux et très violent. Un soir que ce dernier devait être absent, Webson est venu voir sa maîtresse, chez elle, à Eden Woods. Hélas, son mari est rentré à l'improviste et les a surpris au lit tous les deux... Il a reconnu l'amant de sa femme, et Webson ou pas, il était décidé à lui démolir le portrait, ou pire. Il y a eu lutte entre les deux hommes, et Webson a réussi à avoir le dessus. Mais son adversaire était coriace, il refusait d'abandonner. Alors Webson a répliqué avec plus d'énergie : il a saisi la première chose qui lui est tombée sous la main. C'était une sorte de lampe de chevet dont le pied était en fonte. Il a frappé l'homme à la tempe, il y est allé trop fort et l'autre est mort presque sur le coup...

Il n'eut pas besoin de me préciser l'identité de la cuisinière. Même si je ne l'avais pas reconnue sur les photos où elle se tenait non loin du petit garçon, je compris pourquoi j'avais ressenti un profond malaise en l'étudiant. Ses yeux m'avaient pétrifiée par leur magnétisme triste comme cela avait été le cas lorsqu'elle avait essayé de sonder mon âme dans la cuisine de sa maison. L'œil de Georgia avait brillé d'un feu mystérieux et elle avait demandé quelle faute je portais sur mes épaules pour arborer un tel chagrin. Savait-elle que j'étais sa fille, à ce moment ? Se souvenait-elle qu'elle avait passé au peigne fin les chambres du manoir afin de nous retrouver, mon frère et moi, et nous abattre froidement ?

Elle avait beau être bien différente de la jeune fille qu'elle était à l'époque – plus épaisse, carrée, trop maquillée sous ses cheveux ondulés et teints en blond –, elle avait conservé quelque chose de sa jeunesse dans son regard et le pincement sévère de ses lèvres.

— Quand votre père a compris ce qu'il avait fait, il a paniqué. Il a appelé Lucas chez lui pour lui dire qu'il y avait une urgence. Le shérif est arrivé, il a constaté l'ampleur des dégâts et il a pris une décision qui devait changer le cours des choses à bien des égards : il a décidé de ne pas prévenir ses gars et de faire appel à Gary, Stan et Bobby Hickman pour l'aider à emmener le corps jusqu'au manoir. Là-bas, ils ont enterré le type dans un parterre de fleurs, et je peux vous dire qu'il y est toujours. Lucas s'était laissé aveugler par son amitié pour Webson et la tendresse qu'il avait éprouvée pour sa mère, et il s'était gravement compromis. Le mieux pour tout le monde aurait été que Georgia quitte le manoir à ce moment, mais Webson était comme envoûté. En plus, Georgia était déjà enceinte de lui – ce qui est ironique, c'est que quelques semaines plus tard, on apprendrait que Mme Webson attendait son deuxième enfant.

Toutes ses informations me faisaient tourner la tête et je fus obligée de m'asseoir un instant.

— Ce… Ce que je ne comprends pas, c'est pourquoi Stan et Bobby nous ont enlevés plutôt que de prévenir la police de ce que Georgia avait fait !

— Je viens de vous le dire, Lucas était compromis à cause de ce qu'il avait fait pour Webson cinq ans avant : il n'avait rien à craindre de Gary, Stan ou Bobby, c'est vrai… Mais, Georgia, elle, on ne la connaissait pas bien à l'époque, sinon comme une pauvre femme battue. Et vu ce qu'elle venait de faire, vous pensez qu'elle aurait hésité longtemps à dénoncer Lucas et les gars ? Il suffisait qu'elle dise où était le corps de son mari et ils auraient tous fini en prison… Ironique, non, de songer que Lucas a soupçonné Bobby d'avoir trempé dans cette histoire alors qu'il ne faisait que le protéger…

C'était diabolique : tous les mensonges de ces êtres, tous leurs misérables secrets et arrangements avec la vérité avaient abouti à ça, un massacre avec deux enfants innocents perdus dans un tourbillon de folie.

— C'est pour ça que Bobby a décidé de m'emmener chez Grand-pa en me faisant passer pour sa fille, quand les choses se sont calmées. Et mon frère ? Qu'est-ce qui lui est arrivé ?

Delerth allait prendre la parole pour en dire plus lorsque Connor déboula dans la pièce, dans un état de panique totale.

— Lucas arrive dans une voiture de flics avec la shérif !

Delerth se leva sans hésiter.

— Alors nous devons partir.

Je tentai de le retenir.

— Non, je vous en prie ! Je dois savoir…

— Il faut qu'on se tire d'ici, Barry, et tout de suite, sinon elle va m'embarquer !

Connor ne pensait plus qu'à s'enfuir. J'essayai de lui expliquer que si Martha était venue seulement accompagnée de Lucas, ce n'était sûrement pas pour procéder à son arrestation mais pour me chercher moi parce qu'ils avaient enfin réussi à identifier la femme en gris que recherchait Miles depuis le début. Ce fut en vain : Connor refusa de m'écouter et quitta la chambre en vitesse avec Delerth.

Quelques instants après, Martha, Lucas et Clyde, arrivaient sur les lieux. Elle vint à moi, furieuse.

— Ce n'était pas pour vous retenir prisonnière que je vous ai demandé de rester au poste. Imaginez un peu si Miles avait été dans le coin, prêt à vous abattre ?

— Pourquoi ferait-il ça ?

— Et pourquoi a-t-il fait tout le reste ? Il est dérangé, Jessie ! Il n'est pas sain d'esprit, ça crève les yeux ! Il vous a attirée ici avec des ruses de Sioux et des gens sont morts par sa faute…

Dépitée, elle baissa les bras. À ses côtés, Clyde se taisait, comme un enfant pris en faute ; Lucas, quant à lui, fixait le sol. Je m'adressai à eux tous.

— Delerth m'a tout dit.

Martha me dévisagea.

— Quoi ? Qu'est-ce qu'il a dit ?

— Que Miles et moi étions jumeaux et que nous étions les enfants illégitimes que Webson avait eus avec la cuisinière qui travaillait au manoir à l'époque. La femme en gris des photos, c'était Georgia.

Le visage de Martha s'affaissa et Lucas lâcha une exclamation horrifiée.

— L'enfant… C'était vous…

Martha braqua son regard sur l'ancien shérif.

— Comment ça ? Vous étiez au courant de cette histoire ?

Il acquiesça, confus.

— Je savais que Franklin et Linda avaient perdu leur petit garçon au bout de quelques semaines, et que tout cela est resté secret. Qu'ils l'avaient « remplacé » par un autre qui venait de voir le jour en même temps qu'une petite fille. Mais je n'ai jamais eu les détails.

Martha écarquilla les yeux.

— Bon sang, Lucas ! Vous en avez d'autres en réserve, des cachotteries de ce genre ?

Dehors, le tonnerre gronda, sourd et lointain, et le ciel se chargea de nuages sombres au point qu'il devenait difficile de nous distinguer les uns des autres dans cette soudaine obscurité. Martha se calma.

— Il vaudrait mieux qu'on parte. Je suis venue directement avec Lucas quand j'ai su que vous n'étiez plus au poste. Je ne suis pas sûre que les gars sachent où je me trouve.

Elle prit une petite torche qu'elle actionna et dirigea la lumière sur la porte.

— Suivez-moi, il faut qu'on dégage…

Les uns derrière les autres, nous suivions Martha dans les couloirs illuminés de temps à autre par de formidables éclairs.

J'essayai de me rapprocher de Lucas pour lui parler le plus discrètement possible.

— C'est elle qui a tué les Webson, c'est Georgia.

Nous fermions la marche derrière Clyde et Martha, et dès que j'eus fini ma phrase, Lucas s'arrêta.

— Qu'est-ce que vous dites ?

— C'est elle qui a tué tout le monde, et après elle a essayé de nous tuer, Miles et moi, et elle l'aurait fait, sans l'intervention de Stan et Bobby Hickman.

Je lui livrai un bref résumé du récit que m'avait fait Delerth une heure avant. Le vieil homme était anéanti.

— Tout ça paraît tellement évident, maintenant… Quand je pense que j'ai accusé Bobby Hickman. Ce qui m'échappe, c'est pourquoi ils ont gardé ça pour eux.

— Ils voulaient vous protéger…

— Moi ? Mais de quoi ?

Il semblait sincère dans son étonnement.

— Je suis au courant aussi, pour le mari de Georgia…

Il tourna la tête vers moi et parut terrifié – cela ne dura qu'un instant. Il se reprit, essaya de sourire et hocha la tête.

— Ce n'est pas plus mal, il est temps que j'assume. Vous savez, j'avais presque oublié ça… Sans doute parce que le mari de Georgia était un type immonde – même si, apparemment, Georgia avait de quoi lui tenir la dragée haute en la matière ! J'ai eu tout faux sur toute la ligne, et depuis le début. Et le fait de classer l'enquête, ce n'était pas non plus totalement désintéressé. Ce que je ne vous ai pas dit, c'est qu'on a eu un fils, avec Doris. Il s'appelait Matthew. Il avait le cancer à l'époque où les Webson ont été tués. La maladie, en ce temps-là, elle ne faisait pas de cadeau. Le maire de Keowe m'avait fait comprendre qu'un classement rapide de l'affaire pourrait l'aider à se montrer très généreux avec nous et à payer un traitement expérimental hors de prix pour Matthew. Et moi, j'ai accepté. Et tout ça pour quoi ? Matthew est mort d'une rupture d'anévrisme une semaine avant le début des traitements… On doit appeler ça le karma…

Il me sourit tristement et je lui pris la main.

— Vous avez réagi en père. Personne ne peut vous juger.

Nous étions restés plus longtemps que je ne pensais à discuter et je vis soudain Clyde, ruisselant de pluie, remonter l'escalier jusqu'à nous.

— Qu'est-ce que vous foutez ? Martha essaie de trouver comment faire démarrer une des voitures et on n'a plus aucun moyen de communiquer avec Keowe !

Lucas fut horrifié.

— Qu'est-ce que c'est que cette histoire ?

— Quelqu'un a bousillé les moteurs et crevé les pneus pour être sûr de nous coincer ici ! Et on a démoli la radio de la voiture de Martha. Pour ce qui est du réseau téléphonique…

Il eut un geste de désespoir avant de poursuivre.

— Et pas question de rentrer à pied à Keowe. Avec ce déluge, c'est un coup à attraper une pneumonie !

J'allais proposer de retourner seule en ville lorsqu'un coup de feu retentit, suivi d'un autre, et d'un troisième.

Lucas allait crier et se précipiter dehors. D'un geste, Clyde le retint, et lui fit signe de se taire. Plus aucun bruit ne parvenait jusqu'à nous et cela ne fit que renforcer nos craintes. Clyde parlait le plus bas possible.

— Je vais voir ce qui s'est passé, essayez de vous cacher quelque part en attendant.

Il devina ma perplexité et caressa ma joue.

— Fais-moi confiance.

Puis il s'éloigna à pas de loup. Je demandai à Lucas de me suivre.

— Vous allez vous cacher dans un vieux placard. Je placerai un meuble devant ou n'importe quoi d'un peu lourd, comme ça, personne ne devinera que vous êtes là. Je viens vous chercher dès que tout sera fini.

Il n'avait pas l'air très convaincu de l'issue prochaine de la situation. Moi non plus, d'ailleurs. Je trouvai un placard dans ce qui avait dû être la chambre des Webson et j'invitai Lucas à s'y cacher. Le lit en bois massif s'était depuis longtemps en partie effondré et je trouvai assez de forces en moi pour le faire légèrement glisser de façon à bloquer l'entrée du placard. Je n'avais pas le choix : je devais survivre. Si ce n'était pas le cas, Lucas mourrait de faim dans ce placard miteux et ses appels resteraient sans réponse.

Lucas en sécurité, je gagnai le rez-de-chaussée. Il n'y avait eu aucun autre coup de feu et je ne savais pas ce qu'était devenu Clyde depuis qu'il était allé au secours de Martha. Dans le hall, une odeur de terre et de forêt mouillées parvint jusqu'à moi. Le crépitement de l'averse au sol et sur les toits vieux et usés du manoir résonnait telle une antienne lancinante ponctuée par des coups de tonnerre irréguliers. J'aperçus dehors le corps de Martha, trempé, et face dans la boue. Je portai la main à ma bouche pour étouffer un cri. Il m'était impossible de dire, à cette distance, si elle était morte, ou seulement blessée.

J'approchai lentement de l'extérieur sans même avoir pris une planche ou un tisonnier quelconque comme arme de fortune. Quand je mis le pied dehors, une forme sur ma droite attira mon attention : c'était Georgia. Elle se tenait toute droite sous l'averse. Ses cheveux mouillés plaqués en arrière semblaient plus foncés, et son maquillage avait coulé. Il n'y avait plus aucun doute possible : c'était la jeune femme en gris des photographies.

Non loin d'elle, Clyde gisait sur le sol, de tout son long. Il avait une blessure à la tête. Je fusillai Georgia du regard.

— Comment avez-vous osé ?

— Elle n'a rien osé du tout.

Je me retournai.

Il était là, face à moi, tel que je l'avais toujours connu – grand, athlétique et beau. Plus aucune trace de l'étincelle rieuse qui illuminait son regard quand il me lançait une pique. Rien que des ténèbres insondables, pareilles à celles qui conféraient un air tragique au petit garçon de cinq ans qu'il était sur les photos de l'album des Webson. Un fusil à la main, il s'adressa à nous.

— Rentrez, maintenant. Dépêchez-vous.

Georgia approcha. Elle restait droite, conservait intacte la fierté qu'elle affichait lorsqu'elle circulait à vélo dans Keowe.

Une fois à l'intérieur du manoir, il nous désigna le bas de l'escalier avec la pointe du fusil.

— Asseyez-vous là.

Je fus la première à lui obéir, et Georgia m'imita. Il me passa une des menottes qu'il avait probablement subtilisées à Martha, fit passer mon bras derrière un des barreaux de la lourde balustrade, puis neutralisa Georgia avec l'autre. Nous étions prisonnières, comme soudées l'une et l'autre au manoir.

Il nous considéra quelques secondes, glacial.

— Maintenant, je vais m'assurer que personne d'autre ne reste dans cette putain de baraque.

Toujours armé de son fusil, il gravit l'escalier.

Georgia me fixait depuis le début alors que je n'avais qu'une idée : éviter son regard. Je ne lui aurais probablement pas adressé la parole si je n'avais pas surpris une ébauche de sourire sur son visage. Je fus stupéfaite : elle avait l'air tout à la fois triste et heureuse, et, surtout, soulagée. J'explosai.

— Quoi ? Qu'est-ce qu'il y a ?

— Je suis seulement heureuse de t'avoir retrouvée. Et ton frère aussi, même s'il ne comprend pas…

— Tu as voulu nous tuer quand on n'était que des gosses et tu veux me faire croire que tu es heureuse de nous revoir ? Tu te fous de moi ?

Elle se décomposa.

— Vous tuer…

— Delerth m'a tout raconté : comment Stan t'a surprise en train d'abattre papa, sa femme et Rose.

Elle secoua la tête, les yeux rouges de larmes.

— Je n'ai pas tué ton père, et surtout pas ta sœur, chérie.

— Tu mens. Stan t'a surprise en train de lutter avec Linda Webson et tu l'as abattue…

— Parce qu'elle voulait vous tuer, toi et ton frère !

Elle avait presque hurlé cette dernière phrase qui résonnait sinistrement dans le hall. Elle ne m'impressionna pas et je me murai dans le silence. Elle n'en fit rien.

— Je sais que tu n'as aucune envie de me croire, mais tu vas m'écouter, que tu le veuilles ou non : ton père, Franklin, c'était un homme malheureux, tu ne peux pas imaginer à quel point. Linda, elle, avait toujours été fragile et il s'en était rendu compte après sa première grossesse. Elle lui rendait la vie infernale et elle avait parfois des crises de colère terribles. Elle était vicieuse, tu sais, parce qu'elle ne piquait jamais ses crises de rage en présence d'Esther, ou du Dr Keene, ou de Delerth, ça non ! Ton père me l'a dit quand on a commencé à se voir. On était deux épaves avec chacun une lourde croix à porter, tu peux me croire...

— C'était pourtant une femme battue, elle aussi. Il y a des témoignages...

Elle accusa une expression de dégoût.

— Elle se maquillait, chérie : c'était un as du mensonge et de la falsification, crois-moi. Ton père voulait la quitter et il voulait que je divorce pour refaire sa vie avec moi. Et puis il y a eu ce soir où mon mari nous a surpris... Ils ont enterré le corps derrière le manoir, et Linda a tout vu, et elle s'est servie de ça pour faire chanter ton père, tout le temps. Lui, il n'avait pas peur de la prison ou quoi que ce soit, mais si le nom des Webson était entaché d'une façon ou d'une autre, c'était tout le comté qui en pâtirait. Ironique de voir comment les choses ont tourné, quand on y pense, non ?

Elle afficha ce sourire que je lui connaissais bien, où le sarcasme le disputait à la mélancolie.

— On est tombées enceintes, toutes les deux. Elle refusait de le laisser partir, ou de quitter le manoir. Elle voulait maintenir l'illusion aux yeux des autres que rien ne changerait chez les Webson. Franklin et moi, on continuait à se voir, comme des fugitifs. Elle, elle vivait dans son monde. Quand elle a donné naissance à un garçon, elle a exulté, c'était la fête à la maison. Comme tu le sais, Toby est mort au bout de deux semaines. Elle a exigé qu'il soit enterré dans le jardin, dans un petit cercueil qu'elle avait ordonné à Franklin de commander ! C'était une autre de ses lubies : chacun son cercueil, comme les vampires. Et sa folie ne s'arrêtait pas là. Trois semaines plus tard, j'ai accouché de vous deux. J'ai cru que c'était le plus beau jour de ma vie… Ça s'est vite transformé en cauchemar. Vous êtes nés ici, au manoir, et c'est elle qui m'a rendu la première visite. Elle est venue, souriante comme jamais, et elle a pris ton frère dans ses bras. « Toby, elle a dit, comme tu as manqué à maman. » Je pensais qu'elle finirait par arrêter de délirer, mais non. Elle l'a gardé avec elle et elle t'a observée avec une cruauté que je ne pourrai jamais oublier. Elle a dit : « Elle, elle n'existe pas : je ne veux pas la voir. » Et elle a exigé que tu restes dans une cave au manoir.

Sa voix tremblait, elle regardait droit devant elle, vers la porte de la cave. Je me souvins de la mise en scène sur laquelle j'étais tombée lors de ma première visite ici. Je compris alors qu'elle disait la vérité.

— C'est à ce moment-là que Delerth a décidé de quitter le manoir. Sans savoir exactement ce qui se passait, il n'aimait pas ça. Moi, je devais rentrer à la maison tous les soirs sans vous. Pas une nuit sans que je pleure… J'en ai voulu à ton père, je l'ai trouvé lâche de céder à cette furie, et je l'aimais malgré tout. Dès que je pouvais, dans la journée, je prenais ton frère avec moi pour te l'amener et vous jouiez pendant une heure ou deux. Je l'appelais par son vrai prénom, mais pas trop, pour éviter qu'elle se doute de quelque chose. Je vous disais que vous étiez tous les deux mes bébés, des vrais frère et sœur et que je vous protégerais toujours… Et puis il y a eu ce jour où elle m'a fait convoquer par ton père. Je savais qu'elle voulait me faire renvoyer, que la comédie avait duré trop longtemps, et j'étais morte de peur. Dans le bureau, il y avait elle, Franklin et Rose. J'ai trouvé ça bizarre que la petite soit là. Linda s'est mise à déblatérer que j'étais une putain et que je devais partir immédiatement. Franklin a tapé du poing sur son bureau et l'a fait taire. Il a dit qu'on ne parlerait pas de tout ça devant Rose, et qu'elle ferait bien de réfléchir à deux fois avant de dire une bêtise. Là, Linda est devenue toute pâle et elle a quitté la pièce doucement, comme un fantôme. On était là, tous les trois figés sans savoir quoi faire, lui, sa petite fille et moi. Rose était tétanisée. J'allais la consoler quand on a entendu Linda hurler dans le manoir : « Les enfants ! Sortez de votre cachette ! Maman est très en colère ! » Ton frère est arrivé. Ça m'a rendue folle et je l'ai emmené dans sa chambre en lui disant de rester là... C'est alors que j'ai entendu Rose et Franklin crier. Je me suis précipitée dans le bureau et j'ai à peine eu le temps de voir Linda mettre la petite en joue et tirer...

Elle frissonna et mit la main devant la bouche pour étouffer un gémissement.

— Sa propre fille, chérie... Sa propre fille... Juste pour blesser Franklin... Il était tétanisé, incapable de quitter le corps de Rose des yeux. Et là, Linda a tiré sur lui... En pleine tête... Tout s'est passé très vite dans mon esprit, tu sais : j'ai compris qu'on serait les suivants, tous les trois, et je me suis jetée sur elle et on s'est battues. Je n'ai jamais éprouvé tant de haine pour une autre personne de toute ma vie, y compris mon ancien mari. Quand j'ai réussi à lui prendre le fusil et à la repousser, j'ai tiré. Sans regret... Ce fusil... Il n'y en avait même pas au manoir. Dieu seul sait où elle l'avait dégoté... Après, j'ai voulu fuir loin, avec vous deux, mais ton frère n'était plus dans sa chambre... Je me suis dit que les coups de feu l'avaient effrayé et qu'il s'était caché. Je l'ai cherché, folle de peur... Je vous ai trouvés dans la cave, avec Stan, et il a cru que je voulais vous tuer. Il m'a assommée, et quand je suis revenue à moi, il n'y avait plus personne au manoir. Je me suis précipitée dans la forêt pour vous retrouver, mais vous n'étiez nulle part...

J'avais la sensation d'évoluer entre deux mondes. Cette femme, à mes côtés, ma véritable mère, me livrait toutes les clefs d'un secret ancien enfoui depuis des décennies, un secret entretenu par toute une kyrielle de mensonges qui, à la fin d'un long et douloureux chemin, semblait vouloir aboutir à la vérité.

Elle se tut ; je m'effondrai.

— Comment est-ce que je peux te croire ? Après toutes les histoires de Miles qui semblaient si vraies ? Après tout ce que m'ont raconté les gens ? Après tout ce à quoi ils ont cru ? Pourquoi te croire, toi ?

Un bref instant, je lus dans son regard un désespoir abyssal. Ses traits s'affaissaient progressivement, puis elle parut ressusciter.

— Bobby ! J'ai parlé à Bobby un jour, longtemps après. Il avait repris le droit chemin. Il était très malade, le pauvre. Tout le monde le fuyait comme un pestiféré et son amie était déjà morte depuis quelques années, juste après avoir accouché d'une fillette que les services sociaux ont prise en charge à sa naissance. Je ne savais pas si Stan lui avait raconté ce qui s'était passé au manoir cette nuit-là, alors j'ai décidé de tout lui dire. Je me fichais que ce soit risqué. Il a été très réticent au début, mais il a fini par me croire, parce que je lui ai dit que je ne voulais pas savoir où vous étiez, ton frère et toi, que la seule chose qui comptait, c'était que vous soyez heureux. Alors je lui ai confié deux boîtes, une pour chacun de vous : dedans, il y avait une petite poupée en laine et une lettre pour quand vous auriez atteint l'âge adulte. Je vous y expliquais que votre père et moi, on n'avait jamais voulu vous abandonner, qu'on vous a toujours aimés de tout notre cœur et… Si tu savais le nombre de fois où je suis revenue en larmes au manoir en pleine nuit, avec l'espoir idiot que je finirais par vous y retrouver et…

— Et bla, bla, bla…

Georgia et moi sursautâmes, et je poussai un cri.

Il descendait l'escalier, le fusil bien en main, et nous toisait avec dédain.

— Alors, Jessie, elle t'a sorti le même tas de conneries qu'à moi ? Le coup de la mère Courage ?

Aucune de nous ne répondit. Je jetai un œil à Georgia qui me regarda aussitôt. J'acquiesçai très légèrement à son intention : je la croyais. Son récit avait ravivé en moi l'image du frêle Bobby anéanti par la maladie, puis Grand-pa qui mettait le feu à la boîte.

Elle comprit et son visage exprima la plus grande des gratitudes. Il ne se rendit compte de rien.

— Bon, j'ai bien l'impression qu'il n'y a personne là-haut. Une fois que je vous aurai réglé votre compte, je vérifierai encore.

Il approcha la bouche de mon oreille.

— Je pousserai la porte de chaque placard, Jessie, et je trouverai Lucas. Je sais qu'il est venu avec Grindell. Je laisserai pas ce gros tas de merde s'en sortir comme ça…

Je frémis en pensant à l'ancien shérif, et lui adressai intérieurement des excuses inutiles pour l'avoir entraîné dans ce piège.

Il nous libéra de nos menottes et nous mena jusqu'à la porte qui ouvrait sur la cave.

— Allez, on descend.

Terrifiée, je refusai d'avancer.

— Il n'y a pas de lumière. C'est les ténèbres là-dessous !

Il se fendit d'un sourire cruel.

— Appuie sur l'interrupteur, idiote.

Sans conviction, je tournai le bouton et l'escalier s'éclaira. Il avait relié le système à un groupe électrogène de fortune. Nous descendîmes.

En bas, plusieurs faibles lumières qui menaçaient de s'éteindre à tout moment jetaient un éclairage nouveau sur cette partie du manoir. Les toiles d'araignée apparaissaient, irréelles. Le sol brillant à la surface duquel flottaient divers résidus nous renvoyait notre reflet trouble et boueux, déformé. Georgia observait les lieux comme si elle les voyait pour la première fois. Quant à moi, je me rendais compte que l'obscurité avait minimisé mon appréciation de l'espace : lorsque j'avais évolué ici en tâtonnant, craignant de trébucher dans cette vase immonde, j'avais eu l'impression de tourner en rond et que la cave n'était pas aussi grande qu'elle en avait l'air. C'était immense : tout un royaume d'ombres et de poussière pour la petite fille que j'avais été.

Il nous encouragea.

— On se dirige dans la chambre, mesdames.

Georgia inspira profondément et ses traits se figèrent en un masque de douleur intense.

Dans la petite pièce où nous pénétrâmes, le mannequin de la petite fille avait retrouvé sa place au bureau, comme une élève modèle occupée à résoudre un problème insoluble pour elle. Le lit était fait. Une odeur fétide d'œuf pourri empestait les lieux. Il eut un rictus dégoûté.

— Désolé pour le parfum d'ambiance, il y a toujours des vieilles canalisations qui pètent de temps en temps, dans cette baraque. C'est comme si elle n'en finissait pas de mourir d'une longue et douloureuse maladie…

Fier de sa comparaison, il éclata de rire avant de nous faire asseoir sur le lit.

Je m'exécutai sans broncher et Georgia m'imita. Je me sentis ridicule, assise sur ce petit lit d'enfant qui menaçait de s'effondrer, avec à côté de moi cette femme accablée par le chagrin qui restait droite, alors que je courbais moi-même l'échine presque naturellement. Je le regardai dans les yeux, il ne disait rien.

— Depuis quand tu sais que c'est notre mère ?

Il me dévisagea, surpris et las.

— Depuis aujourd'hui. Je vous suivais, Grindell et toi, et quand elle est allée chez Lucas pour lui demander d'identifier la célèbre femme en gris, dès qu'ils sont repartis, je suis entré et j'ai demandé à Doris à voir son mari. « Pour une urgence qui te concernait. » Elle m'a dit qu'ils devaient aller chez Georgia après être passés au poste pour te chercher... J'avais un temps d'avance sur eux, et en arrivant ici, surprise ! Vous êtes tous là à m'attendre comme sur un plateau... C'est dingue ce que vous m'avez facilité les choses tout au long de cette histoire. Surtout toi. Tout ce travail d'enquête que tu faisais *pour moi* sans t'en rendre compte...

Il fit une pause et m'observa comme si je n'étais qu'un objet, un personnage de l'histoire qu'il s'était construite.

— T'aurais dû crever en taule après mon petit stratagème, Jessie, mais tes copains ont de la ressource... Ils en ont toujours eu dans le coin pour protéger les ordures... Aucune importance ! C'est moi qui exécuterai la sentence...

Il me fit un clin d'œil sadique et plus aucun de nous ne dit rien durant de longues minutes. Je ne le supportai pas.

— Qu'est-ce qu'on fait ici ? Pourquoi tu nous tortures en nous amenant là, Mi...

Je ne finis pas ma phrase. Il écarquilla les yeux en souriant légèrement.

— Tu peux m'appeler Miles, si tu veux. Buter un mec, ça donne les mêmes droits que quand on tue le roi : on lui pique sa couronne, on prend sa place, et parfois son nom.

— Tu as tué cet homme de sang-froid, tu as...

— Oh, pitié ! Tu sais quel genre de type c'était.

— Et Esther ? Elle aussi elle méritait de mourir ?

Il me dévisagea, surpris, et secoua la tête avec dédain.

— Sainte Esther, cette vieille hypocrite qui a ignoré délibérément toutes les dégueulasseries des Webson. C'est sa faute si tout ça a fini par un carnage. Elle était comme son patron : quelqu'un de lâche. Et ce qu'elle a essayé de faire tout le reste de sa vie pathétique avec sa fondation de merde, tout ça rachètera jamais tout le mal qu'on m'a fait subir... Elle a hurlé, la vioque, elle a pleuré toutes les larmes de son corps... Et personne pour venir la sauver. Elle a bien fini par cracher le morceau pour tout, sauf à propos de cette foutue femme en gris... C'est Stan qui m'en a parlé quand je l'ai retrouvé : « Je voulais vous sauver de la femme en gris », qu'il disait... Moi, ça me disait rien, je me souvenais pas de cette nuit-là, j'avais tout effacé... Tout ce qui me restait, c'était cette putain de peur et le souvenir de cette femme qui avait promis de toujours me protéger...

Il commença à pleurer puis essuya rageusement ses larmes. Avec un sourire distordu, il désigna Georgia de son fusil.

— Elle, notre prétendue mère, qui n'a jamais cherché à nous retrouver ! Elle nous a envoyé une poupée à la con, une lettre de merde et basta ! Laissez-moi vivre ma vie de traînée !

Georgia gémit.

— Je croyais que vous étiez heureux et en sécurité !

— Ferme ta gueule ! Ferme ta putain de gueule ou j'éclate ta sale face de pute !

Il avait les yeux exorbités, l'écume aux lèvres. La pointe du fusil, légèrement tremblante, touchait le front de Georgia.

Cette dernière n'ajouta rien et soutint son regard, lui fit face avec autant de courage que possible.

— Tu peux jouer les dures, tu feras moins la fière quand je vais m'occuper d'elle et que tu pourras rien faire d'autre qu'attendre ton tour !

À côté de moi, je la sentis tressaillir ; ce fut trois fois rien, presque imperceptible, un léger frisson qui la parcourut. J'aurais voulu lui prendre la main, lui dire que tout allait bien.

La foudre tomba non loin d'ici et l'écho du craquement se répercuta dans les montagnes. Je ne pus m'empêcher de sursauter. Autour de nous j'avais l'impression que la lumière faiblissait doucement. Il me considéra avec dégoût.

— Et toi… J'arrive pas à croire que tu aies tout oublié, la façon dont ils nous ont séparés après nous avoir arrachés à cette bande de tarés…

— On était tout petits, bien trop jeunes.

— On avait le même âge ! Moi, je me souviens à quel point tu étais molle, effrayée, conne ! Tu serais morte ce jour-là, sans moi, si je t'avais pas dit de rester dans la cave ! Et après, quand ils nous ont emmenés chez les autres tarés de la montagne et que leur salope de gourou a dit « pas la petite, seulement le garçon » t'es restée gentiment à tenir la main de Bobby pendant que je pleurais en te suppliant de ne pas me laisser !

À nouveau, les larmes du petit garçon qu'il avait été coulaient. Je voulais dire combien j'étais désolée.

Il n'était plus que souffrance.

— J'étais son jouet, merde ! Son putain de jouet ! Pas une semaine sans passer au moins une nuit avec elle depuis ce jour-là ! Et tu sais quoi ? Elle voulait pas partager. J'étais un de ses fils préférés, qu'elle disait. À quatorze ans, je suis tombé amoureux d'un type d'une vingtaine d'années. Edgar, il s'appelait. Jamais j'avais été aussi heureux de ma vie. Eh bien, notre chère mère à tous, Diana, comme elle voulait qu'on l'appelle, elle l'a banni. Je l'ai jamais revu.

— Je…

— Ferme ta gueule ! Ferme ta gueule ou je te jure que je tire !

Il tremblait et ses yeux n'avaient plus rien d'humain. Georgia restait de marbre ; seul son regard trahissait une terreur sans bornes depuis qu'il me tenait en joue en poursuivant son récit.

— Notre *chère mère à tous*, j'ai fini par devenir trop vieux pour elle. Un jour, sur la fin, j'ai pris sous mon aile un petit gamin de huit ou neuf ans, adorable, qui était arrivé dans la communauté avec son père. Le mec s'est vite barré avec une de nos filles, et le gosse s'est retrouvé seul. Je l'ai couvé comme si c'était mon gamin. Evan, il s'appelle. Un matin, il était pas dans son lit, au mobile-home.

J'ai cru qu'on l'avait enlevé et j'ai cherché partout comme un taré jusqu'au moment où je l'ai vu sortir de la maison de Diana. Je me suis précipité vers lui et il a refusé que je le touche...

Il secoua la tête, bouleversé.

— Alors, là, un truc a pété dans mon cerveau et j'ai su que j'allais la tuer. La nuit suivante, je me suis glissé dans sa maison et j'ai attendu. Quand elle s'est mise au lit et qu'elle s'est endormie, je me suis approché à pas de loup et je l'ai égorgée comme une truie... J'ai pas tremblé, j'ai pas hésité... Elle, elle s'est réveillée, d'un coup, et elle a ouvert la bouche, paniquée, parce qu'elle suffoquait. Jamais plus elle poserait ses mains dégueulasses sur aucun gamin. Moi, je l'ai observée, qui se vidait de son sang et qui se tordait dans tous les sens sans comprendre ce qui lui arrivait. Je me suis branlé pendant qu'elle crevait pour qu'elle comprenne qu'à partir de cet instant ce serait moi qui prendrais mon pied. Toujours.

Il prit le temps de faire une pause et de nous observer, toutes les deux. Il ne mentait pas : il y avait dans ses yeux l'étincelle de la jouissance qu'il avait alors éprouvée.

— Et puis je me suis barré. J'ai retrouvé Stan. Je me souvenais encore de la langue des signes et j'ai réussi à lui faire cracher le morceau à propos de l'endroit où tu te trouvais et quand il a craqué, je lui ai raconté dans le détail ce qui m'était arrivé à la communauté... Je lui ai dit qu'il était responsable, comme les autres, de tout ça, qu'il était qu'une merde lui aussi. C'est au moment de mon retour à

Keowe que j'ai appris que ce connard s'était pendu. Entre-temps, j'étais parti à ta recherche et j'ai prié le ciel pour que t'aies eu plus de chance que moi et quand j'ai enfin su ce que t'étais devenue, avec ton bouquin et ta famille, j'ai ressenti une putain de gratitude pour la vie. Je me suis dit : « Elle m'a abandonné, putain, mais au moins, elle est heureuse, elle a construit quelque chose. » J'étais fier de toi... Et puis en continuant à creuser, qu'est-ce que j'apprends ? T'es devenue une putain d'alcoolique et t'as laissé ta fille se noyer et devenir un légume.

Je baissais la tête, ne disais rien. Il sanglotait en désignant Georgia.

— Tu te rends compte que tu vaux pas mieux qu'elle ? Que t'es bonne qu'à abandonner ceux qui t'aiment, à les laisser mourir ?

Un quart de seconde, secoué de larmes, il pointa le fusil vers le sol pour se passer la main sur le visage. Georgia saisit l'occasion pour tenter quelque chose. Tout le temps qu'avait duré son monologue, elle n'avait manifesté aucune émotion, concentrée qu'elle était sur le premier instant où, immanquablement, il baisserait la garde. Elle me lança de biais un regard désespéré et je la sentis bouger. Je ne pus retenir un cri.

— Georgia, non !

Elle était rapide comme une panthère – cela ne suffit pas. Il l'abattit alors qu'elle s'était à peine mise debout. La détonation résonna douloureusement à mes oreilles et je manquai de tomber sur le sol boueux. La violence du choc projeta Georgia contre le mur derrière le lit, les traits figés dans une expression de surprise épouvantée. Le coup l'avait touchée en pleine poitrine et elle vomit des flots de sang en remuant les lèvres quelques secondes, comme si elle avait voulu dire quelque chose. Puis plus rien.

Il était sidéré. Il fixait le corps de celle qui avait été notre mère sans avoir eu l'occasion d'assumer pleinement ce rôle. C'était fini. Je le devinai atterré de n'avoir pu lui dire tout ce qu'il avait sur le cœur, tout en sachant que des millénaires n'y auraient pas suffi et seraient restés vains à l'apaiser.

Son absence de réaction, la paralysie dans laquelle il semblait enfermé m'inquiétèrent. Je risquai un mouvement vers lui et tâchai d'être aussi douce que possible.

— Hé... C'est terminé maintenant... Il faut qu'on parte, il faut que ça s'arrête.

Il se crispa. Je cessai de bouger, retins ma respiration. Il retrouva toute sa froide détermination.

— Rien n'est terminé. Tu es comme elle. Pire, même... Tu as fait exprès de foutre ta vie en l'air...

— Tu n'as pas le droit de dire ça. Tu ne sais rien de ma vie, rien de ce que je ressens, rien de ce qui me fait peur, alors ne viens pas me juger.

Il afficha de nouveau un rictus sardonique.

— Vous êtes tous les mêmes, les gens qui ont tout. Vous vous inventez des malheurs pour pouvoir pleurer sur votre sort... J'avais rien, j'étais rien, et j'avais misé tous mes espoirs sur toi. J'ai jamais quitté cette cave, tu sais, et je me rends compte que tu y as toujours été, toi aussi, malgré les apparences, et tu vas y rester...

Il leva le fusil dans ma direction et tira. J'eus tout juste le temps de me jeter en avant. Il réarmait et commençait à me mettre en joue lorsque les ténèbres envahirent la pièce. Il éructa.

— C'est quoi ce bordel ?

Un mince rai de lumière blanche apparut dans l'encadrement de la porte, il fit feu dans cette direction. Ce fut bref, mais suffisant pour retrouver mes repères dans l'obscurité. Je me faufilai au jugé jusqu'à la porte à toute vitesse.

Il hurla, m'injuria, tenta de m'abattre, se fiant aux clapotis de mes pas dans le sol vaseux. Je sentis le souffle de la décharge à quelques dizaines de centimètres de mes côtes. Il rechargea encore le fusil et, pendant ce temps, je m'éloignai dans la pièce en me guidant grâce au mur. Et lui n'abandonnait pas, me traquait.

— Alors, Jessie, on se fait un remake de ta première visite au manoir ? Peut-être que j'aurais dû t'achever à coups de marteau à ce moment-là ?

Le bruit de ses pas me pétrifia. Il marchait avec assurance dans l'obscurité totale ; moi, je ne parvenais pas à bouger d'un centimètre. Je ne savais plus où j'étais, ce que je devais faire. Je me demandais s'il n'avait pas raison, si je ne devais pas m'offrir à lui en victime expiatoire.

— Je connais cet endroit par cœur, Jessie, même les yeux crevés, je pourrais m'y déplacer plus facilement que n'importe qui d'autre... Tous ces derniers mois je me suis réfugié ici pour ressusciter le passé. J'étais avec toi, je jouais avec toi, je te racontais ma vie, mes amours, mes déceptions… À chaque fois dans ta chambre…

La lumière blanche clignota de nouveau : elle venait du bas de l'escalier. C'était tout ce dont j'avais besoin pour me guider vers la sortie, même dans l'obscurité totale. Je pris mon élan pour m'enfuir aussitôt le deuxième clignotement terminé. Il tira une nouvelle fois. Une douleur à l'arrière du genou m'arracha un hurlement qui résonna étrangement dans cette cave infernale et je tombai face dans la vase. Cette matière infâme et glacée envahit ma bouche et manqua de m'étouffer. Je fus secouée par une toux terrible et sentis de la boue sortir de mes narines. Il approchait, manqua de tomber sur moi, et m'asséna un coup de pied dans les côtes qui me coupa le souffle. Il me dominait de toute sa hauteur.

— Je te tiens, maintenant.

Il allait m'abattre quand le groupe électrogène se remit en route et que la lumière inonda la pièce. Au lieu de tirer sur moi, il releva le fusil en direction de l'escalier et reçut une balle à l'abdomen avant de pouvoir ajuster son tir. Il appuya sur la détente par réflexe et sa dernière décharge finit dans le mur. Au pied des marches, Martha tira une seconde fois et l'atteignit en plein cœur. Il s'effondra à mes côtés.

Martha se tenait à la rampe, livide ; elle semblait sur le point de s'évanouir.

De mon côté, j'avais trop mal pour prononcer un mot et je me sentis doucement glisser vers l'inconnu. Au-dessus de nous, des bruits de pas dans le hall, et l'écho des sirènes de la police et des secours. Dehors, l'orage était passé.

*

Si Martha n'avait pas recouvré ses esprits pour venir à mon aide, nous serions tous morts : elle, Clyde, moi, et ce pauvre Lucas qui avait entendu toute la fusillade depuis son placard sans pouvoir réagir.

Malgré le gilet pare-balles qu'elle avait enfilé, Martha avait perdu connaissance quand il lui avait tiré dessus. Grâce au ciel, elle s'était réveillée et avait réussi à puiser en elle assez d'énergie pour arriver en bas de l'escalier et arrêter le groupe électrogène. La lampe torche dans la nuit sans étoiles de ces lieux, c'était pour moi. « Pendant un quart d'heure, j'ai été le phare de votre existence », me dit-elle plus tard en plaisantant.

J'ai passé de longues journées hospitalisée pour ma jambe, et Clyde aussi. Bien qu'il ne restât pas aussi longtemps que moi dans les mains des médecins : il souffrait d'un traumatisme crânien sévère mais s'en sortirait sans dommage.

Durant ma convalescence, l'enquête concernant mon frère n'apporta que peu d'informations supplémentaires quant à ses motivations. Personne ne comprenait pourquoi il avait agi ainsi ni dans quel but. Pour ma part, je savais bien ce qui l'avait poussé à mettre en branle ce plan macabre : un sentiment d'injustice, profond, sombre, incurable. La terreur d'un petit garçon hanté par une mère dont il était persuadé qu'elle ne l'avait mis au monde que pour remplacer un autre bébé mort au sein d'une famille qui n'était pas la sienne avant d'être confié à des inconnus qui avait accru son malheur au lieu de lui apporter amour et sécurité. Et la seule façon dont cet enfant avait pu se débarrasser de la peur, c'était de la dispenser à son tour tout au long d'une existence conclue dans un univers de meurtres et de chaos, avec la vengeance pour seul repère.

Tout ce qui s'était passé d'étrange à Keowe était de son fait : il avait donné un dollar pour m'effrayer à l'enfant qui m'avait perdue dans les rues de la ville le premier jour, et c'était lui, encore, qui avait saboté nos voitures. Une des seules choses qu'il n'avait pas prévues était ma visite au manoir : il était arrivé après moi avec dans sa voiture Esther, bâillonnée et attachée, lorsqu'il s'était aperçu de ma présence. À partir de ce coup de pouce du hasard, il avait eu la possibilité de faire croire à ma culpabilité dans l'enlèvement et le meurtre d'Esther Lamar.

Grâce à l'historique Internet de son ordinateur, on put aussi établir qu'il avait découvert par hasard que Michael Burke était un criminel recherché, et il s'était jeté là-dessus pour le manipuler à coups de courriers anonymes. Une fois de plus, l'intelligence diabolique de mon frère avait abouti à un massacre en règle au cours duquel le pauvre Clinton Holland avait perdu la vie.

Quant à son idée d'usurper l'identité de Miles Oakland, elle lui était venue à la lecture du blog dans lequel ce dernier s'échinait à détruire ma réputation et celle de Hunter. Il découvrit que je n'avais jamais rencontré le lascar en chair et en os, et, après une visite fatale au vrai Miles, il avait harcelé Hunt pour obtenir d'être envoyé à Keowe en se glissant dans la peau de ce triste individu qui vivait seul avec sa haine, reclus dans un mobile-home miteux. Il devenait alors insoupçonnable.

Bien des mois plus tard, je me penchai sur tous ces éléments pour écrire mon livre, et je compris à quel point les événements s'étaient déroulés dans cette histoire tantôt avec une précision mathématique, tantôt dans le plus aléatoire des chaos. J'ai toujours su que Toby Webson était revenu – ce que j'ignorais, c'est qu'il était à peu près aussi perdu que moi dans cette enquête et que nous avancions tous les deux à tâtons, dans la même cave puante puis une forêt obscure, labyrinthique, dans laquelle une partie de moi s'était perdue, à jamais, toutes les fois que j'avais dû m'y aventurer.

*

Un matin, je reçus dans ma chambre la visite de Martha. Clyde était lui aussi venu me voir. Elle me demanda si j'avais eu vent des découvertes que ses équipes avaient faites.

— Non, je ne suis au courant de rien.

— Eh bien, ils n'ont pas trouvé de choses très intéressantes dans « la chambre » de votre frère au manoir, sauf une boîte qui contient des petits trucs sans importance et une lettre signée de Georgia... Enfin, votre mère.

— Je sais, je connais l'existence de cette lettre...

Et ce fut en prononçant cette phrase que l'image de Grand-pa mettant le feu à une boîte que Bobby venait d'apporter surgit de nouveau dans mon esprit. Cette fois-ci, je me rappelai les paroles désespérées de ce dernier au sujet de mes parents qui m'aimaient tendrement et voulaient me le faire savoir.

Jusqu'ici, j'avais cru que Grand-pa avait mis le feu à la boîte par crainte du virus qui tuait son fils. En vérité, il savait ce qu'elle contenait et cela le rendait malade de peur. Il voulait me protéger, sans doute – me garder pour lui, aussi –, et avait choisi de mentir. J'eus du ressentiment à son égard à cause de ça – cela ne dura pas. Je compris que les gens qui ne nous mentent jamais ne nous aiment pas vraiment, car ils feignent de croire que nous pouvons supporter la vérité dans son aspect le plus cru alors qu'aucun être humain sur terre n'est assez fort pour ça. C'est pour cette raison que les parents promettent à leurs enfants de veiller sur eux pour l'éternité. C'est un mensonge nécessaire, un mensonge d'amour, un des plus beaux qu'il nous est donné de commettre – certains d'entre nous n'ont pas le courage d'assumer ça.

Martha m'informa aussi que les derniers membres de la communauté des montagnes étaient partis et qu'il ne restait plus personne là-haut. On s'était bien trompé sur ces gens qui n'étaient pas des originaux sympathiques mais une organisation sectaire dangereuse au sein de laquelle les abus sexuels sur les enfants étaient la règle.

Cette partie de la vie de mon frère me rendait malade. Sans pouvoir excuser son attitude et laver sa mémoire des nombreuses morts qui avaient découlé de ses actes, je n'arrivais pas à imaginer ce qu'avait été son calvaire, là-haut, dans les montagnes, des années durant. Je ne pouvais m'empêcher de me demander ce qui serait advenu si « la mère de tous » qui régnait sur cette poignée d'âmes perdues avait choisi la petite fille, et pas le garçon. Peut-être avais-je vécu jusque-là avec cette culpabilité enfouie dans mon inconscient : celle d'avoir échappé au mal pour vivre des jours heureux auprès d'un homme qui n'a jamais douté un instant du fait que j'étais sa petite-fille, même s'il était conscient de n'être attaché à moi par aucun lien du sang.

On inculpa Lucas pour complicité de rétention de cadavre et dissimulation de crime, sans l'écrouer.

L'enlèvement et le meurtre d'Esther furent classés rapidement. Mon frère en fut reconnu coupable et les soupçons qui pesaient sur Connor furent levés. Malgré ça, on ne le revit jamais dans les parages – pas plus que Delerth, d'ailleurs. Un des officiers en poste a affirmé par la suite que c'était Connor qui avait averti les autorités des événements qui se déroulaient au manoir. Le coup de téléphone qu'il avait passé était localisé chez Georgia. Sans lui, je ne sais pas si j'aurais survécu à mes blessures. Lors de ma dernière conversation avec Clyde, celui-ci me présenta des excuses de la part de Connor pour la poupée du cimetière. Cela m'étonna.

— C'était lui ?

— Oui. Il a dit que c'était Esther qui avait confectionné cette poupée pour que le vrai Toby repose par procuration auprès de ses parents. Connor te suivait le jour où tu l'as trouvée, et il l'a remise à sa place quand tu as quitté le mausolée.

Tout s'éclairait donc – ou presque.

Demeurait l'énigmatique et regretté Clinton Holland. Avec le recul, son sermon improvisé et nombre de ses propos sibyllins apparaissaient comme prophétiques alors qu'il n'avait aucun moyen de connaître la vérité sur l'Enfant perdu d'Eden Woods. Dans un sourire chagrin, Clyde me fit observer que le révérend mutilé sentait les choses, et s'y soumettait – tout comme moi, pour d'autres raisons. Je ne compris pas et il tenta de s'expliquer.

— Combien de chances y avait-il que tu viennes ici, à Keowe, pour résoudre cette affaire ? Ton frère a tenté un coup de poker désespéré avec ce courrier à ton grand-père. N'importe qui d'autre se serait contenté d'une recherche sur le Net, d'un ou deux coups de fil et aurait laissé tomber. Toi, tu as senti que tu *devais* y aller. Pour toi, pour lui. Pour tout le monde. Tu n'aurais pas répondu à cet appel si tu n'y avais pas été mêlée intimement.

C'était limpide et obscur, logique et dément.

Il n'y aurait pas d'autres explications.

*

Durant mon séjour à l'hôpital, j'eus la surprise de recevoir la visite de Stewart. Il fut fortement ébranlé de me voir en fauteuil. Je lui demandai des nouvelles de Jennifer, et il me répondit que son état s'était amélioré au point qu'il pouvait la prendre avec lui quelques jours par semaine. Je m'étonnai qu'elle ne fût pas là.

— Ça faisait un long voyage pour elle... Et je n'étais pas sûr que tu acceptes de la voir.

Ma gorge se noua – j'aurais tant aimé la voir. Je convins avec Stewart que nous devions organiser une rencontre avec elle dès que j'irais mieux. Je lui demandai aussi comment il allait, si la vie avec sa nouvelle femme lui plaisait. Presque à contrecœur, il m'annonça qu'elle était enceinte. J'en ressentis une joie intense et une douleur terrible.

Concernant ma relation avec Clyde, les choses n'iraient pas plus loin. Nous étions tombés dans les bras l'un de l'autre parce que nous y étions poussés tous les deux par le malheur et le chagrin – je pense qu'il en était lui aussi conscient.

Au terme de ma longue convalescence, je devais quitter la région de Keowe pour toujours. J'appris que Clyde avait ordonné que le manoir fût rasé. « Il n'y a pas de malédictions autres que celles que nous créons en nous-mêmes », avait-il dit. Je n'avais jamais rien entendu de plus juste.

Avant de partir, je savais qu'il me restait une chose à faire et je pris le chemin en voiture jusqu'à l'ancienne communauté de Diana.

Dans quelques semaines, on viendrait là aussi pour débarrasser les lieux de ces murs qui n'avaient abrité que douleur et perversité. Grant et sa famille partis, ce n'était plus qu'un village fantôme – à l'exception de celui que je venais chercher.

Il me fallut plus de deux heures pour le trouver : il était caché dans un cabanon à outils situé à l'écart que je n'avais pas tout de suite remarqué.

Il était maigre et terrorisé. Sale aussi. Il me regardait telle une bête traquée.

— Tu es Evan, n'est-ce pas ?

Il ne répondit pas.

— Je suis Jessie, et tu connaissais mon frère. C'était ton ami, je crois ? Je sais qu'il t'aimait beaucoup.

En même temps que je lui parlais, je montrai à l'enfant une photo de mon frère. Il sembla se détendre.

Ce fut un travail de longue haleine, mais je parvins à le convaincre de me suivre. Peut-être pourrais-je au moins sauver ce gosse, au bout du compte, ce qui ne serait déjà pas si mal.

Je ne fis mes adieux à personne, hormis à Mme Park, lorsque je vins chercher les affaires que j'avais laissées chez elle. Je n'arrive pas à dire au revoir aux gens avec lesquels j'ai pu vivre des choses fortes. C'est une habitude de ma vie que de fuir ceux qui m'ont aimée – Clyde, Lucas, et d'autres ne dérogèrent pas à la règle. Je ne gardai aucun souvenir matériel de Keowe – cette ville irrésistible et répugnante. J'avais simplement une urne avec moi : elle contenait les cendres de mon frère, cet inconnu qui m'avait aimée plus qu'aucune autre personne sur terre avant de décider de me tuer. On était venu à moi lorsque l'enquête était arrivée à son terme car personne ne savait sous quel nom enregistrer ce jeune homme : il n'était pas Miles Oakland, ni Toby Webson. La réponse vint, naturelle.

— Josh. Il s'appelait Josh Barnett.

Par quelle magie les souvenirs de ces quelques années de paradis enfantin surgirent-ils des ténèbres de ma mémoire ? Je ne le saurais jamais. Le temps d'un soupir, des images défilèrent sous mes yeux : Josh et moi courant dans le hall du manoir ou dehors, au printemps naissant, jusqu'à l'orée du bois dans lequel Esther nous interdisait de nous aventurer.

— Il y a des ombres et des fantômes dans la forêt, ils n'attendent que de vous dévorer.

Elle se trompait – les monstres étaient ailleurs, et ne dormaient que d'un œil.

Josh m'avait pris la main pour me sauver de la folie meurtrière d'une femme, et quand il avait tendu la sienne vers moi, et qu'il s'apprêtait à vivre un long cauchemar, j'étais restée fermement accrochée à celle de Bobby Hickman, en dépit de ses pleurs.

Je me surpris parfois à lui demander pardon.

Il était hors de question de laisser ses cendres à Keowe, ou, pire, à Eden Woods. J'ignorais quoi faire, puis je me souvins d'une de nos conversations, un de ces instants de calme au cours desquels je persiste à croire qu'il avait oublié ses sombres desseins. Nous étions sur le balcon de sa chambre, à l'auberge de Mme Park, et je venais de lui parler de cet endroit féerique, les chutes de Cumberland, où

Grand-pa m'avait emmenée un week-end. J'essayai de lui décrire avec mes pauvres mots la beauté des arcs-en-ciel lunaires et la sensation de miracle que j'avais éprouvée face à ce spectacle. Il fut émerveillé.

— Je n'en ai jamais entendu parler, mais grâce à toi je vais en rêver chaque nuit jusqu'au jour où je les verrai enfin.

Il était sincère, j'en suis persuadée.

Par une nuit de pleine lune, alors que la douce saison n'était plus qu'un souvenir, je l'ai confié à sa dernière demeure, au chant tumultueux des chutes, en lui souhaitant de trouver la paix dans cet endroit qu'il n'avait jamais pu voir de son vivant. Puis je m'éloignai en claudiquant, tenant par la main Evan, qui m'accompagnait. Après tout, il était une des seules personnes que mon frère aima jusqu'au bout, d'un amour presque pur.

Dans la fraîcheur de cette nuit sans nuages, je respirai plus librement.

Je ne pardonnai pas à mon frère les vies qu'il avait prises – je n'en avais pas le droit, même s'il n'y avait aucune trace de haine dans mon cœur. Je souhaite seulement que dans un autre monde, il ait retrouvé la tendresse candide de notre enfance et que, en m'attendant, il joue à cache-cache avec des ombres riantes dans une forêt au ramage vert et lumineux qui n'a plus rien d'effrayant.

REMERCIEMENTS

Merci.

C'est le plus beau mot de la langue française, je trouve.

Si je m'écoutais, voilà ce que j'écrirais : *Remerciements au monde entier.*

Épatant, mais on m'accuserait de faire dans la facilité.

Pour ce roman écrit il y a déjà plus de trois ans, je remercie quand même le monde entier, donc, à l'exception de deux ou trois personnes qui se reconnaîtront – ou pas.

Et plus précisément, merci à…

Franck Bouysse, qui m'a permis, *in extremis*, de trouver le titre de ce roman dans les premières pages de son dernier opus, *Né d'aucune femme* (que je vous demande instamment d'acheter et lire, si ce n'est déjà fait). La générosité avec laquelle il a accepté que je lui emprunte ces quelques mots m'a touché vivement.

Caroline Vallat, ma bonne fée de la FNAC Rosny, pétulante, énergique, sensible et lectrice modèle dont le salon du polar, Rosny soit qui mal y pense, est un souvenir unique et extraordinaire – qui en appelle d'autres, j'en suis sûr !

Nathalie Iris, mon autre bonne fée de la Garenne-Colombes. Merci pour l'enthousiasme, le soutien, précieux, et ce merveilleux salon en plein air qu'est La Nuit Blanche des Livres, devant sa librairie les Mots en Marge.

Lydie Zannini, de la Librairie du Théâtre à Bourg-en-Bresse qui a consacré une chronique radio à mon précédent roman et que j'ai eu la joie de rencontrer à Quais du Polar.

Jean-Claude Deteix, *mon* libraire du Talon d'Achille à Montluçon, qui me soutient de concert avec Nadia depuis le début et qui a la passion communicative.

Tous les libraires, journalistes, blogueuses et blogueurs, lecteurs de France et d'ailleurs (quel bonheur inattendu que les quelques retours enthousiastes de Belgique ou du Québec !) que j'ai pu rencontrer sur les différents salons. Je me souviens de vos prénoms et surnoms, Louise, Paula, Christophe, Stéphanie, Cigogne, Virginie, etc. Il faudrait des dizaines de pages pour vous remercier tous nommément. Vous êtes précieux, une part essentielle de la force vive du livre : gardez la passion intacte !

Merci également pour leur soutien indéfectible à toute l'équipe de la Médiathèque Léo Ferré de Désertines que j'ai toujours tant de plaisir à retrouver : Nadine, Évelyne et Natacha.

Très chère Constance, mille mercis à toi pour le travail effectué sur ce roman et le précédent, toujours enrichissant et dans une parfaite entente : je te souhaite une bonne route, tout le bonheur du monde et de belles découvertes !

Une pensée de gratitude infinie pour ma maison d'édition Préludes et son équipe extraordinaire (les deux Véronique, Maud, Florence, Anne, etc.) et à Kobo Writing Life avec Camille et Sonia : tout a commencé avec vous !

Last but not least, merci à ma famille, à mes amis : c'est un défi de me supporter et de respecter avec une telle patience mes échappées nombreuses et silencieuses dans le monde de la fiction et des mots. Ce livre et tous les autres sont pour vous. Plus les sentiments sont grands, plus les mots sont petits pour les exprimer. Pour vous qui comptez plus que tout, je les trouve microscopiques – alors j'arrête là.

Les paroles page 95 sont extraites
de la chanson *Cosmik Debris* de Frank Zappa.

LORSQUE LE MONDE DES ESPRITS SE HEURTE À CELUI DES HUMAINS

LES INTRUS

LAUREN OLIVER

N° 34841

Le fortuné Richard Walker vient de mourir et laisse derrière lui un vaste manoir rempli des vestiges de toute une vie. Son ex-femme et ses enfants sont là pour récupérer l'héritage. Mais ils ne sont pas seuls. Alice et Sandra, les anciennes résidentes, mortes depuis longtemps, sont liées à la demeure et s'éternisent dans ses murs. Elles observent la famille et s'expriment à travers le sifflement du chauffage, le grincement d'une marche ou le clignotement d'une ampoule. Lorsque le monde des esprits se heurte à celui des humains, de terribles événements refont surface et provoquent un véritable cataclysme.

ÉTEIGNEZ LA TÉLÉVISION, ET PARLONS VAMPIRES DANS LA PÉNOMBRE

SALEM

STEPHEN KING

N° 31272

Salem est l'un de mes meilleurs romans, l'un des plus effrayants aussi. Alors, éteignez la télévision, et parlons vampires dans la pénombre, je pense pouvoir vous faire croire en leur existence.
S. K.

Le Maine, 1970. Ben Mears revient à Salem et s'installe à Marsten House, inhabitée depuis la mort tragique de ses propriétaires, vingt-cinq ans auparavant. Mais, très vite, il doit se rendre à l'évidence : il se passe des choses étranges dans cette bourgade. Un chien est éviscéré, un enfant disparaît, et l'horreur s'infiltre, se répand, aussi inéluctable que la nuit qui descend sur Salem.

PAPIER À BASE DE FIBRES CERTIFIÉES

Le Livre de Poche s'engage pour l'environnement en réduisant l'empreinte carbone de ses livres. Celle de cet exemplaire est de :
1,4 kg éq. CO_2
Rendez-vous sur www.livredepoche-durable.fr

Composition réalisée par PCA

Achevé d'imprimer en juin 2019 en Italie par
Grafica Veneta
Dépôt légal 1re publication : novembre 2019
LIBRAIRIE GÉNÉRALE FRANÇAISE
21, rue du Montparnasse – 75298 Paris Cedex 06

75/7524/7